本书系国家社会科学基金项目"清代达斡尔族乌钦《莺莺传》与满文、汉文《西厢记》关系研究"（项目编号：14BZW167）成果

金批《西厢》与满、蒙古、达斡尔《西厢》关系研究

吴刚 著

中国社会科学出版社

图书在版编目（CIP）数据

金批《西厢》与满、蒙古、达斡尔《西厢》关系研究/吴刚著.—北京：中国社会科学出版社，2023.5

ISBN 978-7-5227-2523-9

Ⅰ.①金… Ⅱ.①吴… Ⅲ.①《西厢记》—戏剧研究 Ⅳ.①I207.37

中国国家版本馆 CIP 数据核字（2023）第 162935 号

出 版 人	赵剑英
责任编辑	顾世宝　梁世超
责任校对	张　慧
责任印制	戴　宽

出　　版	中国社会科学出版社
社　　址	北京鼓楼西大街甲 158 号
邮　　编	100720
网　　址	http://www.csspw.cn
发 行 部	010-84083685
门 市 部	010-84029450
经　　销	新华书店及其他书店
印刷装订	三河市华骏印务包装有限公司
版　　次	2023 年 5 月第 1 版
印　　次	2023 年 5 月第 1 次印刷
开　　本	710×1000　1/16
印　　张	17.25
插　　页	2
字　　数	272 千字
定　　价	99.00 元

凡购买中国社会科学出版社图书，如有质量问题请与本社营销中心联系调换
电话：010-84083683
版权所有　侵权必究

序 一

梁庭望

吴刚的著作《金批〈西厢〉与满、蒙古、达斡尔〈西厢〉关系研究》就要出版了，他请我为其著作写序，我很高兴地答应了。吴刚2006年跟我读博士，2009年毕业进入中国社科院民族文学所，我是看着他一步步成长的。

吴刚的这部著作与我主持的中央民族大学985工程"汉族题材少数民族叙事诗译注"项目有关。当时他刚入学不久，他原在黑龙江一所高中教语文，为了学术理想，他从硕士到博士，一路走来，很辛苦。为了读书，他辞了职，没有经济来源，靠在北京的家教公司工作挣取生活费，很不容易。我从小读书求学经历也是千辛万苦，很理解吴刚的难处。为了解决他的经费问题，他一入学我就让其承担了"汉族题材少数民族叙事诗译注"子项目"达斡尔族、锡伯族、满族卷"。也是借此机会培养锻炼他的学术能力。在中央民族大学读书三年期间，他基本完成了这个项目，后来又将成果顺利出版。在他完成的这个子项目当中，就涉及达斡尔族《莺莺传》，这是一篇很有达斡尔族特色的《西厢记》。吴刚在内蒙古社科院赛音塔娜老师的帮助下，很好地完成了拉丁文转写、汉文对译、汉译文的工作，并且写了一篇较好的解题说明。2014年，他又以"清代达斡尔族乌钦《莺莺传》与满文、汉文《西厢记》关系研究"为题申报了国家社会科学基金项目，并获得立项。2020年，又以"金批《西厢》与满、蒙古、达斡尔《西厢》关系研究"为题顺利结项。之后经过反复修改，最终形成今天的这部专著。可以说，吴刚这部专著的研究是逐步发展起来的，是扎实的。

我国汉族题材少数民族文学作品比较多，篇章繁富。汉族题材少数民族文学作品的产生不是偶然的，是中华民族文化融合的必然产物。汉文化对少数民族的影响是持续而深刻的，从经济到政治到文化，全方位辐射，对民族地区社会的发展，起到了促进的作用。汉族题材少数民族文学作品具有五个明显的特征：题材的选择、体裁的更新、主题的切换、身份的变化、情节的改变。汉族题材少数民族文学作品具有多方面的价值，从文化传播学的角度看，这些作品对研究汉文化传播的条件、时机、途径和方式，对研究我国民族关系都有很大的参考价值。吴刚的这部著作对金批《西厢》在满族、蒙古族、达斡尔族中的传播的研究很有代表性，对其深入研究具有重要的学术意义。从该个案中，我们能够探索出中华民族共同体意识的产生、深化过程。这是民族团结在民族文化融合上的生动体现。

清代，金圣叹批点本《贯华堂第六才子书西厢记》影响很大，被多次翻刻。吴刚通过研究发现，金批《西厢》不仅在汉族当中广为流传，而且还流传到东北满族、蒙古族、达斡尔族等民族当中，产生了满汉合璧本、蒙古文译本、满文字母拼写达斡尔语的乌钦说唱本。吴刚还发现，金批《西厢》首先传播到满族当中，然后又经满族分别传播到蒙古族和达斡尔族当中。从金批《西厢》在满、蒙古、达斡尔这三个民族中的传播路径，我们可以清楚地看到汉文学与少数民族文学之间多层次的发展关系，这对深入理解中华文学有着重要意义。

吴刚的著作对金批《西厢》与满、蒙古、达斡尔《西厢》的关系进行了比较深入的研究。全部书稿围绕金批《西厢》与满、蒙古、达斡尔《西厢》的版本，金批《西厢》及其刊本，金批《西厢》与满汉合璧《西厢记》的关系，蒙古文译本《西厢记》与满汉合璧《西厢记》的关系，达斡尔乌钦《莺莺传》与满汉合璧《西厢记》的关系，金批《西厢》在满族、蒙古族、达斡尔族中的传播与接受等六个问题展开，问题清晰，结构严密，每一部分的研究都比较深入，理清了金批《西厢》与满、蒙古、达斡尔《西厢》的多层次关系问题。

吴刚的这项研究难度很大，涉及多民族大量文本，首先需要研究金批《西厢》的文本，因为这是探究金批《西厢》与满、蒙古、达斡尔《西厢》关系的源头，还要研究满汉合璧本、蒙古文译本、满文字母拼写达斡尔语的乌钦说唱本，并且需要进一步研究金批《西厢》与满汉合璧本、蒙古文译本、满文字母拼写达斡尔语的乌钦说唱本的关系，而满汉合璧本《西厢记》就涉及三种版本，难度可想而知。吴刚是达斡尔族，懂达斡尔语，他又初步学习了满文，并借助蒙古族学者的帮助掌握了蒙古文《西厢记》资料，这为他深入研究该课题奠定了基础。由于课题涉及多种语言文字文本，一些问题还有待进一步深入探究。总之，这部著作的研究框架已经建立，新材料已经占有，基本问题已经揭示，学术观点已经确立，可以说是一部难得之作。

吴刚从北国边塞一路走来，颇不容易。不过他的学术道路是坚实的，他大学中文系毕业，当过多年的高中语文教师，后又读中国古代文学硕士，跟我读中国少数民族文学综合研究方向的博士，又进入中国社科院民族文学所做博士后，留所工作后又当了多年的《民族文学研究》古代民族文学研究栏目编辑，这些经历对于吴刚的学术道路来说，都是弥足珍贵的。如今，吴刚的著作就要出版了，我为他取得的成果感到欣慰。也期待他再接再厉，勇攀学术高峰。

2023 年 4 月

（梁庭望，中央民族大学教授）

序　二

孙书磊

　　我与吴刚老师的结识，缘于三年前我们就德国慕尼黑巴伐利亚图书馆所藏满汉合璧《西厢记》抄本文献所做的交流。2013年暑期，我到巴伐利亚图书馆访书，得读该馆所藏满汉合璧《西厢记》。此为清雍正年间抄本，亦为海内外孤本，可反映金批《西厢》在清前期向满族受众传播的一个侧面。为此，我做专题研究，并撰写《巴伐利亚国家图书馆藏〈合璧西厢〉考述》一文刊在《文化遗产》2014年第4期，此文后收入同年在中国台湾出版的我的戏曲论文集《戏曲文献与理论研究》。吴老师在研究金批《西厢》与满、蒙古、达斡尔《西厢》关系的过程中，注意到了拙文，遂于2020年6月联系我，希望能够看到巴伐利亚图书馆所藏此文献。学术，乃天下之公器。我很愿意将从该馆影印出来的书影发与吴老师分享。吴老师在《金批〈西厢〉与满、蒙古、达斡尔〈西厢〉关系研究》一书即将问世时，嘱我作序。作为同道，我很乐意谈谈自己对该书所体现的研究方法的看法。

　　版本研究是文献研究的重要出发点，而目录研究又是版本研究的首要门径。该书对金批《西厢》与满文、蒙古文、满文字母拼写达斡尔语《西厢》（满文字母拼写达斡尔语《西厢》不是汉文《西厢》的译本，而是达斡尔族说唱文学文本《莺莺传》）之间关系研究的重点，在于考察清楚汉族西厢故事在满族、蒙古族、达斡尔族中的传播路径以及这些民族对汉族西厢题材文学的接受角度与程度，其研究的难点主要是对相关文献，特别是汉文金批《西厢》和满文、蒙古文、满文字母拼写达斡尔语《西厢》现存版本的搜集及其相互关系的考察。该书对现存文献版本的调查做得很充分，对其相互关系的梳理也做得很细致，能够为学界提供翔实的文献版本信息，也必将推进学界今后对这一领域的研究。

通过实地调查来更正目录文献的著录错误，是该书的又一特点。《世界满文文献目录》著录了辽宁省图书馆藏有清康熙四十五年（1706）满汉合璧《西厢记》刊本。吴老师联系该馆古籍部的工作人员进行核实，却发现该馆所藏三部满汉合璧《西厢记》文献皆为清康熙四十九年（1710）刊本，并无康熙四十五年的刊本，最终证实《世界满文文献目录》的著录有误。同样，针对《中国蒙古文古籍总目》所著录的内蒙古图书馆所藏两种蒙古文译《西厢记》抄本文献的信息，吴老师通过委托学界友人查阅原书，发现这两种文献实为道光二十年（1840）转译自满文的蒙古文《西厢记》译本的一部分，据此，该馆应将馆藏目录中这两条文献信息合而为一。做文献研究的学人，大都遇到过图书馆馆藏信息不准确的情况，而这些著录信息错误的发现都建立在研究者对馆藏文献实地调查与研究的基础上。吴老师对汉文《西厢记》的某些特定馆藏以及对满文、蒙古文、满文字母拼写达斡尔语文献的调查所反映的，正是一位学者应有的素质。

从文献出发，将文献实证与文献阐释结合起来，使该书超越了一般性的文献研究。《西厢记》是讲述爱情故事的戏曲。从题材上讲，以游牧为主要生活方式的北方少数民族，在多大程度上能够接受汉族文艺中的爱情题材作品，这在学界是存在争议的。有观点认为，描写家庭生活的章回小说，尤其是侧重写爱情婚姻的章回小说在蒙古族的说唱文学领域难以找到知音，究其原因，说唱艺术讲究演出的即兴表达，需要离奇的情节以吸引观众，英雄传奇和历史故事的题材相较之下更易被蒙古族受众接受。吴老师虽然承认蒙古族说唱文学吸纳汉族俗文学中的才子佳人题材较少，却强调，我们只能说蒙古族说唱文学中家庭生活题材不够发达，但不能说没有。因为他在《蒙古族说书艺人小传》的"蒙古族说书目录"中检索到了蒙古族说书作品中有《红楼梦》，与之呼应，在蒙古族民间也广泛流传着姑娘出嫁歌、媳妇苦歌以及此类叙事诗，同样地，在达斡尔族乌钦和满族子弟书中亦可找到不少家庭生活章回小说的内容。总言之，如果没有对蒙古族、达斡尔族和满族文献的细致考察，则难以提出这些令人信服的新观点。

传播与接受研究，是新世纪以来国内学界从西方引进的新的学术研究方法，适用于诸多研究领域，在经典作品与文献研究中尤受古典文学学界欢迎。传播与接受，却是两个不同角度的研究，无论研究方法还是研究路径都有差异。就我本人所接触的古典戏曲研究成果看，名为"传播与接受研究"的成果基本都是在做传播方面的研究而较少做接受方面的研究。相比较，吴老师对金批《西厢》在满族、蒙古族、达斡尔族中的传播与接受的研究，是目前难得一见的将传播研究与接受研究既关联在一起又加以区别的研究模式，它不仅分别梳理了金批《西厢》在这三种少数民族文学中的传播过程和成果，还重点研究了它们之间的传播路线，指出满汉合璧《西厢》是汉文金批《西厢》与蒙古文译本《西厢记》、达斡尔族乌钦《莺莺传》之间的传播中介。该书对满族、蒙古族、达斡尔族接受金批《西厢》的研究，不限于对满族、蒙古族译本以及达斡尔族乌钦版本面貌及其形成过程的考察，还考察了不同民族对金批《西厢》的思想、形式的接受程度与接受时角度和幅度的调整。这让该书成为目前诸多古典戏曲文本文献接受研究中独树一帜的存在。

从媒介研究的角度看，文学传播与接受的研究离不开对传播文本的考察，这也正是该书为何一开始就将研究重点放在对金批《西厢》版本系统的梳理上，并在随后对满、蒙古、达斡尔《西厢》与汉文金批《西厢》关系的研究中，重点比勘了这些文献版本之间联系的原因。通过研究满、蒙古、达斡尔《西厢》文献与金批《西厢》的关系，进而探讨这些少数民族译本文献和改编文献的版本来源，这是奠定该课题学术价值的十分重要的研究思路。然而，居于传播链下游的再生文献的来源往往不是唯一的。由于金批《西厢》版本有清初金谷园刊本、康熙四十七年（1708）苏州博雅堂刊本、康熙四十七年（1708）振雅堂刊本、康熙五十九年（1720）怀永堂刊本、同年芥子园刊本以及雍正二年（1724）文明阁刊本等，所以，现存的满、蒙古、达斡尔《西厢》等文献到底来源于其中的哪些文献，则有必要做考察。如巴伐利亚所藏的雍正间满文译本《西厢记》正是综合选取了雍正之前十分流行且于满文翻译时依然极为盛行的金谷园本、博雅堂本和振雅堂本等金批《西厢》版本作为汉文底本。雍正间满文译《西厢记》抄本在客观上更好地保存了最受汉文世界欢迎的金批《西厢》文本，体现了该抄本在中国古代戏曲史上的独特价值。同理，其他的满文、蒙古文译本和满文字母拼写达斡尔语改编本的媒介研究也有这样的必要性。该书敏感地注意到了这个角度，虽然未能充分展开，但毕竟是个良好的开端。

文献研究如同秋风扫落叶，研究材料总会层出不穷。如满汉合璧《西厢》的现存版本，除了我在巴伐利亚图书馆所看到的雍正间抄本外，中国台湾"国家"出版社责任编辑叶秋妍女士在编辑拙著《戏曲文献与理论研究》时，曾来信提及她当时刚获得的美国国会图书馆藏《满汉西厢记》图档，并提供给我作为参考。该藏本是乾隆三十年（1765）的抄写，虽与康熙四十九年（1710）刊本为同一版本系统，但其底本和自身在清代满、蒙古、达斡尔《西厢》成书过程中是否发挥过作用，还需要学界研判。当然，这个研判的难度很大，吴老师有此积累和基础，或可作为下一阶段相关研究的发力之处。

《金批〈西厢〉与满、蒙古、达斡尔〈西厢〉关系研究》一书显示了吴老师在古典文献研究方面的特长。在当下充斥着较多急功近利现象的学界，这是十分难得的。

吴老师是一位学养深厚而又虚怀若谷的学者。作为达斡尔族人，对于达斡尔语《西厢》即乌钦《莺莺传》自然十分熟悉。其在读博阶段跟随中央民族大学赵志忠教授学习满语课程，后又跟随其他老师进一步学习满语，又向内蒙古师范大学聚宝教授请教蒙古语文献问题，都是确保其《金批〈西厢〉与满、蒙古、达斡尔〈西厢〉关系研究》能够圆满完成的重要条件。吴老师的谦逊与勤勉，将继续成为其学术精进的保证。

期待吴老师在少数民族文学研究中取得更多更大的成就！

是为序。

2023 年 5 月于南京大学

目　　录

引　言 …………………………………………………………………（1）

第一章　金批《西厢》与满、蒙古、达斡尔《西厢》的版本及其研究概述 ……………………………………（1）

第一节　金批《西厢》与满、蒙古、达斡尔《西厢》的版本 ………………………………………………………（1）

第二节　金批《西厢》与满、蒙古、达斡尔《西厢》研究概述 …………………………………………………………（8）

第三节　金批《西厢》与满、蒙古、达斡尔《西厢》研究的基本问题 ……………………………………………（25）

第二章　金批《西厢》及其刊本 …………………………………（27）

第一节　金圣叹与《西厢记》 ……………………………………（27）

第二节　金批《西厢》的刊本 ……………………………………（36）

第三节　清代以来对金批《西厢》的评价 ………………………（46）

第三章　金批《西厢》与满汉合璧《西厢记》的关系 …………（53）

第一节　《精译六才子词》的版本 ………………………………（53）

第二节　康熙四十九年（1710）刻本满汉合璧《西厢记》的版本 ……………………………………………………（65）

第三节　巴伐利亚国家图书馆藏满汉合璧《西厢记》的版本 ……………………………………………………（79）

第四节　金批《西厢》与满汉合璧《西厢记》三种版本的
　　　　　　比较 ………………………………………………（94）
　　第五节　满汉合璧《西厢记》产生的文化背景 …………（111）

第四章　蒙古文译本《西厢记》与满汉合璧《西厢记》的
　　　　关系 ……………………………………………………（127）
　　第一节　蒙古文译本《西厢记》的版本 …………………（127）
　　第二节　蒙古文译本《西厢记》的译者 …………………（136）
　　第三节　蒙古文译本《西厢记》产生的文化背景 ………（140）

第五章　达斡尔族乌钦《莺莺传》与满汉合璧《西厢记》的
　　　　关系 ……………………………………………………（150）
　　第一节　达斡尔族乌钦《莺莺传》的版本 ………………（150）
　　第二节　达斡尔族乌钦《莺莺传》与满汉合璧《西厢记》的
　　　　　　人物情节关系 ……………………………………（165）
　　第三节　达斡尔族乌钦《莺莺传》产生的文化背景 ……（214）

第六章　金批《西厢》在满族、蒙古族、达斡尔族中的
　　　　传播与接受 ……………………………………………（219）
　　第一节　金批《西厢》在满族、蒙古族、达斡尔族中的
　　　　　　传播 ………………………………………………（219）
　　第二节　金批《西厢》在满族、蒙古族、达斡尔族中的
　　　　　　接受 ………………………………………………（227）

结　论 ……………………………………………………………（244）

参考文献 …………………………………………………………（246）

后　记 ……………………………………………………………（256）

引　　言

　　唐代元稹《莺莺传》（又名《会真记》）诞生，其思想内容本为"始乱终弃"，到金代董解元《西厢记诸宫调》改作"有情人终成眷属"，由悲剧到喜剧，发生了翻天覆地的变化。再到元代王实甫《西厢记》时，内容更加紧凑，艺术更趋完美，达到了西厢故事的高峰。《西厢记》历经千余年，在诗、词、曲、小说等文艺形式中不断转型，深受各民族人民喜爱。

　　《西厢记》清代刊本以金圣叹批点本《贯华堂第六才子书西厢记》传播最为广泛。有清一代，金批《西厢》多次重刻，翻刻本达七十种以上。不仅在汉族当中流传，而且流传到满族、蒙古族、达斡尔族等民族当中，产生了满汉合璧本、蒙古文译本、满文字母拼写达斡尔语的乌钦说唱本。

　　学界对金批《西厢》与满汉合璧本、蒙古文译本、满文字母拼写达斡尔语的乌钦说唱本之间的关系，满汉合璧本与蒙古文译本、满文字母拼写达斡尔语的乌钦说唱本之间的关系，以及多种满汉合璧本之间的关系，尚未有专门研究；对满、蒙古、达斡尔《西厢》的版本情况，也缺乏深入研究；对满、蒙古、达斡尔《西厢》产生的文化背景，以及金批《西厢》在满族、蒙古族、达斡尔族中的传播规律，也缺乏研究。本书试对这些问题进行探讨。

　　本书试图通过金批《西厢》与满、蒙古、达斡尔《西厢》的关系研究，揭示汉文学经典《西厢记》在东北少数民族中的传播情况，以此管窥中华文学多元一体的面貌。

第一章

金批《西厢》与满、蒙古、达斡尔《西厢》的版本及其研究概述

研究金批《西厢》与满、蒙古、达斡尔《西厢》的关系，首先要介绍版本情况，其次是要理清研究现状，最后要指出本书研究的问题以及展开研究的路径。这是本章的重点内容。

第一节 金批《西厢》与满、蒙古、达斡尔《西厢》的版本

本节分别介绍金批《西厢》的版本情况，以及满、蒙古、达斡尔《西厢》的版本情况。

一 金批《西厢》的版本

王实甫《西厢记》被明末清初著名评论家金圣叹称为六才子书之一。六才子即"一庄（庄子），二骚（离骚），三马史（史记），四杜律（杜甫），五水浒，六西厢记"。金圣叹生于明万历三十六年（1608），清顺治十八年（1661）因"哭庙案"而被清廷杀害。一般认为，《贯华堂第六才子书西厢记》成书于顺治十三年（1656）。

金圣叹删改《西厢记》的底本是哪一种，其本人并未明确指出。元刊本王实甫原著《西厢记》也尚未发现。据傅惜华《元代杂剧全目》统计，明刊本就有四十余种[1]。据日本学者传田章《增订明刊元

---

[1] 傅惜华：《元代杂剧全目》，作家出版社1957年版，第53—56页。

杂剧西厢记目录》统计，明刊本《西厢记》不下六十种①。傅晓航经过校勘研究，认为金圣叹删改《西厢记》的底本，最有可能是《张深之古本西厢记》②。

自金批《西厢》出现之后，几乎取代了所有其他《西厢》刊本。清末著名刻书家暖红室主人刘世珩说："《西厢记》，世只知圣叹外书第六才子书，若为古本，多不知也。"③傅惜华《元代杂剧全目》中辑录的金批《西厢》各种刊本三十八种④。傅晓航称，"仅就笔者所见到的'金批西厢'不同刊本，尚可为《全目》增补十余种"⑤。伏涤修说，清代"其翻刻本有七十种以上"⑥。蒋星煜认为，"金批《西厢》一共印了近百种刻本，现在所能看到的金批仍有四五十种"⑦。总之，清代金批西厢刊本很多。

金圣叹贯华堂本《第六才子书·西厢记》，俗称"金批《西厢》"。据说山西曾收藏了顺治年间的原刊本，中国艺术研究院也收藏过原刻本，但都已散失。

傅晓航将金批《西厢》的版本分为四种类型：一是按原刻本重刻或翻刻的，如刊刻于康熙年间的四美堂本、世德堂本、怀永堂巾箱本，以及刊刻于乾隆年间的书业堂本、宝淳堂本等，都保持了原刻本的面貌；二是乾隆年间邹圣脉汇注本《妥注第六才子书》，如乾隆四十七年（1782）刊刻的楼外楼本、乾隆六十年（1795）刊刻的尚有堂本，以及九如堂刻本等，这种刻本分六卷或七卷；三是邓如宁注解本，如乾隆年间、嘉庆年间致和堂的两种刊本，嘉庆年间五云楼刊本、文苑堂刊本等，这类刊本的题目大都标为《增补笺注绘像第六才子书西厢记》，也

---

① [日]传田章：《增订明刊元杂剧西厢记目录》，载《东洋学文献中心丛刊》之四，东京：汲古书院，1979年。
② 傅晓航：《金批西厢记的底本问题》，《文献》1988年第3期。
③ （清）刘世珩：《董西厢题识》，载（金）董解元著，（清）刘世珩辑刻《董解元西厢记》，广陵书社2020年影印本，第3a页。
④ 傅惜华：《元代杂剧全目》，作家出版社1957年版，第56—59页。
⑤ 傅晓航：《贯华堂第六才子书西厢记·前言》，载傅晓航编辑校点《西厢记集解 贯华堂第六才子书西厢记》，甘肃人民出版社2013年版，第360页。
⑥ 伏涤修：《〈西厢记〉接受史研究》，黄山书社2008年版，第20页。
⑦ 蒋星煜：《西厢记研究与欣赏》，上海辞书出版社2004年版，第397页。

有的冒充古董，题为《吴山三妇评笺注释第六才子书》，两者的内容完全相同，篇目同上述两类刊本比较有些差别；四是刊刻于乾隆六十年（1795）的朱墨套板《此宜阁增订金批西厢记》，卷数与目次和金批《西厢》原刻本相同，但是它的内容和其他刊本金批《西厢》大异，确切地说，它是一种批评金批《西厢》的西厢刊本。①

傅晓航认为乾隆年间的宝淳堂精刻本最为接近原刻本，所以他在甘肃人民出版社出版金批《西厢》校点本时即以此精刻本为底本。傅晓航金批《西厢》版本分类为我们进一步研究金批《西厢》在满族、蒙古族、达斡尔族中的传播提供了重要参照。

傅晓航的金批《西厢》的版本系统中的四种类型，只有第一种与《西厢记》满文译本有关，保持了原刻本的面貌。中国艺术研究院戏曲研究所原来藏有傅惜华藏顺治年间刊刻的《贯华堂第六才子书》原刻本，但在20世纪六七十年代，此书散失了。傅晓航选择了康熙三十九年（1700）四美堂本、康熙五十九年（1720）怀永堂本、"因百藏曲"写刻本、"金谷园藏版"重刻本、乾隆四十七年（1782）楼外楼刊刻本、宝淳堂精刻本等六种刊本进行了校勘，以刊刻于乾隆年间的宝淳堂精刻本为底本，他认为此本与诸本相比较，校勘最细，错误较少，而且与原刻本较为近似②。具体目次为：

卷一　序一，曰　恸哭古人
　　　序二，曰　留赠后人
卷二　读第六才子书西厢记法
卷三　会真记
　　　附：会真记考证文章四篇
　　　元稹、白居易等诗二十三篇
卷四　第一之四章　题目正名
　　　惊艳　老夫人开春院

---

① 傅晓航：《贯华堂第六才子书西厢记·前言》，载傅晓航编辑校点《西厢记集解　贯华堂第六才子书西厢记》，甘肃人民出版社2013年版，第361—369页。

② 傅晓航：《贯华堂第六才子书西厢记·前言》，载傅晓航编辑校点《西厢记集解　贯华堂第六才子书西厢记》，甘肃人民出版社2013年版，第371页。

　　　　借厢　崔莺莺烧夜香
　　　　酬韵　小红娘传好事
　　　　闹斋　张君瑞闹道场
　卷五　第二之四章　题目正名
　　　　寺警　张君瑞破贼计
　　　　请宴　莽和尚杀人心
　　　　赖婚　小红娘昼请客
　　　　琴心　崔莺莺夜听琴
　卷六　第三之四章　题目正名
　　　　前候　张君瑞寄情词
　　　　闹简　小红娘递密约
　　　　赖简　崔莺莺乔坐衙
　　　　后候　老夫人问医药
　卷七　第四之四章　题目正名
　　　　酬简　小红娘成好事
　　　　拷艳　老夫人问情由
　　　　哭宴　短长亭斟别酒
　　　　惊梦　草桥店梦莺莺
　卷八　续四章　题目正名
　　　　泥金报捷　小琴童传捷报
　　　　锦字缄愁　崔莺莺寄汗衫
　　　　郑恒求配　郑伯常干舍命
　　　　衣锦荣归　张君瑞庆团圆①

上述康熙年间刻本的面貌,是其与《西厢记》满文译本关系研究的基础。同时,它们还与蒙古、达斡尔《西厢》译本关系紧密。

二　满文《西厢记》的版本

清代《西厢记》以金圣叹批注本最为流行,康熙年间被译为满文。

---

① 傅晓航:《贯华堂第六才子书西厢记·前言》,载傅晓航编辑校点《西厢记集解　贯华堂第六才子书西厢记》,甘肃人民出版社2013年版,第361—363页。

第一章　金批《西厢》与满、蒙古、达斡尔《西厢》的版本及其研究概述　✳✳　5

《世界满文文献目录》《全国满文图书资料联合目录》《北京地区满文图书总目》等书目都将满译《西厢记》的情况登记在册，具体情况如下。

《世界满文文献目录》列出 6 种①：

1. 满汉合璧，四册，四卷，康熙四十五年（1706）刊本，辽宁省图书馆藏品。

2. 满汉合璧，一函四册，四卷，康熙四十七年（1708）寄畅斋刻本，24cm×14.5cm，中央民族大学图书馆藏品。

3. 满汉合璧，四册，四卷，康熙四十九年（1710）刻本，15.5cm×11.4cm，国家图书馆、北京大学图书馆、首都图书馆、雍和宫（残本）、民族文化宫、中国第一历史档案馆、中央民族大学图书馆、日本藏品。

4. 满汉合璧，四册，嘉庆元年（1796）抄本，18cm×25.3cm，首都图书馆藏品。

5. 满汉合璧，四册，抄本，国家图书馆、首都图书馆藏品。

6. 《精译六才子词》，满汉合璧。

《全国满文图书资料联合目录》列出 6 种②：

1. 《精译六才子词》，刘顺译校，康熙四十七年（1708）寄畅斋刻本，满汉合璧，四册，44.5cm×15.5cm。注：此书仅译《西厢记》中曲文部分，汉文列上，满文列下刻印。中央民族大学图书馆藏。

2. 康熙四十九年（1710）文盛堂刻本，四册，满汉合璧，16cm×12cm，内蒙古大学图书馆藏。

3. 康熙四十九年（1710）刻本，满汉合璧，四册，15.5cm×11.4cm。北京图书馆、北京大学图书馆、首都图书馆、雍和宫、中国第一历史档案馆图书馆、中央民族大学图书馆、内蒙古自治区图书馆、内蒙古师范大学图书馆、辽宁省图书馆、大连市图书馆、上海市图书馆藏。

4. 嘉庆元年（1796）抄本，满汉合璧，四册，25.3cm×18cm，首

---

① 富丽编：《世界满文文献目录（初编）》，中国民族古文字研究会，1983 年，第 48—55 页。

② 黄润华、屈六生主编：《全国满文图书资料联合目录》，书目文献出版社 1991 年版，第 133—143 页。

都图书馆藏。

5. 抄本，满汉合璧，四册，首都图书馆藏。

6. 刻本，满文，存一册，21cm×14.5cm。注：每半页十行，中缝书名亦为满文。中央民族大学图书馆藏。

《北京地区满文图书总目》列出6种[①]：

1.《精译六才子词》，四卷，刘顺译校，康熙四十七年（1708）寄畅斋刻本，四册，满汉合璧，四册，线装，黑口，页面26.6cm×17.4cm，半叶版框24.5cm×15cm，四周双边7行，版口有单鱼尾，汉文书名、页码。注：此书仅译《西厢记》中曲文部分而成。中央民族大学图书馆藏。

2. 康熙四十九年（1710）刻本，四册，满汉合璧，线装，白口，页面25cm×15cm，半叶版框16.2cm×11.5cm，四周双边6行，小字双口，版口有汉文书名，单鱼尾，满文卷数，汉文页码。国家图书馆、首都图书馆、北京大学图书馆、中央民族大学图书馆、中国科学院图书馆、中国社会科学院民族学与人类学研究所图书馆、国家博物馆图书馆、中国第一历史档案馆、中国民族图书馆、雍和宫藏。其中，雍和宫藏本存三册。

3. 刻本，存一册，满文，页面21cm×14.5cm，中央民族大学图书馆藏。

4. 嘉庆元年（1796）抄本，四册，满汉合璧，线装，页面25.6cm×18cm，8行。注：炭化。首都图书馆藏。

5. 抄本，四册，满汉合璧，线装，页面27.8cm×17.6cm，6行，首都图书馆藏。

6. 抄本，四册，满汉合璧，线装，页面22.6cm×15cm，7行，国家图书馆、中国科学院图书馆藏。

综上所述，《西厢记》满文译本主要有以下4种刊本：

1. 满汉合璧，四册，四卷，康熙四十五年（1706）刊本。

2. 满汉合璧，一函四册，四卷《精译六才子词》，康熙四十七年

---

① 北京市民族古籍整理出版规划小组办公室满文编辑部编：《北京地区满文图书总目》，辽宁民族出版社2008年版，第395—396页。

（1708）刻本。

3. 满汉合璧，四册，四卷，康熙四十九年（1710）刻本。

4. 满汉合璧，四册，嘉庆元年（1796）抄本。

《世界满文文献目录》著录显示，第一种刊本藏于辽宁省图书馆。经笔者与辽宁省图书馆古籍部门联系，工作人员说："我馆有满汉合璧《西厢记》三部，这是其中的两部，另一部我同事说没有显示年代，但应该也是（康熙）四十九年的。"① 工作人员给我发来馆藏的三部满汉合璧《西厢记》刊本的序言尾页以及第一章首页，序言尾页显示三部皆为康熙四十九年（1710）的刻本，该馆并无康熙四十五年（1706）刊本，也就是说《世界满文文献目录》著录有误。嘉庆元年（1796）满汉合璧《西厢记》是抄本，而不是刻本。因此，最值得关注的是两种本子：一是康熙四十七年（1708）的《精译六才子词》，二是康熙四十九年（1710）的满汉合璧《西厢记》。此外，还有一种本子，是孙书磊提到的巴伐利亚国家图书馆藏《合璧西厢》②，该本为雍正六年（1728）翻译，后文有详述。本书重点研究的就是这三种本子。

上述《西厢记》满文译本，基本是康熙、雍正年间的刻本。因此，如果说金批《西厢》与《西厢记》满文译本产生关联，那也是通过康熙、雍正年间的刻本。

三 蒙古文《西厢记》的版本

蒙古族当中也有《西厢记》抄本。《中国蒙古文古籍总目》第08162—08163 条目有著录③，著录条目的汉译为：

08162，《西厢记》/（元）王实甫著。清道光二十年（1840）毛笔手抄本，存 2 册，28.7cm × 23.7cm，线装，Ši Šiyang Ji bicig，残，015001。

08163，《西厢记》/（元）王实甫著。民国时期毛笔手抄本，存 1

---

① 2020 年 7 月 22 日，辽宁省图书馆工作人员给笔者的电子邮件。
② 孙书磊：《巴伐利亚国家图书馆藏〈合璧西厢〉考述》，《文化遗产》2014 年第 4 期。
③ 《中国蒙古文古籍总目》编委会编：《中国蒙古文古籍总目》（下）（蒙古文），北京图书馆出版社 1999 年版，第 1343 页。

册，24.5cm×23cm，纸线装，Ši Šiyang Ji bicig，存第一册，015001。

著录显示该抄本藏于内蒙古图书馆。笔者委托内蒙古师范大学聚宝先生查找发现，内蒙古图书馆所藏的《西厢记》抄本是译于道光二十年（1840）的蒙古文《西厢记》，共三册，并且是转译自康熙四十九年（1710）满汉合璧《西厢记》刻本。后文再详细介绍。

四 达斡尔族《西厢记》的版本

达斡尔族也有《西厢记》，不过，这不是译本，而是达斡尔族乌钦说唱本，篇名是《莺莺传》。这是清代达斡尔族文人敖拉·昌兴（1809—1881）借用满文字母拼写达斡尔语，按照乌钦的艺术形式创作而成。"乌钦"是达斡尔族的口头传统，2006年被列入第一批国家级非物质文化遗产名录。《莺莺传》手抄本由达斡尔人碧力德藏。后文再详细介绍。

上文简述了金批《西厢》的基本情况，以及在满族、蒙古族、达斡尔族中的传播情况，这将是我们进一步讨论问题的基础。

第二节 金批《西厢》与满、蒙古、达斡尔《西厢》研究概述

本节分别介绍金批《西厢》的研究情况，以及满、蒙古、达斡尔《西厢》的研究情况。

一 金批《西厢》研究概述

围绕金批《西厢》与满、蒙古、达斡尔《西厢》的关系，金批《西厢》研究主要涉及金批《西厢》的底本、金批《西厢》的校点本、金批《西厢》的版本、金批《西厢》的评价等问题。

傅晓航《金批西厢研究》[①] 是金批《西厢》研究的专门著作，由17篇文章组成。分别是《〈贯华堂第六才子书西厢记〉前言》《〈金批西厢〉的美学思想》《"无"字的美学内涵——赞美化境》《金圣叹论

---

① 傅晓航：《金批西厢研究》，文化艺术出版社2021年版。

〈西厢记〉的写作技法》《〈金批西厢〉的底本问题》《金圣叹删改〈西厢记〉的得失》《金圣叹说"梦"——〈金批西厢〉四之四〈惊梦·开篇批语〉解读》《〈金批西厢〉四之四〈惊梦·开篇批语〉原文、注解、释文》《〈金批西厢〉诸刊本纪略》《〈金批西厢〉的评点理论格局——〈金批西厢〉解读》《金圣叹与书的情结》《〈西厢记集解〉前言》《〈西厢记〉笺注解证本》《金圣叹著述考》《〈西厢记集解〉〈贯华堂第六才子书西厢记〉再版说明》《无心插柳柳成荫——写在〈西厢记集解〉〈第六才子书〉再版之际》《南戏〈西厢记〉简论》。这些文章是研究金批《西厢》的重要论文。

（一）金批《西厢》底本研究

金批《西厢》的底本是不能绕开的重要问题。傅晓航《金批西厢的底本问题》①认为金圣叹删改《西厢记》时，虽然可能参照了包括凌濛初刻本（以下简称凌刻本）在内的其他一些刊本，但是金批西厢的底本极有可能是《张深之正北西厢秘本》（以下简称张校本）。并举出五个方面的例证：一是"题目总名""题目正名"和各折的标题，排列方式是一致的；二是金批本与张校本的曲牌名目和曲牌的排列基本相同，而与凌刻本相异之处甚多；三是各种西厢刊本，它们之间差异最大的是道白，而在道白方面金批本独与张校本相同之处甚多，即或有些不同，也可以清楚地看到金批本是在张校本的基础上增删的；四是各刊本唱词之间的差异都是比较小的，但在这一方面金批本和张校本相同或近似，而与其他刊本相异之处，也不难看到；五是剧中人物的称谓，张校本只有《惊艳》一折店小二上场作"末上"，其余都使用人物名称，金批本则全部使用人物名称，与张校本基本相同，而与弘治本、凌刻本大异，它们主要是使用行当名称。

蒋星煜《〈金批西厢〉底本之探索——兼评〈金西厢〉优于〈王西厢〉之说》认为"《金批西厢》以张深之本为底本已无疑义"。不过他这一观点是受到傅晓航启发的，他在文章末尾中写道："傅晓航同志对《金批西厢》问世以后的演变和发展作了文献学方面的研究，写成了专文，作为他所校订的《贯华堂第六才子书西厢记》的自序发表了。对

---

① 傅晓航：《金批西厢的底本问题》，《文献》1989年第3期。

于《金批西厢》的底本探索这方面的文献学的研究，他没有写论文，口头和我多次交换过意见，给我的启发极多。这篇文章里面有些材料或论点便是和他学术交流时得来的。"① 蒋星煜这篇文章不知何时发表，与其他文章一起出版时已经是1997年了，比傅晓航的文章晚8年。

　　林宗毅《〈西厢记〉二论》有专门一节《金圣叹批改〈西厢记〉的功过及其"分解"说与戏曲分节的关系》，探讨了"金批《西厢记》底本的探索方法"②，他认为傅晓航和蒋星煜在论证角度、取样上，似可相互借鉴融合。傅晓航为了证明在道白方面金批本独与张校本相同之处甚多，即便有些不同，也可以清楚地看到金批本是在张校本的基础上增删的，则取了金批本、张深之校本、凌濛初刻本做比较。蒋星煜除了从曲文的比勘上着手，也对所采做比勘的各版本之第四、八、十二、十六、二十出（折）结束用何曲牌进行对照。蒋星煜为了找出金批本的底本，对弘治岳刻本、徐士范本、仇文合璧本、《西厢会真传》、张深之本、金批《西厢》各本采样比较。二人得出一样的结论，即金批本与张深之本最为相近。林宗毅认为傅晓航比较面较广，但比勘本较少，仅取甲、乙之（一）共两类，第五项理由，即金批本全部使用人物名称，与张校本基本相同，而与弘治本、凌刻本有很大不同，这则显得勉强，因为早在万历年间，继志斋本、徐士范本、熊龙峰本都是径称为夫人、莺莺、张生、红娘，稍后的刘龙田本、汪廷讷环翠堂本、李卓吾本（五种）、师俭堂汤显祖评本、师俭堂陈眉公评本、徐奋鹏笔峒山房本等全都是如此，不能以王、凌二本不是这样就轻易地下断语。蒋星煜比较面较窄，但比勘本较多，单单少了甲类，不过，若要从体例、曲文上的比较中得出金批本与张深之本最为相近的结论，便显得不够严密。如果蒋星煜能再多采用凌刻本一种版本进行比勘、求证就会较完美。也就是说，结合傅晓航、蒋星煜的研究方法和角度，可使求证过程更为严密、结论更为可信。林宗毅得出结论，即探索金批《西厢记》底本的方法与步骤，是先假设

---

① 蒋星煜：《〈西厢记〉的文献学研究》，上海古籍出版社1997年版，第402—403页。
② 林宗毅：《〈西厢记〉二论》，台北：文史哲出版社1998年版，第197—199页。

底本是属于四大类①的其中一类，然后经过比勘、推论，得出乙之（一）类可能性最大，再从中逐一比勘求证，则求得的底本会更准确、可信。

（二）金批《西厢》校点本情况

金批《西厢》的校点本主要有以下几种：傅晓航校点《贯华堂第六才子书西厢记》②，曹方人、周锡山校点《贯华堂第六才子书西厢记》③，张国光校注《金圣叹批本西厢记》④。国家图书馆古籍馆编《古本〈西厢记〉汇集初集》⑤，共9册，其中第5册至第7册，与金批《西厢》有关，主要是两种版本，一是《此宜阁增订金批西厢记》，二是《楼外楼订正妥注第六才子书》。其中，周昂的《此宜阁增订金批西厢记》是以金批本《西厢记》为底本的批评本，对王实甫的《西厢记》原作和金批本做了再批评，结合剧作的故事情节与人物形象，在内容、语言、结构上提出了独到的见解，具有历史文献价值、学术研究价值和艺术欣赏价值⑥。

（三）金批《西厢》版本研究

对金批《西厢》版本研究最为深入的是傅晓航，他出版有《贯华堂第六才子书西厢记》⑦，对金批《西厢》版本校对最为精细，此书的序言是研究金批《西厢》的重要论文。

谭帆《清代金批〈西厢〉研究概览》⑧认为，有清一代对于金批《西厢》的研究是一个值得注意的现象。戏曲史发展到了明末清初，由于金圣叹批本《西厢记》在曲坛的崛起，《西厢记》的其他批本在历史

---

① 林宗毅概括的四大类是：保持元人杂剧体例；体例上一定程度地有所南戏、传奇化；体例上最大程度南戏、传奇化；仅有曲文而无宾白、科介。参见林宗毅《〈西厢记〉二论》，台北：文史哲出版社1998年版，第197页。
② 傅晓航校点：《贯华堂第六才子书西厢记》，甘肃人民出版社1985年版。
③ 曹方人、周锡山校点：《贯华堂第六才子书西厢记》，江苏古籍出版社1985年版。
④ 张国光校注：《金圣叹批本西厢记》，上海古籍出版社1986年版。
⑤ 国家图书馆古籍馆编：《古本〈西厢记〉汇集初集》，国家图书馆出版社2011年版。
⑥ 俞为民：《周昂的〈此宜阁增订金批西厢记〉及其曲论》，《东南大学学报》（哲学社会科学版）2014年第6期；段永辉、李晓泽：《周昂〈此宜阁增订金批西厢〉的文献价值》，《兰台世界》2009年第8期。
⑦ 傅晓航编辑校点：《西厢记集解 贯华堂第六才子书西厢记》，甘肃人民出版社2013年版。
⑧ 谭帆：《清代金批〈西厢〉研究概览》，《戏剧艺术》1990年第2期。

的洗汰中已逐渐地趋向了沉寂。从顺治到康熙年间，对于金批《西厢》的研究虽然也出现了数种较有影响的《第六才子书西厢记》版本，诸如清顺治贯华堂原刻本《贯华堂第六才子书西厢记》、清康熙八年（1669）刻的《贯华堂绘像第六才子书西厢记》等，不过，雍正、乾隆、嘉庆三朝才是金批《西厢》出版的高潮期。据不完全统计，此时期出版的《第六才子书西厢记》的各种版本竟有十六种之多，而批评家的研究视线亦从理论评判转向了注解诠释，较为著名的有邓汝宁注本《增补笺注绘像第六才子书西厢释解》和邹圣脉注本《绣像妥注第六才子书》。此时期较有特色的金批《西厢》刊本是《此宜阁增订金批西厢》，这是一部对金圣叹批本《西厢记》做了详细分析评论的批点本。从道光年间开始，对于金圣叹批本《西厢记》的研究破除了以前理论批评的冷寂局面，梁廷楠在其《藤花亭曲话》中对金批《西厢》做了深入的分析品评，并对李笠翁的评判做了一定程度的反拨。至晚清，理论评判愈见热闹，邱苇罿、彭翎、王季烈、吴梅等批评家大都从"曲学"的角度对金批《西厢》发出了颇多诘难。而同时《第六才子书》刊本亦不断地刊行，并在道光三年（1823）又一次出现了对于金批《西厢》的批点本《桐华阁本西厢记》。金圣叹批本《西厢记》是在清代初年刊行出版的，对其的批评却延续了有清一代。

汪龙麟《〈西厢记〉明清刊本演变述略》[①]指出，在清代九十余种《西厢记》刊刻本中，有七十余种是金圣叹批点《贯华堂第六才子书西厢记》的翻刻本。由此足见金批本在清代之影响。金批本之所以能在清代诸多《西厢记》刊本中一枝独秀，不是因为所据版本是如其所标榜之"真本"，而是因为错落散布于这部"圣叹外书"中的极富慧心灵智的评点文字。金批《西厢》在清代翻刻成风，比较有特色的是邹圣脉《妥注善本圣叹外书绣像第六才子书》（三让堂藏版，乾隆年间刊刻）、周昂《此宜阁增订西厢记》［乾隆六十年（1795）刊刻］。邹刻于"妥注"中对金批多有纠谬，周刻在批语中融进了自己的评点。

陈志伟、韩建立《〈西厢记〉版本述要》[②]认为，清顺治年间金圣

---

① 汪龙麟：《〈西厢记〉明清刊本演变述略》，《北京社会科学》2012年第4期。
② 陈志伟、韩建立：《〈西厢记〉版本述要》，《图书馆学研究》2002年第10期。

叹《第六才子书西厢记》问世以后,从清初至民国末年近三百年间,在诸多《西厢记》刊本中鹤立鸡群,几乎占据压倒一切的地位。其翻刻本之多,是其他刊本《西厢记》无法比拟的。金圣叹批改本《西厢记》,现在的最早本子为顺治间贯华堂刊刻的《贯华堂第六才子书西厢记》。金圣叹是文学批评家,而不是剧作家和戏曲理论家,因而他主要是从文学欣赏的角度去批评《西厢记》,而不是将之作为舞台演出的剧本去评论的。金本也主要是作为文学鉴赏批评本而传世的。

此外,蒋星煜《〈西厢记〉版本述略》提出金批《西厢》是"非演出本",认为戏曲剧本原是为演出而创作,但往往由于对舞台艺术不够熟悉,所以有些作品被认为是案头之曲而非场上之曲。而金圣叹则根本不考虑演出的问题,完全是从文学批评的视角对《西厢记》进行了改编。[①]

(四) 金批《西厢》第五本研究

王季思《〈西厢记〉的历史光波》认为,金圣叹固执第五本为关汉卿的续笔,进而大肆指责,又往往妄改原文、以迁就他的主观评价[②]。

樊宝英《金圣叹"腰斩"〈水浒传〉、〈西厢记〉文本的深层文化分析》[③]认为,人们对金圣叹为什么"腰斩"《水浒》《西厢》两部文本存有诸多看法,但最基本的理路都是结合当时社会动荡的历史背景以及研究者自身所处的有关政治形势来加以探讨,大多局限于思想动机的层面。从深层文化结构层面入手,把金圣叹对《水浒》《西厢》的评价与他对儒道释文化的阐释结合起来,不难发现《周易》的"物不可以穷"论、老庄的"有无"观以及佛教的梦幻观所积淀成的深层文化结构对金圣叹的"腰斩"起着巨大的作用。金圣叹"腰斩"《水浒》《西厢》显示了中国传统深层文化结构所潜藏的"诗性智慧"。

张天星《金圣叹腰斩〈水浒传〉与〈西厢记〉新探》[④]认为,把

[①] 蒋星煜:《西厢记研究与欣赏》,上海辞书出版社2004年版,第56页。
[②] 康保成编:《王季思文集》,中山大学出版社2004年版,第323—329页。
[③] 樊宝英:《金圣叹"腰斩"〈水浒传〉、〈西厢记〉文本的深层文化分析》,《文学评论》2008年第5期。
[④] 张天星:《金圣叹腰斩〈水浒传〉与〈西厢记〉新探》,《四川师范大学学报》(社会科学版)2004年第3期。

《水浒传》和《西厢记》结合起来研究发现，在历史来源、人生观与世界观、文学批评创造性、文法艺术要求等诸多因素的交织下，金圣叹斩定了《水浒传》与《西厢记》。

张国光《杰出的古典戏剧评论家金圣叹——金本〈西厢记〉批文新评》①认为，由于金圣叹不仅是《西厢》的评论家，而且是它的删订者，是《西厢》最后定型时期负责定稿的作者。他通过批改，提升了旧本的思想性。不管评论者如何批判金圣叹随意施刀斧的主观色彩，都不能否认他清除了旧本所宣扬的夫荣妻贵、衣锦荣归的封建正统观念，从而使大团圆的《西厢记》变成震撼人心的古典悲剧。

（五）金批《西厢》思想研究

周锡山《金批〈西厢〉思想论》②认为，对金批《西厢》的思想意义，论者一般分为两派：一派给予全盘或基本否定，认为金圣叹鼓吹封建礼教，阉割《西厢》的进步思想；另一派则基本肯定，认为金圣叹虽有维护"先王之礼"的局限，但力辩《西厢》"淫书"之说，有其进步性。作者不同意以上意见，认为金批《西厢》与金批《水浒》和金批杜诗一样，具有深广的思想意义，是封建社会罕见的进步、激进之作，达到封建时代的高峰。

刘世明《论金批〈西厢记〉之十大哲学范畴》③认为，透过《贯华堂第六才子书西厢记》中的评点文字，可以归纳出金圣叹所追求的十大哲学范畴——生、化、神、道、极、理、气、心、性、情，通过这些字眼，能够透视出原剧中张生、莺莺、红娘等人物的行为举止与内心世界。由此，不仅可以使读者深入体会王实甫剧本中的精彩台词，更可以感受到金圣叹的一颗赤子之心和一片人间真情。

（六）金批《西厢》评点研究

谭帆《金圣叹与中国戏曲批评》④重点讨论了金圣叹对《西厢记》的批评，由引论和十章组成，这十章所探讨的内容依次为：金圣叹及其

---

① 张国光：《杰出的古典戏剧评论家金圣叹——金本〈西厢记〉批文新评》，载中国古代文学理论学会编《古代文学理论研究》第三辑，上海古籍出版社1981年版。
② 周锡山：《金批〈西厢〉思想论》，《山西师大学报》（社会科学版）1992年第4期。
③ 刘世明：《论金批〈西厢记〉之十大哲学范畴》，《天中学刊》2020年第3期。
④ 谭帆：《金圣叹与中国戏曲批评》，华东师范大学出版社1992年版。

文学批评活动，金圣叹的文学批评观，金圣叹的《西厢记》批评，关于《西厢》之"淫"的理论辨析，金圣叹论《西厢》人物及其理论总结，金圣叹论《西厢》结构及其理论总结，金圣叹论《西厢》语言及其理论总结，清人批评"金《西厢》述略"，金圣叹与《西厢记》评点系统，从金圣叹看中国古代戏曲批评理论的宏观体系。作者提出该书的主要任务是从叙事学的角度来研究金圣叹的《第六才子书西厢记》：第一、第二章是对金圣叹作为一个文学批评家的"主体研究"，揭示金圣叹批评《西厢记》的批评主体特征；第三至第七章是《第六才子书西厢记》的"本体研究"，着重分析金批《西厢》的外部特征和内在的理论思想；第八至第十章则对金圣叹的戏曲理论批评做出价值评估，包括清人的评述、金圣叹与《西厢记》评点系统关系以及金圣叹在中国戏曲理论史上的历史地位。

王靖宇《金圣叹的生平及其文学批评》① 第五章《〈西厢记〉的评点》，其中谈到"金圣叹的编辑方式及其对原文的修改"时，从"对唱词的改动""对说白的改动"等方面进行了讨论；谈到"对艺术作品《西厢记》的赞赏"时，从"出色的写作""莺莺是剧中的中心人物""《西厢记》的结构及相关问题""第五本的问题"等方面进行了探讨。

伏涤修《金圣叹批点〈西厢记〉的价值与不足》② 认为，金圣叹批点《西厢记》的价值主要体现在其批语自成理论体系和自具理论深度，尤其是他在为《西厢记》辨淫这一点上论述的深度超过了之前的任何人，金圣叹以莺莺作为《西厢记》第一主要人物，抓住了理解该剧人物关系与情节开合的关键所在，在分析《西厢记》的艺术审美成就时能金针度与人，为人们阅读理解《西厢记》提供了方法论的指导。但是金圣叹批点《西厢记》时以文律曲过于案头化，未得场上搬演之三昧，此外他的批点具有较浓厚的虚无与宿命色彩，这是金批《西厢》存在的不足。

---

① ［美］王靖宇：《金圣叹的生平及其文学批评》，谈蓓芳译，上海古籍出版社2004年版。
② 伏涤修：《金圣叹批点〈西厢记〉的价值与不足》，《学术交流》2009年第5期。

毛杰《金批〈西厢记〉的内在评点机制研究》①认为，金圣叹批本《西厢记》整体上具备一定内在的维系自身的评点体系，它体现在金批《西厢记》的评点体例、评点视角、评点功能的三组设定序列中，而就是这个体系，使金批以及作为载体的《西厢记》具备鲜明的金圣叹批评特色，形成了与众不同的中国古代戏曲批评理论范式。

盛雅琳《从金批本〈西厢记〉分析金圣叹的戏剧批评观》②认为，金圣叹作为独有见解的文艺评论家，一度将中国小说戏曲的价值擢拔至新的高度，推举《西厢记》为天下妙文，他的评点字里行间体现出烙有金圣叹标志的批评观。戏剧情节上他承认"因文生事"，关注前后联系，反对狗尾续貂；戏剧人物的刻画上强调人物性格的个性化，以及人物与性格的匹配；戏剧语言上则推崇和而不同、清丽并举、含蓄婉转的语言风格。金圣叹的戏剧批评观和戏剧美学思想是我国古代戏曲批评理论的重要组成部分，对我国戏曲地位的提升有不可替代的推举作用。

于莉莉《金圣叹文学批评的独立品格——以金批西厢为例》③认为，王实甫《西厢记》诸家批本，被看重且影响最大的是金圣叹的批本。与以探求、遵循作者原意为旨归的传统批评不同，金圣叹以高度张扬的主体性批评意识，遵循文情为主的阐释标准，对《西厢记》进行了"晰毛辨发、穷幽极微"的精彩点评和脱胎换骨的改造，使批评活动呈现出全新的面貌，具备了文学批评的独立品格，其中涉及的批评主体性、批评标准、文本开放性、阐释历史性等问题，无疑具有宝贵的理论价值。

韦强《金圣叹对〈西厢记〉经典地位的理论生成》④认为，《西厢记》的经典地位原先仅仅建立在文人的感悟式的推崇、夸赞之上，并

---

① 毛杰：《金批〈西厢记〉的内在评点机制研究》，《大连大学学报》2008年第5期。
② 盛雅琳：《从金批本〈西厢记〉分析金圣叹的戏剧批评观》，《民族艺林》2022年第1期。
③ 于莉莉：《金圣叹文学批评的独立品格——以金批西厢为例》，《福州大学学报》（哲学社会科学版）2011年第3期。
④ 韦强：《金圣叹对〈西厢记〉经典地位的理论生成》，《厦门广播电视大学学报》2018年第4期。

没有理论性、系统性的文章对其经典性进行深层阐发和理论确认,直到金圣叹评点《西厢记》的出现。金批《西厢记》虽然也非专论,但是其评点却构成一个以"至情""至人""至文"为逻辑关系的理论核心,正是通过对这三层经典性要素的阐释,金圣叹在中国历史上第一次实现了对《西厢记》经典地位的理论生成。

戴健《〈金批西厢〉中的"诗""歌"话语与晚明文学生态》① 认为,金圣叹在批点《西厢记》时所引述的评论话语非常丰富,韵文方面择要而言有《诗经》、唐诗、民歌时调等,分别反映了其对《西厢记》的思想、语言、文学价值等的意义揭示。以上评点话语的选择与运用,虽与金圣叹的个性、学养有关,但更是晚明文学生态的某种映射:妙解儒家经典以反对理学束缚、唐诗以诗集以外的形式传播、以民歌小曲为绝假存真的利器等文化现象,在晚明社会中皆不罕见。从《金批西厢》评点话语中,可以寻绎出当时的文学生态系统对作家及作品的影响。

(七) 清代《西厢记》传播研究

赵春宁《〈西厢记〉传播研究》② 以"传播"为视角,从文本、演出、改编、批评及其影响等五个方面入手,结合明清社会文化的背景和戏曲发展的历史,对《西厢记》成书后的传播情况,做了历史考察与理论分析,勾勒出《西厢记》在历代的传播全貌。其中对《西厢记》的各种抄本、刻本、选本,进行了十分细致的梳理;对改作、翻作、续作、改编与传播进行了探讨;对《西厢记》与戏曲、小说、诗词、说唱文学、绘画的关系进行了研究。这种研究思路对于研究金批《西厢》与满、蒙古、达斡尔《西厢》关系具有重要的借鉴意义。

刘畅《〈西厢记〉传播的受众研究》③ 第二部分认为,受清代统治思想和文化政策的影响,《西厢记》落入了禁毁之势,不仅文本传播大不如前,演出传播很长一段时间也归于沉寂,受众呈现出分布范围较

---

① 戴健:《〈金批西厢〉中的"诗""歌"话语与晚明文学生态》,《扬州大学学报》(人文社会科学版) 2013 年第 5 期。
② 赵春宁:《〈西厢记〉传播研究》,厦门大学出版社 2005 年版。
③ 刘畅:《〈西厢记〉传播的受众研究》,硕士学位论文,长沙理工大学,2020 年。

小、所处接受环境狭窄、接受趋向裂变的特点,受众的传播行为则游走于"禁毁"与"反禁毁"之间。

樊星《"西厢记"故事流传过程中的传播学意义》① 认为,多民族文化交流为"西厢记"故事的改编、流传提供了条件。北宋的灭亡使长江以北地区长期处于女真人的统治之下。从《西厢记诸宫调》《西厢记》对《莺莺传》的改编上,就能够看到游牧文化精神对文学的影响。正是由于少数民族与汉族的文化交流,尊重个人意愿、感情开始成为人们自觉的追求。由于封建伦理、礼教思想在金元这个特殊的时期受到了进步文学思潮的冲击,"西厢记"故事才得以通过文人的改编广为流传,并对元代以后的文化产生了深刻的影响。作者的总结对于进一步理解金批《西厢》在满族、蒙古族、达斡尔族中的传播具有重要意义。

郝青云、王清学《西厢记故事演进的多元文化解读》② 提出自唐代《莺莺传》诞生以来,西厢记故事的演进经历了宋、金、元、明几个不同时代、不同民族的融合时期。在这种多元文化背景下,西厢记故事的演进是在文艺形式和思想内容两个方面同时发生的,每一次思想内容的演进都以文艺形式发展为契机,而文艺形式的发展又以文化转型为重要前提。

黄冬柏《从民歌时调看〈西厢记〉在明清的流传》③ 通过对《新编题西厢记咏十二月赛驻云飞》《雍熙乐府》《摘锦奇音》《霓裳续谱》《白雪遗音》等民歌时调集中有关题咏《西厢记》歌曲的调查,从作品特点、大众的欣赏趣味和当时的社会背景等方面,探究《西厢记》故事在明清的流传情况。以崔莺莺和张生的恋爱为题材的西厢记故事,自文人的案头文学唐代小说《莺莺传》诞生以后,经过民间的说唱文艺宋代鼓子词《元微子崔莺莺商调蝶恋花》、金代诸宫调《董西厢》等的传唱,然后演变为在戏曲舞台上上演的元代杂剧《王西厢》、明代传奇《南西厢》等,在俗文学体裁之中,始终存在文人的参与和关心。明清

---

① 樊星:《"西厢记"故事流传过程中的传播学意义》,《长春师范大学学报》(人文社会科学版) 2014 年第 4 期。
② 郝青云、王清学:《西厢记故事演进的多元文化解读》,《中国社会科学院研究生院学报》2008 年第 4 期。
③ 黄冬柏:《从民歌时调看〈西厢记〉在明清的流传》,《文化遗产》2011 年第 1 期。

时期《西厢记》故事在被改编成民歌时调的背后，文人所发挥的积极作用也是不容忽视的。

伏涤修《〈西厢记〉接受史研究》①提到《西厢》说唱曲的曲艺形式有【鼓子词】【劈破玉】【打枣竿】【寄生草】……此外还有用【驻云飞】【满庭芳】【小桃红】【满江红】【玉抱肚】【楚江秋】【皂罗袍】【山坡羊】【挂真儿】等多种曲牌曲调写成的俗曲。清代《西厢记》题材的说唱艺术和民歌小曲比较发达。

韦强《论金批〈西厢记〉文论思想在清代的传播生态》②认为，金圣叹评点《西厢记》立足于"文学"，而与音乐毫无关系。加之《西厢记》本身在入清之后又失去音乐性，成为纯粹的"剧本"。无论是剧本创作还是戏曲理论研究，都已经完全和杂剧脱离了关系。《西厢记》的爱好者以及戏曲的爱好者遂更多地关注那些根据"西厢故事"改编而成、当时可听可唱的民歌俗曲和地方戏。这个观点对于进一步研究金批《西厢》在满族、蒙古族、达斡尔族中的传播具有重要意义。

罗冠华《明清〈西厢记〉改本新探》③指出明清《西厢记》改本基本保留元杂剧《西厢记》的主要情节和人物，删减次要情节和人物，突出强调男女主角的感情戏。以文人视角改编的《西厢记》改本，强调伦理教化观念；以民间视角改编的《西厢记》改本，灵活吸取小说、说唱等民间文艺形式，将张生和莺莺等人物市民化，体现小人物的喜怒哀乐，宣扬侠义精神。这对于思考达斡尔《西厢》改编具有重要意义。

以上是金批《西厢》研究的重要论著。应该说，学界对金批《西厢》的研究已经比较充分了。

二 满、蒙古、达斡尔《西厢》研究概述

学界关注到了《西厢记》在少数民族当中的传播情况。多人提到

---

① 伏涤修：《〈西厢记〉接受史研究》，黄山书社2008年版，第487页。
② 韦强：《论金批〈西厢记〉文论思想在清代的传播生态》，《河北师范大学学报》（哲学社会科学版）2022年第2期。
③ 罗冠华：《明清〈西厢记〉改本新探》，《戏剧艺术》2013年第1期。该作者近似观点的文章还有《明清〈西厢记〉改本研究》，载《中华戏曲》编辑部编《中华戏曲》第47辑，文化艺术出版社2014年版。

少数民族语文本。蒋星煜说:"满汉合璧本《西厢记》清初流行甚广,印数不少。后来还有石印本传世,现国内外均有收藏。此是任何南戏、杂剧、传奇作品所未见的现象。"① 王丽娜、伏涤修等人也曾提及满蒙译本《西厢记》②。不过,对满、蒙古、达斡尔《西厢》的研究成果数量不多。

(一) 满汉合璧《西厢记》研究

1991年,永志坚整理的满汉合璧《西厢记》在新疆人民出版社出版③。该版本是康熙四十九年(1710)满文刻本,该书前言介绍了这部作品的基本情况。2016年,满汉合璧《西厢记》在民族出版社出版④,这是中国民族图书馆藏满汉合璧《西厢记》的影印本。该藏本是康熙四十九年(1710)满汉合璧刻本。

满汉合璧《西厢记》研究成果主要有以下几种。永志坚在满汉合璧《西厢记》前言中对《西厢记》译文进行了评价,并且指出其重要价值:"满译文贴切精当,生动传神,也能自成风格,同原著相映成趣,完全可以与《聊斋志异》的满译文相媲美。它对研究满语的文学语言,无疑有重要价值。另外,在《西厢记》研究中历来成为诸家争论不休的异文和解释,满译文也可以起到佐证和参考作用。例如,'列山灵、陈水陆'一句,注家不仅对'山'字有争议,认为'山'应为'仙'字,而且对整句的解释也是截然相反,各持己见。本书是在康熙中叶翻译的,时代较早,且译文前后照应,与情理颇通,可资参考。像这类有异义的句子或异文,本书中还有许多,不无参看价值。"⑤ 永志坚的这些意见对于进一步研究满汉合璧《西厢记》具有突出意义。赵志忠对满汉合璧《西厢记》进行了介绍,并着重对满文韵律的翻译特点进行了研究。他认为《西厢记》的译本,语言流畅生动,比较好地

---

① 蒋星煜:《西厢记研究与欣赏》,上海辞书出版社2004年版,第56页。
② 王丽娜:《〈西厢记〉的外文译本和满蒙文译本》,《文学遗产》1981年第3期;伏涤修:《〈西厢记〉接受史研究》,黄山书社2008年版,第26、28页。
③ 永志坚整理:《满汉合璧西厢记》,新疆人民出版社1991年版。
④ 吴贵飙主编:《满汉合璧西厢记》,民族出版社2016年版。
⑤ 永志坚:《满汉合璧西厢记·前言》,新疆人民出版社1991年版,第3—4页。

表达了原著的风格。① 季永海《〈满汉西厢记〉与〈精译六才子词〉比较研究》② 是一篇从语言学角度研究满文《西厢记》的论文，具体探讨了《满汉西厢记》与《精译六才子词》的版本关系、译者情况、汉满文异同。孙书磊《巴伐利亚国家图书馆藏〈合璧西厢〉考述》③ 认为巴伐利亚藏本的款式、译者完全不同于傅惜华藏本、东洋所藏本，内容上也有差别，应为在傅惜华藏本之外的具有独立版本意义的满汉《合璧西厢》版本。巴伐利亚藏本选取了雍正之前的十分流行且在译者所处时代依然极为盛行的金批《西厢》版本作为汉文部分的底本。以上是满汉合璧《西厢记》研究的直接成果。据林宗毅《〈西厢记〉二论》附录一"《西厢记》研究论著索引汇整"载，中国台湾学者张棣华撰有《满汉西厢记》④，遗憾的是笔者未查到此文。

章宏伟《论清代前期满文出版传播的特色》⑤ 指出，《西厢记》译本语言流畅生动，贴切精当，生动传神，比较好地表达了原著的风格，与原著相映成趣。而且同翻译小说相比，戏曲中的唱词更加难译，因为不仅要将唱词的意思翻译出来，还要照顾到词曲的韵律。从《西厢记》的译本可以很明显地看出译者对古汉语、汉族古典文学的深刻理解及在造词入韵过程中的良苦用心。从该书翻译的水平和技巧来看，译稿出自大手笔是无疑的。关于《西厢记》的满译作者，因为没有署名，所以一直是个谜。黄润华《满文翻译小说述略》⑥ 详细地列出了清代翻译的汉族古典小说的名称、版本、作者、影响；认为清代的满译小说在满汉民族间起到了桥梁作用，同时，满译小说作为中介也促进了满族与其他民族的文学交流，蒙古族、达斡尔族、锡伯族根据满译本再翻译成本民族的语言，对这些民族的文学产生了较大的影响。

---

① 赵志忠：《清代满语文学史略》，辽宁民族出版社2002年版，第119—125页。
② 季永海：《〈满汉西厢记〉与〈精译六才子词〉比较研究》，《满语研究》2013年第1期。
③ 孙书磊：《巴伐利亚国家图书馆藏〈合璧西厢〉考述》，《文化遗产》2014年第4期。
④ 张棣华：《满汉西厢记》，《"中央"图书馆馆刊》第七卷第二期，1974年9月。词条信息出自林宗毅《〈西厢记〉二论》，台北：文史哲出版社1998年版，第261页。
⑤ 章宏伟：《论清代前期满文出版传播的特色》，《河南大学学报》（社会科学版）2009年第1期。
⑥ 黄润华：《满文翻译小说述略》，《文献》1983年第2期。

（二）蒙古文《西厢记》研究

王丽娜《〈西厢记〉的外文译本和满蒙文译本》① 曾提到，首都图书馆藏有嘉庆元年（1796）满文抄本《西厢记》，一部四册。蒙古文《西厢记》，有道光二十年（1840）抄本，内蒙古自治区图书馆藏。此外，《中国蒙古文古籍总目》② 中提及有蒙古文《西厢记》目录。乌云娜《清代蒙译汉小说版本述略》③ 指出，蒙译汉语小说中增删、改写、再创作的例子很多，可以说每一部小说都经过了翻译者的润色，抄写者的再创作。与翻译各类经书、政书、历史图书、藏传佛教经典等正统书籍不同的是，小说的非正统"闲书"这一特点，使其在翻译、抄写时可以有很大的创作自由度和随意性、主观性，使得不同时代不同的译者和抄写者在翻译、抄写时往往根据自己的解释和理解更改书名，按照蒙古人固有的审美情趣和欣赏习惯改动内容来满足自己的创作意图，从而形成了有地域特色、时代特征和民族特点的抄本系统。从满文翻译为蒙古文的汉文小说除《钟国母传》以外，还有《三国演义》《北宋志传》《聊斋志异》《今古奇观》《金瓶梅》等。

（三）达斡尔族乌钦《莺莺传》研究

达斡尔族乌钦《莺莺传》的研究成果分为资料整理和学术研究两部分。资料整理部分：碧力德、索娅、碧力格搜集整理的《达斡尔传统文学》中有《莺莺传》篇目，是蒙古文、国际音标版本④；恩和巴图整理校勘的《清代达呼尔文文献研究》中有《莺莺传》篇目，是满文字母拼写达斡尔语、蒙古文版本⑤；敖·毕力格主编的《达斡尔文学宗师敖拉·昌兴资料专辑》中有《莺莺传》满文字母拼写达斡尔语、蒙

---

① 王丽娜：《〈西厢记〉的外文译本和满蒙文译本》，《文学遗产》1981 年第 3 期。
② 《中国蒙古文古籍总目》编委会编：《中国蒙古文古籍总目》，北京图书馆出版社 1999 年版。
③ 乌云娜：《清代蒙译汉小说版本述略》，《民族文学研究》2009 年第 3 期。
④ 碧力德、索娅、碧力格搜集整理，奥登挂校订：《达斡尔传统文学》，内蒙古文化出版社 1987 年版，第 163—204 页。
⑤ 恩和巴图：《清代达呼尔文文献研究》，内蒙古大学出版社 2001 年版，第 659—720 页。

古文、国际音标、汉译文版本①，其中汉译文由赛音塔娜、陈羽云翻译②，以七言一行、四句一节的形式，把达斡尔语转化成汉语，达到了形式美；吴刚主编的《汉族题材少数民族叙事诗译注——达斡尔族　锡伯族　满族卷》③收入《莺莺传》篇目，赛音塔娜整理了《莺莺传》满文字母拼写达斡尔语、拉丁字母转写、汉文对译，吴刚翻译的汉译文是五言一行，四句一节，基本保留了原文每一句的内容。

关于达斡尔族乌钦《莺莺传》的专题研究论文还未曾见到，在有关著述当中有涉及《莺莺传》的部分。吴刚主编的《汉族题材少数民族叙事诗译注——达斡尔族　满族　锡伯族卷》里《莺莺传》的题解中介绍了材料的来源，提出康熙四十九年（1710）满文刻本《西厢记》与敖拉·昌兴的《莺莺传》内容基本一致，并与康熙四十九年（1710）满文刻本卷章进行了比对。敖拉·昌兴借用满文字母拼写达斡尔语，按照乌钦的特点和韵律对《西厢记》进行了再创作。敖拉·昌兴乌钦《莺莺传》意义深远，汉文学古典作品比较完整地留存在达斡尔族口头与书面文学中，这还是第一部。这不仅说明了达斡尔族与汉族文学关系密切，而且说明达斡尔族与满族、汉族存在复杂的文化交流关系。

赛音塔娜《中华文坛之奇葩——评清代达斡尔族诗人敖拉·昌兴的诗》④高度评价了敖拉·昌兴的《莺莺传》，认为该版本《莺莺传》既保留了原作故事情节的完整，又做了适当的调整，使之适合于诗歌这一表现形式。紧紧抓住莺莺和张生的恋爱这一主要线索，删去许多枝节，用合辙押韵的诗句来写一个曲折动人的爱情故事，没有相当的文学修养和语言表达能力，是不可做到这一点的。

---

① 敖·毕力格主编：《达斡尔文学宗师敖拉·昌兴资料专辑》，内蒙古文化出版社2010年版，第199—273页。

② 另见赛音塔娜、陈羽云译《敖拉·昌兴诗选》，内蒙古教育出版社1992年版，第155—181页。

③ 吴刚主编：《汉族题材少数民族叙事诗译注——达斡尔族　锡伯族　满族卷》，民族出版社2014年版。

④ 塔娜：《中华文坛之奇葩——评清代达斡尔族诗人敖拉·昌兴的诗》，《民族文学研究》1997年第3期。

吴刚《明清小说在东北少数民族说唱文学中的传播》[①]阐述了达斡尔族乌钦《莺莺传》的传播过程。乌钦《莺莺传》是按照达斡尔族诗歌特点和规律再创作的叙事诗，与元稹的《莺莺传》没有直接关系。全篇叙事性很强，在叙事中夹有抒情成分。曲调平稳低沉，是吟诵性的。乌钦《莺莺传》与原作相比，内容、情节虽有缩减，但作者紧紧抓住主要内容，讲述了张生和相国小姐崔莺莺的爱情故事，诗中保留了曲折的情节，刻画了生动的人物，具有喜剧色彩。诗中对主人公的命运寄予同情，矛头直指封建势力和包办制度，这在达斡尔族社会中产生了积极的影响。

关于达斡尔族乌钦《莺莺传》的作者敖拉·昌兴，资料整理和研究论文都相对较多。资料整理比较丰富的是敖·毕力格主编的《达斡尔文学宗师敖拉·昌兴资料专辑》[②]，包含了敖拉·昌兴的乌钦作品以及代表性研究成果。此外还有赛音塔娜、陈羽云翻译的《敖拉·昌兴诗选》[③]等。

关于达斡尔族乌钦《莺莺传》的作者敖拉·昌兴的研究论著有：奥登挂《达斡尔族传统诗歌选译》[④]前言中对敖拉·昌兴的生平及其近30篇作品的内容进行了介绍；赛音塔娜《敖拉·昌兴诗选》[⑤]前言、《达斡尔族文学史略》[⑥]以及《中华文坛之奇葩——评清代达斡尔族诗人敖拉·昌兴的诗》[⑦]介绍了敖拉·昌兴的生平，从生平思想概述到作品分类分析，再到艺术风格概括，宏观地论述了敖拉·昌兴及其文学作品，认为其诗歌风格在不同时期呈现出不同的面貌，早期的诗歌自然明丽、欢快流畅，中期的诗歌雄浑豪放，晚期的诗歌沉郁悲凉。

[①] 吴刚：《明清小说在东北少数民族说唱文学中的传播》，《明清小说研究》2009年第1期。

[②] 敖·毕力格主编：《达斡尔文学宗师敖拉·昌兴资料专辑》，内蒙古文化出版社2010年版。

[③] 赛音塔娜、陈羽云译：《敖拉·昌兴诗选》，内蒙古教育出版社1992年版。

[④] 奥登挂、呼思乐译：《达斡尔族传统诗歌选译》，内蒙古人民出版社1991年版。

[⑤] 赛音塔娜、陈羽云译：《敖拉·昌兴诗选》，内蒙古教育出版社1992年版。

[⑥] 赛音塔娜、托娅：《达斡尔族文学史略》，内蒙古大学出版社1997年版。

[⑦] 塔娜：《中华文坛之奇葩——评清代达斡尔族诗人敖拉·昌兴的诗》，《民族文学研究》1997年第3期。

吴刚《清代达斡尔诗人敖拉·昌兴的生平及与创作》①认为，敖拉·昌兴在文学与文化方面的贡献是借用满文字母拼写达斡尔语创作"乌钦"，开创了达斡尔书面文学。敖拉·昌兴诗歌作品主要的类别有爱情诗、巡边诗、人物诗、咏怀诗等，共六七十篇。还创作了部分散文、碑文、游记等。堪称达斡尔族文学宗师。

吴刚《敖拉·昌兴与满文》②认为，满文对于敖拉·昌兴具有独特的意义。敖拉·昌兴学习满文可能受到家庭的影响，也可能曾到齐齐哈尔八旗官学求学。敖拉·昌兴掌握满、汉、蒙、藏四种文字，其中满文运用得最为熟练。敖拉·昌兴通过满文译本学习了大量汉族经典，达斡尔族书面文学的开创，既是敖拉·昌兴的贡献，也是满文的贡献。

尽管有上述研究成果，但是尚未发现专门以达斡尔族乌钦《莺莺传》为研究对象的论文。

从上述可见，围绕金批《西厢》与满、蒙古、达斡尔《西厢》的关系的论文或著作尚未出现。因此，本书选题有比较重要的价值和意义。

第三节 金批《西厢》与满、蒙古、达斡尔《西厢》研究的基本问题

本书研究的核心问题是金批《西厢》与满、蒙古、达斡尔《西厢》的关系。为此，主要从以下基本问题来展开。

第一，金批《西厢》与满、蒙古、达斡尔《西厢》的版本及其研究概述。主要涉及三个问题，即金批《西厢》与满、蒙古、达斡尔《西厢》的版本情况，金批《西厢》与满、蒙古、达斡尔《西厢》研究概况，金批《西厢》与满、蒙古、达斡尔《西厢》研究的基本问题与基本方法。首先需要理清金批《西厢》以及满、蒙古、达斡尔《西厢》文献的基本情况，主要是探究翻译者、版本关系。目前除达斡尔族乌钦

---

① 吴刚：《清代达斡尔诗人敖拉·昌兴的生平及与创作》，《贵州民族大学学报》2016年第4期。

② 吴刚：《敖拉·昌兴与满文》，《满语研究》2010年第2期。

《莺莺传》的作者明确之外，其他翻译者面貌尚不够清晰，我们需要考证翻译者的基本情况。还要理清版本关系，满汉合璧《西厢记》有三种不同的版本，这就需要我们进一步研究版本之间的关系。上述问题，涉及民族语言文字、版本等问题，难度较大，但很有意义。

第二，金批《西厢》及其刊本。分别探究金圣叹与《西厢记》、金批《西厢》的刊本、清代以来对金批《西厢》的评价等几个问题。这是本书展开研究的基础，满、蒙古、达斡尔《西厢》研究诸问题都是由此而生发。

第三，金批《西厢》与满汉合璧《西厢记》的关系。分别探究《精译六才子词》的版本、康熙四十九年（1710）刻本满汉合璧《西厢记》的版本、巴伐利亚国家图书馆藏满汉合璧《西厢记》的版本、金批《西厢》与三种满汉合璧《西厢记》版本比较、满汉合璧《西厢记》产生的文化背景等几个问题。这是本书展开研究的中间一环，是支撑蒙古、达斡尔《西厢》研究的重要基础。

第四，蒙古文译本《西厢记》与满汉合璧《西厢记》的关系。分别探究蒙古文译本《西厢记》的版本情况以及译者情况，还有蒙古文译本《西厢记》产生的文化背景，即蒙满文学交流因素以及蒙古族社会文化因素。这是本书拓展研究的重要组成部分。

第五，达斡尔族乌钦《莺莺传》与满汉合璧《西厢记》的关系。分别探究达斡尔族乌钦《莺莺传》的版本、达斡尔族乌钦《莺莺传》与满汉合璧《西厢记》的人物情节关系、达斡尔族乌钦《莺莺传》产生的文化背景。这也是本书拓展研究的重要组成部分。

第六，金批《西厢》在满族、蒙古族、达斡尔族中的传播与接受。分别探究金批《西厢》在满族、蒙古族、达斡尔族中的传播路线、传播因素。还要探究满族、蒙古族、达斡尔族接受金批《西厢》后的变化，即翻译和改编的两种情况。

针对上述问题，本书主要运用考证法、比较法进行研究。对满、蒙古、达斡尔《西厢》的译者、作者研究，主要运用考证法；对金批《西厢》与满汉合璧《西厢记》的关系研究，对满汉合璧《西厢记》与蒙古文译本《西厢记》、达斡尔族乌钦《莺莺传》的关系研究，主要运用比较法。

第 二 章

金批《西厢》及其刊本

本书主要探讨的是金批《西厢》与满、蒙古、达斡尔《西厢》的关系。满、蒙古、达斡尔《西厢》的来源是金批《西厢》，因此首先要把金批《西厢》的传播情况说清楚，这是满族、蒙古族、达斡尔族接受金批《西厢》的文化背景。要弄清楚金批《西厢》的传播情况，离不开两个问题。一是金圣叹生平及金批《西厢》的特点。金批《西厢》与以往《西厢记》有何不同，有何主要特点，这是需要回答的第一个问题。二是金批《西厢》的传播命运。为何金批《西厢》在遭到禁毁的情况下，还能广泛传播？这是需要回答的第二个问题。

第一节 金圣叹与《西厢记》

本节重点介绍金圣叹的生平，金圣叹与《西厢记》的关系，金批《西厢》的结构及其特点。

一 金圣叹生平

金圣叹原名采，又名喟，字若采，后改名人瑞，圣叹是别号，苏州府长洲县（今江苏省苏州市）人。生于明万历三十六年（1608）。少年时补长洲博士弟子员。后又应科试，"举拔第一"，补吴县庠生。他没有担任过官职，以评书衡文、设座讲学为业。清顺治十八年（1661），因参加揭发贪官污吏的抗粮活动，而陷入轰动江南的"哭庙案"，被清廷杀害，时年五十四岁。

金圣叹著述丰富，在他的族兄金昌为他刊刻的《第四才子书杜诗解》里，附有《唱经堂遗书目录》，其中分"内书"和"外书"两部分，共三十余种。流传下来的著作，除他评点的《水浒传》《西厢记》之外，还有《唱经堂才子书汇稿》《沉吟楼诗选》《金圣叹尺牍》等。

关于他的生平，官书史志很少记载，可资参考的材料并不多。而后人为他所作的传记和评述较多①，比较而言，王应奎《柳南随笔》卷三所载简约明了，且看：

> 金人瑞，字若采，圣叹其法号也。少年以诸生为游戏具，补而旋弃，弃而旋补，以故为郡县生不常。性故颖敏绝世，而用心虚明，魔来附之。钱宗伯《天台泐法师灵异记》，所谓慈月宫陈夫人，以天启丁卯五月，降于金氏之乩者，即指圣叹也。圣叹自为乩所凭，下笔益机辨澜翻，常有神助；然多不轨于正，好评解稗官词曲，手眼独出。初批《水浒传》行世，昆山归元恭庄见之曰："此倡乱之书也。"继又批《西厢记》行世，元恭见之又曰："此诲淫之书也。"顾一时学者，爱读圣叹书，几于家置一编。而圣叹亦自负其才，益肆言无忌，遂陷于难，时顺治十八年也。初，大行皇帝遗诏至苏，巡抚以下，大临府治，诸生从而讦吴县令不法事。巡抚朱国治方昵令，于是诸生被系者五人。翌日，诸生群哭于文庙，复逮系至十三人，俱劾大不敬，而圣叹与焉。当是时，海寇入犯江南，衣冠陷贼者，坐反叛，兴大狱。廷议遣大臣即讯，并治诸生。及狱具，圣叹与十七人，俱傅会逆案坐斩，家产籍没入官。闻圣叹将死，大叹诧曰："断头，至痛也；籍家，至惨也。而圣叹以不意得之，大奇！"于是一笑受刑。其妻若子，亦遣戍边塞云。②

王应奎上述所记，基本把金圣叹生平介绍得比较清晰。

金圣叹也得到了积极的评价。徐增宜称："圣叹固非浅识寡学者之

---

① 孙中旺编著：《金圣叹研究资料汇编》，广陵书社2007年版。
② 王利器辑录：《元明清三代禁毁小说戏曲史料》，上海古籍出版社1981年版，第209页。

能窥其涯者也。圣叹异人也，学最博，才最大，识最超，笔最快。"①廖燕在其《金圣叹先生传》中称金圣叹评点诸书，领异标新，迥出意表，乃千百年来始开生面②。无名氏撰《辛丑纪闻》则以"纵酒著书金圣叹，才名千古不沉沦"的诗句颂扬他，并坦率直书："（殉难）十七人者，皆可因圣叹一人而传矣。"③

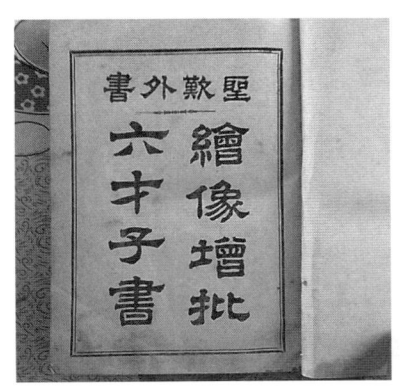

《六才子书》封面

二　金圣叹与《西厢记》

金圣叹49岁时，《贯华堂第六才子书西厢记》付梓。关于"贯华堂"，廖燕《金圣叹先生传》云："时有以讲学闻者，先生辄起而排之。于所居贯华堂设高座，召徒讲经。"④根据廖燕所言，贯华堂应是金圣叹的斋号。陆林认为贯华堂实际上是"一个与刊刻者有关的字号，与著述者金圣叹没有直接关系"⑤。金圣叹把《庄子》、《离骚》、《史记》、

---

① （清）徐增宜：《才子必读书·序》，转引自［美］王靖宇《金圣叹的生平及其文学批评》，谈蓓芳译，上海古籍出版社2004年版，第121页。
② （清）廖燕：《金圣叹先生传》，载孙中旺编著《金圣叹研究资料汇编》，广陵书社2007年版，第15页。
③ 转引自［美］王靖宇《金圣叹的生平及其文学批评》，谈蓓芳译，上海古籍出版社2004年版，第121页。
④ （清）廖燕：《金圣叹先生传》，载孙中旺编著《金圣叹研究资料汇编》，广陵书社2007年版，第14页。
⑤ 陆林：《金圣叹史实研究》，人民文学出版社2015年版，第74页。

"杜诗"、《水浒传》、《西厢记》并称为"六才子书"。《唱经堂遗书目录》中列有《第一才子书庄子》《第二才子书离骚》《第三才子书史记》,但皆标"未竟"。崇祯十四年(1641),金圣叹完成"第五才子书"《水浒传》的评点。

关于金圣叹提到命名"才子书"的用意,"读法"第十四条说:"仆昔因儿子及甥侄辈要他做得好文字,曾将《左传》、《国策》、《庄》、《骚》、《公》、《谷》、《史》、《汉》,韩、柳、三苏等书杂撰一百余篇,依张侗初先生《必读古文》旧名,只加'才子'二字,名曰《才子必读书》,盖致望读之者之必为才子也。"① 金圣叹还指出该书对子弟的重要意义。第十条说:"子弟至十四五岁,如日在东,何书不见,必无独不见《西厢记》之事。今若不急将圣叹此本与读,便是真被他偷看了《西厢记》也。他若得读圣叹《西厢记》,他分明读了《庄子》、《史记》。"第十一条说:"子弟欲看《西厢记》,须教其先看'国风'。盖《西厢记》所写事,便全是'国风'所写事。然《西厢记》写事,曾无一笔不雅驯,便全学'国风'写事,曾无一笔不雅驯;《西厢记》写事,曾无一笔不透脱,便全学'国风'写事,曾无一笔不透脱。敢疗子弟笔下雅驯不透脱,透脱不雅驯之病。"金圣叹还指出《西厢记》与《庄子》《史记》之关系。第九条说:"圣叹本有才子书六部,《西厢记》乃是其一。然其实六部书,圣叹只是用一副手眼读得。如读《西厢记》,实是用读《庄子》、《史记》手眼读得;便读《庄子》、《史记》,亦只用读《西厢记》手眼读得。如信仆此语时,便可将《西厢记》与子弟作《庄子》、《史记》读。"

金圣叹早年读过《会真记》、董解元《西厢记诸宫调》、王实甫《西厢记》。金圣叹在《西厢记·赖简》一折"右第八节"批语道:"吾幼读《会真记》,至后半改过之文,几欲拔刀而起。"《西厢记·闹斋》一折中张生唱"梵王宫殿月轮高",金圣叹批道:"如此落笔,真

---

① 傅晓航编辑校点:《贯华堂第六才子书西厢记》,《西厢记集解 贯华堂第六才子书西厢记》,甘肃人民出版社2013年版。本节涉及的金批《西厢》"读第六才子书西厢记法"、每一折的开篇批语,以及每一折内的若干分节批语、夹批等部分,均见傅晓航编辑校点《贯华堂第六才子书西厢记》,《西厢记集解 贯华堂第六才子书西厢记》,甘肃人民出版社2013年版,不再另注。

是奇绝。庶几昊天上帝能想至此，世间第二第三辈，便已无处追捕也。记圣叹幼时初读《西厢记》，惊睹此七字，曾焚香拜伏于地，不敢起立焉。普天下锦绣才子二十八宿在其胸中，试掩卷思此七字，是何神理，不妨迟至一日一夜。"

金圣叹《西厢记·酬韵》折"右第十二节"批语："笔态七曲八曲，煞是写绝。记得圣叹幼年初读《西厢》时，见'他不偢人待怎生'之七字，悄然废书而卧者三四日。此真活人于此可死，死人于此可活，悟人于此可迷，迷人于此又悟者也。不知此日圣叹是死、是活、是迷、是悟。总之，悄然一卧，至三四日，不茶不饭，不言不语，如石沉海，如火灭尽者，皆此七字勾魂摄魄之气力也。先师徐叔良见而惊问，圣叹当时恃爱不讳，便直告之。先师不惟不嗔，乃反叹曰：孺子异日，真是世间读书种子。此又不知先师是何道理也。"

金圣叹评点过董解元《西厢记诸宫调》。金圣叹友人徐增在《才子必读书·序》中说："《董西厢》评十之四五，散于同学箧中，皆未成书……同学诸子，望其成书，百计怂恿之。于是刻《制义才子书》，历三年（丙申），又刻王实甫《西厢》，应坊间请，正二月。皆从饮酒之暇，诸子迫促而成也。"[①] 可见，金圣叹在评《王西厢》之前，批过董解元《西厢记诸宫调》，不过未成书。

从上述材料可知，《会真记》《西厢记诸宫调》《西厢记》，都是金圣叹"幼时初读"的。由此看来，金圣叹对《西厢记》的接触是在幼年，那时读到它们便有很深的感悟。

金圣叹从戏剧文学的范畴或美学的范畴来评论《西厢记》，在中国戏剧理论史上开了先河。他把《西厢记》、《水浒传》与《离骚》、《庄子》、《史记》、杜甫诗相提并论，被当时人认为是冒天下之大不韪[②]。

三 金批《西厢》的结构及其特点

上一章提到，本书《贯华堂第六才子书西厢记》采用的是傅晓航

[①] 转引自傅晓航《金圣叹著述考》，《金批西厢研究》，文化艺术出版社2021年版，第274页。

[②] 蒋星煜：《西厢记研究与欣赏》，上海辞书出版社2004年版，第388—389页。

校刻本①，其具体目次将是我们与《西厢记》满文译本关系研究的基础。

金批《西厢》既是金圣叹的评点本，又是他的删改本。"金圣叹的评点和删改有密切联系。可以认为他评点《西厢记》的理论原则，就是他删改《西厢记》的指导思想。"② 傅晓航总结了金圣叹删改《西厢记》的主要成就。一是完善人物形象。金圣叹强调人物性格的真实性，包含人物的个性和社会性；重视人物生活的环境；重视主要人物，认为主要人物是崔莺莺、张生和红娘。金圣叹能够准确描绘出人物关系，经过删改，崔莺莺、张生、红娘的性格更加完美，获得更高的典型性和审美价值。二是增强戏剧性。金批《西厢》戏剧性增强，主题突出。三是加工锤炼语言。金圣叹极为重视语言的特殊规律，即性格化和富有行动性。金圣叹对唱词改动较少，对道白改动较多。③

金批《西厢》评点是由"读第六才子书西厢记法"、每一折的开篇批语，以及每一折内的若干分节批语、夹批等部分组成，构成了他的理论批评体系。这种评点形式为金圣叹所独创。

"读第六才子书西厢记法"共八十一条。这八十一条阐述了理论问题、创作方法、创作技法、美学观点。"读第六才子书西厢记法"有关条目与每折的开篇批语、每折的分节批语及其夹批，大都是相互呼应的。每折前的开篇批语，大都是结合该折提出一个重要理论问题。

一是指出《西厢记》不是淫书，而是洁净之书。第一条至第六条提出反封建思想，反对《西厢记》是淫书的说法。

第一条说："有人来说《西厢记》是淫书，此人后日定堕拔舌地狱。何也？《西厢记》不同小可，乃是天地妙文。自从有此天地，他中间便定然有此妙文。不是何人做得出来，是他天地直会自己劈空结撰而出。若定要说是一个人做出来，圣叹便说：此一个人，即是天地现

---

① 傅晓航编辑校点：《贯华堂第六才子书西厢记》，《西厢记集解 贯华堂第六才子书西厢记》，甘肃人民出版社2013年版。

② 傅晓航：《金圣叹删改〈西厢记〉的得失》，《金批西厢研究》，文化艺术出版社2021年版，第62页。

③ 傅晓航：《金圣叹删改〈西厢记〉的得失》，《金批西厢研究》，文化艺术出版社2021年版，第62—75页。

身。"认为《西厢记》是天地妙文。

第二条说:"《西厢记》断断不是淫书!断断是妙文!今后若有人说是妙文,有人说是淫书,圣叹都不与做理会。文者见之谓之文,淫者见之谓之淫耳。"称《西厢记》是妙文,不是淫书。

第三条说:"人说《西厢记》是淫书,他止为中间有此一事耳。细思此一事,何日无之?何地无之?不成天地中间有此一事,便废却天地耶!细思此身自何而来?便废却此身耶!一部书有如许（缁缁）洋洋无数文字,便须看其如许（缁缁）洋洋是何文字,从何处来,到何处去,如何直行,如何打曲,如何放开,如何捏聚,何处公行,何处偷过,何处慢摇,何处飞渡。至于此一事,直须高阁起不复道。"指出不要把《西厢记》当成淫书。

第四条说:"若说《西厢记》是淫书,此人只须朴,不必教。何也?他也只是从幼学一冬烘先生之言,一入于耳,便牢在心。他其实不曾眼见《西厢记》,朴之还是冤苦。"进一步驳斥《西厢记》是淫书的观点。

第五条说:"若眼见《西厢记》了,又说是淫书,此人则应朴乎?曰,朴之亦是冤苦,此便是冬烘先生耳。当初造《西厢记》时,原发愿不肯与他读,他今日果然不读。"指出认为《西厢记》是淫书的人,是没有阅读此书。

第六条说:"若说《西厢记》是淫书,此人有大功德。何也?当初造《西厢记》时,发愿只与后世锦绣才子共读,曾不许贩夫皂隶也来读。今若不是此人揎拳掳臂拍凳捶床,骂是淫书时,其势必至无人不读。泄尽天地妙秘,圣叹大不欢喜。"反讽斥责《西厢记》是淫书的人。

金圣叹指出《西厢记》不仅不是淫书,反倒是一部洁净之书。第六十一条至六十八条,指出阅读《西厢记》要有礼敬之情。

第六十一条说:"《西厢记》必须扫地读之。扫地读之者,不得存一点尘于胸中也。"第六十二条说:"《西厢记》必须焚香读之。焚香读之者,致其恭敬,以期鬼神之通也。"第六十三条说:"《西厢记》必须对雪读之。对雪读之者,资其洁清也。"第六十四条说:"《西厢记》必须对花读之。对花读之者,助其娟丽也。"扫地读之、焚香读之、对雪读之、对花读之，体现虔诚之心。

第六十五条说："《西厢记》必须尽一日一夜之力一气读之。一气读之者，总揽其起尽也。"第六十六条说："《西厢记》必须展半月一月之功精切读之。精切读之者，细寻其肤寸也。"第六十七条说："《西厢记》必须与美人并坐读之。与美人并坐读之者，验其缠绵多情也。"第六十八条说："《西厢记》必须与道人对坐读之。与道人对坐读之者，叹其解脱无方也。"一气读之、精切读之，体现读书的要求；与美人并坐读之、与道人对坐读之，上升到读书的精神面貌。

二是赞美《西厢记》。第二十七条至第四十六条，是对《西厢记》的审美评价。

第三十一条说："……《西厢记》其实只是一字。"第三十二条说："《西厢记》是何一字？《西厢记》是一'无'字。赵州和尚，人问狗子还有佛性也无？曰：'无'。是此一'无'字。"第四十六条说："圣叹举赵州'无'字说《西厢记》，此真是《西厢记》之真才实学。不是禅语，不是有无之'无'字。须知赵州和尚'无'字，先不是禅语，先不是有无之'无'字，真是赵州和尚之真才实学。"这是赞美《西厢记》。

三是评价《西厢记》人物。第四十七条至六十条以及第六十九条，评论《西厢记》的人物。

第四十七条说《西厢记》只写三个人："一个是双文，一个是张生，一个是红娘。其余如夫人，如法本，如白马将军，如欢郎，如法聪，如孙飞虎，如琴童，如店小二，他俱不曾著一笔半笔写，俱是写三个人时所忽然应用之家火耳。"强调《西厢记》重点写了崔莺莺、张生、红娘。

第四十八条说："譬如文字，则双文是题目，张生是文字，红娘是文字之起承转合，有此许多起承转合，便是题目透出文字，文字透入题目也。其余如夫人等，算只是文字中间所用之乎也者等字。"强调《西厢记》中崔莺莺、张生、红娘各自的作用。

第四十九条说："譬如药，则张生是病，双文是药，红娘是药之炮制。有此许多炮制，便令药往就病，病来就药也。其余如夫人等，算只是炮制时所用之姜醋酒蜜等物。"还是强调《西厢记》中崔莺莺、张生、红娘各自的作用。

第五十条说："若更仔细算时，《西厢记》亦此为写得一个人。一个人者，双文是也。若使心头无有双文，为何笔下却有《西厢记》？《西厢记》不止为写双文，止为写谁？然则《西厢记》写了双文，还要写谁？"强调《西厢记》中最为重要的人物是崔莺莺。

第五十一条说："《西厢记》止为要写此一个人，便不得不又写一个人。一个人者，红娘是也。若使不写红娘，却如何写双文？然则《西厢记》写红娘，当知正是出力写双文。"强调红娘是崔莺莺的陪衬。

第五十二条说："《西厢记》所以写此一个人者，为有一个人，要写此一个人也。有一个人者，张生是也。若使张生不要写双文，又何故写双文？然则《西厢记》又有时写张生者，当知正是写其所以要写双文之故也。"强调《西厢记》中张生与崔莺莺之间的重要关系。

第五十三条说："诚悟《西厢记》写红娘止为写双文，写张生亦止为写双文，便应悟《西厢记》决无暇写他夫人、法本、杜将军等人。"强调崔莺莺的重要性，张生与红娘都是崔莺莺的陪衬。

第五十四条说："诚悟《西厢记》止是为写双文，便应悟《西厢记》决是不许写到郑恒。"再次强调《西厢记》重点写崔莺莺。

第五十五条说："《西厢记》写张生，便真是相府子弟，便真是孔门子弟，异样高才，又异样苦学，异样豪迈，又异样淳厚。相其通体自内至外，并无半点轻狂，一毫奸诈。年虽二十有余，却从不知裙带之下有何缘故，虽自说'颠不剌的见过万千'，他亦只是曾不动心。写张生直写到此田地时，须悟全不是写张生，须悟全是写双文。锦绣才子必知其故。"强调《西厢记》写张生，实际是为了写崔莺莺。

第五十六条说："《西厢记》写红娘，凡三用加意之笔。其一，于'借厢'篇中，峻拒张生；其二，于'琴心'篇中，过尊双文；其三，于'拷艳'篇中，切责夫人。一时便似周公制度乃尽在红娘一片心地中，凛凛然，侃侃然，曾不可得而少假借者。写红娘直写到此田地时，须悟全不是写红娘，须悟全是写双文。锦绣才子必知其故。"强调《西厢记》写红娘也是为了写崔莺莺。

第六十九条说："《西厢记》前半是张生文字，后半是双文文字，中间是红娘文字。"分析《西厢记》各部分重点描写的人物。

金圣叹对这部评点本进行了客观的评价。第八条说："圣叹《西厢记》只贵眼照古人，不敢多让。至于前后著语，悉是口授小史，任其自写,并不更曾点窜一遍。所以文字多有不当意处。盖一来虽是圣叹天性贪懒;二来实是《西厢》本文珠玉在上,便教圣叹点窜杀,终复成何用!普天下后世幸恕仆不当意处,看仆眼照古人处。"展现了金圣叹自谦的态度。

第二节　金批《西厢》的刊本

讨论顺治、康熙、乾隆三朝金批《西厢》刊本,是因为这与金批《西厢》在少数民族当中的传播问题紧密相关。顺治年间金批《西厢》刊刻情况,与清入关后吸收汉文化有关;康熙年间金批《西厢》刊刻情况,与满汉合璧《西厢记》刊刻有关;乾隆年间金批《西厢》刊刻情况,与满汉合璧《西厢记》禁毁问题有关。清代金批《西厢》的禁毁与传播,是相互关联的两个问题。两者存在着矛盾,正因为矛盾,才更凸显金批《西厢》的重要。金批《西厢》的禁毁,影响了它的传播;反之,金批《西厢》的传播,又促生了清廷的禁毁。把这两个问题放在一起来讨论,更能看出清代金批《西厢》的面貌。

一　顺治年间金批《西厢》的刊本

《元代杂剧全目》介绍金批《西厢》原刻本的特点和收藏情况时写道:清顺治间贯华堂原刻本,书名《贯华堂第六才子书西厢记》,八卷。清金人瑞评。傅惜华藏,又吴梅旧藏。此本卷首题目总名曰:"张君瑞巧做东床婿,法本师住持南禅地,老夫人开宴北堂春,崔莺莺待月西厢记。"第一本题目正名作:"老夫人开春院,崔莺莺烧夜香,小红娘传好事,张君瑞闹道场。"第二本题目正名作:"张君瑞破贼计,莽和尚杀人心,小红娘昼请客,崔莺莺夜听琴。"第三本题目正名作:"张君瑞寄情词,小红娘递密约,崔莺莺乔坐衙,老夫人问医药。"第四本题目正名作:"小红娘成好事,老夫人问由情,短长亭斟别酒,草桥店梦莺莺。"续本题目正名作:"小琴童传捷报,崔莺莺寄汗衫,郑伯常干舍命,张君瑞庆团圆。"①

---

① 傅惜华:《元代杂剧全目》,作家出版社1957年版,第57页。

顺治帝所读之书十分广泛，"侍臣抱书一束，约十余本，置上前。上因语师曰，此朕读过底书，请老和尚看看。师细简一偏，皆《左》《史》《庄》《骚》，先秦两汉唐宋八大家，以及元明撰著，无不毕备。上曰，朕极不幸，五岁时先太宗早已晏驾，皇太后生朕一人，又极娇养，无人教训，坐此失学。年至十四，九王薨，方始亲政。阅诸臣奏章，茫然不解，由是发愤读书。每晨牌至午，理军国大事外，即读至晚，然顽心尚在，多不能记。逮五更起读，天宇空明，始能背诵。计前后读书，读了九年，曾经呕血。"① 可见顺治帝对《左传》《史记》《庄子》《离骚》，先秦两汉唐宋八大家，以及元明撰著，无所不读，且勤奋至极。

顺治帝对戏剧小说亦很爱好，对《西厢记》颇有创见。且看陈垣《汤若望与木陈忞》所录顺治帝与木陈忞的关于《西厢记》的交流：

> 余之知有弘觉禅师也，自《尤西堂集》始。《西堂集》卷首有大字弘觉禅师语录一则，略谓上一日叹新状元徐元文业师尤侗极善作文字，因命侍臣取其文集来，内有临去秋波那一转时艺，篇末云，参学人试于此下一转语。上忽掩卷曰，请老和尚下。师云，不是山僧境界。时昇首座在席，上曰，天岸何如，昇曰，不风流处也风流，上为大笑。
>
> 其后又有小字尤侗识语一段，略云，先是戊戌秋，王胥庭学士侍讲筵。上偶谈老僧四壁皆画西厢，却在临去秋波悟禅公案。学士以侗文对，上立索览，亲加批点，称才子者再。庚子二月上幸南海子，顾问徐状元元文与侗师弟源流，受业本末，大加称奖。至五月中，复与弘觉禅师问答如右，今辛丑三月，侗始得其集而读之，则大行宾天矣。
>
> 弘觉即木陈赐号，集即《北游集》，亦即语录之一部。天岸昇木陈弟子，住青州大觉，时随侍在京。王胥庭即王熙。由《西厢》悟禅固奇，在经筵中谈《西厢》尤奇。相传丘琼山过一寺，见四

---

① （清）木陈道忞：《北游集》，转引自吴泽主编《陈垣史学论著选·汤若望与木陈忞》，上海人民出版社 1981 年版，第 449—450 页。

壁俱画《西厢》，曰空门安得有此。僧曰，老僧从此悟禅。丘问从何处。对曰，是怎当他临去秋波那一转。丘笑而颔之。

怎当他临去秋波那一转，是《西厢记》张生初见双文时语，尤侗以为八股题目，效当时体，戏作一篇，刻入《西堂杂俎》。顺治爱读《西厢》，又识八股文，故击节叹赏如此。此断非汤司铎所能赞成者，惟老和尚或能引皇上由此悟禅。因西厢者本普救寺之西厢，玉成张生姻缘者又即普救寺之和尚。顺治尝云，见僧家明窗净几，辄低回不能去，盖深有得于西厢待月时也。

《北游集》载上一日持一韵本示师曰，此词曲家所用之韵，与沈约诗韵大不相同。又言《西厢》亦有南北调之分，老和尚可曾看过么。师曰少年曾翻阅，至于南北《西厢》，忿实未辨也。上曰，老和尚看此词何如。师曰，风情韵致，皆从男女居室上体贴出来，非诸词所逮也。师乃问上《红拂记》曾经御览否。上曰，《红拂》词妙，而道白不佳。师曰何如。上曰，不合用四六词，反觉头巾气，使人听之生趣索然矣。师曰，敬服圣论。上曰，苏州有个金若宷，老和尚可知其人么。师曰，闻有个金圣叹，未知是否。上曰，正是其人，他曾批评《西厢》《水浒传》，议论尽量有遐思，未免太生穿凿，想是才高而见僻者。师曰，与明朝李贽同一派头耳。

顺治以《西厢记》考和尚，和尚曾翻阅，可见和尚外学之博。和尚还以《红拂记》考顺治，顺治亦能批评其道白不佳，深中肯綮，顺治读书之博亦可见。余至今尚未见圣叹批《西厢》顺治时刊本，顺治深居九重，乃能先睹当时新出之本，其求知之勤，实堪惊佩。

《北游集》又载上读过底书，有制艺二百篇，皆洪武开科以来乡会程文。师曰，此八股头文字，皇上读他何用。上曰，老和尚顾不知，那朕要覆试进士文章，如史大成，孙承恩，徐元文，三科状元，皆朕亲自擢取，的是敝门生也。则顺治之识八股文又可见。然此惟木陈为能应付，汤司铎恐瞠目莫知所答矣。①

---

① 陈垣：《汤若望与木陈忞》，载吴泽主编《陈垣史学论著选》，上海人民出版社1981年版，第453—455页。

从上述可知，顺治帝知道金圣叹其人，认为其"才高而见僻"，由此可见，顺治喜读《西厢》，且顺治帝所读《西厢》为金圣叹批《西厢》顺治时刊本。

金圣叹在顺治十三年（1656）所批的《西厢记》，能够在三年内由苏州城传至北京城，"才子"声名亦为顺治帝所熟知。金圣叹在顺治十七年（1660）亦听闻皇帝对他"此是古文高手，莫以时文眼看他"① 的评价。

二　康熙年间金批《西厢》的刊本

康熙年间，虽有禁毁谕旨，但并没有禁毁《西厢记》。《大清圣祖仁皇帝实录》卷二百五十八载康熙五十三年（1714）四月禁小说淫词谕旨，言道："朕惟治天下，以人心风俗为本，欲正人心，厚风俗……近见坊间多卖小说淫词，荒唐俚鄙，殊非正理；不但诱惑愚民，即缙绅士子，未免游目而鼓心焉。所关于风俗者非细，应即通行严禁。"② 在康熙朝下达的谕旨、律令中，并没有《西厢记》。康熙年间，虽然朝廷加大了对于淫词小说的禁毁，但朝廷禁毁的重点是政治倾向显著的作品，对琐语淫词类小说的禁毁和惩处，力度较小。

昭梿《啸亭续录》卷一《翻书房》写道："崇德初，文皇帝患国人不识汉字，罔知治体，乃命达文成公海，翻译《国语》《四书》及《三国志》各一部，颁赐耆旧，以为临政规范。及鼎定后，设翻书房于太和门西廊下，拣择旗员中诸习清文者充之。……有户曹郎中和素者，翻译绝精，其翻《西厢记》《金瓶梅》诸书，疏节字句，咸中綮肯，人皆争诵焉。"③

傅惜华《元代杂剧全目》搜录的金批《西厢》康熙刊本有4种④：康熙八年（1669）刻本，书名《贯华堂绘像第六才子书西厢》，八卷，傅惜华藏；康熙间四美堂刻本，书名《贯华堂第六才子书》，八卷，傅

---

①　（清）金人瑞：《感春八首》序，《沉吟楼诗选》，上海古籍出版社1979年版，第120页。

②　王利器辑录：《元明清三代禁毁小说戏曲史料》，上海古籍出版社1981年版，第27页。

③　转引自王利器《元明清三代禁毁小说戏曲史料·前言》，上海古籍出版社1981年版，第17页。

④　傅惜华：《元代杂剧全目》，作家出版社1957年版，第57页。

惜华藏；康熙间世德堂刻本，书名《贯华堂第六才子书西厢记》，八卷，北京大学图书馆藏；康熙五十九年（1720）怀永堂刻巾箱本，书名《怀永堂绘像第六才子书》，八卷，北京图书馆、傅惜华藏。傅晓航补充康熙刊本 2 种①：康熙八年（1669）文苑堂刻，书名《贯华堂第六才子书》，八卷，山西省文物局藏；康熙四十九年（1710）京都永魁斋刻，书名《满汉合璧西厢记》，北京师范大学图书馆藏。傅惜华《元代杂剧全目》搜录的金批《西厢》雍正刊本有 1 种②：雍正十一年（1733）成裕堂刻巾箱本，书名《成裕堂绘像第六才子书》，八卷。

康熙年间金批《西厢》有两篇外序值得重视。一是康熙五十九年（1720）吕世镛写的序文，称赞金圣叹的才识与眼力。该序如下：

重刻绘图西厢记序

> 原夫镂云裁月，卓吾兴化工之叹，惊心动魄，圣叹有才子之称。发作者之巧，睛点僧繇，传崔徽之真，毫添顾恺。岂殊讲学，不言性而言情，若共论文，亦中规而中矩。訾绮语闲情之赋，宁识风诗，悟秋波临去之词，方知禅义。是不独绿幺小部，声声花外之传，红豆妖姬，粒粒酒边之记而已。兹因以三余缩之短本，珍藏怀袖，敢云径寸之珠，佐以文房，还共吉光之羽。扁舟选胜，载同文蛤香螺，蜡屐探幽，携并锦囊奇句。娱骚人之目，底须略略频弹，醉韵士之心，不啻堂堂低唱。幸等之左、国、庄、史，观其掀天盖地之才，毋徒因月露风云，求之减字偷声之末。康熙庚子岁仲冬上浣丰溪吕世镛题于西郊之怀永堂。③

另一是康熙八年（1669）汪溥勋写的序文：

> 凡书不从生动处看，不从关键与照应处看，犹如相人不以骨

---

① 傅晓航：《〈金批西厢〉诸刊本纪略》，《金批西厢研究》，文化艺术出版社 2021 年版，第 98—99 页。
② 傅惜华：《元代杂剧全目》，作家出版社 1957 年版，第 57 页。
③ 转引自傅晓航《〈金批西厢〉诸刊本纪略》，《金批西厢研究》，文化艺术出版社 2021 年版，第 108—109 页。

气，不以神色，不以眉目。虽指点之工，言验之切，下焉者也，乌足名高。语曰：传神在阿睹间。嗟夫，此处着眼，正不易易。吾窃怪夫世之耳食者，不辨真赝，但听名色，便尔称佳，如卓老、文长、陈（眉）公种种诸刻盛行于世，亦非真本。及观真本，反生疑诧。掩我心灵，随人嗔喜，举世尽然矣，吾亦奚辨。今睹圣叹所批西厢秘本，实为世所未见，因举"风流随何、浪子陆贾"二语，叠用照应，呼吸生动，乃一评曰妙，再评曰妙、妙，三评以至五评，皆称妙绝，趣绝；又如用头巾语甚趣，带酸腐气可爱，往往点出，皆人所绝不着意者，一经道破，煞有关情，在彼作者亦不知技之至此极也。圣叹尝言：凡我批点，如长康点睛，他人不能代。识此而后知圣叹之书，无有不切中关键，开豁心胸，发人慧性者矣。夫西厢为千古传奇之祖，圣叹所批又为西厢传神之祖。世不乏只眼，应有如扬子云者，幸勿作稗官野史读之，当以史记、左、国诸书读之可也。①

刘世珩《暖红室汇刻西厢记》"西厢记考据"中说，汪序最早见于大业堂刻本《第六才子书西厢记》（不见著录），刘世珩这篇序下有一条"原注"，写道："右序字字珠玑，语语会心，真看书之要诀也。今坊刻借作李卓吾叙者，误。"认为"李卓吾叙"是伪作，但并未说明哪一种"坊刻"本。傅晓航经过比较认为，这篇序文属于伪作，明末西陵天章阁项南州刊刻的《李卓吾先生批点北西厢真本》有醉香主人序，与汪溥勋序文十分近似。②笔者也进行过比对，二者的确高度相似。《李卓吾先生批点北西厢真本》醉香主人序标明写序时间为崇祯十三年（1640），而金批《西厢》汪溥勋序文作于康熙八年（1669），说明汪溥勋序文属于伪作。即便如此，我们还是要重视汪溥勋这篇序文，毕竟该序起到了传播金批《西厢》的作用。

---

① 转引自傅晓航《〈金批西厢〉诸刊本纪略》，《金批西厢研究》，文化艺术出版社2021年版，第105—106页。

② 傅晓航：《〈金批西厢〉诸刊本纪略》，《金批西厢研究》，文化艺术出版社2021年版，第107页。

三 乾隆年间金批《西厢》的刊本

乾隆十八年（1753），情况发生变化。《大清高宗纯皇帝圣训》卷二百六十三《厚风俗》条载："乾隆十八年癸酉七月壬午，上谕内阁：满洲习俗纯朴，忠义禀乎天性，原不识所谓书籍。自我朝一统以来，始学汉文。皇祖圣祖仁皇帝欲俾不识汉文之人，通晓古事，于品行有益，曾将五经及四子、通鉴等书，翻译刊行。近有不肖之徒，并不翻译正传，反将《水浒》、《西厢记》等小说翻译，使人阅看，诱以为恶。甚至以满洲单字还音抄写古词者俱有。似此秽恶之书，非惟无益；而满洲等习俗之偷，皆由于此。如愚民之惑于邪教，亲近匪人者，概由看此恶书所致，于满洲旧习，所关甚重，不可不严行禁止。将此交八旗大臣、东三省将军、各驻防将军大臣等，除官行刊刻旧有翻译正书外，其私行翻写并清字古词，俱著查核严禁，将现有者查出烧毁，再交提督从严查禁，将原板尽行烧毁。如有私自存留者，一经查出。朕惟该管大臣是问。"① 值得注意的是，此时乾隆皇帝禁止的是满文《水浒传》和《西厢记》。两年后，乾隆皇帝批准胡定的奏章，明令禁止《水浒传》的刊刻和搬演，也就是说不仅禁止了满文《水浒传》，也禁止了汉文《水浒传》。《大清仁宗睿皇帝圣训》卷十六《文教》载嘉庆七年（1802）十月嘉庆皇帝给内阁下达谕旨，重申乾隆皇帝所颁的禁令，要求各地行政部门"令其自行烧毁"，"并不准再行编造刊刻"②。

孙丹书《定例成案合钞》卷二十六《杂犯》记："近见满洲演戏，自唱弹琵琶弦子，常效汉人约会，攒出银钱戏耍，今应将此严禁；如不遵禁，仍亲自唱戏，攒出银钱约会，弹琵琶弦子者，系官革职，平人鞭一百。"③ 严禁满洲演戏，对官员也提出了要求。

---

① 王利器辑录：《元明清三代禁毁小说戏曲史料》，上海古籍出版社1981年版，第43—44页。
② 王利器辑录：《元明清三代禁毁小说戏曲史料》，上海古籍出版社1981年版，第56页。
③ 转引自王利器《元明清三代禁毁小说戏曲史料·前言》，上海古籍出版社1981年版，第29页。

地方官府也多次发布禁令。浙江湖州府罗知府于道光二十四年（1844）九月公布一份《禁毁书目》，共计120种，内有《西厢记》，并注明"第六才子"①。同治七年（1868），江苏巡抚丁日昌也列出一批查禁书目，共计233种。后又补充34种。《西厢记》包括在内，书目之后也附注"第六才子"。此外，还有《西厢待月》《红娘寄书》《拷红》等。②余治《得一录》卷十一之一载，苏郡设局收毁淫书公启，开列禁毁书目，共计116种，内有《西厢记》，也注明"第六才子"③。

即便如此，乾隆年间金批《西厢》有多种刊本问世。据傅惜华《元代杂剧全目》搜录的金批《西厢》乾隆刊本就有9种④：乾隆十七年（1752）新德堂刻本，书名《静轩合订评释第六才子西厢记文机活趣》，八卷，邓温书编；乾隆三十二年（1767）松陵周氏琴香堂刻本，书名《琴香堂绘像第六才子书》，八卷；乾隆六十年（1795）尚友堂刻本，书名《绣像妥注第六才子书》，六卷，邹圣脉注；乾隆六十年（1795）此宜阁刻朱墨套印本，书名《此宜阁增订金批西厢》，六卷；乾隆间楼外楼刻本，书名《楼外楼订正妥注第六才子书》，七卷，邹圣脉注；乾隆间九如堂刻本，书名《楼外楼订正妥注第六才子书》，六卷，邹圣脉注；乾隆间致和堂刻本，书名《增补笺注绘像第六才子西厢释解》，八卷，邓汝宁注；乾隆间刻本，书名《云林别墅绘像妥注第六才子书》，六卷，邹圣脉注；乾隆间五车楼刻本，书名《第六才子书》，八卷。傅晓航补充乾隆刊本3种⑤：乾隆十五年（1750）刻，书名《绣像第六才子书》，八卷，中国艺术研究院戏曲研究所资料室藏；乾隆四十七年（1782）楼外楼藏版，书名《绣像妥注第六才子书》，六

---

① 王利器辑录：《元明清三代禁毁小说戏曲史料》，上海古籍出版社1981年版，第122页。
② 王利器辑录：《元明清三代禁毁小说戏曲史料》，上海古籍出版社1981年版，第142—149页。
③ 王利器辑录：《元明清三代禁毁小说戏曲史料》，上海古籍出版社1981年版，第133—136页。
④ 傅惜华：《元代杂剧全目》，作家出版社1957年版，第57—58页。
⑤ 傅晓航：《〈金批西厢〉诸刊本纪略》，《金批西厢研究》，文化艺术出版社2021年版，第98—99页。

卷，邹圣脉妥注，邹延猷订正，北京图书馆藏；乾隆五十六年（1791）金阊书业堂刻，书名《绣像第六才子书》，八卷，中国科学院图书馆藏。

四 嘉庆、道光、同治、光绪年间金批《西厢》的刊本

在嘉庆、道光、同治、光绪年间，金批《西厢》仍有多种刊本问世。据傅惜华《元代杂剧全目》搜录的金批《西厢》嘉庆刊本有4种①：嘉庆五年（1800）文盛堂刻本，书名《第六才子书西厢记》，八卷；嘉庆二十一年（1816）三槐堂刻本，书名《槐荫堂第六才子书》，八卷；嘉庆间致和堂刻本，书名《吴山三妇评笺注释第六才子书》，八卷；嘉庆间五云楼刻本，书名《增补笺注绘像第六才子西厢释解》，八卷，邓汝宁注。

傅惜华《元代杂剧全目》搜录的金批《西厢》道光刊本有1种②：道光二十九年（1849）味兰轩刻巾箱本，书名《第六才子书西厢记》，八卷。傅晓航补充道光刊本1种③：清道光二年（1822）金城西湖街简书斋刻，书名《西厢记》，八卷，中国社会科学院文学研究所资料室藏。

傅惜华《元代杂剧全目》搜录的金批《西厢》嘉道间刊本有4种④：清嘉道间文苑堂刻巾箱本，书名《吴山三妇评笺注释第六才子书》，八卷；清嘉道间复刻怀永堂本，书名《怀永堂绘像第六才子书》，八卷；清嘉道间会贤堂刻本，书名《西厢记》，八卷；清嘉道间四义堂刻本，书名《西厢记》，八卷。

傅晓航补充同治刊本1种⑤：同治十二年（1873）刻，书名《绣像妥注六才子书》，六卷，邹圣脉注，南开大学图书馆藏。

---

① 傅惜华：《元代杂剧全目》，作家出版社1957年版，第58页。
② 傅惜华：《元代杂剧全目》，作家出版社1957年版，第59页。
③ 傅晓航：《〈金批西厢〉诸刊本纪略》，《金批西厢研究》，文化艺术出版社2021年版，第98—99页。
④ 傅惜华：《元代杂剧全目》，作家出版社1957年版，第59页。
⑤ 傅晓航：《〈金批西厢〉诸刊本纪略》，《金批西厢研究》，文化艺术出版社2021年版，第98—99页。

傅惜华《元代杂剧全目》搜录的金批《西厢》光绪刊本有 5 种[①]：光绪十三年（1887）上海石印本，书名《增补笺注第六才子书西厢释解》，八卷，邓汝宁注；光绪十三年（1887）古越全城后裔校刊石印本，书名《增像第六才子书》，五卷；光绪十五年（1889）润宝斋石印本，书名《增像第六才子书》，五卷；光绪间广州刻朱墨套印巾箱本，书名《绘像第六才子书》，八卷；光绪间石印巾箱本，书名《增像第六才子书》，六卷。傅晓航补充光绪刊本 3 种[②]：光绪二年（1876）如是山房刻，书名《增订金批西厢》，南开大学图书馆藏；光绪十三年（1887）上海石印，书名《绣像增注第六才子书释解》，邓汝宁音释，北京师范大学图书馆藏；光绪三十二年（1906）善成堂刻，书名《绘图第六才子书》，五卷，四川省图书馆藏。

傅晓航补充民国刊本 3 种[③]：民国五年（1916）扫叶山房石印，书名《绘图西厢记》，八卷，北京师范大学图书馆藏；民国十五年（1926）石印本，书名《增像第六才子书西厢记》，八卷，中国社会科学院文学研究所资料室藏；民国二十三年（1934）上海汉文渊书局石印，书名《西厢记》，八卷，南开大学图书馆藏。

傅晓航补充上海广益书局、上海大众书局印刊本 2 种[④]：上海广益书局印，书名《第六才子书西厢记》，八卷，山西省图书馆藏；上海大众书局印行，书名《足本大字西厢记》，五卷，天津市图书馆藏。

傅惜华《元代杂剧全目》搜录的金批《西厢》其他清刻本 1 种[⑤]：书名《增像第六才子书》，五卷。傅晓航补充其他刊本 6 种[⑥]：清金谷园藏版，书名《绘像真本贯华堂第六才子书》，八卷，北京图书馆藏；

---

① 傅惜华：《元代杂剧全目》，作家出版社 1957 年版，第 59 页。
② 傅晓航：《〈金批西厢〉诸刊本纪略》，《金批西厢研究》，文化艺术出版社 2021 年版，第 98—99 页。
③ 傅晓航：《〈金批西厢〉诸刊本纪略》，《金批西厢研究》，文化艺术出版社 2021 年版，第 98—99 页。
④ 傅晓航：《〈金批西厢〉诸刊本纪略》，《金批西厢研究》，文化艺术出版社 2021 年版，第 98—99 页。
⑤ 傅惜华：《元代杂剧全目》，作家出版社 1957 年版，第 59 页。
⑥ 傅晓航：《〈金批西厢〉诸刊本纪略》，《金批西厢研究》，文化艺术出版社 2021 年版，第 98—99 页。

清宝淳堂刻，书名《第六才子书》，八卷，中国科学院图书馆藏；未注刊刻堂号年代，书名《绣像全本第六才子书》，八卷，中国科学院图书馆藏；清文辛堂刻，书名《增补第六才子书释解》，六卷，邓汝宁音释，南开大学图书馆藏；清高阳齐氏百合斋藏，书名《贯华堂注释第六才子书》，六卷，中国艺术研究院戏曲研究所资料室藏；清文盛堂刻巾箱本，书名《绣像第六才子书》，六卷，邓汝宁音释，山西省图书馆藏。

从上述可以得出几点认识：一是乾隆、嘉庆时期明令禁止《西厢记》满文译本，但并没有禁止汉文《西厢记》；二是浙江湖州、江苏等地官府禁止金批《西厢》，但并不是朝廷发布的，也并不是所有地区都禁止；三是一些封建文人视金批《西厢》为洪水猛兽。因此说，金批《西厢》还是得到了流传。蒋星煜说："金批《西厢》一共印了近百种刻本，现在所能看到的金批仍有四五十种。"蒋星煜认为，把《西厢记》列为禁书比较勉强，他说："说《西厢记》是禁书，虽有乾隆上谕或丁日昌奏说为凭，仍旧比较勉强。"①

据石昌渝考证，清初小说中被朝廷查处论罪者，仅有两部，即《无声戏二集》和《续金瓶梅》。而《续金瓶梅》之所以获罪，其原因不在于它续写《金瓶梅》人物在所谓"后世"中的混乱生活，而是因为它将满族的发祥地描写为人、兽同居同食的野蛮地。可见，清初之际，朝廷对于淫词小说的接受，以及对于小说创作的限制，整体上仍然较为宽松。②

笔者认为，《西厢记》满文译本是禁书，金批《西厢》在某些地方是禁书。即便如此，在贵族当中，在民间，金批《西厢》及其满文译本还是流传开来。

第三节　清代以来对金批《西厢》的评价

本节介绍清代文人对金批《西厢》的正反两方面的评价。这两方

---

① 蒋星煜：《西厢记研究与欣赏》，上海辞书出版社2004年版，第397页。
② 石昌渝：《清代小说禁毁述略》，《上海师范大学学报》（哲学社会科学版）2010年第1期。

面的评价影响着金批《西厢》的传播,这也是满族、蒙古族、达斡尔族接受金批《西厢》的文化背景条件。

一 清代文人对金批《西厢》的诋毁

明清两代有些封建文人把《水浒》《西厢记》视为洪水猛兽,称"《水浒》诲盗、《西厢》诲淫"。金圣叹大胆肯定张生与崔莺莺的爱情,"寻找封建礼教的一切罅隙为崔、张的行动辩解"[1]。封建卫道士却认为《西厢记》是淫书,力主禁毁。金批《西厢》多年遭受禁毁的命运。

有文人评价金圣叹聪明误用,不轨正业。陆文衡《啬庵随笔》卷五《鉴戒》载:"金圣叹所批水浒传、西厢记等书,眼明手快,读之解颐,微嫌有太亵越处,有无忌惮处,然不失为大聪明人,每言锦绣才子,殆自道也。后得奇祸,不知何以遂至于是,可胜惋惜。今有人向余述其平日言之狂诞,行之邪放,曰:'此盆成括一流人也。'余为悚然。有才者不易得,才而不轨正业,报固若是烈欤!"[2] 王弘撰《山志》卷四《传奇》载:"金氏批评传奇小说,亦堪解颐,及行之诗文,则谬矣。卒罹大法,实可悯惜。然聪明误用,亦足以戒。"[3]

有文人认为金圣叹夸诞不经。董含《三冈识略》卷九载:"吴人有金圣叹者,著才子书,杀青列书肆中,凡左、孟、史、汉,下及传奇小说,俱有评语,其言夸诞不经,谐辞俚句,连篇累牍,纵其胸臆,以之评经史,恐未有当也。即以西厢一书言之,昔之谈词者曰:'元词家一百八十七人,王实甫如花间美人,自是绝调。'其品题不过如是而已。乃圣叹恣一己之私见,本无所解,自谓别出手眼,寻章摘句,琐碎割裂,观其前所列八十余条,谓'自有天地,即有此妙文,上可追配风、雅,贯串马、庄',或证之以禅语,或拟之于制作,忽而吴歌,忽而经典,杂乱不伦。且曰:'读圣叹所批西厢记,是圣叹文字,不是西厢文

---

[1] 蒋星煜:《西厢记研究与欣赏》,上海辞书出版社2004年版,第389页。
[2] 王利器辑录:《元明清三代禁毁小说戏曲史料》,上海古籍出版社1981年版,第214—215页。
[3] 孙中旺编著:《金圣叹研究资料汇编》,广陵书社2007年版,第12页。

字。'直欲窃为己有，噫，可谓迂而愚矣！其终以笔舌贾祸也，宜哉！乃有脱胎于此，而得盛名获厚利者，实为识者所鄙也。"①

有文人认为金批《西厢》是诲淫之作。梁恭辰《劝戒录类编》卷四载："汪棣香曰：'施耐庵成水浒传，奸盗之事，描写如画，子孙三世皆哑。金圣叹评而刻之，复评刻西厢记等书，卒陷大辟，并无子孙。盖水浒传诲盗，西厢记诲淫，皆邪书之最可恨者。而西厢记以极灵巧之文笔，诱极聪俊之文人，又为淫书之尤者，不可不毁。'又曰：'西厢一书，成于两人之手，当时作者，编至'碧云天，黄花地，西风紧，北雁南飞'之句，忽然仆地，嚼舌而死。后半部，乃另一人续成之。……'按乾隆己酉科会试，诗题为'草色遥看近却无'，吾乡有一孝廉，卷已中矣，因诗中有'一鞭残照里'句，主司指为引用西厢记语，斥不录。其实此孝廉并不记得是西厢记语，特平日风流自赏，口吻自与暗合；暗合尚受其累，况沉溺于是书者耶？"②

周思仁也认为金圣叹多著淫书，其《欲海回狂集》卷一《法戒录总劝》载："江南金圣叹者，名喟，博学好奇，才思颖敏，自谓世人无出其右，多著淫书，以发其英华。所评西厢、水浒等，极秽亵处，往往摭拾佛经。人服其才，遍传天下。又著法华百问，以己见妄测深经，误天下耳目。顺治辛丑，忽因他事系狱，竟论弃市。"③ 周思仁完全否定了金圣叹的批评。

毛庆臻《一亭杂记》载："国初诸生金圣叹，才隽不羁，好评论奇书小说，透发心花，穷搜诡谲，阅者为之大快。以有司不公，哭文庙，构成狱，避匿僻所，卜满百日可脱灾；及三月定稿，仅欠一日，以为幸免矣，闷郁已久，暮稍出探巷口；旧门斗过，贺曰：'相公幸甚，案定不追；但我拖累艰苦，须为压惊。'信之。旋为访拿抵案，陷辟，正落百日之厄。其评书儇佻刻薄，导淫诲盗，足资笑谑，而阴谴之重，尚不

---

① 王利器辑录：《元明清三代禁毁小说戏曲史料》，上海古籍出版社1981年版，第215—216页。
② 王利器辑录：《元明清三代禁毁小说戏曲史料》，上海古籍出版社1981年版，第373—374页。
③ 王利器辑录：《元明清三代禁毁小说戏曲史料》，上海古籍出版社1981年版，第378页。

止此。才子自贻伊戚,岂特狂不顾忌,将为何等人耶?读其文者惜之。"① 也认为金圣叹著作诲淫诲盗。

归庄在《诛邪鬼》中对金圣叹表达了强烈的谴责:"苏州有金圣叹者,其人贪戾放僻,不知有礼义廉耻;又粗有文笔,足以济其邪恶。尝批评《水浒传》,名之曰'第五才子书',镂板精好,盛行于世。余见之曰:'是倡乱之书也。'未几又批评《西厢记》行世,名曰'第七才子书'。余见之曰:'是诲淫之书也。'又以《左传》、《史记》、《庄子》、《离骚》、杜诗与前二书并列为七才子。以小说、传奇跻之于经史子集,固已失伦;乃其惑人心、坏风俗、乱学术,其罪不可胜诛矣!"②

徐谦认为《西厢记》是有毒之书,《桂宫梯》卷四引《最乐编》载:"李卓吾极赞西厢、水浒、金瓶梅,为天下奇书。不知凿淫窦,开杀机,如酿鸩酒然,酒味愈甘,毒人愈深矣。有聚此等书、看此等书、说此等书、借赁此等书者,罪与造者、买者同科。"③

顾公燮《消夏闲记摘抄》卷下《陈眉公学问人品》载:"云间陈眉公入泮,即告给衣顶,自矜高致,其实日奔走于太仓相王锡爵长子缑山名衡之门;适临川孝廉汤若士在座,陈轻其年少,以新构小筑命汤题额,汤书'可以栖迟',盖讥其在'衡门下'也。陈衔之。自是王相主试,汤总落孙山,王殁后,始中进士。其所作还魂记传奇,凭空结撰,污蔑闺阃;内有陈斋长即指眉公,与唐元微之所著会真记,元王实甫演为西厢曲本,俱称填词绝唱。但口孽深重,罪干阴谴,昔有人游冥府,见阿鼻狱中拘系二人甚苦楚,问为谁,鬼卒曰:'此即阳世所作还魂记、西厢记者,永不超生也。'宜哉。"④

清代以来,有一些学者否定金批《西厢》,认为金圣叹把《西厢记》改得面目全非。清人吴兰修《西厢记·叙》说:"至金氏则割截破

---

① 王利器辑录:《元明清三代禁毁小说戏曲史料》,上海古籍出版社1981年版,第379页。
② (清)归庄:《归庄集》卷二,上海古籍出版社1962年版,第499—500页。
③ 王利器辑录:《元明清三代禁毁小说戏曲史料》,上海古籍出版社1981年版,第373页。
④ 王利器辑录:《元明清三代禁毁小说戏曲史料》,上海古籍出版社1981年版,第374页。

碎，几失本来面目耳。"任以治《金评西厢正错·序》说："惜其不解曲本，关目动辄改换，又强作解事，窜改字句，更且横分枝节，种种谬误，不胜枚举，全失天然之致。"① 一些人认为，金圣叹不懂舞台艺术，所编《西厢记》不是"场上之曲"，属于"案头之曲"，适宜阅读，但不宜演出。

二 对金批《西厢》的积极评价

清代金批《西厢》即便遭到封建文人的诋毁，影响依然很大，还是有一批文人给了金批《西厢》积极的评价。

对金批《西厢》看法最为积极的是清代批评家李渔，他高度评价金圣叹评点《西厢记》，赞赏金圣叹的才能。他说："读金圣叹所评《西厢记》，能令千古才人心死。夫人作文传世，欲天下后代知之也，且欲天下后代称许而赞叹之也。殆其文成矣，其书传矣，天下后代既群然知之，复群然称许而赞叹之矣，作者之苦心，不几大慰乎哉。予曰：未甚慰也。誉人而不得其实，其去毁也几希。但云千古传奇当推《西厢》第一，而不明言其所以为第一之故，是西施之美，不特有目者赞之，盲人亦能赞之矣。自有《西厢》以迄于今，四百余载，推《西厢》为填词第一者，不知几千万人，而能历指其所以为第一之故者，独出一金圣叹。是作《西厢》者之心，四百余年未死，而今死矣。不特作《西厢》者心死，凡千古上下操觚立言者之心，无不死矣。人患不为王实甫耳，焉知数百年后，不复有金圣叹其人哉！"②

李渔指出，金圣叹评点《西厢记》是文人的活动，不同于艺人的演唱。他说："圣叹之评《西厢》，可谓晰毛辨发，穷幽极微，无复有遗议于其间矣。然以予论之，圣叹所评，乃文人把玩之《西厢》，非优人搬弄之《西厢》也。文字之三昧，圣叹已得之；优人搬弄之三昧，圣叹犹有待焉。如其至今不死，自撰新词几部，由浅入深，自生而熟，则又当自火其书而别出一番诠解。甚矣，此道之

---

① 转引自蒋星煜《西厢记研究与欣赏》，上海辞书出版社2004年版，第308页。
② 浙江古籍出版社编：《李渔全集》第三卷《闲情偶寄》，浙江古籍出版社1991年版，第64—65页。

难言也！"①

李渔认为，金圣叹评点《西厢记》是用心所作。他说："圣叹之评《西厢》，其长在密，其短在拘，拘即密之已甚者也。无一句一字不逆溯其源而求命意之所在，是则密矣，然亦知作者于此有出于有心，有不必尽出于有心者乎？心之所至，笔亦至焉，是人之所能为也；若夫笔之所至，心亦至焉，则人不能尽主之矣。且有心不欲然；而笔使之然，若有鬼物主持其间者，此等文字，尚可谓之有意乎哉？文章一道，实实通神，非欺人语。千古奇文，非人为之，神为之鬼为之也，人则鬼神所附者耳。"②

清代《西厢记》的新刊本虽出现了含章馆刊刻的封岳本、沈远程清的合订本、毛西河本、桐华阁刊刻的吴石华本、朱璐本等，但重印、再刻最多的还是金圣叹评点的《贯华堂第六才子书西厢记》。毛奇龄《西河词话》云："《西厢》久为人更窜，余求其原本正之，逐字核实，其书颇行。"清代学者俞樾对此评价说："今人止知有金圣叹之《西厢》，不知有毛西河之《西厢》。"③ 在《西厢记》各种刊本中，金批《西厢》成为压倒一切的版本。清末的著名刻书家暖红室主人刘世珩说："世只知圣叹外书第六才子，若为古本多不知也。"④ 张友鸾指出："《西厢》在近二三百年来很能占文学界一大部分势力，功臣还是金圣叹，能够做很有系统的批评，也只有金圣叹。"⑤ 蒋星煜说，清代元杂剧《西厢记》有两种版本流行，"一是金圣叹的《第六才子书》本，原刻初印本出现于清初顺治年间，后来迄未重印，但后人重行雕版的《第六才子书》本却达百种左右，现在还存50余种。二即凌濛初刻本，

---

① 浙江古籍出版社编：《李渔全集》第三卷《闲情偶寄》，浙江古籍出版社1991年版，第65页。

② 浙江古籍出版社编：《李渔全集》第三卷《闲情偶寄》，浙江古籍出版社1991年版，第65页。

③ （清）俞樾：《茶香室丛钞》二，贞凡、顾馨、徐敏霞点校，中华书局1995年版，第736页。

④ （清）刘世珩：《董西厢题识》，载（金）董解元著，（清）刘世珩辑刻《董解元西厢记》，广陵书社2020年影印本，第3a页。

⑤ 张友鸾：《西厢的批评与考证》，转引自霍松林《西厢汇编·序》，山东文艺出版社1987年版，第12页。

流行之广不如金圣叹本，但仍超过其他所有明刻本以及朱素臣、毛大可、吴兰修三种均属善本的清刻本。"① 张人和说："对于有些确定无疑的名人评注本，如王骥德、凌濛初、金圣叹和毛奇龄本，都有许多真知灼见可资借鉴。尤其是清顺治年间金圣叹《贯华堂第六才子书西厢记》问世以后，从清初至民国末年近三百年间，在诸多《西厢记》刊本中鹤立鸡群，几乎占据压倒一切的地位，其翻刻本之多，是其他刊本《西厢记》无法比拟的。"②

蒋星煜在评价明清《西厢记》校刻时，肯定了清代校刻成绩，他说："明代人校刻《西厢记》总是找几部刊刻时代较早的曾经名家校订的版本作为依据，或者用托古改制性质的手法，在完全按照自己的意图改动体例或曲文时，也佯称以某某善本为依据。清代从金圣叹开始，校刻者就直言不讳地宣称本人作了哪些重大的或细微的改动，就是后来改动金圣叹本的评释者、校刻者，也都坦率地说明了他们的取舍，而不声称是以新发现的金圣叹的秘本为依据的。"③ 张人和也客观地评价说："金圣叹是个文章家、文学批评家，而不是剧作家和戏曲理论家，他对文章、文学很内行，而对于曲律尤其戏曲舞台演出却不甚当行，因而他主要是从文学欣赏文章解析的角度去批评《西厢记》，而不是作为舞台演出的剧本去评论的，《第六才子书西厢记》也主要是作为文学鉴赏批评本而传世的。"④

因此可以说，金批《西厢》在《西厢记》研究史、在中国文学批评史上，占有重要位置。

---

① 蒋星煜：《西厢记研究与欣赏》，上海辞书出版社2004年版，第59页。
② 张人和：《〈西厢记〉论证（增订本）》，中华书局2015年版，第120、121页。
③ 蒋星煜：《〈西厢记〉的文献学研究》，上海古籍出版社1997年版，第254页。
④ 张人和：《〈西厢记〉论证（增订本）》，中华书局2015年版，第121页。

第三章

金批《西厢》与满汉合璧《西厢记》的关系

本章研究的是金批《西厢》与满汉合璧《西厢记》的关系。分别探究《精译六才子词》、康熙四十九年（1710）刻本满汉合璧《西厢记》、巴伐利亚国家图书馆藏满汉合璧《西厢记》三种版本的情况，探究金批《西厢》与三种满汉合璧《西厢记》的版本关系，以及满汉合璧《西厢记》产生的文化背景。

第一节 《精译六才子词》的版本

本节重点介绍《精译六才子词》的版本情况，探究《精译六才子词》的校者，并对金批《西厢》与《精译六才子词》进行比较，探究《精译六才子词》的特点。

一 《精译六才子词》的版本情况

中央民族大学图书馆藏满汉合璧《精译六才子词》，共计4册。首页是书名满汉合璧"精译六才子词"。此书将汉文《西厢记》中的全部曲文译为满文，不译科白。书的封面横上为"康熙戊子新镌"。右竖上为"广宁刘顺正亭甫校定"。中间竖为满汉合璧"精译六才子词"，左为满文，右为汉文。左竖下为"寄畅斋梓行"。接着是两页目录，分为四卷，每卷四章，是上为汉文、下为满文的章目。正文也是上为汉文、下为满文，每页七竖行。黑鱼尾，黑口。各章前有满汉文的章目，没有曲文名，曲文前仅有满汉文的"夫人词""莺莺词""张生词"等。根据"康熙戊子新镌"，可知此本为康熙四十七年（1708）的重刻本。

《精译六才子词》以及下文满汉合璧《西厢记》都没有翻译原书的"卷一　序一，曰　恸哭古人；序二，曰　留赠后人。卷二　读第六才子书西厢记法。卷三　会真记；附：会真记考证文章四篇；元稹、白居易等诗二十三篇"等内容，直接进入正文。季永海曾说："满文译本有一个共同的特点，就是把原书的前序后跋之类删掉，有的则加上自己的序言，然后进入故事，这种简洁明快的形式，也是早期满族文学的特点之一。"①

《精译六才子词》封面

---

① 季永海：《满文本〈金瓶梅〉及其序言》，《民族文学研究》2007年第4期。

二 《精译六才子词》的校者

关于《精译六才子词》的译者，我们从该版本没有得到有关信息，但其封面"广宁刘顺正亭甫校定"字样，给我们提供了校者的信息。

先看"广宁"，这应该是地名。清代有几个地方叫"广宁"，辽宁省也有"广宁"，考虑译者会满文，辽宁省广宁的可能性很大。

再看"刘顺正亭甫校定"。关于刘顺，康熙年间刊刻的《同文广汇全书》中有相关信息。《同文广汇全书》为清初汉满分类词典。阿敦著，刘顺、桑格编辑。据吴雪娟介绍，该书有两种版本：一是康熙三十九年（1700）寄畅斋刻本，满文书名为 tung wen wei ji，汉文书名为《同文汇集》，计 5 册；二是康熙四十一年（1702）听松楼刻本，满文书名 tung wen guwang lei ciowan su，汉文书名《同文广汇全书》，计 5 册。第 5 册皆为附入的满汉合璧《（训童）联珠集》，张天祁著，刘顺译。①

这两种版本给我们提供了刘顺的较为丰富信息：

一是寄畅斋刻本正文各卷卷首均题有"广宁刘顺正亭氏　鸭绿桑格豁轩氏　仝编"字样。这里出现了"广宁刘顺正亭氏"。

二是寄畅斋刻本书前有刘顺所撰"《同文汇集》小引"，《小引》结尾处的款识"康熙三十二年岁次癸酉菊月谷旦广宁正亭刘氏叙于古燕之寄畅斋"。这里出现了"广宁正亭刘氏"。

三是听松楼刻本小引的款识改为"康熙四十一年岁次壬午蒲月谷旦广宁正亭刘氏叙于金陵听松楼次"。这里同样出现了"广宁正亭刘氏"。

综合上述信息，我们可以得出结论：由"广宁正亭刘氏"，说明广宁是地名，刘顺是名字；由"广宁刘顺正亭氏"可知，刘顺是广宁人，广宁是地名。

《精译六才子词》封面"广宁刘顺正亭甫校定"也就是说《精译六才子词》是由刘顺校正的。该本仅列出了校正者的名字，没有提供译者的信息。对于封面的"广宁刘顺正亭甫校定"，季永海解读为"经刘顺改正、亭甫校定"，认为"亭甫可能是某人的字"，把《精译

---

① 吴雪娟：《〈同文广汇全书〉满语俗语研究》，《满语研究》2013 年第 2 期。

六才子词》校正者解读为"刘顺""亭甫"两个人。① 笔者对此存疑。

那么，刘顺是怎样的翻译者呢？我们从《同文广汇全书》中能看到一些信息。《同文广汇全书》，阿敦著。阿敦（？—1687），为某修书馆的满汉翻译，生平不详。《同文广汇全书》分4卷44类：第1卷共9类，即乾象、时令、坤舆、山河、城野、宫室、衙署、彝伦、制官；第2卷共9类，即封号、人物、性情、形体、言动、助语、拟语、联语、俗语；第3卷共12类，即成语、祈禳、喜丧、疾厄、服饰、饮食、布帛、颜色、棉线、米谷、菜蔬、果品；第4卷共14类，即器用、文事、武备、舟车、鞍辔、金珠、颜料、乐器、戏玩、飞禽、走兽、鱼虫、树木、花草。

刘顺与桑格合作，历时七年，将阿敦书稿修订后出版。"有以满注汉者，有以汉注满者，从其文也。有以未然语注者，有以已然语注者，取其顺也。"除卷二的助语、拟语、联语、俗语四类"以汉注满"外，其余各卷各类皆采用"以满注汉"的形式。"以汉注满"，系指满文在前，汉文在后，用汉语解释满语；"以满注汉"则相反。词条逾行时，满文自左向右，汉文自右向左。

刘顺在寄畅斋刻本《小引》中阐述了"满文"的重要性、编撰满文图书的初衷、阿敦遗稿内容、对书稿的编审及命名等内容。听松楼刻本各册封面均题有汉文书名《同文广汇全书》，刘顺在听松楼刻本小引中将此书名由《同文汇集》改为《广汇全书》，小引名随新改定的书名而更为"《广汇全书》小引"。听松楼刻本第5册附入的满汉合璧《（训童）联珠集》，张天祁著，刘顺译。前有刘顺译写于康熙二十八年（1689）的引言。

关于刊刻时间，由寄畅斋刻本《小引》结尾处款识"康熙三十二年（1693）岁次癸酉菊月谷旦广宁正亭刘氏叙于古燕之寄畅斋"可知，康熙三十二年（1693）即有寄畅斋刻本。由寄畅斋刻本扉页"康熙庚辰新镌"可知，康熙庚辰年即康熙三十九年（1700）的刻本为重刻本。由听松楼刻本小引的款识"康熙四十一年岁次壬午蒲月谷旦广宁正亭

---

① 季永海：《〈满汉西厢记〉与〈精译六才子词〉比较研究》，《满语研究》2013年第1期。

刘氏叙于金陵听松楼次"可知,康熙四十一年(1702)有听松楼刻本。

上述信息说明,刘顺是清代康熙年间重要的翻译家,能够很好地完成满汉互译工作,并且形成了自己的翻译思想。对于《精译六才子词》校订,刘顺是很理想的人选。《精译六才子词》于康熙戊子年(1708)出版,正是刘顺完成《同文广汇全书》修订之后的又一重要成果。

《精译六才子词》封面写有"寄畅斋梓行"。《同文汇集》寄畅斋刻本扉页题有"寄畅斋编辑",说明"寄畅斋"是刘顺的书斋号。

三 金批《西厢》与《精译六才子词》比较

我们先对金批《西厢》与《精译六才子词》(汉文)各章题目列表进行比较。需要说明的是,本书引用金批《西厢》,采用的是傅晓航的校本①。

金批《西厢》卷章	《精译六才子词》(汉文)卷章
第一之四章　题目正名	首卷
惊艳　老夫人开春院	惊艳
借厢　崔莺莺烧夜香	借厢
酬韵　小红娘传好事	酬韵
闹斋　张君瑞闹道场	闹斋
第二之四章　题目正名	二卷
寺警　张君瑞破贼计	寺警
请宴　莽和尚杀人心	请宴
赖婚　小红娘昼请客	赖婚
琴心　崔莺莺夜听琴	琴心
第三之四章　题目正名	三卷
前候　张君瑞寄情词	前候
闹简　小红娘递密约	闹简
赖简　崔莺莺乔坐衙	赖简
后候　老夫人问医药	后候

---

① 傅晓航编辑校点:《贯华堂第六才子书西厢记》,《西厢记集解　贯华堂第六才子书西厢记》,甘肃人民出版社2013年版。

续表

金批《西厢》卷章	《精译六才子词》（汉文）卷章
第四之四章　题目正名 酬简　小红娘成好事 拷艳　老夫人问情由 哭宴　短长亭斟别酒 惊梦　草桥店梦莺莺	四卷 酬简 拷艳 哭宴 惊梦
续四章　题目正名 泥金报捷　小琴童传捷报 锦字缄愁　崔莺莺寄汗衫 郑恒求配　郑伯常干舍命 衣锦荣归　张君瑞庆团圆	

通过比较可见，金批《西厢》与《精译六才子词》各章题目一致，只不过，《精译六才子词》只有四章，缺续四章。

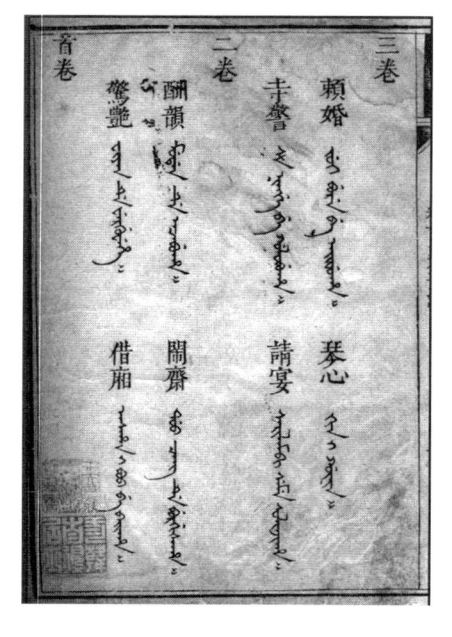

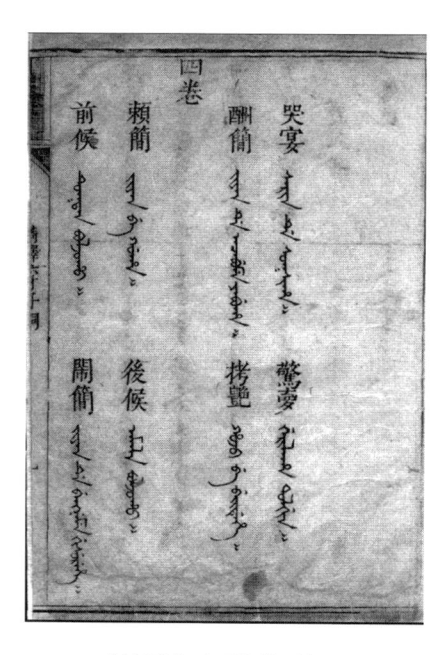

《精译六才子词》目录　　　　　《精译六才子词》目录

第三章　金批《西厢》与满汉合璧《西厢记》的关系　59

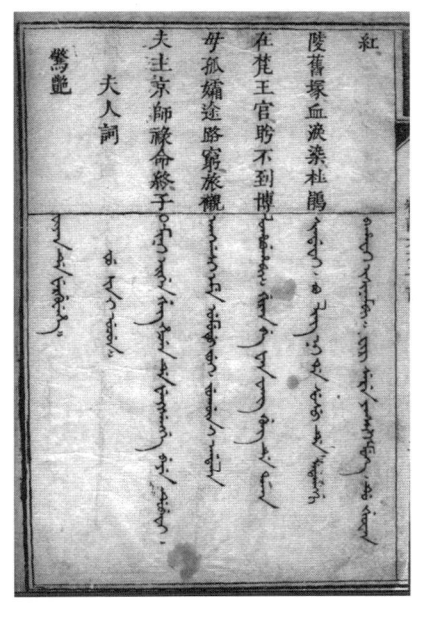

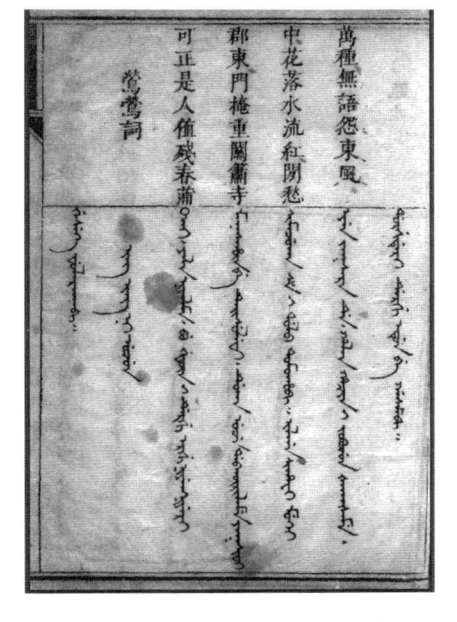

《精译六才子词》首卷《惊艳》　　　《精译六才子词》首卷《惊艳》

我们再以金批《西厢》与《精译六才子词》（汉文）第一章《惊艳》的曲子词为例，列表进行比较。凡是有不同之处，都用下划线标出。

金批《西厢》第一章《惊艳》	《精译六才子词》（汉文）第一章《惊艳》
【仙吕·赏花时】(夫人唱)夫主京师禄命终，子母孤孀途路穷。旅榇在梵王宫。盼不到博陵旧冢，血泪洒杜鹃红。	夫人词：夫主京师禄命终，子母孤孀途路穷。旅衬在梵王宫。盼不到博陵旧冢，血泪染杜鹃红。
[后](莺莺唱)可正是人值残春蒲郡东，门掩重关萧寺中，花落水流红。闲愁万种无语怨东风。	莺莺词：可正是人值残春蒲郡东，门掩重关萧寺中，花落水流红。闲愁万种无语怨东风。
【仙吕·点绛唇】(张生唱)游艺中原，脚跟无线，如蓬转。望眼连天，日近长安远。	张生词：游艺中原，脚跟无线，如蓬转。望眼连天，日近长安远。

续表

金批《西厢》第一章《惊艳》	《精译六才子词》（汉文）第一章《惊艳》
【混江龙】向诗书经传，蠹鱼似不出费钻研。棘围呵守暖，铁砚呵磨穿。投至得云路鹏程九万里，先受了雪窗萤火十余年。<u>才高难入俗人机</u>，时乖不遂男儿愿。怕你不雕虫篆刻，断简残篇。	向诗书经传，蠹鱼似不出费钻研。棘围呵守暖，铁砚呵磨穿。投至得云路鹏程九万里，先受了雪窗萤火十余年。<u>才高难入俗人眼</u>，时乖不遂男儿愿。怕你不雕虫篆刻，断简残篇。
【油葫芦】九曲风涛何处险，正是此地偏。带齐梁，分秦晋，隘幽燕。雪浪拍长空，天际秋云卷。竹索缆浮桥，水上苍龙偃。东西贯九州，南北串百川。归舟紧不紧，如何见，<u>似弩箭离弦</u>。	九曲风涛何处险，正是此地偏。带齐梁，分秦晋，隘幽燕。雪浪拍长空，天际秋云卷。竹索缆浮桥，水上苍龙偃。东西贯九州，南北串百川。归舟紧不紧，如何见，<u>似弩弓箭离弦</u>。
【天下乐】疑是银河落九天，高源云外悬。入东洋不离此径穿。滋洛阳千种花，润梁园万顷田。<u>我便要浮槎到日月边</u>。	疑是银河落九天，高源云外悬。入东洋不离此径穿。滋洛阳千种花，润梁园万顷田。<u>我便要浮槎到日月边</u>。
【村里迓鼓】随喜了上方佛殿，又来到下方僧院。厨房近西，法堂北，钟楼前面。游洞房，登宝塔，将回廊绕遍。我数毕罗汉，参过菩萨，拜罢圣贤。（张生见莺莺红娘科）<u>蓦然见五百年前风流业冤</u>！	随喜了上方佛殿，又来到下方僧院。厨房近西，法堂北，钟楼前面。游洞房，登宝塔，将回廊绕遍。我数毕罗汉，参过菩萨，拜罢圣贤。<u>蓦然见五百年前风流业冤</u>！
【元和令】颠不剌的见了万千，这般可喜娘罕曾见。我眼花缭乱口难言，魂灵儿飞去半天。尽人调戏，弹着香肩，只将花笑拈。	颠不剌的见了万千，这般可喜娘罕曾见。我眼花缭乱口难言，魂灵儿飞去半天。尽人调戏，弹着香肩，只将花笑拈。
【上马娇】是兜率宫，是离恨天，<u>我谁想这里遇神仙</u>。宜嗔宜喜春风面。偏，宜贴翠花钿。	是兜率宫，是离恨天，<u>谁想这里遇神仙</u>。宜嗔宜喜春风面。偏，宜贴翠花钿。
【胜葫芦】宫样眉儿新月偃，侵入鬓云边。<u>未语人前先腼腆</u>，一。<u>樱桃红破</u>，二。<u>玉粳白露</u>，三。半晌，四。<u>恰方言</u>，五。	宫样眉儿新月偃，侵入鬓云边。<u>未语人前先腼腆，樱桃红破，玉粳白露，半晌，恰方言</u>。

续表

金批《西厢》第一章《惊艳》	《精译六才子词》(汉文)第一章《惊艳》
【后】似呖呖莺声花外啭。行一步,可人怜,解舞腰肢娇又软。千般袅娜,万般旖旎。似垂柳在晚风前。	似呖呖莺声花外啭。行一步,可人怜,解舞腰肢娇又软。千般袅娜,万般旖旎。似垂柳在晚风前。
【后庭花】你看衬残红芳径软,步香尘底印儿浅。休题眼角留情处,只这脚踪儿将心事传。慢俄延,<u>投至到栊门前面</u>,只有那一步远。分明打个照面,疯魔了张解元。神仙归洞天,空余杨柳烟,只闻鸟雀喧。	你看衬残红芳径软,步香尘底印儿浅。休题眼角留情处,只这脚踪儿将心事传。慢俄延,<u>投至到栊门面前</u>,只有那一步远。分明打个照面,疯魔了张解元。神仙归洞天,空余杨柳烟,只闻鸟雀喧。
【柳叶儿】<u>门掩了梨花深院</u>,粉墙儿高似青天。<u>恨天不与人方便</u>,难消遣,怎流连,有几个意马心猿?	<u>门掩梨花深院</u>,粉墙儿高似青天。<u>恨天怨天不与人行方便</u>,难消遣,怎流连,有几个意马心猿?
【寄生草】兰麝香仍在,<u>佩环声渐远</u>。东风摇曳垂杨线,游丝牵惹桃花片,珠帘掩映芙蓉面。<u>这边是河中开府相公家</u>,那边是南海水月观音院。	兰麝香仍在,<u>环佩声渐远</u>。东风摇曳垂杨线,游丝牵惹桃花片,珠帘掩映芙蓉面。<u>这边是河中开府相国家</u>,那边是南海水月观音院。
【赚煞尾】望将穿,涎空咽。<u>我明日透骨髓想思病缠</u>,怎当他临去秋波那一转,<u>我便铁石人也愁惹情牵</u>。近庭轩花柳依然,日午当天塔影圆。春光在眼前,奈玉人不见。将一座梵王宫,化作武陵源。	望将穿,涎空咽。<u>我明日透骨髓相思病缠</u>,怎当他临去秋波那一转,<u>我便是铁石人意惹情牵</u>。近庭轩花柳依然,日午当天塔影圆。春光在眼前,奈玉人不见。将一座梵王宫,化作武陵源。

上述金批《西厢》第一章《惊艳》的曲子词与《精译六才子词》(汉文)第一章《惊艳》的曲子词基本相同,只有个别词语不同。

四 《精译六才子词》的特点

上文提到《精译六才子词》把金批《西厢》的全部曲文译为满文,不译科白。在《西厢记》版本中,只有曲文而无科白的版本有2种,即《雍熙乐府》和《仇文合璧西厢会真记》。

《雍熙乐府》出书于明嘉靖辛卯（1531）。《雍熙乐府》原无校注，后经黎锦熙校注，于1933年在北平立达书局排印出版。蒋星煜认为在弘治岳刻本被发现之前，《雍熙乐府》是最早的版本，其文献价值较高①。

《仇文合璧西厢会真记》包括书与画各二十幅，书法有文徵明题款，并有"文徵明印""徵明""徵仲""停云"等印章，画上有"十洲""实父"等印章。原件无任何序跋，原收藏者无锡王氏亦未写任何序跋。《仇文合璧西厢会真记》最后一出《衣锦还乡》，结束后有题款如下："嘉靖己未三月廿又二日雁门文徵明书于停云馆。"嘉靖己未年正是嘉靖三十八年（1559）。文徵明生于明成化六年（1470），逝于嘉靖三十八年（1559）。这部《西厢记》当是文徵明逝世这一年的书法作品，当时他已八十八岁。作画者仇英，号十洲，生卒年不详。②

蒋星煜指出，按照《西厢记》的版本系统看，《雍熙乐府》与文徵明手写本在明代六十多种《西厢记》版本中属于同一系统，均是有曲文而无科介、对白。而且这一种规格、体例的《西厢记》也仅有以上二书，再无第三部。此外，蒋星煜还认为，《雍熙乐府》与文徵明手写本并非用的同一底本，文徵明也不是抄写的《雍熙乐府》。因此说，上述两种《西厢记》本意义凸显。③

蒋星煜指出，《雍熙乐府》重视音乐曲调，重视唱工，所以只选唱词；而《仇文合璧西厢会真记》则注重绘画和书法欣赏，所以没有对白。从另一方面，也可看出直到明代嘉靖年间，《西厢记》的对白还存在演员即兴发挥的情况，而唱词则趋于定型了。在这种局面之下，要说哪一个本子是王实甫原作，或接近王实甫的原作，都不是轻而易举的事

---

① 蒋星煜：《〈雍熙乐府〉本〈西厢〉的辑录与校订——评孙楷第〈西厢记曲文·序〉》，《西厢记的文献学研究》，上海古籍出版社1997年版，第45、48页。

② 蒋星煜：《〈仇文合璧西厢会真记〉之曲文、绘画与书法》，《〈西厢记〉的文献学研究》，上海古籍出版社1997年版，第340页。

③ 蒋星煜：《〈雍熙乐府〉本〈西厢〉的辑录与校订——评孙楷第〈西厢记曲文·序〉》，《西厢记的文献学研究》，上海古籍出版社1997年版，第51、52页。

情。① 元代某些杂剧不一定刊刻或抄写全文，往往只刊刻或抄写曲文，这种风气到明代嘉靖年间仍旧存在②。

既然《精译六才子词》与《雍熙乐府》和《仇文合璧西厢会真记》一样，只有曲文，不译科白，那么它们之间有无关系呢？笔者目前尚未见到《雍熙乐府》和《仇文合璧西厢会真记》，不过从蒋星煜文章中见到了《仇文合璧西厢会真记》的书法标目（绘画没有标题），我们将其与金批《西厢》、《精译六才子词》（汉文）、《仇文合璧西厢会真记》列表对比一下：

金批《西厢》卷章	《精译六才子词》（汉文）卷章	《仇文合璧西厢会真记》书法标目③
第一之四章　题目正名	首卷	
惊艳　老夫人开春院	惊艳	佛殿奇逢
借厢　崔莺莺烧夜香	借厢	僧房假寓
酬韵　小红娘传好事	酬韵	斋坛闹会
闹斋　张君瑞闹道场	闹斋	墙角联吟
第二之四章　题目正名	二卷	
寺警　张君瑞破贼计	寺警	白马解围
请宴　莽和尚杀人心	请宴	红娘请宴
赖婚　小红娘昼请客	赖婚	夫人停婚
琴心　崔莺莺夜听琴	琴心	莺莺听琴
第三之四章　题目正名	三卷	
前候　张君瑞寄情词	前候	锦字传情
闹简　小红娘递密约	闹简	妆台窥简
赖简　崔莺莺乔坐衙	赖简	乘夜逾墙
后候　老夫人问医药	后候	倩红问病

---

① 蒋星煜：《〈仇文合璧西厢会真记〉之曲文、绘画与书法》，《〈西厢记〉的文献学研究》，上海古籍出版社1997年版，第344、345页。

② 蒋星煜：《〈雍熙乐府〉本〈西厢〉的辑录与校订——评孙楷第〈西厢记曲文·序〉》，《〈西厢记〉的文献学研究》，上海古籍出版社1997年版，第52页。

③ 蒋星煜：《〈仇文合璧西厢会真记〉之曲文、绘画与书法》，《〈西厢记〉的文献学研究》，上海古籍出版社1997年版，第341页。

续表

金批《西厢》卷章	《精译六才子词》（汉文）卷章	《仇文合璧西厢会真记》书法标目
第四之四章　题目正名	四卷	
酬简　小红娘成好事	酬简	月下佳期
拷艳　老夫人问情由	拷艳	堂前巧辩
哭宴　短长亭斟别酒	哭宴	长亭送别
惊梦　草桥店梦莺莺	惊梦	草桥惊梦
续四章　题目正名		
泥金报捷　小琴童传捷报		泥金报捷
锦字缄愁　崔莺莺寄汗衫		尺素缄愁
郑恒求配　郑伯常干舍命		郑恒求配
衣锦荣归　张君瑞庆团圆		衣锦还乡

上表比较可见，《精译六才子词》标目与金批《西厢》标目相比除了缺少续四章之外，其他一致；而与《仇文合璧西厢会真记》本书法标目不同。说明《精译六才子词》曲文来源于金批《西厢》。那么，为何只译曲文，不译科白呢？是否说明《精译六才子词》翻译者、抄录者重视音乐曲调，重视唱工，所以只选唱词？或者说明清代还是比较重视定型的曲词？

我们从清代"子弟书词"当中，也能够看到这一现象。"子弟书词"多见于民国时期上海刊行的石印本中。石印本多将出自同一故事的子弟书曲本合刊，如《西厢记子弟书词六种》《三国子弟书词八种》；也有多种子弟书曲文的合刊，如《姐妹易嫁》《玉美人长恨》《太师回朝》等合刊，《烟花楼》与《珍珠衫》等合刊。"子弟书词"还见于二凌居士的子弟书曲文序中："前人韩小窗，所编各种子弟书词，颇为脍炙口谈，堪称文坛捷将，乃都门名手""《烟花楼》乃《水浒传》中第二十回事，近来都门名手编出子弟书词，有江湖清客友人张松圃贯串其词，余笔录之，脍炙口谈"[①]。子弟书词，在二凌居士的序言中，重视

---

① 转引自李芳《清代说唱文学子弟书研究》，社会科学文献出版社2022年版，第123页。

的是"文词",而非音乐,所以称为"子弟书词"。在石印本刊行的时期,子弟书的演唱已经逐渐消失,读者更重视它的"词",即曲文之可读性。① 由此可见,《精译六才子词》有其独特的价值。

第二节 康熙四十九年（1710）刻本满汉合璧《西厢记》的版本

本节重点探究的是康熙四十九年（1710）刻本满汉合璧《西厢记》的版本情况、译者情况,并将金批《西厢》、《精译六才子词》、康熙四十九年（1710）刻本满汉合璧《西厢记》进行比较。

一 康熙四十九年（1710）刻本满汉合璧《西厢记》的版本情况

满文《西厢记》刻本,据《世界满文图书目录》著录,有康熙四十五年（1706）刊四卷本、康熙四十七年（1708）寄畅刊一函四册四卷本、康熙四十九年（1710）刊四册四卷本,另有嘉庆元年（1796）抄本四册和无年代抄本四册两种。还有一种只有词曲而无科白的刻本一册,名为《六十种曲子》。

国家图书馆藏有康熙年间满汉合璧《西厢记》抄本、刻本各一部,均为一函四卷四册,内容全据金圣叹批本,分作十六章,由《惊艳》起至《惊梦》止。另外,首都图书馆藏有嘉庆元年（1796）满文抄本《西厢记》,一部四册。

中央民族大学图书馆藏有康熙四十九年（1710）的满文刻本《西厢记》,为满汉合璧。此本满汉合璧《西厢记》已由新疆人民出版社于1991年重印。

康熙四十九年（1710）的满汉合璧《西厢记》刻本传播较广,不仅在国内流传,还传到国外,拉脱维亚大学科学图书馆、波兰雅盖隆大学图书馆等均有收藏。②

---

① 李芳:《清代说唱文学子弟书研究》,社会科学文献出版社2022年版,第123页。
② 王敌非:《欧洲满文文献总目提要》,中华书局2021年版,第15—16、57页。

康熙四十九年（1710）满汉合璧《西厢记》卷一封面

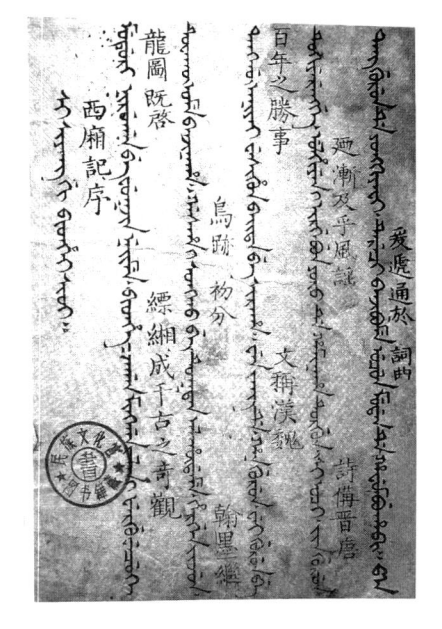

康熙四十九年（1710）满汉合璧
《西厢记》序之篇首

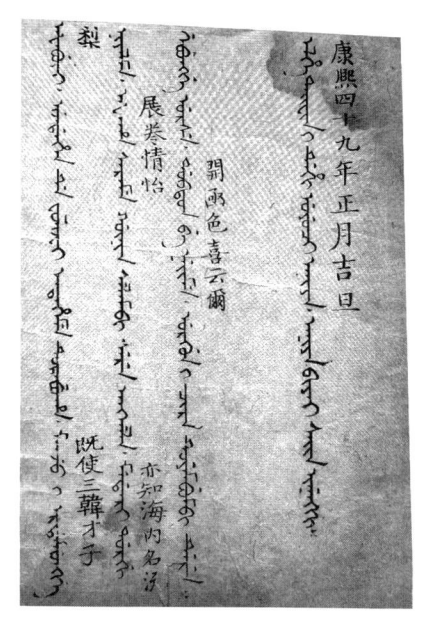

康熙四十九年（1710）满汉合璧
《西厢记》序之篇尾

二　康熙四十九年（1710）刻本满汉合璧《西厢记》的译者

《西厢记》满文译者没有署名，如《八旗艺文编目》只写"《清文西厢记》，译者失考"①。清代学者认为"和素"翻译。昭梿《啸亭续录》说："有户曹郎中和素者，翻译绝精，其翻《西厢记》《金瓶梅》诸书，疏栉节句，咸中綮肯，人皆争诵焉。"②徐珂《清稗类钞》说："京师琉璃厂书肆有满文之《金瓶梅》，人名旁注汉字，盖为内务府刻本，户部郎中和泰（多认为素字之误）所译者也。此书而外，尚有《西厢记》。盖国初虽有翻书房之设，此或当时在事诸人以游戏出之，未必奉敕也。"③此后学者多沿袭清代学者观点，并未深入论析。笔者也赞同此说。

和素（1652—1718）字存斋、纯德，完颜氏，满洲镶黄旗人。他精通满、汉文，累官内阁侍读学士，为康熙年间著名翻译家。翻译《西厢记》应该是清宫里的行为，和素当是奉命翻译，这不大可能是和素本人自发的行为，原因有如下几点。

其一，和素的父亲反对将小说翻译为满文。和素的父亲阿什坦（？—1683）字金龙、海龙。精通满、汉文，通儒学，是当时公认的成就最高的翻译家。在宫中讲授满文。其间，他将《大学》《中庸》《太公家教》《通鉴总论》等书译成满文刊行。他反对将小说等杂书翻译为满文，曾上言"学者宜以圣贤为期，经史为导，此外无益杂书当屏绝"④，以免荒废圣贤经史。他对子女要求严格，要求学习圣贤经史，勿凭空议论，要领悟其思想内涵。阿什坦无论在治学还是做人方面，都为其子做出了榜样。因此，和素不可能不受父亲的影响，也不大可能违背其父亲的意志。

---

① （清）恩华纂辑，关纪新整理点校：《八旗艺文编目》，辽宁民族出版社 2006 年版，第 74 页。
② （清）昭梿：《啸亭杂录　续录》卷一，冬青校点，上海古籍出版社 2012 年版，第 397 页。
③ （清）徐珂编撰：《清稗类钞》第八册，中华书局 2010 年版，第 4031 页。
④ 赵尔巽等：《清史稿》卷四八四《列传二七一·文苑一》，中华书局 1977 年版，第 44 册，第 13335 页。

其二，和素本人也是中规中矩之人。和素以部院笔帖式入仕，官至内阁侍读学士，圣祖御试，清文第一，赐巴克什号，充武英殿翻书房总管、皇子师。康熙十年（1671）设立翻书房，职掌翻译谕旨、册文等。翻书房成为负责翻译的专职机构。康熙十九年（1680），设立武英殿修书处，专门负责刊印宫内编纂的各种书籍。康熙四十一年（1702），和素教授皇子读书，并兼任翻书房总管、武备院员外郎。康熙四十九年（1710），由于"喀尔处浑"事件被牵连免官。康熙五十年（1711）被重新起用，补授额外侍读学士。康熙五十一年（1712），官至武英殿总监造，翻书房总管，内阁侍读学士。

和素深受康熙帝的赏识。康熙帝南巡中，和素还获赐御制诗一首。和素后人麒庆的《鸿雪因缘图记》"虎丘述德"中有以下描述："随侍圣祖仁皇帝巡幸江浙，和诗称旨，锡赉骈蕃。一日，扈从圣驾，驻跸虎丘，召入'千顷云'赐馔，并当面御书'纪游诗'以赐。诗曰：'试剑仍存石，生公尚有台。爱亲山后景，错落野田开。'谨即叩领。会桐城张文端公（名英，康熙丁未进士，时以大学士致仕家居。）迎銮江口，与存斋公年交至好，见而恭跋，因手装成轴，尊藏宗祠。麒庆幸得瞻仰天藻龙章，子孙世宝。"①

和素珍藏该诗卷，并曾向好友张英展示并请其题跋。故宫博物院藏和素《画像一》中有张英的题记，他对和素如此描述："其容蔼然，其神穆然。含淳抱璞，藏珠于渊。学富图史，寸裕济川。景瞻君子，丰沛之贤。"这段题记描述了和素温厚的相貌、严肃的神情，赞美了他的渊博才学和君子风采。励杜讷的题记是："冰雪其心，珪璋其质……律己端方，与人亮直。"指出和素有冰雪般的心地，严于律己，待人真诚正直。②

和素负责监刻书籍，还翻译出大量的汉文典籍。康熙三十年（1691），和素以满文翻译《资治通鉴纲目》。康熙四十三年（1704），和素译出满文《醒世要言》；同年，他校订了由达海翻译的《黄石公

---

① （清）麒庆撰，（清）汪春泉等绘图：《鸿雪因缘图记》第一集《虎丘述德》，北京古籍出版社 1984 年影印本。
② 转引自张兆平《康熙朝著名满文翻译家和素》，《故宫博物院院刊》2013 年第 4 期。

素书》。和素还核对了阐述人生哲学的满文版《菜根谭》，校译了教化孝道的《孝经》。和素还是康熙帝《御制清文鉴》主编之一。康熙十二年（1673），清帝决定敕修一部权威的满文辞典。历经35年，经康熙帝亲自审定，《御制清文鉴》于康熙四十七年（1708）由武英殿刊行。

我们从上述康熙帝赐御制诗，张英、励杜讷对和素的评价，以及和素负责监刻书籍、翻译过规范道德行为的书籍，可以看出和素不大可能自发翻译刊刻《西厢记》。清廷多次下令禁止汉文小说翻译，和素不可能违背朝廷律令。

和素翻译《西厢记》，其背后必然有清廷的支持者。我们从《金瓶梅》满文序言中可看到背后的支持者："因此书之立意惩戒明显，故命人译出，吾于闲暇修订而成。"王汝梅曾说："康熙年间政府一再重申严禁刊行'淫词小说'。翻译《金瓶梅》这样浩大的文化工程，必须得到康熙帝的御旨；而不可能是一种民间行为。翻译《金瓶梅》应是被批准的翻书房的计划内工程，由和素主持，由翻书房译员多人参与的一项浩繁工程。"① 笔者赞同这个观点。同样，若要翻译《西厢记》同样也应得到康熙帝的御旨。

满汉合璧《精译六才子词》是康熙四十七年（1708）的刻本，由康熙年间的翻译家刘顺校正。《金瓶梅》也是康熙四十七年（1708）翻译，并且有重要的支持者。那么满汉合璧《西厢记》由和素翻译也是有可能的。康熙四十九年（1710）满汉合璧《西厢记》译者序为骈体文，作于该年五月元旦。序文如下："龙图既启，缥缃成千古之奇观；鸟迹初分，翰墨继百年之胜事。文称汉魏，乃渐及乎风谣；诗备晋唐，爰递通于词曲。潘江陆海，笔有余妍；宋艳班香，事备奇态。遂以儿女之微情，写崔张之故事。或离或合，结构成左毂文章；为仰为扬，鼓吹比庙堂清奏。既出风而入雅，亦领异而标新。锦绣横陈，脍炙骚人之口；珠现错落，流连学士之衷。而传刻之文，只从汉本；讴歌之子，未睹清书。谨将邺架之陈编，翻作熙朝之别本。根柢于八法六书，字工而

---

① 王汝梅：《满文译本〈金瓶梅〉叙录（上篇）》，《现代语文》（学术综合版）2013年第2期。

意尽；变化乎蛾文鸟篆，词显而意扬。此曲诚可谓银钩铁画，见龙虎于毫端；蜀纸麝煤，走鸳鸯于笔底。付之剞劂，以寿枣梨。既使三韩才子，展卷情怡；亦知海内名流，开函色喜云尔。康熙四十九年五月吉旦。"① 由此序言可知，翻译者和素精通汉满学问，是一位卓然名家。

对于该序言中的"三韩才子"，永志坚这样解释："汉时，朝鲜南部分为马韩、辰韩、弁辰三国。至晋亦称弁辰为弁韩，故此三国合称三韩。见《后汉书·东夷传》及《三国志·魏志·东夷传》。后即用为朝鲜的代称。但到清代，文人学士多以三韩指代满洲人或辽东地区。《辽海丛书》第一册高士奇《扈从东巡日录》录徐乾学赠诗曰'三韩风尚朴，百济地形便。'宋小濂《北徼纪游》：'三韩已失无全土，一骑当前独请缨。'前者指满洲人，后者指辽东地区。本文'三韩才子'，专指满族才子。"② 永志坚的解释给我们启发，"三韩才子"包括精通汉满学问的翻译者和素。

三　金批《西厢》、《精译六才子词》（汉文）、康熙四十九年（1710）刻本满汉合璧《西厢记》（汉文）的比较

将金批《西厢》、《精译六才子词》（汉文）、康熙四十九年（1710）刻本满汉合璧《西厢记》（汉文）进行比较，看看有何异同。下面对各章题目进行列表比较，不同之处用下划线标明。

金批《西厢》卷章	《精译六才子词》（汉文）卷章	康熙四十九年（1710）刻本满汉合璧《西厢记》（汉文）卷章
第一之四章　题目正名	首卷	卷一
惊艳　老夫人开春院	惊艳	惊艳　第一章
借厢　崔莺莺烧夜香	借厢	借厢　第二章
酬韵　小红娘传好事	酬韵	酬韵　第三章
闹斋　张君瑞闹道场	闹斋	闹斋　第四章

---

① 《满汉合璧西厢记》，民族出版社2016年影印本。
② 永志坚：《满汉合璧西厢记·前言》，新疆人民出版社1991年版，第3—4页。

续表

金批《西厢》卷章	《精译六才子词》（汉文）卷章	康熙四十九年（1710）刻本满汉合璧《西厢记》（汉文）卷章
第二之四章　题目正名 寺警　张君瑞破贼计 请宴　莽和尚杀人心 赖婚　小红娘昼请客 琴心　崔莺莺夜听琴	二卷 寺警 请宴 赖婚 琴心	卷二 惊寺　第五章 请宴　第六章 赖婚　第七章 琴心　第八章
第三之四章　题目正名 前候　张君瑞寄情词 闹简　小红娘递密约 赖简　崔莺莺乔坐衙 后候　老夫人问医药	三卷 前候 闹简 赖简 后候	卷三 前候　第九章 闹简　第十章 赖简　第十一章 后候　第十二章
第四之四章　题目正名 酬简　小红娘成好事 拷艳　老夫人问情由 哭宴　短长亭斟别酒 惊梦　草桥店梦莺莺	四卷 酬简 拷艳 哭宴 惊梦	卷四 酬简　第十三章 拷艳　第十四章 哭宴　第十五章 惊梦　第十六章
续四章　题目正名 泥金报捷　小琴童传捷报 锦字缄愁　崔莺莺寄汗衫 郑恒求配　郑伯常干舍命 衣锦荣归　张君瑞庆团圆		

　　比较康熙四十九年（1710）刻本满汉合璧《西厢记》与《精译六才子词》卷章，卷次称呼不同。满汉合璧《西厢记》称卷一、卷二、卷三、卷四，《精译六才子词》称首卷、二卷、三卷、四卷。康熙四十九年（1710）刻本满汉合璧《西厢记》有第一章至第十六章的称呼，而《精译六才子词》没有，直接把题目标出。最大的不同是，康熙四十九年（1710）刻本满汉合璧《西厢记》卷二有《惊寺》，而《精译六才子词》二卷有《寺警》，其他都相同。康熙四十九年（1710）刻本

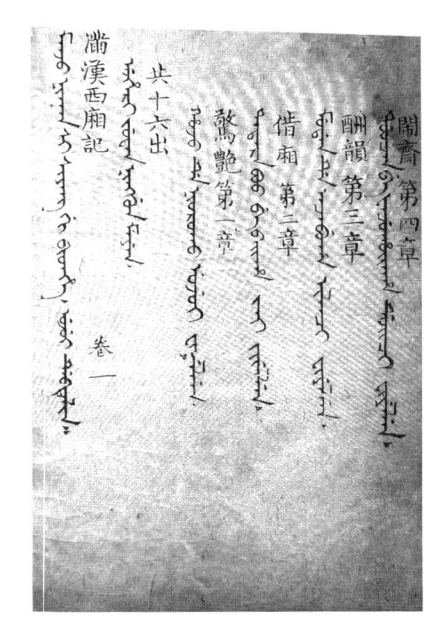

康熙四十九年（1710）满汉合璧
《西厢记》卷一目录

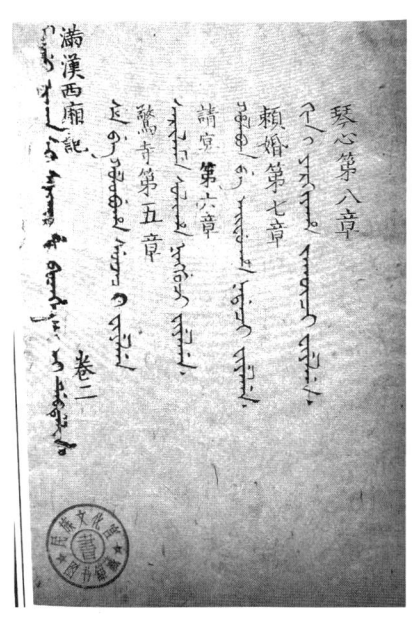

康熙四十九年（1710）满汉合璧
《西厢记》卷二目录

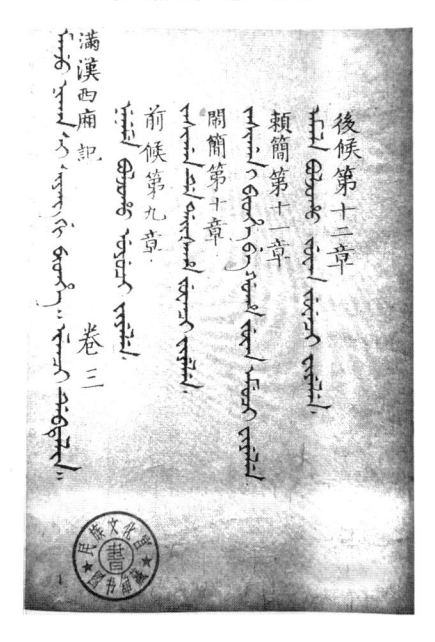

康熙四十九年（1710）满汉合璧
《西厢记》卷三目录

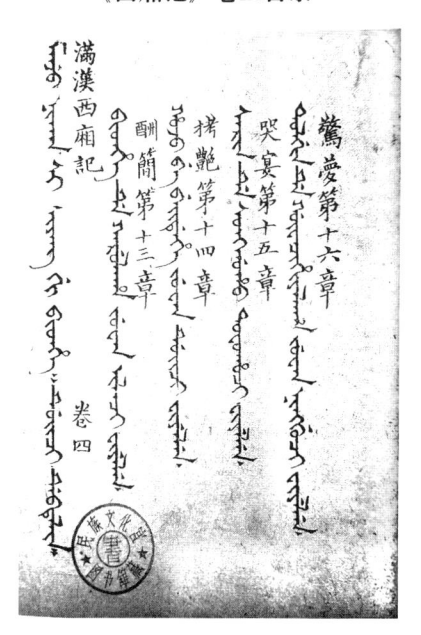

康熙四十九年（1710）满汉合璧
《西厢记》卷四目录

满汉合璧《西厢记》"惊寺"满文拉丁转写为"sy be golobuha",《精译六才子词》"寺警"满文拉丁转写为"sy ningge be golobuha"。"sy"是"寺"的意思,"golobuha"是"惊骇"的意思,而康熙四十九年(1710)刻本满汉合璧《西厢记》比《精译六才子词》少了"ningge",这是"者"的意思。是否有"ningge",并不影响对汉语的翻译。

比较康熙四十九年(1710)刻本满汉合璧《西厢记》与《精译六才子词》两者的翻译情况,应该讲大体相同,而局部不同。比如第一章《惊艳》中,张生见到莺莺被其美貌迷住。满汉合璧《西厢记》说"fuyan de ferguwehe",此句"fuyan"是"面貌"的意思,"ferguwehe"是"惊奇"的意思;《精译六才子词》说"hojo de niorako",此句"hojo"是"美丽"的意思,"niorako"是"迷住"的意思。第七章《赖婚》中,老夫人悔婚。满汉合璧《西厢记》说"holbon be aifuha",其中"holbon"是"结亲"的意思;《精译六才子词》说"jui bure be aifuha",其中"jui bure"是"嫁女"的意思。在这里,满汉合璧《西厢记》与《精译六才子词》共有词汇"aifuha",是"食言"的意思,至于"holbon"(结亲)、"jui bure"(嫁女)的翻译,各有特色。第十一章《赖简》中,张生破解莺莺诗谜之后来到花园,岂料莺莺拒绝了张生。满汉合璧《西厢记》说"jasigan i bithe be goha",其中"jasigan i bithe"是"书信"的意思;《精译六才子词》说"jian be goha",其中"jian"是书简之"简"的意思。此处,满汉合璧《西厢记》与《精译六才子词》共有词汇"goha",是"后悔"的意思,至于"jasigan i bithe"(书信)和"jian"(简),"jasigan i bithe"(书信)显得更生活化一些。第十五章《哭宴》中,老夫人设宴长亭送别,莺莺与张生难舍难分,莺莺更是痛苦万分。满汉合璧《西厢记》说"sarin de soksiha",其中"soksiha"是"吞声哭泣"的意思;《精译六才子词》说"sarin de songgoho",其中"songgoho"是"哭泣"的意思。比较而言"soksiha"(吞声哭泣)更符合莺莺大家闺秀的身份。"sarin"则是它们的共有词,是"宴席"的意思。① 可见,满汉合璧《西厢记》和《精

---

① 上述两段翻译材料,参见季永海《〈满汉西厢记〉与〈精译六才子词〉比较研究》,《满语研究》2013年第1期。

译六才子词》的翻译各有特色。

　　再对满汉合璧《西厢记》金批《西厢》进行比较。接下来，将以金批《西厢》为底本，比较其与满汉合璧《西厢记》（汉文）的内容异同。金批《西厢》笔者选用的是傅晓航校勘本。傅晓航选用的是宝淳堂精刻本。傅晓航说："该本与诸本相比较，校勘最细，错误最少，而且是与原刻本较为近似的刊本。"① 满汉合璧《西厢记》笔者选用的是中国民族图书馆藏清康熙四十九年（1710）满汉合璧刻本。本节仅以第一章《惊艳》为例进行列表比较研究，满汉合璧《西厢记》（汉文）凡是与金批《西厢》不一致的地方，都用下划线标明。

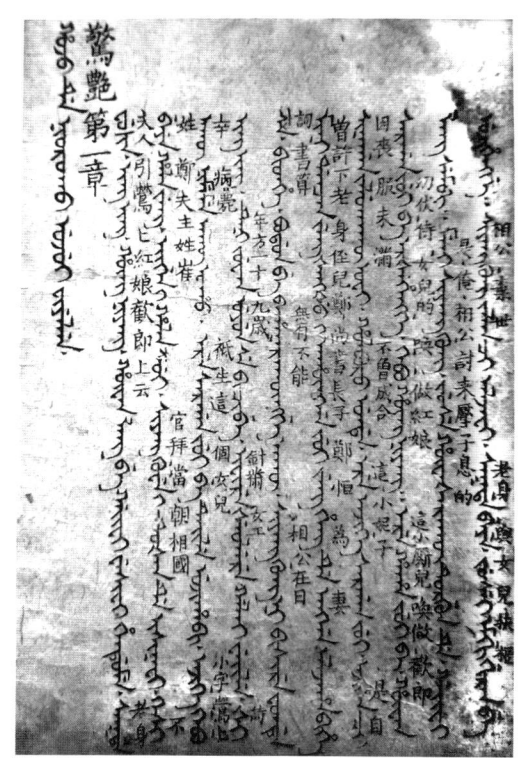

康熙四十九年（1710）满汉合璧《西厢记》卷一第一章《惊艳》篇首

---

　　① 傅晓航：《贯华堂第六才子书西厢记·前言》，载傅晓航编辑校点《西厢记集解　贯华堂第六才子书西厢记》，甘肃人民出版社2013年版，第371页。

第三章　金批《西厢》与满汉合璧《西厢记》的关系　　75

金批《西厢》第一之一章《惊艳》	康熙四十九年（1710）刻本满汉合璧《西厢记》（汉文）第一章《惊艳》
（夫人引莺莺红娘欢郎上云）老身姓郑，夫主姓崔，官拜当朝相国，不幸病薨。只生这个女儿，小字莺莺，年方一十九岁，针黹女工，诗词书算，无有不能，相公在日，曾许下老身侄儿，郑尚书长子郑恒为妻，因丧服未满，不曾成合。这小妮子，是自幼伏侍女儿的，唤做红娘。这小厮儿，唤做欢郎，是俺相公讨来压子息的。相公弃世，老身与女儿扶柩往博陵安葬。因途路有阻，不能前进，来到河中府，将灵柩寄在普救寺内。这寺乃是天册金轮武则天娘娘敕赐盖造的功德院。长老法本，是俺相公剃度的和尚。因此上有这寺西边一座另造宅子，足可安下。一壁写书付京师，唤郑恒来相扶回博陵去。俺想相公在日，食前方丈，从者数百，今日至亲只这三四口儿，好生伤感人也呵！【仙吕·赏花时】（夫人唱）夫主京师禄命终，子母孤孀途路穷。<u>旅榇在梵王宫</u>。盼不到博陵旧冢，血泪洒杜鹃红。	（夫人引莺莺红娘欢郎上云）老身姓郑，夫主姓崔，官拜当朝相国，不幸病薨。只生这个女儿，小字莺莺，年方一十九岁，针黹女工，诗词书算，无有不能，相公在日，曾许下老身侄儿，郑尚书长子郑恒为妻，因丧服未满，不曾成合。这小妮子，是自幼伏侍女儿的，唤做红娘。这小厮儿，唤做欢郎，是俺相公讨来压子息的。相公弃世，老身与女儿扶柩往博陵安葬。因途路有阻，不能前进，来到河中府，将灵柩寄在普救寺内。这寺乃是天册金轮武则天娘娘敕赐盖造的功德院。长老法本，是俺相公剃度的和尚。因此上有这寺西边一座另造宅子，足可安下。一壁写书付京师，唤郑恒来相扶回博陵去。俺想相公在日，食前方丈，从者数百，今日至亲只这三四口儿，好生伤感人也呵！【仙吕·赏花时】（夫人唱）夫主京师禄命终，子母孤孀途路穷。<u>旅衬在梵王宫</u>。盼不到博陵旧冢，血泪洒杜鹃红。
今日暮春天气，好生困人。红娘，你看前边庭院无人，<u>和小姐闲散心</u>，立一回去。（红娘云）晓得。 【后】（莺莺唱）可正是人值残春蒲郡东，门掩重关萧寺中。花落水流红，闲愁万种无语怨东风。	今日暮春天气，好生困人。红娘，你看前边庭院无人，<u>合小姐闲散心</u>，立一回去。（红娘云）晓得。 【后】（莺莺唱）可正是人值残春蒲郡东，门掩重关萧寺中。花落水流红，闲愁万种，无语怨东风。

续表

金批《西厢》第一之一章《惊艳》	康熙四十九年（1710）刻本满汉合璧《西厢记》（汉文）第一章《惊艳》
（夫人引莺莺红娘欢郎下）（张生引琴童上云）小生姓张，名珙，字君瑞，本贯西洛人也。先人拜礼部尚书。小生功名未遂，游于四方。即今贞元十七年二月上旬，欲往上朝取应，路经河中府。有一故人，姓杜，名确，字君实，与小生同郡同学，曾为八拜之交。后弃文就武，遂得武举状元，<u>宜拜征西大将军</u>，统领十万大军，现今镇守蒲关。小生就探望哥哥一遭，却往京师未迟。暗想小生萤窗雪案，学成满腹文章，尚在湖海飘零，未知何日得遂大志也呵！正是，万金宝剑藏秋水，满马春愁压绣鞍。 【仙吕·点绛唇】（张生唱）游艺中原，脚根无线，如蓬转。望眼连天，日近长安远。	（夫人引莺莺红娘欢郎下）（张生引琴童上云）小生姓张，名珙，字君瑞，本贯西洛人也。先人拜礼部尚书。小生功名未遂，游于四方。即今贞元十七年二月上旬，欲往上朝取应，路经河中府。有一故人，姓杜，名确，字君实，与小生同郡同学，曾为八拜之交。后弃文就武，遂得武举状元，<u>宜拜征西大元帅</u>，统领十万大军，现今镇守蒲关。小生就探望哥哥一遭，却往京师未迟。暗想小生萤窗雪案，学成满腹文章，尚在湖海飘零，未知何日得遂大志也呵！正是，万金宝剑藏秋水，满马春愁压绣鞍。 【仙吕·点绛唇】（张生唱）游艺中原，脚根无线，如蓬转。望眼连天，日近长安远。
【混江龙】向诗书经传，蠹鱼似不出费钻研。棘围呵守暖，铁砚呵磨穿。投至得云路鹏程九万里，先受了雪窗萤火十余年。才高难入俗人机，时乖不遂男儿愿。怕你不雕虫篆刻，断简残篇。 行路之间，早到黄河这边，你看好形势也呵！	【混江龙】向诗书经传，蠹鱼似不出费钻研。棘围呵守暖，铁砚呵磨穿。投至得云路鹏程九万里，先受了雪窗萤火十余年。才高难入俗人机，时乖不遂男儿愿。怕你不雕虫篆刻，断简残篇。 行路之间，早到黄河这边，你看好形势也呵！
【油葫芦】九曲风涛何处险，正是此地偏。带齐梁，分秦晋，隘幽燕。雪浪拍长空，天际秋云卷。竹索缆浮桥，水上苍龙偃。东西贯九州，南北串百川。归舟紧不紧，如何见，似弩箭离弦。	【油葫芦】九曲风涛何处险，正是此地偏。带齐梁，分秦晋，隘幽燕。雪浪拍长空，天际秋云卷。竹索缆浮桥，水上苍龙偃。东西贯九州，南北串百川。归舟紧不紧如何见？似弩箭离弦。

金批《西厢》第一之一章《惊艳》	康熙四十九年（1710）刻本满汉合璧《西厢记》（汉文）第一章《惊艳》
【天下乐】疑是银河落九天，高源云外悬，入东洋不离此径穿。滋洛阳千种花，润梁园万顷田，我便要浮槎到日月边。说话间，早到城中。这里好一座店儿。琴童，接了马者！店小二哥那里。（店小二云）自家是状元坊店小二哥。官人要下呵，俺这里有干净店房。（张生云）<u>便在头房里下</u>。小二哥，你来，这里有甚么闲散心处。（小二云）俺这里有座普救寺，是天册金轮武则天娘娘敕建的功德院，盖造非常。南北往来过者，无不瞻仰。只此处可以游玩。（张生云）琴童，安顿行李，撒和了马。我到那里走一遭。（琴童云）理会得。（俱下）（法聪上云）小僧法聪，是这普救寺法本长老的徒弟。今日师傅赴斋去了，<u>着俺在寺中</u>，但有探望的，便记着，待师傅回来报知。山门下立地，看有甚么人来。（张生上云）曲径通幽处，禅房花木深。却早来到也。（相见科）（聪云）先生从何处来？（张生云）小生西洛至此，闻上刹清幽，一来瞻礼佛像，二来拜谒长老。（聪云）俺师傅不在，小僧是弟子法聪的便是。请先生方丈拜茶。（张生云）既然长老不在呵，不必赐茶。敢烦和尚相引，瞻仰一遭。（聪云）理会得。（张生云）是盖造得好也！	【天下乐】疑是银河落九天，高源云外悬。入东洋不离此径穿。滋洛阳千种花，润梁园万顷田，我便要浮槎到日月边。说话间，早到城中。这里好一座店儿。琴童，接了马者！店小二哥那里。（店小二云）自家是状元坊店小二哥。官人要下呵，俺这里有干净店房。（张生云）<u>便在头房住下</u>。小二哥，你来，这里有甚么闲散心处。（小二云）俺这里有座普救寺，是天册金轮武则天娘娘敕建的功德院，盖造非常。南北往来过者，无不瞻仰。只此处可以游玩。（张生云）琴童，安顿行李，撒和了马。我到那里走一遭。（琴童云）理会得。（俱下）（法聪上云）小僧法聪，是这普救寺法本长老的徒弟。今日师傅赴斋去了，<u>着我在寺中</u>，但有探望的，便记着，待师傅回来报知。山门下立地，看有甚么人来。（张生上云）曲径通幽处，禅房花木深。却早来到也。（相见科）（聪云）先生从何处来？（张生云）小生西洛至此，闻上刹清幽，一来瞻礼佛像，二来拜谒长老。（聪云）俺师傅不在，小僧是弟子法聪的便是。请先生方丈拜茶。（张生云）既然长老不在呵，不必赐茶。敢烦和尚相引，瞻仰一遭。（聪云）理会得。（张生云）是盖造得好也！

续表

金批《西厢》第一之一章《惊艳》	康熙四十九年（1710）刻本满汉合璧《西厢记》（汉文）第一章《惊艳》
【村里迓鼓】随喜了上方佛殿，又来到下方僧院。厨房近西，法堂北，钟楼前面。游洞房，登宝塔，将回廊绕遍。我数毕罗汉，参过菩萨，拜罢圣贤。那里又好一座大院子，却是何处，待小生一发随喜去。（聪拖住云）那里须去不得，先生请住者，里面是崔相国家眷寓宅。（张生见莺莺红娘科）蓦然见五百年风流业冤！	【村里迓鼓】随喜了上方佛殿，又来到下方僧院。厨房近西，法堂北，钟楼前面。游洞房，登宝塔，将回廊绕遍。我数毕罗汉，参过菩萨，拜罢圣贤。那里又好一座大院子，却是何处，待小生一发随喜去。（聪拖住云）那里须去不得，先生请住者，里面是崔相国家眷寓宅。（张生见莺莺红娘科）蓦然见五百年风流业冤！
【元和令】颠不剌的见了万千，这般可喜娘罕曾见。我眼花缭乱口难言，魂灵儿飞去半天。尽人调戏，弹着香肩，只将花笑拈。	【元和令】颠不剌的见了万千，这般可喜娘罕曾见。我眼花缭乱口难言，魂灵儿飞去半天。尽人调戏，弹着香肩，只将花笑拈。
【上马娇】是兜率宫，是离恨天，我谁想这里遇神仙。宜嗔宜喜春风面。偏，宜贴翠花钿。	【上马娇】是兜率宫？是离恨天？我谁想这里遇神仙！宜嗔宜喜春风面。偏、宜贴翠花钿。
【胜葫芦】宫样眉儿新月偃，侵入鬓云边。<u>未语人前先腼腆，一。樱桃红破，二。玉粳白露，三。半晌，四。恰方言。五。</u>	【胜葫芦】宫样眉儿新月偃，侵入鬓云边。<u>未语人前先腼腆，樱桃红破，玉粳白露，半晌恰方言。</u>
【后】似呖呖莺声花外啭。（莺莺云）红娘，我看母亲去。行一步，可人怜，解舞腰肢娇又软。千般袅娜，万般旖旎。似垂柳在晚风前。（莺莺引红娘下）	【后】似呖呖莺声花外啭。（莺莺云）红娘，我看母亲去。行一步可人怜，解舞腰肢娇又软。千般袅娜，万般旖旎。似垂柳在晚风前。（莺莺引红娘下）
【后庭花】你看衬残红芳径软，步香尘底印儿浅。休题眼角留情处，只这脚踪儿将心事传。慢俄延，投至到栊门前面，只有那一步远。分明打个照面，疯魔了张解元。神仙归洞天，空余杨柳烟，只闻鸟雀喧。	【后庭花】你看衬残红芳径软，步香尘，底印儿浅。休题眼角留情处，只这脚踪儿将心事传。慢俄延，投至到栊门前面，只有那一步远。分明打个照面，疯魔了张解元。神仙归洞天，空余杨柳烟，只闻鸟雀喧。

续表

金批《西厢》第一之一章《惊艳》	康熙四十九年（1710）刻本满汉合璧《西厢记》（汉文）第一章《惊艳》
【柳叶儿】门掩了梨花深院，粉墙儿高似青天。恨天不与人方便，难消遣，怎流连，有几个意马心猿？	【柳叶儿】门掩了梨花深院，粉墙儿高似青天。恨天不与人方便，难消遣，怎流连，有几个意马心猿？
【寄生草】兰麝香仍在，佩环声渐远。东风摇曳垂杨线，游丝牵惹桃花片，珠帘掩映芙蓉面。这边是河中开府相公家，那边是南海水月观音院。	【寄生草】兰麝香仍在，佩环声渐远。东风摇曳垂杨线，游丝牵惹桃花片，珠帘掩映芙蓉面。这边是河中开府相公家，那边是南海水月观音院。
【赚煞尾】望将穿，涎空咽。我明日透骨髓相思病缠。怎当他临去秋波那一转，我便铁石人也意惹情牵。近庭轩花柳依然，日午当天塔影圆。春光在眼前，奈玉人不见。将一座梵王宫，化作武陵源。	【赚煞尾】望将穿，涎空咽。我明日透骨髓相思病缠。我当他临去秋波那一转，我便铁石人也意惹情牵。近庭轩花柳依然，日午当天塔影圆。春光在眼前，奈玉人不见。将一座梵王宫，化作武陵源。

从上述金批《西厢》宝淳堂精刻本第一之一章《惊艳》与康熙四十九年（1710）刻本满汉合璧《西厢记》（汉文）第一章《惊艳》比较可知，两者除个别词语有差别之外，几乎一致。由此可见，康熙四十九年（1710）刻本满汉合璧《西厢记》来源于金圣叹的《贯华堂第六才子书》。

第三节　巴伐利亚国家图书馆藏满汉合璧《西厢记》的版本

本节重点介绍的是巴伐利亚国家图书馆藏满汉合璧《西厢记》的版本，探究其译者、抄录者、校对者，探讨其底本以及第五本的价值。

一　巴伐利亚国家图书馆藏满汉合璧《西厢记》的版本情况

关于巴伐利亚国家图书馆藏满汉合璧《西厢记》，孙书磊曾撰文

《巴伐利亚国家图书馆藏〈合璧西厢〉考述》[①] 介绍了巴伐利亚国家图书馆藏满汉合璧《西厢记》的基本情况：

> 巴伐利亚藏本为钞本，此书在该馆中的索书号为 Cod. Sin11，目录著录为"满汉合璧西厢记"，共五卷二十章，五册，一函，函盒破损，函面题签"□□（疑为"满汉"）合璧西厢"。五册各册分别题"仁"、"义"、"礼"、"智"、"信"。首册卷首有序文《叙翻西厢记原委序》，序末署"长白齐浸曙初氏识，子清海天池氏翻译，雍正六年戊申大吕月"和"雍正十一年四月十九日门生黄煊录"。末册之末有以翻译者口吻所撰的跋文，但未署跋者姓名。书高 28.1 厘米，宽 16 厘米。无框格，版心无题名、卷数和叶码。行文直排，由左而右，满、汉文对照间排，半叶满、汉文各七行，小字行款不等。函内裱糊内容为《大清一统志》的钞本纸张。前四卷每卷卷首目录题"贯华堂西厢记"，卷五卷首目录无题名。卷一卷首目录之后署"半岭阁主人齐浸曙初氏翻译，门人锡金氏、子清海天池氏仝较"。第十四章"老夫人问情由"在老夫人所说的"非先王之德行不敢行"之处，有贴上去的纸条眉批云："非先王之德行处，满文应添一□字，方合汉文。如照此抄者，看去不甚相合。"似钞录者钞录时对译文提出疑问的口吻。

通过孙书磊文章摘录的巴伐利亚国家图书馆藏满汉合璧《西厢记》有关信息以及他的研究所得，我们可以进一步探讨译者以及版本信息。

承蒙孙书磊先生厚谊，将巴伐利亚国家图书馆藏满汉合璧《西厢记》的资料赠送笔者。现将该序和跋标点如下：

叙翻《西厢记》原委序

窃考《西厢记》之由，始之莺莺正传《会真记》也。然传记之有来，洇根以张生发莺莺之书于新知。由是而时人多问之者，乃

[①] 孙书磊：《巴伐利亚国家图书馆藏〈合璧西厢〉考述》，《文化遗产》2014 年第 4 期。

有杨巨源、元微之、白居易、杜牧、李绅辈相承，而赋之、诗之、和之、题之、歌之。自金之董解元者填以词，迨元之关汉卿、王实甫诸名家悉宗之，而始作此曲。后则吴越间士人翻改新声，遂有南北西厢记之分，迄今千百余年。在在伶人讴歌而未艾，实张生为作俑人也。

当余幼稚之年，性耽嬉戏，时闻时睹，固亦不鲜。惟了之于耳目，并无能领略其究，而独羡惠明和尚一曲。凛凛奋勇，俨有豪气三千丈势，遂翻之以遣具于偶尔，苟以其事论之，则余稔不乐闻其事，亦不乐有其书，故从不言及翻。且当谓曰《西厢记》一书，不能翻，不可翻，不屑翻，不忍翻也。夫《西厢记》者，体本词曲，不独限于宫谱韵调，即其中双关字意，传神之巧，谜语之切，获非陶冶于平昔者，率莫晓填词之必用通融字眼，按曲调，合宫谱之枢纽，遂失本意，而勿成曲体矣。纵好之者多多，或慕词章之丽，而玩味之，或快口耳之情，而效而讴之耳，未必皆穷词曲之所以然者，故曰不能翻也。即或有虽未善于歌词，而略谙小调法，实能据本义，而翻竟入情者，势又必招嚣嚣之诋毁。若余之于词曲则天昏地黑，于满话则离山脊骨，而悉然翻之者，或益取誉而更甚，然思之思之，则不惟不免示丑于撰《西厢记》之手。倘若《西厢记》钟秀以结魂，魂而有知，将必号冤泣血于冥冥，罪孽莫大于斯，故曰不可翻也。张生始挑焉，既而泄焉，而究弃之焉。薄伟之可恨，无迈于若，徒称诵读之雅士，实为名教中之狐魅，顾勿知《会真记》。所以美张生之内秉孤坚，非礼不可入者，果何如？莺莺以一诗之惑，遂失身于不人，以深闺之秀，供臭口之咀嚼，罔工翰墨，不得与淑女媲美，更遗累于崔郑，孝子慈孙之所弗能改，顾勿知《会真记》。所载莺莺责张生，奈何因不令之婢，致淫溢之词，始以护人之乱为义，而终掠乱以求，是以乱易乱，其去几何，非礼之动，能不愧心。恃顾以礼自持，毋及于乱之说，果何如？故曰不屑翻也。《西厢记》之出，纤毫无益于风俗，其文之飘逸清新，虽有若夫敲金戛玉之奇，诚为伤天害理之爱书，何耶？人情多流下，而世之知文识字者，未必尽守纯白，体理道之明，而况妇人女子之属，易于动荡，随波逐流者，十之七八，未可期其决然不以

《西厢记》之美夙有素。作技痒于一时，至于不学汉书者，即使听之睹之，亦不过行云流水，未必寐之怀想。今如一经翻满，则满汉目同一视，设相率相和，慕而效之，则今而后则逾墙而搂处子，事若家常矣。世事人情，矧可以言容哉！故曰：不忍翻也。然而，余今翻之矣，尚喋喋为言，勿乃诞乎？非也！余解组后，杜足林下，忽于雍正二年特选入国史馆，未二载，讵意脚疾复作，不能出入内庭，于是乞免。只以赤贫，庚癸频呼，难堪柊腹之迫，无可如何。乃以翻译之学，藉之舌耕扶杖而糊口焉。

适诸生中，有知余向翻惠明曲者，索而录之，复数请翻全部。余亦恐力所未能，固辞之。而诸生犹琐琐不已，是以翻之。计葛裘经两易而甫事告竣者此也。非余左志而不自信，蹈张生之含沙伏蛊，滋流毒之叵测，一以聊塞责于坚请，再以藉此诲诸及门之初学以翻译之法，而戒之以非独翻书，不宜强之以自欺，事同一揆也，之意而已。胡敢勿顾汗颜之羞，自认为知《西厢记》，居然于翻译之学，辙零替《西厢记》，而不欲其安然自得为《西厢记》，乃汲汲于无因，且逞丑态于侧有之睥睨耶。是为序。

长白齐浸曙初氏识，子清海天池氏翻译。雍正六年岁次戊申大吕月，雍正十一年四月十九日，门生黄熼录。

半岭阁主人齐浸曙初氏翻译，子清海天池氏门人锡金氏仝校。

跋

余翻《西厢记》，"草桥"章既毕，本不欲翻续曲，只以其续来自《董解元古本西厢记》，意谓如竟勿翻，是掷古本之基而莫从，更就金圣叹辈雕凿之论，大乖于古人之初心矣，故复翻之。既而翻阅其批，见"草桥"章批尾有云："何用续，何可续，何能续，今偏要续，我便看你续。"余不觉鼓掌而笑曰：金圣叹逞聪明于笔端，若是之卖弄有家私，良可谓儿戏世人之极矣。既而悚然曰：其所以鄙续之者，顾若是。设使其生在，睹余之翻译《西厢记》，亦未必不曰：何用翻，何可翻，何能翻，今偏要翻，我便看你翻。是则勿为所讪谑乎？虽然翻满，与汉学之工文章诗词，事无殊也。夫汉学中，每意达而句通爽者有之，杜撰而凑插者有之，且

第三章 金批《西厢》与满汉合璧《西厢记》的关系 83

而去题旦于无涉者每有之，更甚而若谵若醒，难为人解者，亦数有之，此学识之所致也。即满学亦不无以其翻之者，质之汉本，一若呼入之，呼姓而勿名，或若名似仿佛，而识靡切，或若虽间尝谋面，而究未知即某某，或若知即某某而问非所答，答非其问然者，是皆扣之百千万亿而莫一应者，亦学识之所致也。故所以满汉学，勿可以二目之也。其既不知而翻译者，又勿容备陈，今惟以翻满之成本中所有，泩泩游移未确者，试构精通满话之人，藉以解释词意，复核之以汉文之原本，多不符合，离失本义者，是其验也。世岂有生捏而无气脉，而无眉眼？今千古人莫能解，真郁冈填胸之语，而尚足以事翻译耶？况一凡文章诗词，各有绳墨音韵为生成之崖岸，翻则必因材而作，使之各归其本体之自然而为得也。不然，只数个序字足矣，又何为而曰文章，而曰诗词，各分门类乎？余亦尝见名手大家翻有诗词，其得于义蕴之奥，诚非后学所敢正面一顾者，第诗则多不按韵脚，词则多不挈合宫谱者。曩余先师殷公，先兄秦公，曾以是者谓之曰离魂，又谓之曰令人哭不得、笑不得，更谓之曰见字落魂。余切怀之数十年，固无谬夫纤毫，尝意谓以诗之短。如果翻能尽本义，亦或可将就，若词则稔，未可也。夫翻满，虽万不能按曲名以限字数，步腔调以限韵脚，然其抑扬高下自然成调，以一斁字，叶作韵脚，自然合腔。今既云翻词曲，而率挨句顺下，直如道白科，则又不若不书曲名，不分孰曲、孰白，一气贯而翻之，如《水浒传》《西游记》等小说，一例观之，是则殊觉简便耳。余正以其略有小疵，复不便坚辞诸生之请，因而遂竭生平萤火之明而翻之乃既。但圣叹之为人，生好舞文，目空慢世，批中未尝无执僻见之拘泥，独此一批，颇令见者心瘠。余望凡我讨论满学，诸明公**扔**谦持正，审而衡之，俾余不落圣叹之讪谑毂里，则侥幸千万矣。于是复为跋。

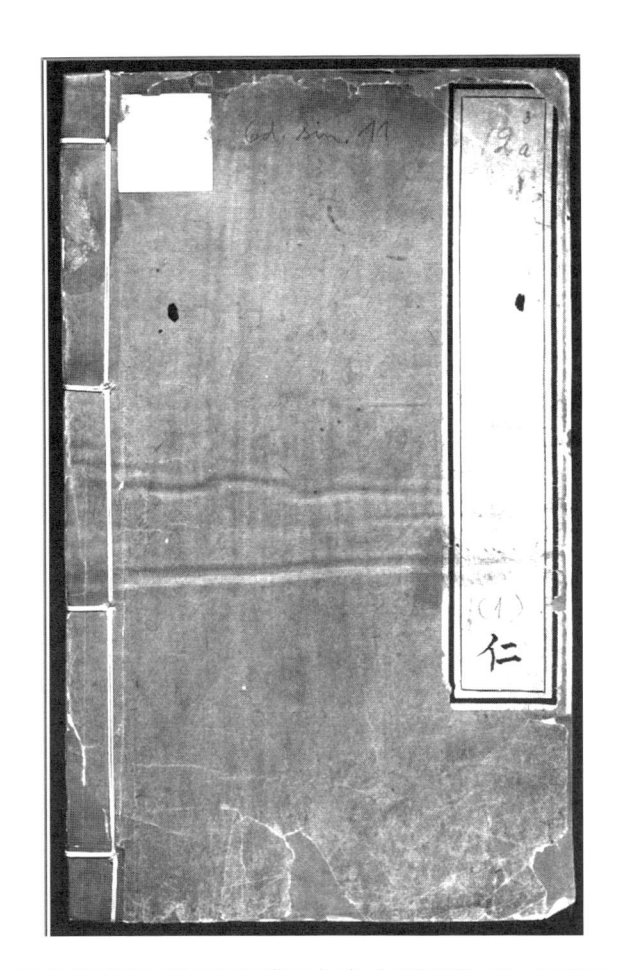

巴伐利亚国家图书馆藏满汉合璧《西厢记》第一卷封面

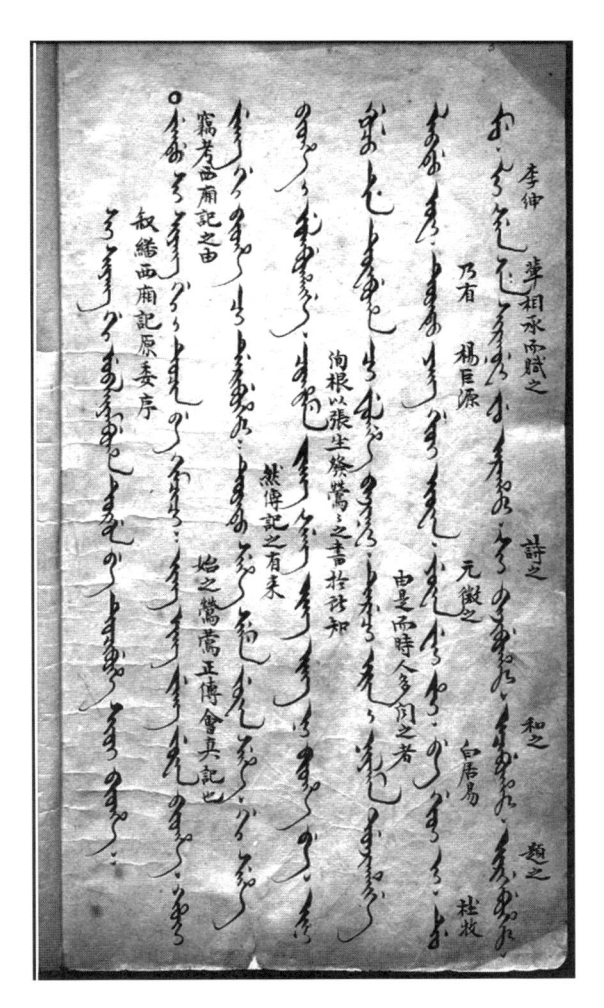

第三章 金批《西厢》与满汉合璧《西厢记》的关系

巴伐利亚国家图书馆藏满汉合璧《西厢记》序之篇首

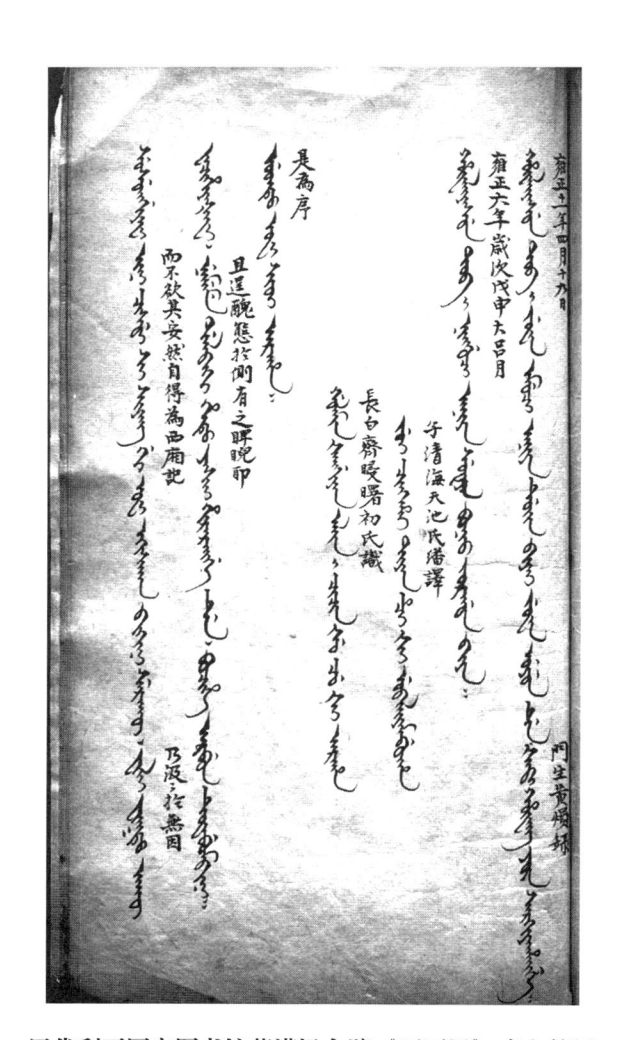

巴伐利亚国家图书馆藏满汉合璧《西厢记》序之篇尾

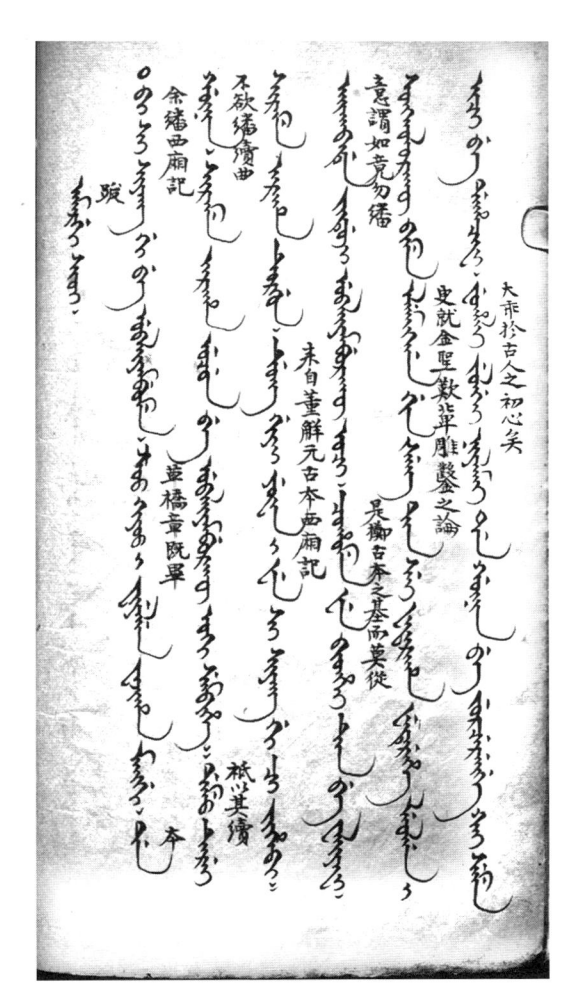

第三章 金批《西厢》与满汉合璧《西厢记》的关系 ❋❋ 87

巴伐利亚国家图书馆藏满汉合璧《西厢记》跋之篇首

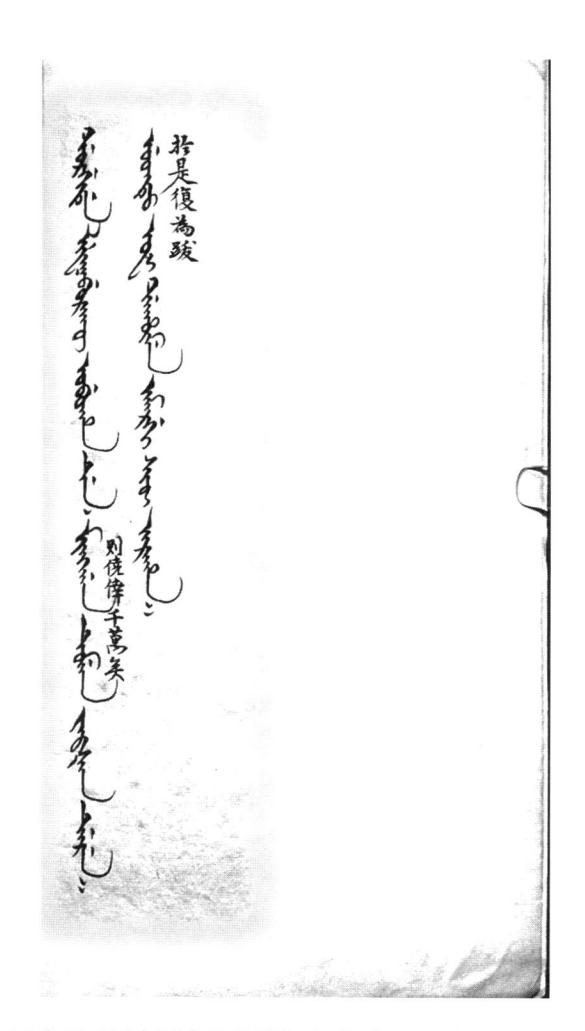

巴伐利亚国家图书馆藏满汉合璧《西厢记》跋之篇尾

巴伐利亚国家图书馆藏满汉合璧《西厢记》序言介绍了翻译的基本情况，跋文介绍了译者用满文翻译《西厢记》时的认识和体会。该序言和跋文是我们研究此满汉合璧《西厢记》抄本的重要资料。

二　巴伐利亚国家图书馆藏满汉合璧《西厢记》的译者、抄录者、校对者

据巴伐利亚国家图书馆藏本序文的落款题署"长白齐浸曙初氏识"和卷一的卷首目录之后所署"半岭阁主人齐浸曙初氏翻译，门人锡金氏、子清海天池氏同校"这些信息。加上序文提到："余解组后，杜足林下，忽于雍正二年特选入国史馆，未二载，讵意脚疾复作，不能出入内庭，于是乞免。只以赤贫，庚癸频呼，难堪枵腹之迫，无可如何，乃以翻译之学，藉之舌耕扶杖而糊口焉。"又参考序文末所署"雍正六年岁次戊申大吕月"和"雍正十一年四月十九日，门生黄煟录"。这些内容透露出以下一些信息：

译者情况。译者是齐浸曙初氏，"半岭阁主人"应是其号。"长白"应是译者所属地区，即长白山地区，在吉林省域内。译者有很大可能属于满洲人。"余解组后"，说明译者曾经做过官，后辞去官职。雍正二年（1724）被选入国史馆。没过两年，不料脚疾复发，乞求辞官。结果赤贫，陷于饥饿，于是以翻译的能力，借助口头表达来糊口。这就点明了他翻译《西厢记》的原因。如果说他是雍正四年（1726）辞的官，那他最早是于此年开始翻译，至雍正六年（1728）翻译完毕。

抄录者、校对者情况。"雍正十一年四月十九日，门生黄煟录"，明确了抄录的时间，即雍正十一年（1733），抄录者是他的学生黄煟。校对者是"门人锡金氏、子清海天池氏"，也就是他的学生锡金氏、子清海天池氏。"子清海天池氏"中有"天池氏"，"天池"多地都有，而长白山地区也有，结合译者所属地域，应该是长白山天池。满族以及达斡尔族的姓氏多与所生活地域的山川河流有关，简单地说，姓氏多用当地的河流山川之名。因此，"天池氏"这位校对者为满洲人的可能性很大。锡金氏也可能是满洲人。抄录者黄煟也不排除是满洲人。

序文称："适诸生中，有知余向翻惠明曲者，索而录之，复数请翻全部，余亦恐力所未能，固辞之，而诸生犹琐琐不已，是以翻之，计葛

裘经两易而甫事告竣者此也。"

据此可知，译者最初没有明确的翻译全篇的目的。"余向翻惠明曲……"即翻译到《西厢记·寺警》中惠明所唱【正宫·端正好】"不念法华经"等曲文时，被门生要去抄录，门生还请求他翻译全部内容。这样译者历经两年翻译完毕。

为何长白山地区有此翻译需要？《吉林外记》卷三载："吉林本满洲故里，蒙古、汉军错屯而居，亦皆习为国语。近数十年流民渐多，屯居者已渐习为汉语""然满洲聚族而处者，犹能无忘旧俗""至各属城内，商贾云集，汉人十居八九"。卷八载："吉林，性直朴，习礼让，务农敦本，以国语为先""珲春，旧无丁民，亦无外来户，皆熟国语"。序中说："谪居（流放）吉林人员不乏名家……人地两生，不知风土人情，山川地名又多系国语，以汉文字音求解，鲜不豕亥。"① 该书作者是萨英额，满洲正黄旗人，清道光初任吉林堂主事，后迁西陵郎中，道光七年（1827）著此书②。说明 19 世纪初，汉人虽然已经流入吉林，但活动范围限于城镇，满洲聚居地仍然保留旧俗，而且满语是日常用语。"近数十年流民渐多，屯居者已渐习为汉语"之句说明，在此数十年之前吉林之地百姓都用满语交流，即"吉林本满洲故里，蒙古、汉军错屯而居，亦皆习为国语"。而译者齐浸翻译《西厢记》之时即雍正六年（1728），那时满语还是人们普遍的交流工具，因此翻译《西厢记》有很大需求，这就不难理解译者齐浸的门生请求翻译《西厢记》的全文了。同时，也就不难理解译者齐浸靠翻译之学而糊口一事。根据译者齐浸抄录、校对的情况，该翻译本应有被多次传抄的可能。

三 巴伐利亚国家图书馆藏满汉合璧《西厢记》的底本

巴伐利亚国家图书馆藏本《合璧西厢》的底本问题，涉及金批

---

① 转引自季永海《满语文衰落的历程》，《从辉煌走向濒危：季永海满学论文自选集》，辽宁民族出版社 2013 年版，第 36 页。
② 范秀传主编：《中国边疆古籍题解》，新疆人民出版社 1995 年版，第 103 页。

第三章　金批《西厢》与满汉合璧《西厢记》的关系

《西厢》的版本系统。傅晓航《贯华堂第六才子书西厢记·前言》[①]将金批《西厢》的版本系统分为四种类型：一是按原刻本重刻或翻刻的，二是乾隆年间邹圣脉汇注本《妥注第六才子书》，三是邓如宁批注本，四是刊刻于乾隆六十年（1795）的朱墨套板《此宜阁增订西厢记》。孙书磊认为，巴伐利亚国家图书馆藏本所用汉文底本当不是文明阁本，而是此前的金谷园本、博雅堂本、振雅堂本。笔者对此不存疑。

本章第二节，曾介绍中国民族图书馆藏本满汉合璧《西厢记》影印本，经过比对，应该说中国民族图书馆藏本与傅惜华藏本是一致的，都是康熙四十九年（1710）刻本。中国民族图书馆藏本目录也称"共十六出"，正文不称"出"而称"章"，且没有金批《西厢》中出现的各卷首题目正名。

因此说，孙书磊将巴伐利亚国家图书馆藏本与傅惜华藏本比较列表的表头写"正文各出题名"，应该是各章目录。而巴伐利亚国家图书馆藏本列表的表头出现了"正文各出题名"，且内容也是金批《西厢》中出现的各卷首题目正名。孙书磊此文注释提及："'第十三章题目正名'几字满文在，而汉文脱。"应该说巴伐利亚国家图书馆藏本是存在金批《西厢》中出现的各卷首题目正名现象的。这说明巴伐利亚国家图书馆藏本的确不同于康熙四十九年（1710）刻本。

孙书磊文中说："从内容上看，巴伐利亚国家图书馆藏本第五、六章题目正名'张君瑞破贼计'、'莽和尚杀人心'两句合属第五章的内容，而第七章题目正名'小红娘昼请客'实为第六章的内容，结果缺少了第七章相应的题目正名。"笔者查金批《西厢》第二之四章题目正名为：

张君瑞破贼计
莽和尚杀人心
小红娘昼请客
崔莺莺夜听琴

---

① 傅晓航：《贯华堂第六才子书西厢记·前言》，甘肃人民出版社1985年版。

应该说这四句依次是第五章至第八章的题目正名，巴伐利亚国家图书馆藏本并没有问题。

孙书磊曾从巴伐利亚国家图书馆藏本举出例句与傅惜华藏本进行比较，他说："傅惜华藏本是国内最易见到的满汉合璧《西厢记》版本，也是出现最早的一种满汉合璧《西厢记》。该本为刻本，四卷十六出，四册。封面题'合璧西厢记'。书衣墨笔题'六才子'，分别标'元'、'亨'、'利'、'贞'。版心和各卷卷首目录题'满汉西厢记'。版心中部和下端分别刻有卷数和叶码。首册卷首有作于'康熙四十九年五月吉旦'序，但序文未署序者姓名。康熙四十九年即1710年。目录称'共十六出'，正文却不称'出'而称'章'。白口，四周双边，单鱼尾。行文直排，由左而右，满、汉文对照间排，半叶满汉文各六行，小字行款不等。"① 将巴伐利亚国家图书馆藏本与傅惜华藏本进行比较，是很有意义的。如果将傅惜华藏本与康熙四十九年（1710）刻本满汉合璧《西厢记》的其他藏本进行比较，也是很有意义的。

四　巴伐利亚国家图书馆藏满汉合璧《西厢记》第五本的价值

值得我们关注的是译者在跋文中说的一段话："余翻《西厢记》'草桥'章既毕，本不欲翻续曲，只以其续来自《董解元古本西厢记》，意谓如竟勿翻，是掷古本之基而莫从，更就金圣叹辈雕凿之论，大乖于古人之初心矣，故复翻之。"

金圣叹《西厢记》视第五本为续写，并不看重第五本。金圣叹曾在第四本末尾批道："此自言作《西厢记》之故也。为一部十六章之结，不止结《惊梦》一章也。于是《西厢记》已毕。何用续？何可续？何能续？今偏要续，我便看你续！"即便如此，金圣叹还是把第五本列在后面，不过，他在第五本开篇批道："此《续西厢记》四篇，不知出何人之手""我不知其未落笔前，如何忽然发想欲续此四篇；我又不知其既脱稿后，如何放胆便敢举以示人；我又不知当时为有人丧心病狂大赞誉之，因而遂误之；我又不知当时为有人亦曾微讽使藏过之，彼决不

---

① 孙书磊：《巴伐利亚国家图书馆藏〈合璧西厢〉考述》，《文化遗产》2014年第4期。

停,因而遂终出之。此四不知,我今日将向何人问耶?"①

巴伐利亚国家图书馆藏本《合璧西厢》译者不可能不知道金圣叹对第五本的这种评价,但却翻译了第五本,并且这不是译者门生的诉求,而是译者的主动选择。这说明了什么呢?笔者考虑,这体现了译者的文艺观。译者认为"其续来自《董解元古本西厢记》"。

关于《西厢记》作者,明清之际有关汉卿作王实甫续、关汉卿作、关汉卿作董珏续、董解元作、王实甫作关汉卿续等说。其中董解元作之说,始于碧筠斋刻本《西厢记》淮干逸史序。碧筠斋本刻于嘉靖癸卯(1543)。碧筠斋本已佚失,淮干逸史亦不知其为何人。明代戏曲理论家王骥德明确指出董解元所作不是杂剧《西厢记》,而是《西厢记诸宫调》。至此,杂剧《西厢记》非董解元作已成定论。②

译者没有明确指出杂剧《西厢记》作者是董解元,而只是说"其续来自董解元古本西厢记",这并不能理解为译者赞同《西厢记》作者是董解元,而只是说他赞同其续来自《董解元古本西厢记》。这样说也没有问题,因为王实甫《西厢记》来源于董解元《西厢记诸宫调》。从思想内容上说,王实甫的《西厢记》与董解元的《西厢记诸宫调》相比没有贡献多少新的东西,但艺术上更加完整、获得了提升。王季思曾概括了五点艺术成就:在青年人恋爱婚姻问题上,提出了一个皆大欢喜的愿望,即"愿普天下有情的都成了眷属";人物之间三种矛盾的转化;冲破重重障碍的四个涛头;曲词的优美和说白的机趣;喜剧中的悲剧性意蕴③。因此王实甫的《西厢记》后来居上,取得了"天下夺魁"的荣誉。杂剧《西厢记》与董解元《西厢记诸宫调》具有一脉相承的关系。不过,这里提到《董解元古本西厢记》,说明译者与金圣叹观点一样,不认为第五本也属于王实甫,只不过译者联系到了《董解元古本西厢记》。

译者翻译第五本的意义还是很大,使崔莺莺、张生以团圆终场,表

---

① (元)王实甫著,(清)金圣叹批评,陆林校点:《金圣叹批评本西厢记》,凤凰出版社2011年版,第190、193页。
② 参见黄季鸿《明清〈西厢记〉研究》,东北师范大学出版社2015年版,第32页。
③ 王季思:《〈西厢记〉的历史光波》,载康保成编《王季思文集》,中山大学出版社2004年版,第323—329页。

现了"才子施恩,佳人报德"的美满婚姻,至此得以凭借完整的故事情节在满族群众中进行传播。

第四节 金批《西厢》与满汉合璧《西厢记》三种版本的比较

我们以金批《西厢》原刻本为参照,比较《精译六才子词》、康熙四十九年(1710)刻本满汉合璧《西厢记》、巴伐利亚国家图书馆藏满汉合璧《西厢记》之间的版本关系。

一 金批《西厢》、《精译六才子词》、康熙四十九年(1710)刻本满汉合璧《西厢记》、巴伐利亚国家图书馆藏满汉合璧《西厢记》的版本产生的年代比较

金批《西厢》、《精译六才子词》、康熙四十九年(1710)刻本满汉合璧《西厢记》、巴伐利亚国家图书馆藏满汉合璧《西厢记》的版本年代比较,见下表:

金批《西厢》	《精译六才子词》	康熙四十九年(1710)刻本满汉合璧《西厢记》	巴伐利亚国家图书馆藏满汉合璧《西厢记》
顺治十三年(1656)刻本,金圣叹评点删改	康熙四十七年(1708)刻本,刘顺校正	康熙四十九年(1710)刻本,和素译	雍正六年(1728)抄本,齐浸译

二 金批《西厢》、《精译六才子词》(汉文)、康熙四十九年(1710)刻本满汉合璧《西厢记》(汉文)、巴伐利亚国家图书馆藏满汉合璧《西厢记》(汉文)的题目总名、题目正名和各折标题比较

金批《西厢》、《精译六才子词》(汉文)、康熙四十九年(1710)刻本满汉合璧《西厢记》(汉文)、巴伐利亚国家图书馆藏满汉合璧《西厢记》(汉文)的题目总名、题目正名和各折标题比较,见下表:

金批《西厢》卷章	《精译六才子词》卷章	康熙四十九年（1710）刻本满汉合璧《西厢记》卷章	巴伐利亚国家图书馆藏满汉合璧《西厢记》卷章
第一之四章　题目正名 惊艳 借厢 酬韵 闹斋	首卷 老夫人开春院 崔莺莺烧夜香 小红娘传好事 张君瑞闹道场 惊艳 借厢 酬韵 闹斋	卷一 惊艳　第一章 借厢　第二章 酬韵　第三章 闹斋　第四章	第一之四章 惊艳 借厢 酬韵 闹斋 第一章题目正名 老夫人开春院 第二章题目正名 崔莺莺烧夜香 第三章题目正名 小红娘传好事 第四章题目正名 张君瑞闹道场
第二之四章　题目正名 寺警　张君瑞破贼计 请宴　莽和尚杀人心 赖婚　小红娘昼请客 琴心　崔莺莺夜听琴	二卷 寺警 请宴 赖婚 琴心	卷二 惊寺　第五章 请宴　第六章 赖婚　第七章 琴心　第八章	第二之四章 寺警 请宴 赖婚 琴心 第五六章题目正名 张君瑞破贼计 莽和尚杀人心 第七章题目正名 小红娘昼请客 第八章题目正名 崔莺莺夜听琴

续表

金批《西厢》卷章	《精译六才子词》卷章	康熙四十九年（1710）刻本满汉合璧《西厢记》卷章	巴伐利亚国家图书馆藏满汉合璧《西厢记》卷章
第三之四章　题目正名 前候　　张君瑞寄情词 闹简　　小红娘递密约 赖简　　崔莺莺乔坐衙 后候　　老夫人问医药	三卷 前候 闹简 赖简 后候	卷三 前候　　第九章 闹简　　第十章 赖简　　第十一章 后候　　第十二章	第三之四章 前候 闹简 赖简 后候 第九章题目正名 张君瑞寄情诗 第十章题目正名 小红娘递密约 第十一章题目正名 崔莺莺乔坐衙 第十二章题目正名 老夫人问医药
第四之四章　题目正名 酬简　　小红娘成好事 拷艳　　老夫人问情由 哭宴　　短长亭斟别酒 惊梦　　草桥店梦莺莺	四卷 酬简 拷艳 哭宴 惊梦	卷四 酬简　　第十三章 拷艳　　第十四章 哭宴　　第十五章 惊梦　　第十六章	第四之四章 酬简 拷艳 哭宴 惊梦 第十三章题目正名 小红娘成好事 第十四章题目正名 老夫人问情由 第十五章题目正名 短长亭斟别泣 第十六章题目正名 草桥店梦莺莺
续四章　　题目正名 泥金报捷　小琴童传捷报 锦字缄愁　崔莺莺寄汗衫 郑恒求配　郑伯常干命 衣锦荣归　张君瑞庆团圆	续四章　题目正名 小琴童传捷报 崔莺莺寄汗衫 郑伯常干舍命 张君瑞庆团圆		续四章题目正名 小琴童传捷报 崔莺莺寄汗衫 郑伯常干舍命 张君瑞庆团圆

第三章　金批《西厢》与满汉合璧《西厢记》的关系

上表显示，金批《西厢》、《精译六才子词》、康熙四十九年（1710）刻本满汉合璧《西厢记》、巴伐利亚国家图书馆藏满汉合璧《西厢记》的题目总名、题目正名和各折标题基本一致。《精译六才子词》、康熙四十九年（1710）刻本满汉合璧《西厢记》只有一至四卷，巴伐利亚国家图书馆藏满汉合璧《西厢记》还有第五卷"续四章"。

巴伐利亚国家图书馆藏满汉合璧《西厢记》第一卷目录

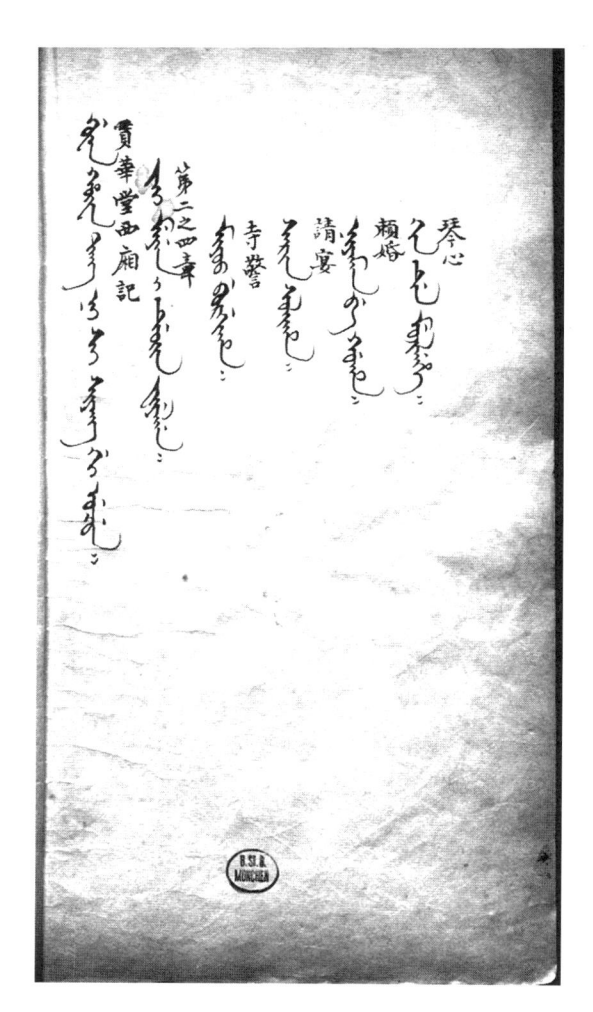

巴伐利亚国家图书馆藏满汉合璧《西厢记》第二卷目录

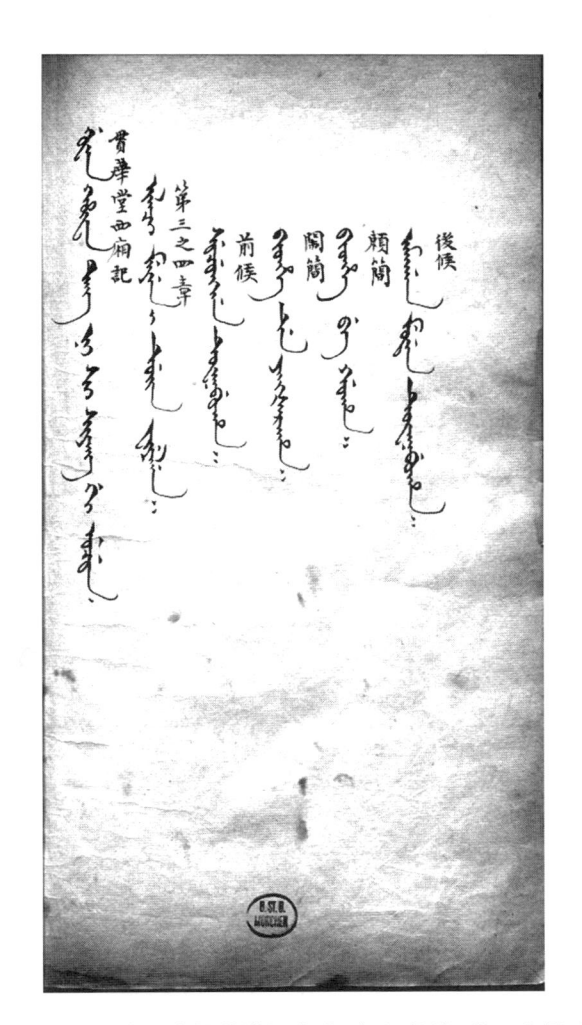

第三章　金批《西厢》与满汉合璧《西厢记》的关系　99

巴伐利亚国家图书馆藏满汉合璧《西厢记》第三卷目录

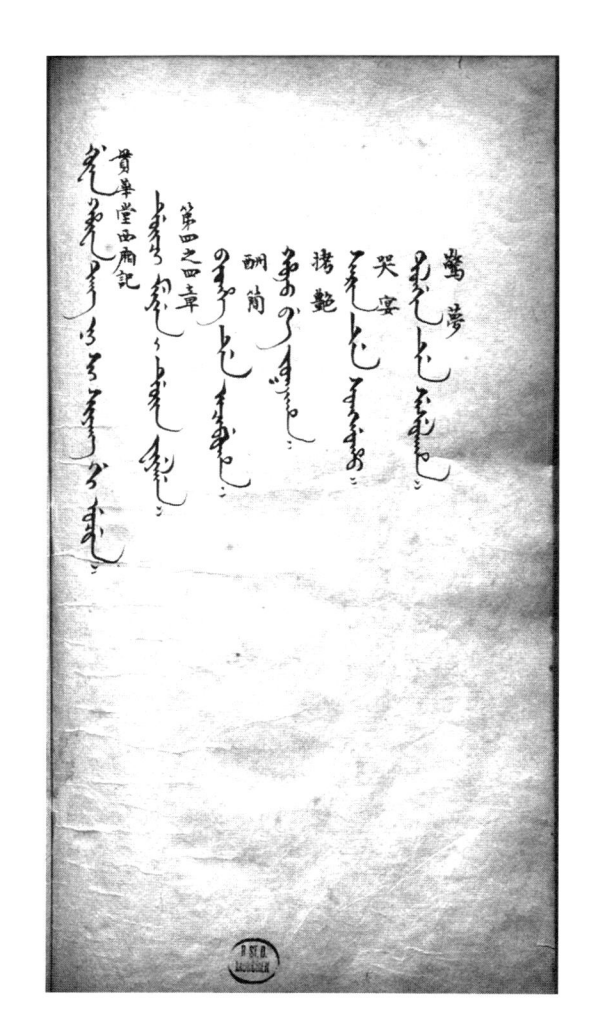

巴伐利亚国家图书馆藏满汉合璧《西厢记》第四卷目录

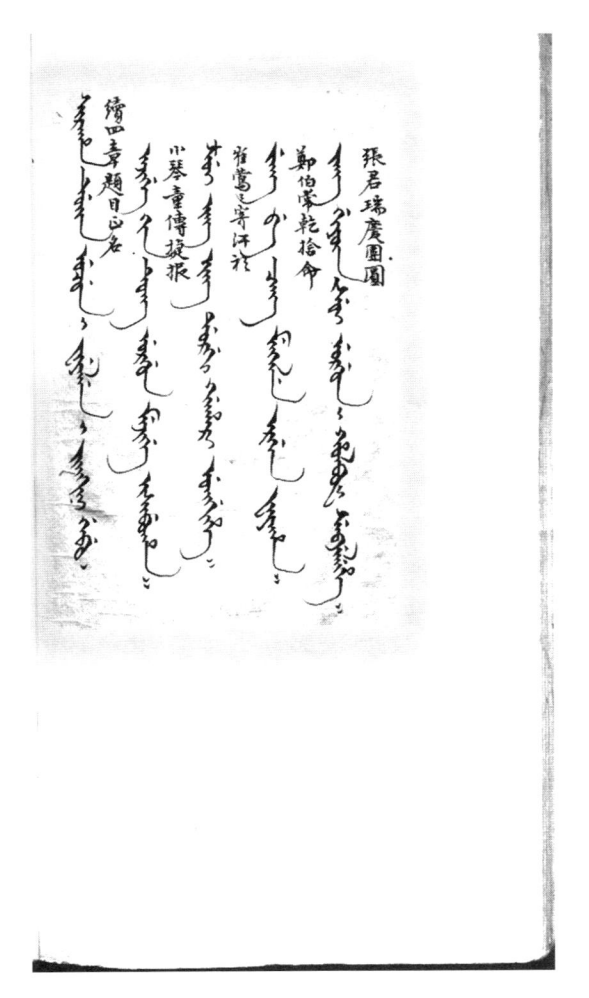

第三章　金批《西厢》与满汉合璧《西厢记》的关系　101

> 张君瑞庆团圆
> 郑伯常乾捨命
> 谁当是寄汗衫
> 小琴童传捷报
> 续四章题目正名

巴伐利亚国家图书馆藏满汉合璧《西厢记》第五卷续四章目录

三　金批《西厢》、《精译六才子词》（汉文）、康熙四十九年（1710）刻本满汉合璧《西厢记》（汉文）、巴伐利亚国家图书馆藏满汉合璧《西厢记》（汉文）之《惊艳》比较

金批《西厢》、《精译六才子词》（汉文）、康熙四十九年（1710）刻本满汉合璧《西厢记》（汉文）、巴伐利亚国家图书馆藏满汉合璧《西厢记》（汉文）之《惊艳》比较，见下表，凡是下划线标出的部分，均为有差异的句子。

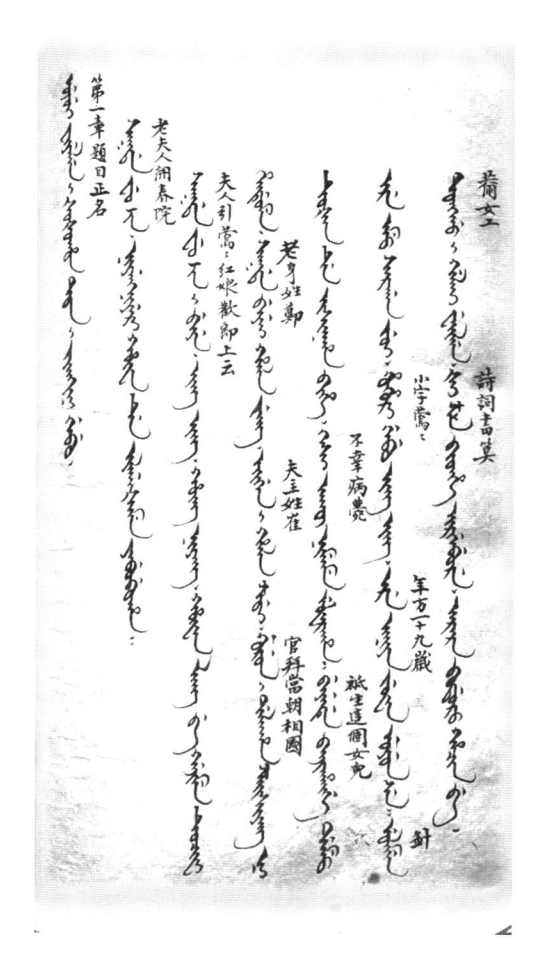

巴伐利亚国家图书馆藏满汉合璧《西厢记》第一章《惊艳》开篇

第三章　金批《西厢》与满汉合璧《西厢记》的关系

金批《西厢》	《精译六才子词》	康熙四十九年（1710）刻本满汉合璧《西厢记》	巴伐利亚国家图书馆藏满汉合璧《西厢记》
第一之一章《惊艳》	首卷《惊艳》	第一章《惊艳》	第一之一章《惊艳》
（夫人引莺莺红娘欢郎上云）老身姓郑，夫主姓崔，官拜当朝相国，不幸病殁。只生这个女儿，小字莺莺，年方一十九岁，针黹女工，诗词书算，无有不能，相公在日，曾许下老身侄儿，郑尚书长子郑恒为妻，因表服未满，不曾成合。这小妮子，是自幼伏侍女儿的，唤做红娘。这小厮儿，唤做欢郎，是俺相公与女儿扶柩在博陵安葬。因途路有阻，不能前进，来到河中府，将灵柩寄在普救寺内。这寺乃是天册金轮武则天娘娘敕赐盖造的功德院。长老法本，是俺相公剃度的和尚，因此上有这寺西边一座宅子，足可安下。一壁写书付京师，唤郑恒来相扶回博陵去。俺想相公在日，食前		（夫人引莺莺红娘欢郎上云）老身姓郑，夫主姓崔，官拜当朝相国，不幸病殁。只生这个女儿，小字莺莺，年方一十九岁，针黹女工，诗词书算，无有不能，相公在日，曾许下老身侄儿，郑尚书长子郑恒为妻，因表服未满，不曾成合。这小妮子，是自幼伏侍女儿的，唤做红娘。这小厮儿，唤做欢郎，是俺相公与女儿扶柩在博陵安葬。因途路有阻，不能前进，来到河中府，将灵柩寄在普救寺内。这寺乃是天册金轮武则天娘娘敕赐盖造的功德院。长老法本，是俺相公剃度的和尚，因此上有这寺西边一座宅子，足可安下。一壁写书付京师，唤郑恒来相扶回博陵去。俺想相公在日，食前	（夫人引莺莺红娘欢郎上云）老身姓郑，夫主姓崔，官拜当朝相国，不幸病殁。只生这个女儿，小字莺莺，年方一十九岁，针黹女工，诗词书算，无有不能，相公在日，曾许下老身侄儿，郑尚书长子郑恒为妻，因表服未满，不曾成合。这小妮子，是自幼伏侍女儿的，唤做红娘。这小厮儿，唤做欢郎，是俺相公与女儿扶柩在博陵安葬。因途路有阻，不能前进，来到河中府，将灵柩寄在普救寺内。这寺乃是天册金轮武则天娘娘敕赐盖造的功德院。长老法本，是俺相公剃度的和尚，因此上有这寺西边一座宅子，足可安下。一壁写书付京师，俺想郑恒来相扶回博陵去。俺想相公在日，食前

续表

金批《西厢》	《精译六才子词》	康熙四十九年（1710）刻本满汉合璧《西厢记》	巴伐利亚国家图书馆藏满汉合璧《西厢记》
第一之一章《惊艳》	首卷《惊艳》	第一章《惊艳》	第一之一章《惊艳》
食前方丈，从者数百，今日至亲只有这三四口儿，好生伤感人也呵！【仙吕·赏花时】（夫人唱）夫主京师禄命终，子母孤孀途路穷。旅枢在梵王宫。盼不到博陵旧冢，血泪洒杜鹃红。今日暮春天气，好生困人。红娘，你看前边庭院无人，和小姐闲散心，立一回去。（红娘云）晓得。【后】（莺莺唱）可正是人值残春蒲郡东，门掩重关萧寺中。花落水流红，闲愁万种无语怨东风。（夫人引莺莺红娘欢郎下）（张生引琴童上云）小生姓张，名珙，字君瑞，本贯西洛人也。先人拜礼部尚书。小生功名未遂，游于四方。即今贞元十七年二月上旬，欲往上朝取应，路经河中府。有一	（夫人词）夫主京师禄命终，子母孤孀途路穷。旅枢在梵王宫。盼不到博陵旧冢，血泪溅杜鹃红。（莺莺词）可正是人值残春蒲郡东，门掩重关萧寺中。花落水流红，愁万种，无语怨东风。	食前方丈，从者数百，今日至亲只有这三四口儿，好生伤感人也呵！【仙吕·赏花时】（夫人唱）夫主京师禄命终，子母孤孀途路穷。旅枢在梵王宫。盼不到博陵旧冢，血泪洒杜鹃红。今日暮春天气，好生困人。红娘，你看前边庭院无人，合小姐闲散心，立一回去。（红娘云）晓得。【后】（莺莺唱）可正是人值残春蒲郡东，门掩重关萧寺中。花落水流红，闲愁万种无语怨东风。（夫人引张生红娘欢郎下）（张生引琴童上云）小生姓张，名珙，字君瑞，本贯西洛人也。先人拜礼部尚书。小生功名未遂，游于四方。即今贞元十七年二月上旬，欲往上朝取应，路经河中府。有一	方丈，从者数百，今日至亲只有三四口儿，好生伤感人也呵！【仙吕·赏花时】（夫人唱）夫主京师禄命终，子母孤孀途路穷。旅枢在梵王宫。盼不到博陵旧冢，血泪洒杜鹃红。今日暮春天气，好生困人。红娘，你看前边庭院无人，和小姐闲散心，立一回去。（莺莺唱）可正是人值残春蒲郡东，闲愁万种无语怨东风。红，闲愁万种无语怨东风。（夫人引莺莺红娘欢郎下）（张生引琴童上云）小生姓张，名珙，字君瑞，本贯西洛人也。先人拜礼部尚书。小生功名未遂，游于四方。即今贞元十七年二月上旬，欲往上朝取应，路经河中府。有一

续表

金批《西厢》	《精译六才子词》	康熙四十九年（1710）刻本满汉合璧《西厢记》	巴伐利亚国家图书馆藏满汉合璧《西厢记》
第一之一章《惊艳》	首卷《惊艳》	第一之一章《惊艳》	第一之一章《惊艳》
故人，姓杜，名确，字君实，与小生同郡同学，曾为八拜之交。后弃文就武，遂得武举状元，官拜征西大将军，统领十万大军，现今镇守蒲关。小生就探望哥哥一遭，却任京师未迟。暗想小生萤窗雪案，学成满腹文章，尚在湖海飘零，未知何日得遂大志也呵！正是，万金宝剑藏秋水，满马春愁压绣鞍。		故人，姓杜，名确，字君实，与小生同郡同学，曾为八拜之交。后弃文就武，遂得武举状元，官拜征西大元帅，统领十万大军，现今镇守蒲关。小生就探望哥哥一遭，却任京师未迟。暗想小生萤窗雪案，学成满腹文章，尚在湖海飘零，未知何日得遂大志也呵！正是，万金宝剑藏秋水，满马春愁压绣鞍。	故人，姓杜，名确，字君实，与小生同郡同学，曾为八拜之交。后弃文就武，遂得武举状元，官拜征西大元帅，统领十万大军，现今镇守蒲关。小生就探望哥哥一遭，却任京师未迟。暗想小生萤窗雪案，学成满腹文章，尚在湖海飘零，未知何日得遂大志也呵！正是，万金宝剑藏秋水，满马春愁压绣鞍。
【仙吕·点绛唇】（张生唱）游艺中原，脚根无线，如蓬转。望眼连天，日近长安远。	（张生词）游艺中原，脚根无线，如蓬转。望眼连天，日近长安远。	【仙吕·点绛唇】（张生唱）游艺中原，脚根无线，如蓬转。望眼连天，日近长安远。	【仙吕·点绛唇】（张生唱）游艺中原，脚根无线，如蓬转。望眼连天，日近长安远。
【混江龙】向诗书经传，蠹鱼似不出费钻研。辣国呵守暖，铁砚呵磨穿。投至得云路鹏程九万里，先受了雪窗萤火十余年。才高难人俗人眼，怕你不雕虫篆刻，断简残篇。	【混江龙】向诗书经传，蠹鱼似不出费钻研。辣国呵守暖，铁砚呵磨穿。投至得云路鹏程九万里，先受了雪窗萤火十余年。才高难人俗人眼。怕你不遂男儿愿。时乖不遂男儿愿，怕你不雕虫篆刻，断简残篇。	【混江龙】向诗书经传，蠹鱼似不出费钻研。辣国呵守暖，铁砚呵磨穿。投至得云路鹏程九万里，先受了雪窗萤火十余年。才高难人俗人眼。时乖不遂男儿愿，怕你不雕虫篆刻，断简残篇。	【混江龙】向诗书经传，蠹鱼似不出费钻研。辣国呵守暖，铁砚呵磨穿。投至得云路鹏程九万里，先受了雪窗萤火十余年。才高难人俗人眼。时乖不遂男儿愿，怕你不雕虫篆刻，断简残篇。

续表

金批《西厢》	《精译六才子词》	康熙四十九年（1710）刻本满汉合璧《西厢记》	巴伐利亚国家图书馆藏满汉合璧《西厢记》
第一之一章《惊艳》	首卷《惊艳》	第一章《惊艳》	第一之一章《惊艳》
行路之间，早到黄河这边，你看好形势也呵！〔油葫芦〕九曲风涛何处险，正是此地偏。带齐梁、分秦晋，隘幽燕。雪浪拍长空，天际秋云卷。竹索缆浮桥，水上苍龙偃。东西贯九州，南北串百川。归舟紧不紧，如何见，似弩箭离弦。〔天下乐〕疑是银河落九天，高源云外悬。人东洋不离此径芽，滋洛阳千种花，润梁园万顷田，我便要浮楂到日月边。说话间，早到城中。这里好一座店儿。琴童，接了马者！店小二哥那里。（店小二云）自家是状元坊店小二哥。（官人要下呵，俺这里有干净店房。（张生云）这里有甚么闲散心	九曲风涛何处险，正是此地偏。带齐梁、分秦晋，隘幽燕。雪浪泊长空，天际秋云卷。竹索缆浮桥，水上苍龙偃。东西贯九州，南北申百川。归舟紧不紧，如何见？似弩箭离弦。疑是银河落九天，高源云外悬。东洋不离此径芽，滋洛润梁园万顷田，我便要浮楂到日月边。	第一章《惊艳》 行路之间，早到黄河这边，你看好形势也呵！〔油葫芦〕九曲风涛何处险，正是此地偏。带齐梁、分秦晋，隘幽燕。雪浪泊长空，天际秋云卷。竹索缆浮桥，水上苍龙偃。东西贯九州，南北申百川。归舟紧不紧，如何见，似弩箭离弦。〔天下乐〕疑是银河落九天，高源云外悬。人东洋不离此径芽，滋洛阳千种花，润梁园万顷田，我便要浮楂到日月边。说话间，早到城中。这里好一座店儿。琴童，接了马者！店小二哥那里。（店小二云）自家是状元坊店小二哥。（官人要下呵，俺这里有干净店房。（张生云）这里有甚么闲散心	第一之一章《惊艳》 行路之间，早到黄河这边，正是好形势也呵！〔油葫芦〕九曲风涛何处险，正是此地偏。带齐梁、分秦晋，隘幽燕。雪浪泊长空，天际秋云卷。竹索缆浮桥，水上苍龙偃。东西贯九州，南北申百川。归舟紧不紧，如何见，似弩箭离弦。〔天下乐〕疑是银河落九天，高源云外悬。人东洋不离此径芽，滋洛阳千种花，润梁园万顷田，我便要浮楂到日月边。说话间，早到城中。这里好一座店儿。琴童，接了马者！店小二哥那里。（店小二云）自家要状元坊店小二哥。（官人要下呵，俺这里有干净店房。（张生云）这里有甚么闲散心

续表

金批《西厢》	《精译六才子词》首卷《惊艳》	康熙四十九年（1710）刻本满汉合璧《西厢记》第一章《惊艳》	巴伐利亚国家图书馆藏满汉合璧《西厢记》第一之一章《惊艳》
第一之一章《惊艳》处。（小二云）俺这里有座普救寺，是天册金轮武则天娘娘敕建的功德院，盖造非常。南北任来过的，无不瞻仰。只此处可以游玩，（张生云）琴童，安顿行李，撒和了马。我到那里走一遭。（琴童云）理会得。（俱下）（法聪上云）小僧法聪，是这普救寺法本长老的徒弟。今日师傅起斋去了，着俺在寺中，但有探望的，便记着，待师傅回来报知。山门下立地，看有甚么人来。（张生上云）曲径通幽处，禅房花木深。却早来到也。（相见科）（聪云）先生从何处来？（张生云）小生西洛至此，闻上刹清幽，一来瞻礼佛像，二来拜谒长老。（聪云）俺师傅不在，小僧是弟子法聪的便是。请先生方丈拜茶。（张生云）		第一章《惊艳》处。（小二云）俺这里有座普救寺，是天册金轮武则天娘娘敕建的功德院，盖造非常。南北任来过的，无不瞻仰。只此处可以游玩，（张生云）琴童，安顿行李，撒和了马。我到那里走一遭。（琴童云）理会得。（俱下）（法聪上云）小僧法聪，是这普救寺法本长老的徒弟。今日师傅起斋去了，着俺在寺中，但有探望的，便记着，待师傅回来报知。山门下立地，看有甚么人来。（张生上云）曲径通幽处，禅房花木深。却早来到也。（相见科）（聪云）先生从何处来？（张生云）小生西洛至此，闻上刹清幽，一来瞻礼佛像，二来拜谒长老。（聪云）俺师傅不在，小僧是弟子法聪的便是。请先生方丈拜茶。（张生云）	第一之一章《惊艳》处。（小二云）俺这里有座普救寺，是天册金轮武则天娘娘敕建的功德院，盖造非常。南北任来过的，无不瞻仰。只此处可以游玩，（张生云）琴童，安顿行李，撒和了马。我到那里走一遭。（琴童云）理会得。（俱下）（法聪上云）小僧法聪，是这普救寺法本长老的徒弟。今日师傅起斋去了，着俺在寺中，但有探望的，便记着，待师傅回来报知。山门下立地，看有甚么人来。（张生上云）曲径通幽处，禅房花木深。却早来到也。（相见科）（聪云）先生从何处来？（张生云）小生西洛至此，闻上刹清幽，一来瞻礼佛像，二来拜谒长老。（聪云）俺师傅不在，小僧是弟子法聪的便是。请先生方丈拜茶。（张生云）

续表

金批《西厢》	《精译六才子词》	康熙四十九年（1710）刻本满汉合璧《西厢记》	巴伐利亚国家图书馆藏满汉合璧《西厢记》
第一之一章《惊艳》	首卷《惊艳》	第一之一章《惊艳》	第一之一章《惊艳》
既然长老不在呵，不必赐茶。敢烦和尚相引，瞻仰一遭。（聪云）理会得。（张生云）是盖造得好也！【村里迓鼓】随喜了上方佛殿，又来到下方僧院。厨房近西，法堂北，钟楼前面。游洞房，登宝塔，将回廊绕遍。我数毕罗汉，参过菩萨，拜罢圣贤。那里又好一座大院子，却是何处，待小生一发随喜去。（聪住云）那里是崔相国寄寓它，先生请住者，里面是崔相国家眷寓它。（张生见莺莺红娘科）蓦然见五百年风流业冤！【元和令】颠不剌的见了万千，这般可喜娘罕曾见。我眼花撩乱口难言，魂灵儿飞去半天。尽人调戏，弹着香肩，只将花笑拈。【上马娇】是兜率宫，是离恨天，我谁想这里遇	随喜了上方佛殿，又来到下方僧院。厨房近西，法堂北，钟楼前面。游回廊绕遍。我数毕罗汉，参过菩萨，拜罢圣贤。蓦然见五百年前风流业冤！颠不剌的见了万千，这般可喜娘罕曾见。我眼花撩乱口难言，魂灵儿飞去半天。尽人调戏，弹着香肩，只将花笑拈。是兜率宫？是离恨天？	既然长老不在呵，不必赐茶。敢烦和尚相引，瞻仰一遭。（聪云）理会得。（张生云）是盖造得好也！【村里迓鼓】随喜了上方佛殿，又来到下方僧院。厨房近西，法堂北，钟楼前面。游洞房，登宝塔，将回廊绕遍。我数毕罗汉，参过菩萨，拜罢圣贤。那里又好一座大院子，却是何处，待小生一发随喜去。（聪住云）那里是崔相国家眷寓它。（张生见莺莺红娘科）蓦然见五百年风流业冤！【元和令】颠不剌的见了万千，这般可喜娘罕曾见。我眼花撩乱口难言，魂灵儿飞去半天。尽人调戏，弹着香肩，只将花笑拈。【上马娇】是兜率宫，是离恨天，我	既然长老不在呵，不必赐茶。敢烦和尚相引，瞻仰一遭。（聪云）理会得。（张生云）是盖造得好也！【村里迓鼓】随喜了上方佛殿，又来到下方僧院。厨房近西，法堂北，钟楼前面。游洞房，登宝塔，将回廊绕遍。我数毕罗汉，参过菩萨，拜罢圣贤。那里又好一座大院子，却是何处，待小生一发随喜去。（聪住云）那里是崔相国家眷寓它。（张生见莺莺红娘科）蓦然见五百年风流业冤！【元和令】颠不剌的见了万千，这般可喜娘罕曾见。我眼花撩乱口难言，魂灵儿飞去半天。尽人调戏，弹着香肩，只将花笑拈。【上马娇】是兜率宫，是离恨天，我

第三章　金批《西厢》与满汉合璧《西厢记》的关系　　109

续表

金批《西厢》	《精译六才子词》	康熙四十九年（1710）刻本满汉合璧《西厢记》	巴伐利亚国家图书馆藏满汉合璧《西厢记》
第一之一章《惊艳》	首卷《惊艳》	第一章《惊艳》	第一之一章《惊艳》
谁想这里遇神仙。宜嗔宜喜春风面。偏，宜贴翠花钿。 [胜葫芦] 宫样眉儿新月偃，侵人鬓云边，一。樱桃红破，二。玉梗白露，三。半响，恰方言。四。恰方言。五。 [后] 似呖呖莺声花外啭。（莺莺云）红娘，我看母亲去。行一步，可人怜，解舞腰肢娇又软，千般袅娜，万般旖旎，似垂柳在晚风前。（莺莺引红娘下） [后庭花] 你看村残红芳径软，步香尘，底印儿浅。 休题眼角留情处，只这脚踪儿将心事传。慢俄延。投至到栊门前面，只有那一步远。分明打个照面，疯魔了张解元。神仙归洞天，空余杨柳烟，只闻鸟雀喧。	神仙！宜嗔宜喜春风面。偏，宜贴翠花钿。 宫样眉儿新月偃，侵人鬓云边，樱桃红破，半响，恰方言。 似呖呖莺声花外啭。 行一步可人怜，解舞腰肢娇又软，千般袅娜，万般旖旎，似垂柳在晚风前。 你看村残红芳径软，步香尘，底印儿浅。 休题眼角留情处，只这脚踪儿将心事传。慢俄延。投至到栊门前面，只有那一步远。分明打个照面，疯魔了张解元。神仙归洞天，空余杨柳烟，只闻鸟雀喧。	谁想这里遇神仙。宜嗔宜喜春风面。偏，宜贴翠花钿。 [胜葫芦] 宫样眉儿新月偃，侵人鬓云边，樱桃红破，玉梗白露，未语人前先腼腆，半响，恰方言。 [后] 似呖呖莺声花外啭。（莺莺云）红娘，我看母亲去。行一步，可人怜，解舞腰肢又软，千般袅娜，万般旖旎，似垂柳在晚风前。（莺莺引红娘下） [后庭花] 你看村残红芳径软，步香尘底印儿浅。 休题眼角留情处，只这脚踪儿将心事传。慢俄延。投至到栊门前面，只有那一步远。分明打个照面，疯魔了张解元。神仙归洞天，空余杨柳烟，只闻鸟雀喧。	谁想这里遇神仙。宜嗔宜喜春风面。偏，宜贴翠花钿。 [胜葫芦] 宫样眉儿新月偃，侵人鬓云边，樱桃红破，玉梗白露，未语人前先腼腆，半响，恰方言。 [后] 似呖呖莺声花外啭。（莺莺云）红娘，我看母亲去。行一步，可人怜，解舞腰肢又软，千般袅娜，万般旖旎，似垂柳在晚风前。（莺莺引红娘下） [后庭花] 你看村残红芳径软，步香尘底印儿浅。 休题眼角留情处，只这脚踪儿将心事传。慢俄延。投至到栊门前面，只有那一步远。分明打个照面，疯魔了张解元。神仙归洞天，空余杨柳烟，只闻鸟雀喧。

续表

金批《西厢》	《精译六才子词》	康熙四十九年（1710）刻本满汉合璧《西厢记》	巴伐利亚国家图书馆藏满汉合璧《西厢记》
第一之一章《惊艳》	首卷《惊艳》	第一章《惊艳》	第一之一章《惊艳》
【柳叶儿】门掩了梨花深院，粉墙儿高似青天。恨天不与人方便，怎流连，有几个意马心猿？[寄生草]兰麝香仍在，佩环声渐远。东风摇曳垂杨线，游丝牵惹桃花片，珠帘掩映芙蓉面。这边是南海水月观音院，那边是中开府相公家。【赚煞尾】望将穿，涎空咽。我明思当他临去秋波那一转，我便铁石人也意惹情牵。近庭轩花柳依然，日午当天塔影圆。春光在眼前，将一座梵王宫，化做武陵源。	门掩梨花深院，粉墙儿高似青天。根天怨天不与人行方便，怎流连，有几个意马心猿？兰麝香仍在，佩环声渐远。东风摇曳垂杨线，游丝牵惹桃花片，珠帘掩映芙蓉面，那边是南海水月观音院。望将穿，涎空咽。我明思当他临去秋波那一转，我便铁石人也意惹情牵。近庭轩花柳依然，日午当天塔影圆。春光在眼前，将一座梵王宫，化做武陵源。	【柳叶儿】门掩了梨花深院，粉墙儿高似青天。根天不与人行方便，怎消遣，有几个意马心猿？[寄生草]兰麝香仍在，佩环声渐远。东风摇曳垂杨线，游丝牵惹桃花片，珠帘掩映芙蓉面，那边是南海水月观音院。【赚煞尾】望将穿，涎空咽。我明日透骨髓相思病缠，怎当他临去秋波那一转，我便铁石人也意惹情牵。近庭轩花柳依然，日午当天塔影圆。春光在眼前，将一座梵王宫，化作武陵源。	【柳叶儿】门掩了梨花深院，粉墙儿高似青天。根天不与人行方便，怎流连，有几个意马心猿？[寄生草]兰麝香仍在，佩环声渐远。东风摇曳垂杨线，游丝牵惹桃花片，珠帘掩映芙蓉面，那边是南海水月观音院。【赚煞尾】望将穿，涎空咽。我明日透骨髓相思病缠，我当他临去秋波那一转，我便铁石人也意惹情牵。近庭轩花柳依然，日午当天塔影圆。春光在眼前，将一座梵王宫，化作武陵源。

通过上述比较，从下划线标出的句子，可以看出，这四个版本汉文部分还是略有差别的。

第五节 满汉合璧《西厢记》产生的文化背景

本节重点研究的是满汉合璧《西厢记》的刊刻背景，金批《西厢》在满族文人中的传播，金批《西厢》在满族民间的传播，以及金批《西厢》与满族子弟书《西厢记》的关系。

一 满汉合璧《西厢记》的刊刻背景

赵志忠曾经根据黄润华、屈六生主编《全国满文图书资料联合目录》、富丽《世界满文书目》、孙楷第《满文译本小说简目》、德国学者马丁·吉姆《汉文小说和短篇故事的满文译本》、黄润华《满文翻译小说述略》、张木森《满汉文化交流的结晶——浅谈满译汉文小说》等书目和文章，列出了150余种满译汉文书目（其中书名未翻译成汉文的书目有26种）[①]。经笔者对书目名称进行分析，不包括26种书名未翻译成汉文的书目，才子佳人小说、戏曲共有60余种。应该说所占比例很高。扎拉嘎通过《全国满文图书资料联合目录》、黄润华《满文翻译小说述略》，列出40种书目，归入演义公案类有17种，才子佳人类有23种。他认为在满译汉文小说中，才子佳人题材占突出地位。[②] 又据黄润华所说，这批才子佳人小说的满文译本，主要在康熙年间完成[③]，也就是说，这些才子佳人小说深受刚入关不久的满族人的喜爱。在《全国满文图书资料联合目录》中收录的27部汉文小说译本中，故宫博物院图书馆（来自清代皇宫）藏有译本22种，其中才子佳人小说就有12种，并且都是孤本。说明清代满洲贵族既喜爱英雄传奇的内容，也欣赏世俗言情的作品。因此说，《西厢记》满文译本的出现不是偶然的，而是有着文化需求背景。

---

① 赵志忠：《清代满语文学史略》，辽宁民族出版社2002年版，第99—104页。
② 扎拉嘎：《比较文学：文学平行本质的比较研究——清代蒙汉文学关系论稿》，内蒙古教育出版社2002年版，第118—123页。
③ 黄润华：《满文翻译小说述略》，《文献》1983年第2期。

满文图书分为刻本和抄本，刻本又分为官刻和坊刻两种。关外时期，就有满文翻译的汉籍，有十余部之多。顺治元年（1644），清军入北京。顺治年间，出现了满文书坊刻本，如听松楼刻印的《诗经》等。顺治三年（1646）刊印了《洪武宝训》（一名《洪武要训》），是清入关后翻译的第一部汉籍。顺治七年（1650）刊印了《三国演义》满译本。清朝入关后，更加重视汉籍满译工作，专设翻书房，直到咸丰年间仍有此机构。翻书房将汉籍译为满文后，即付刻印。

满汉合璧《西厢记》的刊刻主要在康熙年间，我们不妨梳理一下康熙年间满文图书刊刻情况。康熙本人有很好的汉文化素养，他提倡经学、史学、文学，"留意典籍，编定群书"（《清圣祖实录》），组织编纂经、史、文等方面的图书。康熙十九年（1680），设立武英殿修书处，隶属于内务府。康熙年间一共刊印了二十多部满文图书，主要有经书《日讲四书解义》《日讲书经解义》等，政书《清会典》等，语言文学《御制清文鉴》《御制古文渊鉴》等。其中《御制古文渊鉴》是康熙二十四年（1685）武英殿刻本，有汉、满两种文本，是一部古代散文集，全书收录春秋迄唐宋文章共六百九十三篇，分六十四卷。

顺治年间，刊印满文书的书坊仅有南京听松楼一家。康熙年间，刊印满文书的书坊多了起来，除了南京的听松楼之外，北京先后出现了宛羽斋、秘书阁、玉树堂、尚德堂、寄畅斋、天绘阁、文盛堂、四合堂、三义堂、尊古堂等十家书坊。现在看到的最早坊刻本是康熙三十年（1691）玉树堂的满汉合璧《四书》刊本。宛羽斋在北京前门外，康熙二十二年（1683）刊印了《大清全书》。天绘阁、尊古堂在北京西河沿，清初这一带是书籍的刊印中心。清代满文坊刻本图书，绝大部分是满汉合璧，少数是满蒙汉三体合璧，全部为满文的很少；主要是翻译和创作，翻译是将汉文著作翻译成满文，其中大多为四书五经类儒家经典，也有一部分文学作品，这些汉文著作促进了满汉文化的交流和融合。①

---

① 黄润华、史金波：《少数民族古籍版本——民族文字古籍》，江苏古籍出版社2002年版，第41—59页。

二 金批《西厢》在满族文人中的传播

我们从清初顺治皇帝学习汉文，喜爱文学，尤其是读过金批《西厢》，就可以看出《西厢记》应该深受满洲贵族的欢迎。"福临是一位好学而明智的年轻君主。1651年，他开始执掌朝政时，很难看懂向他呈递的奏折。由此他深感自己对汉文的无知。他以极大的决心和毅力攻读汉文。因而在短短的几年内已经能够用汉文读、写，评定考卷，批阅公文。他对中国小说、戏剧和禅宗佛教文学的兴趣也不断增长，大约在1659年或1660年的时候，他成段地引用1656年刊行的金人瑞评点的《西厢记》。由此可见他对当代流行的文学是很有兴趣的。他对小说评论家金人瑞的评语是'才高而见僻'，足以显示他对汉文的理解力相当高深。一个日理万机的人能有如此成就是很不寻常的。"① 《清朝野史大观》中《世祖科跣召词臣》记载："世祖召修撰徐元文，编修叶方蔼、华亦祥入乾清宫。世祖科跣，单纱暑夏衫裙，曳吴中草鞋，命三臣升殿，赐观殿中书数十架，经史子集，稗官小说，传奇时艺，无不有之。"② 这条记载也说明顺治皇帝热爱汉文化，热爱文学。还有，顺治皇帝之子康熙皇帝文学修养也很高，能用满汉双语写文章，通晓汉文韵律。《康熙御制文集》里存留他的诗作大约1100首。他大概率会受到《西厢记》的影响。

满译小说给清初满族作家提供了养料。鄂貌图是满族文学史上开风气之先的重要人物。他是满族最早的翻译家之一，有满译《诗经》，其诗集《北海集》被认定为满洲人最早用汉文创作的作品集，其人被评价为"满洲文学之开，实自公始"③。顺治朝满族文人从事汉文创作者还有高塞、图尔宸、禅岱、顾八代、费扬古。康熙朝重要的满族文人有纳兰性德、岳端、文昭。上述顺治、康熙两朝的重要文人，应该都会满语满文，他们肯定读了许多满文译本的汉文文学作品，其中应该包括

---

① [美] A. W. 恒慕义编著：《清代名人传略》上册，中国人民大学清史研究所《清代名人传略》翻译组翻译，青海人民出版社1995年版，第574页。
② 小横香室主人：《清朝野史大观》卷1，上海书店1981年版，第7页。
③ （清）铁保辑，赵志辉校点补：《熙朝雅颂集》，辽宁大学出版社1992年版，第328页。

《西厢记》。纳兰性德是杰出的文学家,他深受汉文化影响,也精通满语满文,曾奉旨翻译御制《松赋》①,是一位双语作家。以当时的满译汉族经典的文化环境,他不可能没见过金批《西厢》满译本。我们看他悼亡爱妻的词作《菩萨蛮》:"问君何事轻离别?一年能几团圆月?杨柳乍如丝,故园春尽时。　春归归不得,两桨松花隔。旧事逐寒潮,啼鹃恨未消。"②这让我们想到金批《西厢》续之尾"谢当今垂帘双圣主,敕赐为夫妇。永老无别离,万古常完聚,愿天下有情的都成了眷属。"③

　　在乾隆朝,《西厢记》虽然被禁止翻译为满文,但肯定还有流传。我们从曹雪芹的《红楼梦》中涉及"西厢记"的部分就能看到这一点。而且不少专家认为,曹雪芹读过金批《西厢》。如林文山认为,从《红楼梦》的描写中可以肯定,曹雪芹读过《西厢记》。宝玉、黛玉读的十六出《西厢记》,多半是金圣叹修改过的《金西厢》。④ 徐大军认为,综合分析《红楼梦》叙述中所涉及的《西厢记》曲文、折数、标目三类信息,并参照金批本《西厢记》的曲文及流行情况,可推定《红楼梦》前八十回所引《西厢》曲文应是以金批本为基本依据的⑤。季稚跃指出,金圣叹在《读第六才子书〈西厢记〉法》中有一则预言在《红楼梦》中实现⑥。这都说明金批《西厢》受到清朝文人的欢迎。

　　金圣叹在《读第六才子书〈西厢记〉法》中有一则预言:"仆今言灵眼觑见,灵手捉住,却思人家子弟何曾不觑见,只是不捉住。盖觑见是天付,捉住须人工。今《西厢记》实是又会觑见,又会捉住,然子弟读时,不必又学其觑见,一味只学其捉住。圣叹深恨前此万千年,无限妙文已是觑见,却捉不住,遂成泥牛入海,永无消息。今刻此《西厢记》遍行天下,大家一齐学得捉住,仆实遥计一二百年后,世间必

---

① (清)徐乾学:《通议大夫一等侍卫进士纳兰君墓志铭》,载(清)纳兰性德撰、冯统编校《饮水词》,广东人民出版社1984年版,第217页。
② 张菊玲、关纪新、李红雨辑注:《清代满族作家诗词选》,时代文艺出版社1987年版,第17页。
③ 傅晓航编辑校点:《西厢记集解　贯华堂第六才子书西厢记》,甘肃人民出版社2013年版,第667页。
④ 林文山:《论〈金西厢〉对〈红楼梦〉的影响》,《红楼梦学刊》1987年第2期。
⑤ 徐大军:《〈红楼梦〉与金批本〈西厢记〉》,《红楼梦学刊》2008年第3期。
⑥ 季稚跃:《金圣叹与〈红楼梦〉脂批》,《红楼梦学刊》1990年第1期。

得平添无限妙文,真乃一大快事!"① 果然,正如金圣叹料想的那样,一二百年后,《红楼梦》诞生了!《红楼梦》在第二十三回"西厢记妙词通戏语,牡丹亭艳曲警芳心"中有贾宝玉、林黛玉看《西厢记》的情节,正文写道:"林黛玉把花具且都放下,接书来瞧,从头看去,越看越爱看,不到一顿饭工夫,将十六出俱已看完,自觉辞藻警人,余香满口。"② 这"俱已看完"说明这部《西厢记》只有十六出,由此可见,宝玉、黛玉二人所读《西厢记》是金批《西厢》。《红楼梦》第二十五回"魇魔法姊弟逢五鬼,红楼梦通灵遇双真"中,宝玉假装弄花,想看看昨天见过的红玉,"却恨面前有一株海棠花遮着,看不真切"。脂砚斋指出这里的意境描写同《西厢记》的关系:"余所谓此书之妙皆从诗词句中泛出者,皆系此等笔墨也。试问观者,此非'隔花人远天涯近'乎?"③"隔花人远天涯近"是《西厢记》"寺警"中莺莺的一句唱词。林文山指出:"'隔花人远天涯近'是金圣叹改过后的句子,《王西厢》原作'隔花阴人远天涯近',可见脂砚斋所据的也是《金西厢》。"④《红楼梦》第四十三回"闲取乐偶攒金庆寿,不了情暂撮土为香"中,茗烟跟着宝玉到了水仙庵,宝玉在庵里井台上祭祀金钏,茗烟替宝玉说了一番祝词。"茗烟站过一旁。宝玉掏出香来焚上,含泪施了半礼,回身命收了去。茗烟答应,且不收,忙爬下磕了几个头,口内祝道:'我茗烟跟二爷这几年,二爷的心事,我没有不知道的,只有今儿这一祭祀没有告诉我,我也不敢问。只是这受祭的阴魂虽不知名姓,想来自然是那人间有一,天上无双,极聪明极俊雅的一位姐姐妹妹了。二爷心事不能出口,让我代祝:若芳魂有感,香魂多情,虽然阴阳间隔,既是知己之间,时常来望候二爷,未尝不可。你在阴间保佑二爷来生也变个女孩儿,和你们一处相伴,再不可又托生

---

① 傅晓航编辑校点:《贯华堂第六才子书西厢记》,《西厢记集解 贯华堂第六才子书西厢记》,甘肃人民出版社2013年版,第385页。
② (清)曹雪芹著,无名氏续,(清)程伟元、(清)高鹗整理,中国艺术研究院红楼梦研究所校注:《红楼梦》,人民文学出版社2008年版,第315页。
③ (清)曹雪芹著,脂砚斋译,邓遂夫校订:《脂砚斋重评石头记庚辰校本》,第二卷,作家出版社2006年版,第402页。
④ 林文山:《论〈金西厢〉对〈红楼梦〉的影响》,《红楼梦学刊》1987年第2期。

这须眉浊物了。'说毕,又磕几个头,才爬起来。"脂砚斋指出"此一祝亦如《西厢记》中双文降香第三柱则不语,红娘则代祝数语,直将双文心事道破。"①脂砚斋这些批点,鲜明地指出了《红楼梦》与《西厢记》的关系。

三 金批《西厢》在满族民间的传播

此外,还有清道光年间北京抄本《时兴杂曲》卷四所收的满洲歌《西厢》:"一更鼓儿天,一更鼓儿天,莺莺独坐泪涟涟,这几日不见张生面。红娘走上前,红娘走上前,推开帘栊望望外边:'姐姐仔细听,张生把书念。'二更鼓儿发,二更鼓儿发,一轮明月照窗纱,隔粉墙好似他说话。思想俏冤家,思想俏冤家:'自从佛殿看见他,不由人只在心牵挂。'三更鼓儿通,三更鼓儿通,莺莺玩月到墙东,夜深沉露湿罗衣重。'是何处叮咚?是何处叮咚?莫不是普救寺里撞金钟?莫不是铁马声相送?'四更鼓儿催,四更鼓儿催,莺莺无语自徘徊,叫一声'红娘小妹妹!奴家好伤悲,奴家好伤悲!几番为他泪珠暗垂,抛不下书生张君瑞!'五更鼓儿敲,五更鼓儿敲,明星照露滴花梢,树影摇错当他来到:'提起好心焦,提起好心焦,是我前世把断头香烧,今世里于飞难得效!'"②

满族的民间说唱艺术八角鼓慢岔也有《西厢记》作品,有清乾隆六十年(1795)北京集贤堂刻本《霓裳续谱》卷七《小红娘》:"小红娘,进绣房,一见了莺莺说是'不好!'拍了拍巴掌:'姑娘呵!可有了饥荒!有个人儿本姓张,二十三岁未曾娶妻,守空房。姑娘呵!他叫我和我(笔者按:你)商量。'莺莺恼骂红娘:'这个样的事儿不知道,你可别和我商量。丫头呵!你少要轻狂!'"③且看其他八角鼓作品目录情况④:

---

① (清)曹雪芹著,脂砚斋译,邓遂夫校订:《脂砚斋重评石头记庚辰校本》,第三卷,作家出版社2006年版,第641页。
② 傅惜华编:《西厢记说唱集》,上海出版公司1955年版,第104页。
③ 傅惜华编:《西厢记说唱集》,上海出版公司1955年版,第105页。
④ 傅惜华编:《西厢记说唱集》,上海出版公司1955年版。

八角鼓：慢岔	小红娘	清乾隆六十年（1795）北京集贤堂刻本《霓裳续谱》卷七
八角鼓：平岔	星稀月朗	清乾隆六十年（1795）北京集贤堂刻本《霓裳续谱》卷六
	莺莺沉吟	清乾隆六十年（1795）北京集贤堂刻本《霓裳续谱》卷七
	老夫人糊涂	
八角鼓：岔曲	张生得病	清抄本《马头调八角鼓杂曲》
八角鼓：牌子曲	游寺	清嘉庆间（1796—1820）北京抄本《杂曲二十九种》
	莺莺降香	
	莺莺饯行	清嘉庆间（1796—1820）北京刻本《新集时调马头调杂曲二集》
	莺莺长亭饯行	清嘉庆间（1796—1820）北京抄本《杂曲二十九种》

为什么满族社会需要金批《西厢》？这反映了满族人民的精神生活方面的需求。满族有流传于黑龙江流域描绘青年男女忠贞爱情故事的《莉坤珠逃婚记》。该故事讲述了满族望族的女儿莉坤珠被骗嫁给满族高官的傻儿子，在那里遭遇了一系列苦难，幸得好人相救，逃出苦海，最后受皇封，与一位汉族小将军喜结连理。二人的结合冲破了历代满汉不通婚的禁忌，从而改变了满族固有的婚俗习惯。表现了满族百姓向往美好的爱情，自由选择婚姻，改变封建保守的婚俗传统的愿望。故事情节跌宕起伏，感人至深，在满族民间素有"情书""怨书"之称。①《莉坤珠逃婚记》旧本又称"德布达力《姻缘传》"，"德布达力"是满族民间说唱文学形式，以散文讲述与韵文吟唱交替出现。据传，民国年间在黑龙江满族郭府家宴中，每每开讲《姻缘传》，车水马龙、贵客盈门，听者都被该说部的情节打动。

四 金批《西厢》与满族子弟书《西厢记》的关系

子弟书是满族的民间说唱艺术，反映了满族百姓的民间生活取向。乾隆年间，为统一疆土八旗兵常年驻守各地，将士远离家乡思念亲人，

---

① 富育光讲述，荆文礼整理：《莉坤珠逃婚记》，吉林人民出版社2018年版。

便将思念之情寄托于用八角鼓伴奏的《边关调》《打草秆》等俗曲和满洲萨满神曲中。这些小曲填以具有简单故事情节的歌词，亦称"边关调""边关小曲""太平歌"，其唱词工整，曲调动听，一唱到底，在叙事中透出绵绵深情。此形式传入京城后备受喜爱，八旗子弟按北方"十三道大辙"音韵，仿民间鼓子弟书曲格式创制出七言体无说白韵文以及与相应曲调结合的"八旗子弟书"，简称"子弟书"。①

关于子弟书产生的年代，李镛为顾琳《书词绪论》所作之序说："辛亥夏，旋都门，得闻所谓子弟书者。"② 顾琳此书作于嘉庆二年（1797），而"辛亥"为乾隆五十六年（1791），此年该是"子弟书"产生的年代。

子弟书的创制者恰是"名门与巨族"的"八旗子弟"。震钧《天咫偶闻》卷七云："旧日鼓词，有所谓子弟书者，始轫于八旗子弟。"③《清稗类钞》音乐类"子弟书条"说："京师有子弟书，为八旗子弟所创。"④

《西厢记》子弟书封面

---

① 石光伟、刘桂腾、凌瑞兰：《满族音乐研究》，人民音乐出版社2003年版，第63—64页。
② （清）李镛：《书词绪论·序》，载关德栋、周中明编《子弟书丛钞》，上海古籍出版社1984年版，第818页。
③ （清）震钧：《天咫偶闻》第七卷，北京古籍出版社1982年版，第175页。
④ （清）徐珂编撰：《清稗类钞》第十册，中华书局2010年版，第4954页。

第三章　金批《西厢》与满汉合璧《西厢记》的关系　❈❈　119

《西厢记》子弟书

子弟书分东城调、西城调或东韵、西韵，西韵近于昆曲，较为缠绵低婉。嘉庆二十二年（1817）得硕亭《草珠一串·饮食》诗句"西韵《悲秋》书可听"，作者注释说："子弟书有东西二韵，西韵若昆曲，'悲秋'即《红楼梦》中黛玉故事。"① 西韵以表现爱情故事见长。张菊玲列出64种子弟书篇目，认为它们描写了京师旗人生活。她说："为了吸引听众，子弟书作者十分热衷于男女之情的叙述，除将《金瓶梅》《红楼梦》和《聊斋志异》的重大内容大量改编成子弟书之外；改编明代戏剧部分，亦全是才子佳人故事；改编历史演义时，也并非全写征战杀伐，常常是选择一些与男女私情有关的作品进行编写；而描写日常生活内容时，对于儿女之情的演叙，自然更为津津乐道了。像《绣荷包》

---

① 转引自张菊玲《几回掩卷哭曹侯：满族文学论集》，辽宁民族出版社2014年版，第279页。

叙述少女思春，情郎来会，赠荷包后两人欢爱。《家主戏鬟》叙述姐夫调戏小姨子。另外，还有《公子戏鬟》，甚至有《鸨儿训妓》写老鸨训练妓女如何接客，等等，这类作品都有直接的猥亵描写，充分显示出子弟书作为市民文学的世俗特色。"①

《新编子弟书总目》② 对《西厢记》子弟书版本来源分析详细，现对主要著录信息摘记如下：

《西厢记》八回，北京旧抄本。演张生与崔莺莺的恋爱故事，自降香始，至长亭送别止。

《游寺》三回，清抄本、百本张抄本。另有别题：《张生游寺》四回，《张君瑞游寺》四回、抄本 2 种，《借厢》抄本。

《红娘寄柬》一回，清抄本 2 种、别野堂抄本、曲盦抄本。另有别题：《红娘下书》石印本 2 种、上海槐阴山房石印本、上海学古堂铅印本、清抄本，《寄柬》百本张抄本、抄本 3 种，《红娘寄简》。

《下书》二回。

《莺莺降香》二回，清抄本、石印本 2 种、上海槐阴山房石印本、上海学古堂铅印本。

《莺莺听琴》一回。

《西厢段》四回，京都锦文堂刻本、石印本、上海学古堂铅印本。另有别题：《全西厢》石印本。

《花谏会》不分回，光绪三十四年（1908）石印本、石印本 2 种、上海槐阴山房石印本。

《双美奇缘》五回，清同治间盛京程记书坊刻本、石印本 2 种、上海槐阴山房石印本、上海学古堂铅印本。

《拷红》八回，清抄本、文翠堂刻本、嘉庆间北京刻本、抄本。

《拷红》一回，旧抄本、清抄本。

《拷红》二回，百本张抄本、抄本 4 种。

---

① 张菊玲：《几回掩卷哭曹侯：满族文学论集》，辽宁民族出版社 2014 年版，第 296—297 页。

② 黄仕忠、李芳、关瑾华：《新编子弟书总目》，广西师范大学出版社 2012 年版，第 170—183 页。

《新拷红》二回。

《拷红》五回，百本张抄本、抄本 4 种。

《长亭饯别》三回，清抄本 3 种、抄本 2 种、旧抄本、民初抄本。另有别题：《长亭》，清抄本、民初抄本。

《新长亭》三回，清抄本、旧抄本。

《梦榜》二回，作者云崖氏。卷首诗篇末句云："云崖氏阅览《西厢》传妙笔，演一回望捷的崔氏忆夫郎。"清抄本、民初抄本，抄本 2 种。另有别题：《莺莺梦榜》。

《全西厢》十五本二十八回，聚卷堂抄本、清抄本 2 种、抄本。另有别题：《全西厢本》道光间京都合义堂中和堂合刻本。

上述《西厢记》子弟书除《梦榜》有明确作者之外，其他作者不详。另外，《西厢记》八回北京旧抄本、《全西厢》十五本二十八回情节比较齐全，其他都是典型情节片段。

上述《西厢记》子弟书包括傅惜华编《西厢记说唱集》中的 5 篇子弟书，这 5 篇有的是片段，有的是全文。有清光绪间（1875—1908）北京别野堂抄本《红娘寄柬》；清嘉庆间（1796—1820）北京刻本《拷红》；清同治间（1862—1874）盛京程记书坊刻本《双美奇缘》；北京旧抄本《西厢记》（八回），篇目为：一莺莺降香，二听琴怨母，三红娘下书，四私约佳期，五张生跳墙，六双美奇缘，七夫人烤红，八长亭饯别；清道光间（1821—1850）北京合义堂中和堂合刻本《西厢记全本》（十五回），篇目为：第一回张生游寺，第二回借厢问斋，第三回隔墙吟诗，第四回张生闹斋，第五回惠明下书，第六回请宴赖婚，第七回莺莺听琴，第八回寄简酬简，第九回张生跳墙，第十回月下佳期，第十一回拷打红娘，第十二回长亭饯别，第十三回草桥惊梦，第十四回郑生求配，第十五回衣锦还乡。[①] 这十五回，在《西厢记》五本里都有体现，故事情节是比较完整的。

关于《西厢记》子弟书的来源，我们还不能确切知道其是否都源于金批《西厢》，有必要进一步讨论。

---

① 傅惜华编：《西厢记说唱集》，上海出版公司 1955 年版，第 287—368 页。

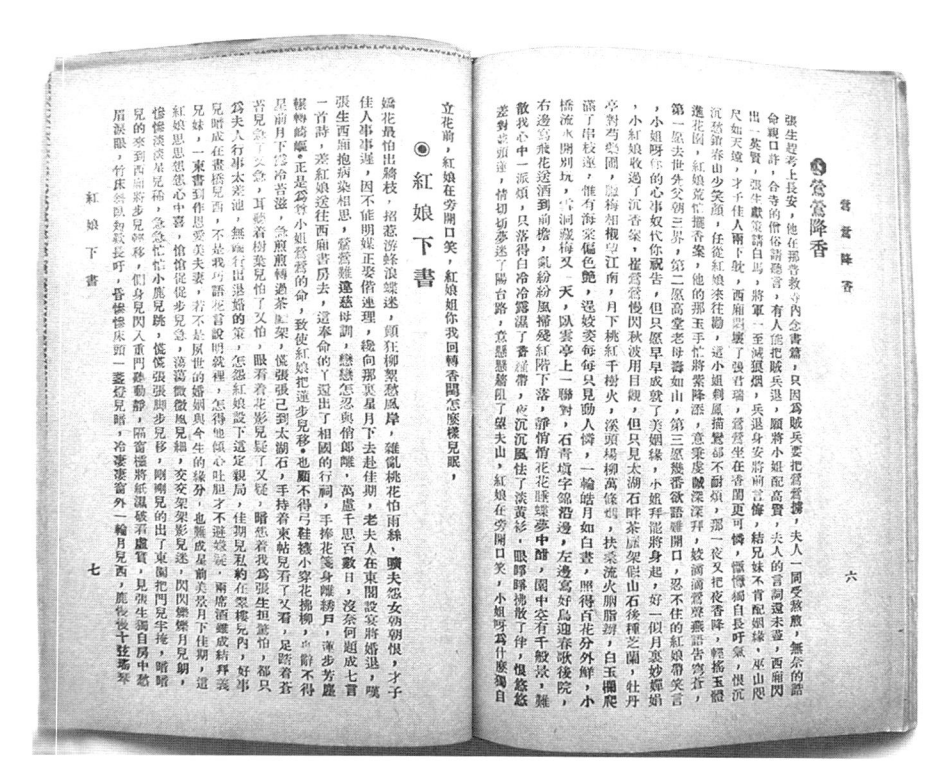

《西厢记》子弟书

经过比较金批西厢第一之一章《惊艳》与《西厢记》子弟书全本第一回《张生游寺》，还是能够看到两者关系的。凡是两者有关联的语句，都用下划线标出。且看下面几例：

金批《西厢》第一之一章《惊艳》	《西厢记》子弟书全本第一回《张生游寺》①
（夫人引莺莺红娘欢郎下） （张生引琴童上云）<u>小生姓张，名珙，字君瑞，本贯西洛人也</u>。先人拜礼部尚书。<u>小生功名未遂</u>，游于四方。即今贞元十七年二月上旬，欲往上朝取应，路经河中府。	<u>西洛才子张君瑞</u>，他风姿雅太美少年，广览诗书通礼仪，文章锦绣字云烟。恰遇朝廷开大比，<u>这书生一心只想桂枝攀</u>，打点行囊辞亲友，身跨白马俊雕鞍。琴童担定了琴书简，直扑大道上长安。

---

① 傅惜华编：《西厢记说唱集》，上海出版公司1955年版，第322—325页。

第三章　金批《西厢》与满汉合璧《西厢记》的关系

续表

金批《西厢》第一之一章《惊艳》	《西厢记》子弟书全本第一回《张生游寺》
有一故人，姓杜，名确，字君实，<u>与小生同郡同学，曾为八拜之交。后弃文就武，遂得武举状元。官拜征西大将军，统领十万大军，现今镇守蒲关</u>。小生就探望哥哥一遭，却往京师未迟。暗想小生萤窗雪案，<u>学成满腹文章</u>，尚在湖海飘零，未知何日得遂大志也呵！正是，万金宝剑藏秋水，满马春愁压绣鞍。	那日经过河中府，忽然一阵好心酸，想这蒲关的将军名杜确，他与我自幼同学念书篇，八拜为交结契友，他后来学武就中了状元。而今现领着军兵整十万，镇守蒲关甚威严。<u>想我满腹文章中何用？</u>把铁砚儿磨穿也是枉然。而今赴考京都去，全凭文章中试官。任你才学高北斗，时乖不遂枉钻研。举头日近长安远，如蓬行地转连天。几时方遂男儿愿，青史名标天下传。
【仙吕·点绛唇】（张生唱）<u>游艺中原，脚跟无线</u>，如蓬转。望眼连天，日近长安远。【混江龙】向诗书经传，<u>蠹鱼似不出费钻研</u>。棘围呵守暖，<u>铁砚呵磨穿</u>。<u>投至得云路鹏程九万里</u>，先受了雪窗萤火十余年。才高难入俗人机，时乖不遂男儿愿。怕你不雕虫篆刻，断简残篇。行路之间，早到黄河这边，你看好形势也呵！【油葫芦】九曲风涛何处险，正是此地偏。带齐梁，分秦晋，隘幽燕。雪浪拍长空，天际秋云卷。竹索缆浮桥，水上苍龙偃。东西贯九州，南北串百川。归舟紧不紧，如何见，<u>似弩箭离弦</u>。	<u>游艺中原大地宽，脚跟无线任盘旋。</u><u>蠹鱼不出钻研苦，铁砚磨穿砥砺坚。</u><u>云路鹏程九万里，雪窗萤火十余年。</u>转蓬日近长安远，<u>恰似弩箭乍离弦。</u>
说话间，早到城中。这里好一座店儿。琴童，接了马者！<u>店小二哥那里。</u>（店小二云）自家是状元坊店小二哥。官人要下呵，<u>俺这里有干净店房</u>。（张生云）便在头房里下。	君瑞不由的长吁气，马上添愁行路难。正欲投宿寻歇处，一片声音到耳畔。酒保招呼说来下店，<u>房屋洁净槽道儿全</u>，米饭面饭都滚热，包子馄饨汤更鲜。君瑞耳听不急慢，急忙加鞭走上前。这<u>店小二</u>一见陪着笑脸，一把手拉住了马嚼环，尊声客官请进店，要什么东西样样的全。说着拉马往里走，店门以内下了雕鞍。君瑞进店把灰尘掸，有店小二急忙献茶餐。净面已毕用过饭，这店中寂寞闷难言。

续表

金批《西厢》第一之一章《惊艳》	《西厢记》子弟书全本第一回《张生游寺》
小二哥,你来,这里有甚么闲散心处。(小二云)<u>俺这里有座普救寺,是天册金轮武则天娘娘敕建的功德院</u>,盖造非常。<u>南北往来过者,无不瞻仰</u>。只此处可以游玩。(张生云)琴童,安顿行李,撒和了马。我到那里走一遭。(琴童云)理会得。(俱下)(法聪上云)小僧法聪,是这普救寺法本长老的徒弟。今日师傅赴斋去了,着俺在寺中,但有探望的,便记着,待师傅回来报知。山门下立地,看有甚么人来。(张生上云)曲径通幽处,禅房花木深。却早来到也。(相见科)(聪云)<u>先生从何处来?</u>(张生云)<u>小生西洛至此</u>,闻上刹清幽,一来瞻仰佛像,二来拜谒长老。(聪云)<u>俺师傅不在,小僧是弟子法聪的便是</u>。请先生方丈拜茶。(张生云)既然长老不在呵,不必赐茶。<u>敢烦和尚相引,瞻仰一遭</u>。(聪云)理会得。(张生云)是盖造得好也!【村里迓鼓】随喜了上方佛殿,又来到下方僧院。厨房近西,法堂北,钟楼前面。游洞房,登宝塔,将回廊绕遍。<u>我数毕罗汉</u>,参过菩萨,拜罢圣贤。	随问店小二说道是:此地何名那边?酒保说<u>此处名叫普救寺</u>,庙里的景致最好顽。<u>大凡行人从此过</u>,都到庙里把香拈。君瑞耳听不怠慢,独自一个走出门栏,信步来到普救寺,呀果一座古寺盖造的非凡。但只见山门上面一个大匾,写的是敕赐普救寺禅园。钟鼓二楼分左右,旗杆双立挂黄幡。君瑞正然往里走,恰撞着个和尚走上前,手举着问讯尊声施主:<u>说何方的贵客到此间?</u>张生闻听忙控背,口尊师傅纳吾言:<u>我祖居西洛名张珙</u>,<u>长安赴试过蒲关</u>,久闻宝刹多幽雅,特访禅师讲经言。<u>和尚说俺师傅今日不在寺,僧名法聪独守山</u>。请到客堂里面坐,献些个茶果儿慢慢的谈。君瑞连忙说不必,学生今日志不虔,既然长老不在寺,得遇高徒是有缘。<u>敢烦和尚相指引,学生参拜到佛前</u>。法聪依言前引路,君瑞随后定神观。又则见弥勒大肚天然的胖,一团笑脸坐中间。哼哈二将分左右,金刚的圣象果威严。头层殿,往里观:金鱼池上绕栏杆,七十二司观不尽,处处门上挂珠帘。圣路一直通正殿,尽都是桧柏苍松遮没了天。大雄宝殿高又大,檐压兜率费装严。有和尚上前把亮阁门儿闪,三尊佛像正中间。张生一见忙下拜。拜罢抬头仔细观。则见佛头罩定了金翅鸟,净水瓶插杨柳鲜。案上炉瓶古铜铸,干鲜果品供上边。钟磬金铙并法鼓,击子木鱼法器全,海灯一盏年年亮,盘香两股夜夜燃。<u>十八尊罗汉分左右</u>,清奇古怪貌非凡。山墙上把坛城画,四面周围是悬山。一眼观不尽这殿内的景,一转身走到庙后边。抬头瞧见了玲珑塔,层层叠叠的风摆金铃韵悠然。张生看罢暗夸奖,说委实的齐整妙难言。

续表

金批《西厢》第一之一章《惊艳》	《西厢记》子弟书全本第一回《张生游寺》
那里又好一座大院子，却是何处，待小生一发随喜去。（聪拖住云）<u>那里须去不得，先生请住者</u>，里面是崔相国家眷寓宅。	猛见个角门儿半关半掩，呀原来是<u>庙后的一所花园</u>。张生连忙用手指，说里面的景致定好顽，何不进去赏一赏，不知可许令人观？<u>和尚回说无妨碍，观主的住院尚在后边</u>。
（张生见莺莺红娘科）蓦然见五百年风流业冤！ 【元和令】颠不刺的见了万千，这般可喜娘罕曾见。我眼花缭乱口难言，魂灵儿飞去半天。尽人调戏，軃着香肩，只将花笑拈。 【上马娇】是兜率宫，是离恨天，我谁想这里遇神仙。宜嗔宜喜春风面。偏，宜贴翠花钿。 【胜葫芦】<u>宫样眉儿新月偃，侵入鬓云边</u>。未语人前先腼腆，一。<u>樱桃红破</u>，二。玉梗白露，三。半响，四。恰方言。五。 【后】似呖呖莺声花外啭。（莺莺云）红娘，我看母亲去。<u>行一步，可人怜</u>，解舞腰肢娇又软。千般袅娜，万般旖旎。似垂柳在晚风前。（莺莺引红娘下） 【后庭花】你看衬残红芳径软，步香尘底印儿浅。	君瑞止不住频夸奖，说真乃胜境非人间！正然看出神处，那太湖石掩映一女红颜。则见他面如芙蓉娇又嫩，<u>秋波杏眼柳眉弯</u>。<u>樱桃小口腮含笑</u>，鼻似悬胆耳坠金环。<u>乌云巧挽簪撇顶，压鬓斜插碧玉簪</u>。八幅香裙搭脚面，上罩一件素罗衫。香钩半露弓鞋小，恰好似裙下生出一对并头莲。一眼观不尽佳人美，则见他玉腕轻轻把彩扇儿翻。<u>行一步，可人怜</u>。后面跟着一个俏丫鬟，他也手拿着一柄小扇儿扑蝴蝶，他故意的卖俏在人前。打了一个照面口呼小姐，说那壁厢有人进花园，咱们快些回家去，若是老夫人听见别当时顽。
【柳叶儿】<u>门掩了梨花深院</u>，粉墙儿高似青天。恨天不与人方便，难消遣，怎流连，<u>有几个意马心猿</u>？ 【寄生草】兰麝香仍在，佩环声渐远。东风摇曳垂杨线，游丝牵惹桃花片，珠帘掩映芙蓉面。这边是河中开府相公家，<u>那边是南海水月观音院</u>。	说罢抽身把门关上，呀好一似<u>门掩梨花深院</u>间。门掩梨花深院间，这张生他呆呆的瞅着只是发怔，<u>锁不住意马共心猿</u>。半响还过一口气，说道是如何此地遇神仙？<u>分明是南海水月观音现</u>，好教我眼花缭乱口难言。

通过上述比较，能够看出两者关系，但仅凭此还不能断定《西厢记》子弟书就一定来源于金批《西厢》，因为《西厢记》子弟书是改编

作品，很难考证出两者关系。不过，虽然目前还不能证实《西厢记》子弟书来源于金批《西厢》，但由于清代金批《西厢》的传播，以及满汉合璧《西厢记》的传播，确实很难说《西厢记》子弟书与金批《西厢》没有关系。因此，进一步研究《西厢记》子弟书与金批《西厢》的关系还是很有必要的。

第四章

蒙古文译本《西厢记》与满汉合璧《西厢记》的关系

本章主要研究的是蒙古文译本《西厢记》的版本、蒙古文译本《西厢记》的译者、蒙古文译本《西厢记》产生的文化背景等三个方面的问题。

第一节 蒙古文译本《西厢记》的版本

本节主要研究的是蒙古文译本《西厢记》的版本特征、蒙古文译本《西厢记》与满汉合璧《西厢记》的关系两个问题。

一 蒙古文译本《西厢记》的版本特征[①]

据《中国蒙古文古籍总目》第08162—08163条目著录[②]，内蒙古图书馆藏有版式特点不同的两种蒙古文《西厢记》抄本。原著录条目的汉译为：08162《西厢记》/（元）王实甫著。清道光二十年（1840）毛笔手抄本，存2册，28.7cm×23.7cm，线装，Ši Šiyang Ji bicig，残，015001。08163《西厢记》/（元）王实甫著。民国时期毛笔手抄本，存1册，24.5cm×23cm，纸线装，Ši Šiyang Ji bicig，存第一

[①] "蒙古文译本《西厢记》的版本特征"这一部分的有关内容由内蒙古师范大学聚宝先生提供，笔者经过调整加工使用，特此说明，也向聚宝先生致以谢意。

[②] 《中国蒙古文古籍总目》编委会编：《中国蒙古文古籍总目》（下）（蒙古文），北京图书馆出版社1999年版，第1343页。

册，015001。上列著录信息中的"015001"是《中国蒙古文古籍总目》中内蒙古图书馆的单位代码。据上述著录信息，第 08162 条著录的 2 册蒙古文《西厢记》抄本和第 08163 条著录的 1 册蒙古文《西厢记》抄本显然不属于同一部译本。

笔者委托内蒙古师范大学聚宝先生代为查找此资料，发现《中国蒙古文古籍总目》所载内蒙古图书馆藏蒙古文《西厢记》3 册抄本的著录信息与收藏实际不尽相符。具体情况为：第 08162 著录的 2 册和第 08163 著录的 1 册同属一部《西厢记》蒙古文译本；第 08163 著录的 1 册抄本的馆藏检索号为 4423，是所属译本之第一册；第 08162 著录的 2 册抄本的馆藏索书号分别为 4424 和 4425，是上述所属译本之第二至第三册；该 3 册抄本实际为道光二十年（1840）转译自满文《西厢记》的蒙古文译本，共 3 卷，每册为 1 卷，每卷 4 章，共 12 章，对应原著第 1 至第 12 章的内容。以往研究未曾披露过该 3 册蒙古文《西厢记》的版本信息，下边对此 3 册译本进行详细介绍。

第一册，检索号 4423，线装本，页高 28.7 厘米，宽 23.7 厘米。棉纸，楷体墨迹抄本，书名页题"Ši Šiyang Ji bičig. terigün debter"，汉文译为"《西厢记》，第一册"。次页有一译序，标题处钤有两枚四方形书印，字迹模糊，已无法识读。内蒙古师范大学聚宝先生将其蒙古文序文转写成拉丁文：

Xi Šiyang J̌i bičig–un orušil

Luu–yin ǰiruγ–iyer tulγur nekekeǰü.bičig qara mingγan üy–e–yin γaiqamšiγtu üǰemǰitü bolγaǰu ǰokiyabai. šibaγun–u mür–i toγtum daγuriyaǰu üsüg ǰiruqai ǰaγun ǰilün degedü kereg–i ǰalγamǰilabai. Wwn J̌ang–dur Qan ulus Wwi ulus–i ergükü anu ulam–iyer šilüg čuu–dur šiqaγsan učir. Ši bolbasu J̌in ulus Tang ulus–dur büriddüged tegünče ǰokiyan daγun ayalγu–dur nebteregülǰoqui. Pan An–imü ren–u adali Lü J̌i–γi dalai metü kemegsen anu bir–dür uledel–e qubi γaǰar baiǰu. Sung Yiüi–γi saiqan Pan Gü–γi amtatai kemegsen anu ulamǰilaγsan kereg.γaiqamšiγtu baidaltai učir.teinkü ekener keüked–un öčüken tedüi sanaγ–a–γi γarγaǰu.Cüi J̌ang–un qγučin kereg–ün bičikü–dur ǰarim–anu salalčiγülǰu ǰarim anu neilegülǰü ǰokiyan abačiγsan anu Züww Si Gü Liyang–γi

Wwn J̌ang bolǰuqui.esebesü daruǰu esebesü ergün üliyen deledkü−γi süm−e yamun−u ariγun kügǰim−dur adalidqabasu bolumui. Güww Feng−γi dürimleǰü Ya Sung−γi daγuriyaγsan basa ǰigtei−γi abču šin−e temtegleǰüküi. mangnuγ kemerlig−i dügüreng delgegsen metü šilüglekü kömün−u aman−dur amtatai bolbai. subud qas−i soličin toorlaγsan adali bičig−un erdemten−u sanaγ−a qairalaǰu eremelǰimoi.tein kemen ulamǰilan seilügsen anu γaγča kitad üsüg−un tedüile boiy−a. gingginen daγulaqu arad manǰu bičig−γi olǰu medegsen ügei.eimü−yin tula kičiyenggüilen bičig−un tašingyatu−yin qayučin debter−i degegši üy−e−yin üge ayalγu−ber orčiγulbai.naiman qauli ǰirγuγan dürim−i ündüsün uγ bolγaqui−dur ǰiruqai berke büged sanaγ−a−γi güičedgebei.šinaγan qoroqai−yin üsug šibaγun− u bičig−i qubisqan orčiγulqui−dur üge todorqai büged kereg ilerebei. ene daγun−i üner mönggön−u γoq−a temür−un ǰiruqai−dur luu bars−i üsün üǰigür−dür γarγabai. Šü γaǰar−un čaγasu ǰayar−un beke−dur uran qačin−i bir−e−u door−a yabuγulba kemebesü bolumoi.teinkü uračud−dur tušiyaǰu qabtaγai modun−dur seiluǰü egürite qočuraγulbai.manǰu−yin erdemtü kömün qayudasu delgeǰü sanaγ−a amarmoi kemeküčü baituγai dalai−yin doturaki neretei arad doγtui−γi nekemegče bayar−un čirai medegdekü boiy−a.

engke amuγulang−un <u>isüdüger on</u> čagan sarain sain edür−e
manǰu nangγiyad Xi Šiyang J̌i bičig−γi türü gereltü−yin qoridüγar on
arban nigen sar−a−yin sain edür−e Da Yün Tang−dur mungγul−iyer orčiγulbai

经内蒙古师范大学聚宝先生翻译为汉文后认为，蒙古文序文与满汉合璧《西厢记》汉文序文基本一致，详见如下（划线处为不同之处）：

龙图既启，缥缃成千古之奇观；鸟迹初分，翰墨继百年之胜事。文称汉魏，乃渐及乎风和<u>谣言</u>；诗各晋唐，爰递通于词曲。喻<u>潘安为江、陆机为海</u>，笔有余妍；称宋玉华丽、班固味美，事传奇态。遂以儿女之微情，写崔张之故事，或离或合，结构成<u>左氏、縠梁</u>文章；为抑为扬，鼓吹比庙堂清奏。既<u>出国风而入雅颂</u>，亦领异而标新。锦绣横陈，脍炙骚人之口；珠玑错落，流连学士之里。而传刻之文只从汉本，讴歌之子，未睹清书。谨将邺架之陈编，翻作熙朝之别本。根柢于八法六书，字工而意尽；变化乎蝌文鸟篆，词显而意扬。此曲诚可谓银钩铁画见龙虎于毫端，蜀纸麝煤走鸳鸯于笔底。付之剞劂，以寿枣梨。既使三韩才子尽卷情怡，亦知海内名流开函色喜云尔。

<u>康熙九年</u>正月吉旦。

<u>道光二十年十一月吉旦，将满汉合璧《西厢记》译于 Da Yun Tang</u>①

将上录蒙古文译本序文与康熙四十九年（1710）满汉合璧《西厢记》序文进行比对发现，两者内容基本吻合，下划线处有所差别，"康熙九年"应为"康熙四十九年"，属于译者或者传抄者笔误而产生的脱文现象。这些译文对原序文的一些解释性翻译，全部来自原序中的满文内容。此外，末尾增加了翻译时间和翻译地点。

译序次页为目次页，目次页首行上端题"Ši Šiyang J̌i bičig"，即"《西厢记》"，下端题"terigün debter"，即"第一册"。第二行题"neite arban ǰirɣuɣan angɣi"，即"共十六出"。第三至第六行列本册所属章目及章次，依次汉译为"惊艳第一章""借厢第二章""酬韵第三章""闹斋第四章"。

目次页的次页为正文，正文每页 12 行，每行字数不同，楷体墨迹抄本，章目均用意译，人名、地名、官号、曲牌名等均用满文音译标写。将第一册《西厢记》蒙古文译本与康熙四十九年（1710）满汉合璧《西厢记》刻本进行比对得知，蒙古文译本在体例、章节布局与内容上与满汉合璧《西厢记》刻本的对应关系密切。蒙古文译本第一册对应于康熙四十九年（1710）满汉合璧《西厢记》刻本第一卷，包括"惊艳""借厢""酬韵""闹斋"四章。可以说，蒙古文译本是一部对康熙四十九年（1710）满汉合璧《西厢记》刻本逐字逐句翻译的本子。

第二册，检索号4424，线装本，页高28.7厘米，宽23.7厘米。棉质，楷体墨迹抄本，书名页题"Ši Šiyang J̌i bičig. det debter"，汉译为"《西厢记》，第二册"。次页复题"Ši Šiyang Ji bičig. ××debter. türü

---

① 这一处用满文音译，因仅依据音译无法确定"Da Yun Tang"的对应汉字，故以拼音标写其名称。

gereltü-yin qoridüγar on-u arbannigen sar-a-yin sain edür",汉译为"《西厢记》,第××册,道光二十年十一月吉旦"。册前无目次。次为正文,正文每页行数不等,每页 12 行、13 行等。章目均用意译,人名、地名、官号、曲牌名等均用汉文音译并用满文标写。将该译本与康熙四十九年(1710)满汉合璧《西厢记》刻本对应的第二卷对勘发现,该册译本与满汉合璧《西厢记》第二卷相对应,其内容和满汉合璧《西厢记》刻本第二卷同样有四章,即"惊寺""请宴""赖婚""琴心"。将蒙古文译本全册内容与满汉合璧《西厢记》刻本对应的第二卷逐字逐句比对发现,第二册也是忠实于原底本的蒙古文译本。

第三册,检索号 4425,线装本,页高 28.7 厘米,宽 23.7 厘米。棉质,楷体墨迹抄本,书名页题 "Ši Šiyang Ji bičig. γutaγar debter",汉译为"《西厢记》,第三册"。次页复题 "Ši Šiyang Ji bičig. γutaγar debter. türü gereltü-yin qoridüγar on-u arbannigen sar-a-yin sain edür",汉译为"《西厢记》,第三册,道光二十年十一月吉旦"。次为目次页。目次页第一行上端题 "Ši Šiyang Ji bičig",即"《西厢记》",下端题 "γutaγar debter",即"第三册"。第二至第五行依次题该册所属章(折)名及章次,依次汉译为"前候第九章""闹简第十章""赖简第十一章""后候第十二章"。次为正文,正文每页行数不等。章目(折名)均用意译,人名、地名、官号、曲牌名等均用汉文音译并用满文标写。将该译本与康熙四十九年(1710)满汉合璧《西厢记》刻本对应的第三卷对勘发现,同样是四章,即"前候""闹简""赖简""后候"。将蒙古文译本内容与满汉合璧《西厢记》刻本逐字比对发现,第三册也是一部忠实于满汉合璧《西厢记》的蒙古文译本。

以下是蒙古文译本《西厢记》第一册第一章《惊艳》部分拉丁文转写文本①及其汉文:

[šiyan liyu]【šang howan ši】(fu ren-ü daγulaqu)
gerün eJenging qotan-dur kesig ügei eČüsdeged eke köbegün belbesün önö čidJam-un Jaγur-a moqoγdabai. yasun-i süm-e-yin gertür talbiJu bu ling-un

---

① 此拉丁文转写文本,由内蒙古师范大学聚宝先生转写,特此致谢!

kekür dobuɣ-yi eribe kemen kürkü ügei orqiǰuč isun-iyar uqilan du giuwan sibaɣun-u adali ulbalǰiǰuqui.

　　edüge qaburun ečüsčaɣ bolǰu kömün yaɣutai uyuɣardai. hūng niyangči ü ǰi. emün-e küriyen-dur kömün ügei bolbasu šiyao giyei-yin qamtu aɣšanǰaɣur-a sedkil-i saɣataɣulǰu uyidqu-yi ǰoɣsoɣatuɣai.（hūng niyang öčirön）ǰe.

【仙吕·赏花时】（夫人唱）
　　夫主京师禄命终，子母孤孀途路穷。旅榇在梵王宫。盼不到博陵旧冢，血泪洒杜鹃红。
　　今日暮春天气，好生困人。红娘，你看前边庭院无人，和小姐闲散心，立一回去。（红娘云）晓得。

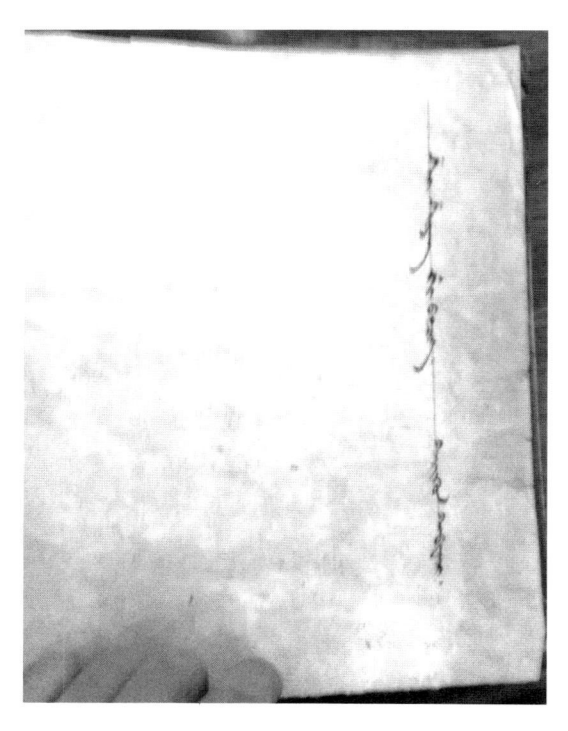

蒙古文译本《西厢记》第一册封面

第四章 蒙古文译本《西厢记》与满汉合璧《西厢记》的关系 ❋❋ 133

蒙古文译本《西厢记》第一册第一章《惊艳》局部

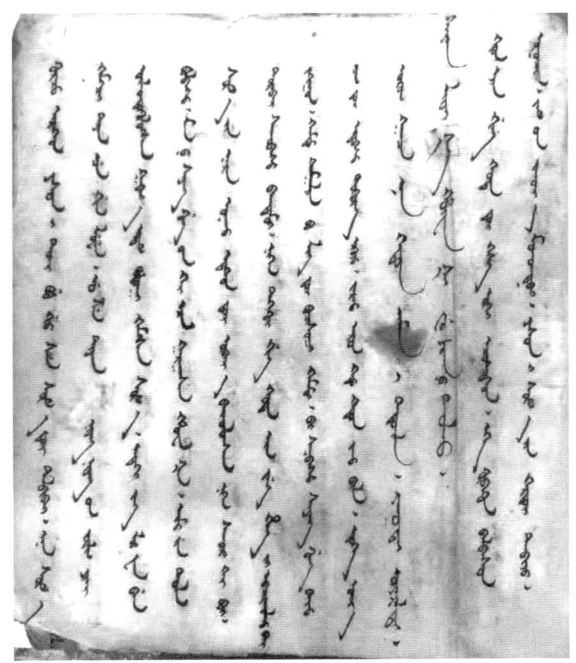

二　蒙古文译本《西厢记》与满汉合璧《西厢记》的关系

通过将内蒙古图书馆所藏蒙古文《西厢记》三册抄本与康熙四十九年（1710）刻本满汉合璧《西厢记》进行比对，我们可以初步得出以下结论。

第一，内蒙古图书馆所藏译于道光二十年（1840）的蒙古文《西厢记》是译自康熙四十九年（1710）满汉合璧《西厢记》刻本。第一至第三册蒙古文译本与满汉合璧《西厢记》第一至第三卷对应。从文章体例、结构乃至用字上，均与满汉合璧《西厢记》相对应。两种文本间还有两处不对应之处，但这些差异均属于译者或抄者在翻译、抄写过程中造成的错误，并非由于出自不同的底本。聚宝先生认为：第一处，蒙古文译本第一册第四章末尾有内容颠倒现象。与满汉合璧《西厢记》刻本对比发现，这是由于蒙古文译本译者不慎将满汉合璧《西厢记》刻本第一卷第四章《闹斋》的最后两页内容颠倒过来翻译所致。第二处，蒙古文译本第三册第十一章出现了与满汉合璧《西厢记》刻本无法对应的内容。经仔细对读发现，蒙古文译本译者不慎漏掉了第十一章中的两页（四面）内容，还误将第十二章中的两页（四面）内容移到上述漏掉两页内容的对应位置进行了翻译。上述两处差错，均属译者或抄者在翻译、抄写过程中造成的，并不影响对蒙古文译本《西厢记》来源于康熙四十九年（1710）满汉合璧《西厢记》刻本的认定。

蒙古文译本《西厢记》与康熙四十九年（1710）刻本满汉合璧《西厢记》各章题目的对应关系如下：

第四章　蒙古文译本《西厢记》与满汉合璧《西厢记》的关系

内蒙古图书馆所藏蒙古文译本《西厢记》各章题目①		康熙四十九年（1710）刻本满汉合璧《西厢记》各章题目	
第一册	惊艳第一章　ɣubai-dur kökeregsen terigün bülüg 借厢第二章　baɣuqu ger-i egeregsen ded bülüg 酬韵第三章　ayalɣu-dur neilegülügsen ɣurbaduɣar bülüg 闹斋第四章　buyan üiledkü-yi samüraɣuluɣsan dörbedüger bülüg	第一卷	惊艳第一章 借厢第二章 酬韵第三章 闹斋第四章
第二册	惊寺第五章　süm-e-yi sočiɣaɣsan tabuduɣar bülüg 请宴第六章　qurimlan ǰalaɣsan ǰirɣuduɣar bülüg 赖婚第七章　qolbuɣ-a-yi ničuɣuluɣsan doloduɣar bülüg 琴心第八章　kin-iyer ödegegsen nayimaduɣar bülüg	第二卷	惊寺第五章 请宴第六章 赖婚第七章 琴心第八章
第三册	前候第九章　urida bolǰiɣsan yisüdüger bülüg 闹简第十章　ǰakidal-i tüibegegsen arbaduɣar bülüg 赖简第十一章　ǰakidal-un bičig-yi burčiɣsan arban nigedüger bülüg 后候第十二章　qoǰim bolǰuɣsan arban hoyaduɣar bülüg	第三卷	前候第九章 闹简第十章 赖简第十一章 后候第十二章
		第四卷	酬简第十三章 拷艳第十四章 哭宴第十五章 惊梦第十六章

　　第二，内蒙古图书馆所藏蒙古文《西厢记》残存三册，缺第四册第十三至第十六章，但这并不影响其重要的文献价值。据国内外出版的各种蒙古文古籍目录，《西厢记》蒙古文译本只在内蒙古图书馆藏有三册。其他国内外蒙古文古籍目录均未著录蒙古文《西厢记》相关信息。据目前掌握的信息，我们只能认为内蒙古图书馆藏本是一部孤本。需要指出的是，除了王丽娜曾在《〈西厢记〉的外文译本和满蒙文译本》②一文中简单提及外，皮藏于内蒙古图书馆多年的该译本一直未引起学人的关注。

---

① 《西厢记》蒙古文译本各章题目，由内蒙古师范大学聚宝先生拉丁文转写，特此致谢！
② 王丽娜：《〈西厢记〉的外文译本和满蒙文译本》，《文学遗产》1981年第3期。

第二节　蒙古文译本《西厢记》的译者

上文提到，蒙古文译本《西厢记》译于道光二十年（1840），在这个时间段，出现了哈斯宝这位著名的翻译家、批评家。他著有《新译红楼梦》并附有回批，他在序言末尾写明"道光二十七年孟秋朔日撰起"，这就指出他译完这部作品的时间即道光二十七年（1847）。哈斯宝曾深受金批《西厢》的影响。

亦邻真认为，哈斯宝《新译红楼梦》"这篇序言的文体脱胎于金圣叹《第六才子书序一：恸哭古人》，很大程度上是一篇模仿文字。序言结尾中说'哪位君子指出谬误，他便是我师之师'，这个'我师'就是指金圣叹。但形式毕竟只是形式，在思想内容方面，金圣叹、哈斯宝却是迥异的。金序宣扬'我非我'，哀号人生无常，充斥着玩世不恭的油滑腔调，没有朝气，不知不觉中把人引向虚无缥缈的彼岸世界。而哈序则是另一种样子，骨子里包蕴着积极精神，表现出对当时封建社会的情不自禁的厌恶，申明了自己对人生道路的选择"①。

亦邻真在此段文字的注释中说，哈斯宝《新译红楼梦》"回批中有的文字是直接抄引金圣叹的，有的则是改写金圣叹的。比如第十三回回批中用写会稽起兵、乌江自刎、白帝城托孤、五丈原起义作假设，第二十七回回批中关于笔不至而意已尽的议论，都是改写金圣叹的文字。回批中常常喜先举书外的一些事，直观地比喻书中情节，再发议论，这也是金圣叹惯用的评论手法"②。

哈斯宝《新译红楼梦》第十四回回批中，直接引用了金圣叹《第六才子书西厢记·琴心》批语："虽有才子佳人，必听之于父母，必先之以媒妁，枣栗段修，敬以将之，乡党僚友，酒以告之。非是则父母、国人先贱之。非是则孝子慈孙终羞之。何则？徒恶其无礼也。"哈斯宝

---

① 亦邻真：《〈新译红楼梦〉回批·序言》，载（清）哈斯宝著，亦邻真译《〈新译红楼梦〉回批》，内蒙古人民出版社1979年版，第3—4页。
② 亦邻真：《〈新译红楼梦〉回批·序言》，载（清）哈斯宝著，亦邻真译《〈新译红楼梦〉回批》，内蒙古人民出版社1979年版，第15—16页。

第四章　蒙古文译本《西厢记》与满汉合璧《西厢记》的关系　※※　137

接着批道:"所以,才子爱佳人,若皆如宝玉之爱颦卿,佳人爱才子,若皆如颦卿之爱宝玉,即则使千死万死也在所不辞,只求把各死一方变成死在一处。将这等深广之章囊括在这篇简略之文中,岂非奇妙超绝。"①

哈斯宝《新译红楼梦》第二十回回批中引用了金圣叹《第六才子书西厢记·惊艳》批语:"亦赏观于烘云托月之法乎?欲画月也,月不可画,因而画云。画云者,意不在于云也。意不在于云者,固在于月也。然而意必在于云焉。于云略失则重,或略失则轻,是云病也。云病即月病也。于云轻重均停矣。或微不慎,渍少痕如微尘焉,是云病也。云病即月病也。于云轻重均停,又无纤痕渍如微尘,望之如有。"哈斯宝接着说道:"视之如真,吸之如来,吹之如去。"然后接着引用金圣叹《第六才子书西厢记·惊艳》批语:"斯云妙矣。云妙而明日观者沓至,咸曰'良哉月与!'初无一人叹及于云。此虽极负作者昨日惨淡彷徨画云之心,然试实究作者之本情,岂非独为月,全不为云?云之与月,正是一副神理。合之固不可得而合,而分之乃决不可得而分乎?"哈斯宝接着批道:"君读此回,写紫鹃其人便是如此,文章佳味也在于此。"②

哈斯宝《新译红楼梦》第二十回回批中说:"此种妙理,若问我是如何悟出的,是读此书才悟得的。若问此种悟会是向谁学的,是金人瑞圣叹氏传下的。卧则能寻索文义,起则能演述章法的,是圣叹先生。读小说稗官能效法圣叹,且能译为蒙古文的,是我。我,是谁?施乐斋主人耽墨子哈斯宝。"③

哈斯宝《新译红楼梦》第二十七回回批中引用金圣叹《读第六才子书〈西厢记〉法》:"文章最妙,是目注此处,却不便写,却去远远处发来,迤逦写到将至时,便且住,却重去远远处更端再发来。再迤逦

---

① （清）哈斯宝:《〈新译红楼梦〉回批》,亦邻真译,内蒙古人民出版社1979年版,第59页。
② （清）哈斯宝:《〈新译红楼梦〉回批》,亦邻真译,内蒙古人民出版社1979年版,第77页。
③ （清）哈斯宝:《〈新译红楼梦〉回批》,亦邻真译,内蒙古人民出版社1979年版,第77—78页。

又写到将至时，便又且住，如果更端数番，皆去远远处发来，迤逦写到将至时，即便住，更不复写出目所注处，使人自于文外瞥然亲见。"之后，接着批道："《红楼梦》之作，全书都用此法。潇湘之病几次变重，突然见好，又因别故害起病来。贾母变卦，当初将黛玉挂在嘴边心尖，这一番钟爱今又哪里去了？探伤时凤姐借茶开环笑说颦卿，今又变成什么了？说贾母、凤姐是老小母猴，真可谓当之无愧。"①

哈斯宝在《〈新译红楼梦〉读法》中说："圣叹先生批《西厢记》，说'发愿只与后世锦绣才子共读，曾不许贩夫皂隶也来读。'我则不然。我批的这部书，即使牧人农夫读也不妨。他如果读而不解，自会厌倦。这部书里，凡是寓意深邃、原有来由的话，我都傍加了圈；中等的佳处，傍加了点；歹人秘语，则划线标识。看官由此入门，便会步入深处。"② 哈斯宝与金圣叹不同之处在于他有平民之心，他为了能让牧人农夫读懂，在特殊之处都做了说明。哈斯宝在评点形式和内容方面受金圣叹影响很深。金圣叹关于才子佳人的部分观点及评价直接影响了哈斯宝对贾宝玉和林黛玉形象的评价，同时影响了哈斯宝的文学观。哈斯宝在金圣叹的评点方式及部分观点的基础上，发展了金圣叹的理论，通过分析才子佳人形象表达了自己不同于金圣叹的社会人生观。③

从上述材料可以得出明确的结论：哈斯宝深受金批《西厢》的影响，且精通蒙、汉文字。

根据研究资料，哈斯宝深受汉文化影响。对《诗经》《论语》《孟子》等经典，以及《三国演义》《隋唐演义》《金瓶梅》等小说很熟悉。他的《新译红楼梦》回批不仅受到金圣叹影响，也深受王希廉评点《红楼梦》、张竹坡评点《金瓶梅》的影响。他在《新译红楼梦》

---

① （清）哈斯宝：《〈新译红楼梦〉回批》，亦邻真译，内蒙古人民出版社1979年版，第100页。

② （清）哈斯宝：《〈新译红楼梦〉回批》，亦邻真译，内蒙古人民出版社1979年版，第22—23页。

③ 株娜：《哈斯宝、金圣叹才子佳人比较研究——以〈新译红楼梦〉与〈第六才子书西厢记〉为例》，硕士学位论文，内蒙古大学，2018年；株娜：《哈斯宝与金圣叹文艺观比较研究》，博士学位论文，内蒙古大学，2022年。

第四章 蒙古文译本《西厢记》与满汉合璧《西厢记》的关系

"序"中说："读古人书，修自己心性，趁这时光作一番译著事业。"①他翻译《红楼梦》《今古奇观》《唐宫逸史》《唐宫逸史补》，从他翻译这些作品的序言等资料中，还没有发现哈斯宝精通满文，当然这不等于说他不会满文，只是说明他的这些蒙古文译作基本上是对汉文著作的翻译。他对汉文化有着自己的理解，他在《今古奇观》蒙古文译本序中说："有人对我这样讲：'我们蒙古文的确不如汉文。不必谈及其他，仅以诗而论，在汉文中乃是首位，可是我们蒙古文有诗？由此可见，的确无法相提并论。'"对此，哈斯宝反驳道："既然我们蒙古族无诗，那么你又是如何得知（蒙语中）'诗'这个名词呢！""并非我们蒙古族无诗，而是你不了解事实。过去，蒙古族中也出现过许多诗人。只是到了如今，丢弃了传统，没有了规则，正如您一样，唯以汉文与满文为重，忘记了自己的根基。""如今一些识见浅薄，话语平庸的俗人，靠父兄之恩，方才识得汉文中的'之乎者也'，便手舞足蹈起来，不知道自己源于何处，自己的根本又在哪里，极力……贬低蒙古文，真是令人可气又可笑。"②哈斯宝这些阐述透露出以下信息：一是当时他所处的地域即卓索图盟汉文化传入较多，通晓汉文化的蒙古人也比较多，于是产生了轻视蒙古文化的现象；二是当地对各民族文化的重视程度，存在汉文化排首位、满文化居次、蒙古文化退居第三的现象。由此看来，哈斯宝也应深受汉文化影响。

根据他翻译《红楼梦》《今古奇观》《唐宫逸史》《唐宫逸史补》都写了序言的情况推测，如果是他翻译了金批《西厢》，那么他应该也会写一篇序言。由此笔者认为，虽然哈斯宝有蒙古文翻译金批《西厢》的可能，但是还不能由此定论，也有可能是哈斯宝周边人翻译的。

对于哈斯宝的周边人，与他有联系的尹湛纳希，以及尹湛纳希的父亲旺钦巴拉、长兄古拉兰萨都会蒙古文、满文③。古拉兰萨还曾费时三

---

① （清）哈斯宝：《〈新译红楼梦〉回批》，亦邻真译，内蒙古人民出版社1979年版，第20页。

② 转引自荣苏赫、赵永铣、梁一儒、扎拉嘎主编《蒙古族文学史》第三卷，内蒙古人民出版社2000年版，第39—40页。

③ 荣苏赫、赵永铣、梁一儒、扎拉嘎主编：《蒙古族文学史》第三卷，内蒙古人民出版社2000年版，第121、48页。

年用蒙古文翻译过《水浒传》。尹湛纳希与他父亲一样,会蒙汉满藏四种文字。对于"四种文字",哈斯宝曾说:"我们就是学贯九种学问和四种文字,也应该以蒙古族文化为根本。"① 这说明,当时会蒙、汉、满、藏四种文字的蒙古族文人应有不少。由此说来,哈斯宝、尹湛纳希所处的卓索图盟的确是翻译之乡。

尹湛纳希的父亲旺钦巴拉"有很高的文化修养,嗜好读书,在家中建起'多宝斋''绿波堂'等藏书房,收藏有蒙、汉、满、藏等文字的图书"②。看来,当地文人有藏书房,并且给自己的藏书房起了名号,而且像旺钦巴拉这样的文化人士还不止一个藏书房。蒙古文译本金批《西厢》序言写有"将满汉合璧《西厢记》译于 Da Yun Tang","Da Yun Tang"或许是藏书房名号,也就是说是该译者的藏书房,该译者能用上藏书房,那也一定是饱读诗书之士。当然"Da Yun Tang"也有可能是书坊。总之,也许有另一种情况,该译者是哈斯宝、尹湛纳希的周边人。

第三节 蒙古文译本《西厢记》产生的文化背景

本节重点研究蒙古文译本《西厢记》产生的蒙满文学交流因素,以及蒙古文译本《西厢记》产生的蒙古族社会文化因素。

一 蒙古文译本《西厢记》产生的蒙满文学交流因素

这部蒙古文译本《西厢记》与康熙四十九年(1710)刻本满汉合璧《西厢记》高度一致。尽管如此,该蒙古文译本还是透露出三个信息:

一是该蒙古文译本《西厢记》译于道光二十年(1840)。那么道光

---

① 转引自荣苏赫、赵永铣、梁一儒、扎拉嘎主编《蒙古族文学史》第三卷,内蒙古人民出版社2000年版,第40页。

② 荣苏赫、赵永铣、梁一儒、扎拉嘎主编:《蒙古族文学史》第三卷,内蒙古人民出版社2000年版,第121页。

二十年蒙译作品是什么情况呢？汉文作品蒙译活动最初是在清廷主持下进行的，其中，很多作品是通过满文译本转译的。到了19世纪，汉文作品蒙译活动由以往官方为主的翻译活动转变为民间自发为主的翻译活动。译著活动的中心由清廷首都北京转到内蒙古的卓索图盟，以及喀尔喀蒙古的库伦。由于喀尔喀蒙古的库伦及周边的翻译活动集中在19世纪末至20世纪初，因此我们应该重点关注的是卓索图盟所在的东南蒙古地区。① 哈斯宝就是这个地区、这个阶段最杰出的翻译家。所以，我们以哈斯宝的翻译活动为参照，了解一下蒙古文译本《西厢记》的翻译文化背景。哈斯宝1816年翻译《今古奇观》，1830年译编《唐宫逸史》，1833年译编《唐宫逸史补》，1847年节译《红楼梦》。这样说来，蒙古文译本《西厢记》译于道光二十年（1840）就很正常了。而翻译者的地域，也很有可能是卓索图盟所在的东南蒙古地区。蒙古文译本《西厢记》提到，"将满汉合璧《西厢记》译于 Da Yun Tang"，"Da Yun Tang" 应该是藏书房名号，具体还不知晓。扎拉嘎认为："现存的清代汉文小说蒙古文译本，大多数出自东南蒙古地区文人之手。"② 他的理由是这个地方距离内地较近，较早形成了蒙汉杂居的环境，日常蒙古会话中较多渗入了音译汉语词汇，在蒙译小说中就出现了大量的音译汉语词汇。

二是蒙古文译本《西厢记》译自满汉合璧《西厢记》并不是偶然

---

① 聚宝曾提出，清代及民国初期汉文小说蒙译活动曾出现在两个核心区域：一个是环绕土默特左旗和土默特右旗（今辽宁朝阳、阜新一带）的东南蒙古地区，另一个是环绕库伦（今蒙古国乌兰巴托）的喀尔喀蒙古中部地区。两者均为蒙古族聚居的核心地区。（聚宝：《海内外存藏汉文古代小说蒙古文译本题材类型、收藏分布与庋藏特点》，《民族翻译》2021年第3期）包秀兰曾提出，清末民初蒙古文学创作的地域文化特征形成了极具地方特色的不同文化圈，即"喀喇沁文化圈"和"鄂尔多斯文化圈"。喀喇沁文化圈以尹湛纳希为代表人物，还包括其家族的古拉兰萨、贡纳楚克、嵩威丹忠等人；鄂尔多斯文化圈以伊希丹津旺吉勒为主要代表，还有贺喜格巴图、罗布桑敦德布等人。（包秀兰：《清末民初蒙古文学研究》，内蒙古科学技术出版社2020年版，第81页）聚宝所说的环绕土默特左旗和土默特右旗（今辽宁朝阳、阜新一带）的东南蒙古地区，与包秀兰所说的喀喇沁文化圈，都是清代卓索图盟所在的东南蒙古地区。也就是说，学者无论怎样对蒙古地区的文化圈进行划分，都没有绕开清代卓索图盟所在的东南蒙古地区，这个地方就是蒙古族著名文人哈斯宝、尹湛纳希的家乡。

② 扎拉嘎：《比较文学：文学平行本质的比较研究——清代蒙汉文学关系论稿》，内蒙古教育出版社2002年版，第55—56页。

的，而是有着深刻的蒙满文学交流背景。1639年至1640年，奉清太宗皇太极的谕令，在大学士希福的主持下，图登、乌力寨图、色楞、索诺木等人，将摘译为满文的《辽史》《金史》《元史》转译为蒙古文①。蒙古文翻译的汉文小说有很多是根据满文转译的，有《三国演义》、《金瓶梅》、《北宋志传》、《三国因》（亦名《半日阎王全传》）、《钟无盐》、《聊斋志异》等多种②。还有蒙满对照本，即《兴唐传》。满汉蒙合璧的本子，没有看到小说，但有《圣谕广训》《大学》《论语》《孟子》《孝经集注》《三字经笺注》《黄石公素书》等著作③。除此之外，蒙满文共有的汉文小说还有《麟二报》、《巧联珠》、《平山冷燕》、《西游记》、《水浒传》、《列国志》、《新列国志》（《东周列国志》）、《封神演义》、《前七回》、《西汉演义》、《东汉演义》、《兴唐传》、《醉菩提全传》、《济公传》（《圣禅会》）、《升仙传》、《英烈传》、《禅真逸史》（《禅真逸史》即《梁朝史》）④等。不能确定这些蒙满文共有的汉文小说中的蒙古文汉文小说一定来自满文译本，但至少不能排除这种可能。

三是蒙古文译本《西厢记》属于世俗言情类作品，它的出现也有着满蒙文学交流背景作为支撑。根据蒙古文古籍书目信息归纳，蒙古文译本小说大体分为两类：一是英雄传奇色彩的演义公案类，包括讲史演义小说、英雄传奇小说、神魔斗法小说和公案侠义小说等；二是世俗言情类，包括才子佳人小说、世情小说等。而演义公案类小说占据了大多数，世俗言情类占少数。其中，还是有一些比较重要的蒙古文译本世俗言情类汉文小说出自满译本。《金瓶梅》在蒙古国国家图书馆藏有六种抄本，其中有一本题特德·雅达木等奉敕于1910年自满文译为蒙古文。《钟无盐》蒙古文译本有许多抄本，中国内蒙古图书馆、蒙古国乌兰巴托图书馆、俄罗斯圣彼得堡国立大学东方系图书馆以及德国的马德堡、

---

① 荣苏赫、赵永铣、梁一儒、扎拉嘎主编：《蒙古族文学史》第三卷，内蒙古人民出版社2000年版，第255页。
② 黄润华：《满文翻译小说述略》，《文献》1983年第2期。
③ 荣苏赫、赵永铣、梁一儒、扎拉嘎主编：《蒙古族文学史》第三卷，内蒙古人民出版社2000年版，第255页。
④ 扎拉嘎：《比较文学：文学平行本质的比较研究——清代蒙汉文学关系论稿》，内蒙古教育出版社2002年版，第125页。

丹麦的哥本哈根均有收藏。蒙古国达木丁苏荣私人收藏的1868年的抄本上，题明此书是蒙古王爷策伦扎布于18世纪初由满文译为蒙古文。《聊斋志异》的蒙古文译本有两种，其中之一是根据札克丹的满译本转译的，题名《选译聊斋志异》，苏克德译、克兴额等校，1928年由沈阳东蒙出版社铅印出版。①

蒙满文共有的世俗言情汉文小说有《麟儿报》《巧联珠》《平山冷燕》等。蒙古文译本世俗言情汉文小说有《二度梅》《绿牡丹》《新译红楼梦》《蝴蝶媒》《和番缘》《五美缘》《合映楼》《今古奇观》等。这与蒙古文译本中数量较多的带有英雄传奇色彩的演义公案类相比，数量明显偏少。但仍然可以说明蒙古社会生活也需要这类作品。

此外，清代是蒙古文文献兴盛期，从官方到民间，刻印了很多蒙古文书籍。其中，就有直接翻译的汉文古籍或者由满文转译的汉文古籍。清代汉译蒙之开端是崇德四年（1639），即辽、金、元史被译为蒙古文，此后有《圣谕广训》、"四书"、《孝经集注》、《三字经笺注》、《黄石公素书》、《吏治辑要》等汉文典籍被翻译成蒙古文。②

《御制清文鉴》最初是满文分类词典，刻印于康熙四十七年（1708）。后又加注蒙古文，名为《御制满蒙文鉴》，于康熙五十六年（1717）在武英殿刊印。乾隆时期增删并加注汉文，题为《御制满洲蒙古汉字三合切音清文鉴》刊印。《蒙古源流》成书于康熙元年（1662），乾隆三十一年（1766）进献皇帝，乾隆敕令重抄一遍，被称为内府抄本。乾隆四十二年（1777）译为满文。乾隆五十四年（1789）译为汉文。故宫博物院另藏有蒙古文抄本、满蒙汉合璧抄本等。③

清代早中期汉文典籍蒙译者大多是官员或是官方色彩较浓的文人。19世纪以后，汉籍蒙译的情况发生了变化，从以官方为主逐渐变成以民间为主，译者从以官方文人为主过渡到以闲散文人为主。道光朝后，

---

① 黄润华：《满文翻译小说述略》，《文献》1983年第2期。
② 崔光弼：《中国少数民族文字古籍整理与研究》，载中国民族图书馆编《中国少数民族文字古籍整理与研究》，辽宁民族出版社2011年版，第83页。
③ 黄润华、史金波：《少数民族古籍版本——民族文字古籍》，江苏古籍出版社2002年版，第35、37页。

像哈斯宝、尹湛纳希父子、贡桑诺尔布父子、都格尔扎布等都是著名的汉译蒙的翻译家。①

清代蒙古文坊刻本也较多，内容大多是四书五经，还有《三字经》《名贤集》等。这些坊刻本大多是满汉蒙合璧，或蒙汉合璧。清代蒙古文抄本较多，其中有一批小说，如《北宋演义》《大唐演义》《大唐罗通扫北传》《大唐薛礼征东》《封神演义》等。还有史籍著作，如《成吉思汗青史》《大黄金史》等。佛经在抄本中也占相当比重，如抄写时间约在清初的《金光明经》（中国国家图书馆藏），在磁青纸上用泥金粉书写，装帧考究，书写精美。②

据不完全统计，清代被译成蒙古文的汉文著作有八九十种，从四书五经到历史、文学名著，种类繁多。影响较大的作品有《今古奇观》《新译红楼梦》《水浒传》《唐朝薛礼平东辽传》《金瓶梅》等。汉文名著译成蒙古文，对蒙古族文化的影响逐渐加大。③

据聚宝研究，目前发现的汉文古代小说蒙古文译本中能够确定译成时间的最早的译本，是1721年阿日那翻译的《西游记》蒙古文译本。因此，学界认为汉文古代小说蒙译活动大概肇始于18世纪初，1928年《三国演义》蒙古文译本是这一活动中较晚翻译的小说。20世纪20年代之后翻译的小说译本比较罕见。目前海内外所藏汉文古代小说蒙古文译本中，除了少数石印本和铅印本，其余均为手抄文献，其中九成以上是册页式线装本，其余是经卷式手抄文献。④ 无论是收藏于国内的译本，还是现藏于欧亚各国的译本，均成书于清代至民国初期的蒙古集居地区，这些译本通过搜集、购买、互赠等途径流传到各地。汉文古代小说蒙古文译本的传播呈现出多元辐辏的传播体系。汉文古代小说蒙译本的生成、传播比较复杂，它们或直译自汉文原著，或转译自满文译本，

---

① 崔光弼：《中国少数民族文字古籍整理与研究》，载中国民族图书馆编《中国少数民族文字古籍整理与研究》，辽宁民族出版社2011年版，第84页。

② 黄润华、史金波：《少数民族古籍版本——民族文字古籍》，江苏古籍出版社2002年版，第38页。

③ 崔光弼：《中国少数民族文字古籍整理与研究》，载中国民族图书馆编《中国少数民族文字古籍整理与研究》，辽宁民族出版社2011年版，第84页。

④ 聚宝：《汉文古代小说蒙译本整理研究现状及其学术空间》，《内蒙古民族大学学报》（社会科学版）2021年第4期。

或编译，或改译，译本种类繁多，题材丰富。① 汉文古代小说在蒙古族中除以汉文原著和汉语说唱、满文译本形式流传外，主要是蒙古文译本书面传播和蒙古语口头传播②。

清代蒙古族文化很大程度上是通过满族文化接受汉族文化影响的。上文提到许多汉族文学作品就是通过满文译本传入蒙古族的，有的则直接由满文本译为蒙古文，并对蒙古文学产生了很大影响。

二 蒙古文译本《西厢记》产生的蒙古族社会文化因素

有意思的现象是，在蒙古族说书艺人的作品里，世俗言情汉文小说很少，《蒙古族说书艺人小传》中蒙古族艺人说书书目显示，其中只有《红楼梦》等少量世俗言情汉文小说，而绝大部分属于带有英雄传奇色彩的演义公案类作品。这本小传编写者先后对漠南草原32旗、4个县、10个市近千人进行了调查，搜集近600名说书艺人，从中筛选出从晚清至当代的249名蒙古族说书艺人为之立传，具有一定的代表性。③

胡尔奇劳斯尔认为"文人胡尔奇"扎那从不说唱《金瓶梅》《红楼梦》《西厢记》等爱情小说，也很少说唱《西游记》《三侠五义》《七侠五义》等野史类小说或公案类小说，主要说唱《封神演义》《东辽》《西梁》《无极南唐》《唐四传》《四姐百花》等有关历史内容的本子故事。这体现出扎那胡尔奇将胡仁·乌力格尔视为历史的主张，在说唱过程中注重态度的严谨和故事的逻辑性。④

有学者说，家庭生活章回小说在蒙古族说唱文学领域找不到知音。说唱讲究即兴演出，没有离奇情节很难吸引听众。题材不同，造成离奇情节的有无，家庭生活章回小说与英雄传奇章回小说因此得到冷热悬殊

---

① 聚宝：《海内外存藏汉文古代小说蒙古文译本题材类型、收藏分布与庋藏特点》，《民族翻译》2021年第3期。
② 聚宝：《汉文古代小说蒙译本整理研究现状及其学术空间》，《内蒙古民族大学学报》（社会科学版）2021年第4期。
③ 叁布拉诺日布、王欣：《蒙古族说书艺人小传》，辽沈书社1990年版，第217页。
④ 劳斯尔：《扎那研究及其作品选》（蒙古文），转引自李彩花《胡仁·乌力格尔〈封神演义〉文本研究》，内蒙古大学出版社2015年版，第26页。

的待遇。① 目前看来，我们只能说蒙古族说唱文学中家庭生活题材不够流行，笔者在《蒙古族说书艺人小传》"蒙古族说书目录"中就看到了《红楼梦》②，在达斡尔族乌钦、满族子弟书中，也见到过家庭生活章回小说。

傅惜华曾清理元明清"三国"故事杂剧目录，得出"三国"故事杂剧减少之原因：

> 元明清三代搬演"三国"故事之杂剧，略如右述，总计：元代作品四十九种，明代作品三种，清代作品四种。其中所谱故事，有为元代至治本《三国志平话》及罗贯中《三国志通俗演义》所衍述者，亦有《平话》、《演义》俱无而源于民间流传之"三国"故事者，复有与史传碑说均相悖谬纯为翻案文章者。夫元代夙称杂剧兴盛黄金时期，亦系"三国"故事流传民间繁衍之最盛时期；故其时搬演"三国"故事之杂剧，产生极富，实理之当然也。降至明代，北剧衰微，而南戏复兴，杂剧作者日鲜，寥若晨星，是以谱"三国"故事之传奇者，遂蔚然而起！（容另为文详述）清代亦然，且以皮黄俗剧勃兴，制南北雅曲之士，更罕有取材于"三国"故事者矣！明清两代戏剧作家，每趋于以才子佳人风情故事为题材，而弃于战争兴废历史故事为关目，是亦"三国"故事杂剧产生减少之一大原因也。③

通过傅惜华总结元明清"三国"故事杂剧减少的实例，不难发现，明清才子佳人题材日渐兴起，这一规律也同样存在于少数民族文学当中。不过，传播总有过程，加之蒙古族的游牧生活特点，说唱文学吸纳才子佳人题材因此相对滞后。

此外，在蒙古族民间却流传着比较丰富的姑娘出嫁歌、媳妇苦歌以

---

① 林修澈、黄季平：《蒙古民间文学》，台北：唐山出版社1996年版，第347页。
② 叁布拉诺日布、王欣：《蒙古族说书艺人小传》，辽沈书社1990年版，第209页。
③ 傅惜华：《"三国"故事与元明清三代之杂剧》，《傅惜华戏曲论丛》，文化艺术出版社2007年版，第225页。

第四章 蒙古文译本《西厢记》与满汉合璧《西厢记》的关系

及这类叙事诗，反映了蒙古族女子追求爱情自由、反抗封建婚姻制度，还批判了封建礼教对媳妇的虐待迫害。

目前所见资料显示，最早搜集到的蒙古族民歌是俄罗斯蒙古学者阿·波兹德涅耶夫 19 世纪 70 年代搜集、1880 年在彼得堡出版的《蒙古民歌》65 首①。其中第 20 首《如果想念我的话》有这样两段："要说那公婆的关怀，就像把我挂在锦鸡儿树的刺尖儿上；要说那女婿的爱心，他让我天天在藤条马鞭下翻滚。把他们的财礼退回来吧，把你们的女儿接回去吧，和严厉的阿爸不敢开口，只有阿妈您知道我的苦。"② 据《蒙古族文学史》介绍："从波兹德涅耶夫书中的自我介绍和原苏联科学院东方学研究所收藏的蒙文抄本、刊本目录知道，当时作者直接间接搜集到的蒙古族民歌最少有 150 首以上，其中最早为 1859 年搜集，最集中的是 1876 年至 1879 年到喀尔喀地区考察期间搜集。"③ 这篇《如果想念我的话》具体搜集于何时不得而知，如果按照最早为 1859 年搜集计算，距离蒙古文译本《西厢记》产生的时间只相差 19 年，如果按照搜集于 19 世纪 70 年代计算，距离蒙古文译本《西厢记》产生的时间也只差 30 年，总之，距离时间很近，基本可以反映那个时代蒙古社会家庭的生活面貌。

目前所见资料显示，我国最早搜集蒙古族叙事诗的是蒙古族民俗学奠基人罗布桑却丹，他在 1914—1918 年撰写完成的《蒙古风俗鉴》一书中记录了 13 首"古今之歌"④，其中典型世俗言情类作品有《罕达尔玛》《冈莱玛》。

《罕达尔玛》故事情节是这样的：罕达尔玛是喀喇沁土默特右旗人，出生时其母梦见一盏佛灯落入杯中，所以罕达尔玛生得像天仙一般美貌。长大后，她与奈曼旗的扎兰那木吉拉结发为夫妻，但是后来又与

---

① 荣苏赫、赵永铣、梁一儒、扎拉嘎主编：《蒙古族文学史》第三卷，内蒙古人民出版社 2000 年版，第 361 页。
② 转引自荣苏赫、赵永铣、梁一儒、扎拉嘎主编《蒙古族文学史》第三卷，内蒙古人民出版社 2000 年版，第 417 页。
③ 荣苏赫、赵永铣、梁一儒、扎拉嘎主编：《蒙古族文学史》第三卷，内蒙古人民出版社 2000 年版，第 364 页。
④ 荣苏赫、赵永铣、梁一儒、扎拉嘎主编：《蒙古族文学史》第三卷，内蒙古人民出版社 2000 年版，第 444 页。

一个叫钢特木尔的人相好，抛弃并害死了她的丈夫。那木吉拉的两个姐姐为兄弟出面告状，但各官府衙门的审案人都为罕达尔玛的美貌所倾倒，不仅不治罪于她，反而给予种种关照。最后两个姐姐杀了其情夫钢特木尔再告状，罕达尔玛服毒自杀。据罗布桑却丹介绍，《罕达尔玛》是同治年间的作品，故事也源于真人真事。① 《罕达尔玛》另有变体两种，基本情节相同。这则故事反映了清代末年蒙古族婚姻生活的矛盾冲突，至少能表现出美貌的罕达尔玛为追求自己的爱情而做出的极端举动。

《冈莱玛》故事情节是这样的：冈莱玛是喀喇沁部阜新蒙古贞旗三等塔布囊之女，知书达礼，所嫁的丈夫陶高勒金为达尔罕旗贝子。后来，这位贝子与邻村的贫民姑娘菊叶来往甚密，冈莱玛知道后对丈夫多方劝说。② 这则故事从不同角度出发进行评判会得出不同结论：如果从冈莱玛的角度出发，那么陶贝子是一个朝三暮四、贪恋女色之徒；如果从陶高勒金角度出发，他不恋富贵，追求贫家女是为真挚的爱情。搜集整理者罗布桑却丹说："这首歌是光绪年间产生的""此歌也流行其他蒙古地方"③，并且产生了很多变体。这则故事同样反映了清末蒙古族婚姻生活中的矛盾冲突。

《诺丽格尔玛》④叙事诗有各种不同的唱本，情节大体一致，是一首拥有大团圆结局的叙事诗：女主角诺丽格尔玛新婚不久，就因战争而被迫与夫婿分离，遭到恶婆婆的欺侮，把她赶出家门，诺丽格尔玛只好黯然神伤地回到娘家。直到夫婿阿拉坦苏赫奇迹般战场生还，追到岳父家，夫妻俩总算团圆。

20世纪初，俄罗斯蒙古学者巴·符拉基米尔佐夫在西北蒙古地区搜集了118首民歌，比利时蒙古学者田清波在鄂尔多斯搜集了100多首

---

① 荣苏赫、赵永铣、梁一儒、扎拉嘎主编：《蒙古族文学史》第三卷，内蒙古人民出版社2000年版，第447、448页。

② 荣苏赫、赵永铣、梁一儒、扎拉嘎主编：《蒙古族文学史》第三卷，内蒙古人民出版社2000年版，第466页。

③ 转引自荣苏赫、赵永铣、梁一儒、扎拉嘎主编《蒙古族文学史》第三卷，内蒙古人民出版社2000年版，第467页。

④ 林修澈、黄季平：《蒙古民间文学》，台北：唐山出版社1996年版，第152页。

民歌，俄罗斯蒙古学者阿·鲁德涅夫出版了 12 首蒙古民歌。中华人民共和国成立以后，搜集到的蒙古族民歌、叙事诗就更多了。这些蒙古族民歌、叙事诗有许多是反映清末蒙古族婚姻生活的作品。由此看来，清末蒙古族百姓追求爱情、追求幸福生活是较为普遍的现象。这就为蒙古文译本世俗言情汉文小说的出现，尤其是蒙古文译本《西厢记》的问世奠定了社会基础。

聚宝指出，世情言情类小说在清代翻译成蒙古文并在蒙古族读者中广泛流播，一方面说明了清代汉文蒙译小说已经由历史演义和公案侠义类拓展到以市民日常生活为题材，另一方面，反映了清代蒙古族了解内地风土人情的渴望，以及对汉文化的认同感。[①] 笔者认为聚宝的评价反映了客观事实。

[①] 聚宝：《海内外存藏汉文古代小说蒙古文译本题材类型、收藏分布与庋藏特点》，《民族翻译》2021 年第 3 期。

第 五 章

达斡尔族乌钦《莺莺传》与满汉合璧《西厢记》的关系

本章主要探究的是达斡尔族乌钦《莺莺传》的版本、达斡尔族乌钦《莺莺传》与满汉合璧《西厢记》的人物情节关系、达斡尔族乌钦《莺莺传》产生的文化背景等三个问题。

第一节 达斡尔族乌钦《莺莺传》的版本

本节主要研究的是达斡尔族乌钦《莺莺传》的作者敖拉·昌兴、达斡尔族乌钦《莺莺传》的版本情况、达斡尔族乌钦《莺莺传》与康熙四十九年（1710）满汉合璧《西厢记》的关系三个问题。

一 达斡尔族乌钦《莺莺传》的作者敖拉·昌兴

"乌钦"是达斡尔族的口头传统，被列入第一批国家级非物质文化遗产保护名录。《莺莺传》是清代达斡尔族文人敖拉·昌兴借用满文字母拼写达斡尔语，按照乌钦的艺术形式创作而成。

敖拉·昌兴，姓敖拉，学名昌兴（又译作常兴），又名阿拉布丹，字治田（又译作芝田），号称昌芝田。清嘉庆十四年（1809）出生于呼伦贝尔索伦左翼正白旗（今鄂温克族自治旗南屯），敖拉氏登特莫昆人。光绪十一年（1885）去世，终年76岁。他是清代达斡尔族著名诗人，其在文学与文化方面的贡献是借用满文字母拼写达斡尔语创作了"乌钦"，开创了达斡尔族书面文学。

第五章　达斡尔族乌钦《莺莺传》与满汉合璧《西厢记》的关系　❋❋　151

道光四年（1824），敖拉·昌兴15岁，其父倭格精额升任章京（佐领）奉命赴京觐见皇帝，敖拉·昌兴同行。敖拉·昌兴将途经的村落、城镇、山河、田野等绘成简略地图，并将所见所闻用满文写成游记《京路记》。可惜，《京路记》和简略地图现已失传。据传，在京期间，其父带其叩拜章嘉活佛。倭格精额叩拜，活佛静坐未动，敖拉·昌兴叩拜时，活佛起身扶起，说他看出敖拉·昌兴是个非凡的神童，将来必成大器。敖拉·昌兴精通满、汉、蒙、藏等文字，博览群书，才学渊博。根据清代八旗制度，达斡尔族男子年满15岁就要注册当兵。敖拉·昌兴当过兵丁，后提升为骁骑校和佐领。

道光十二年（1832），敖拉·昌兴23岁时被选为嘎辛达（即村主任）。据《壬辰年间乡村长老共议村事纪要》载：

> 道光壬辰年六月甲申日，祭祀乡社之际，召集了乡里长老壮年提议选贤。大家欣然接受这一良举，并共同努力实现，以图乡村安宁。经征得大家同意，推选能胜任这项工作的合适人。最后一致认为两屯中第四世笔帖式依灵阿、骁骑校昌兴为人精明强干，涵养学识均备。虽说年龄资格略为幼浅，官职在身，如不具身心劳瘁，定能为大家出好的谋策，树立良好风尚。经大家反复讨论，推举依灵阿、昌兴为嘎辛达，推选拉普顿、达钦阿、拉都、昌明为莫昆达，并向大家宣布这一决定。①

农历七月六日，郭布勒、敖拉两个莫昆（氏族）召开敖包会。男女老幼欢聚在村西野外（碱泡子）共同祭祀敖包、山河神灵。在大摆酒宴中，不分贫富、职务高低，又不失传统习俗，众人欢聚围坐一席，共同商议建立组织事宜。经倭格精额等老人倡议，敖拉·昌兴被选为嘎辛达，并执笔写出此文。

敖拉·昌兴担任嘎辛达后，谨遵该决定，处事勤恳公道。有些需要

---

① 全国人大民委编印：《有关达斡尔鄂伦春与索伦族历史资料》第一辑，内蒙东北部少数民族社会历史调查组1958年1月翻印，内蒙古自治区达斡尔历史语言文学学会1985年6月复印，第118—121页。

处理的大事，都在每年夏季召开的胡吉尔诺尔敖包会上协商解决，并提出了很多公共生产生活制度和建设美好家乡的规划。据说，敖拉·昌兴担任嘎辛达以后，乡村秩序颇见好转，两屯间的纠葛、草场、柳条通、田地纠纷以及农牧矛盾日趋缓和。为此，他曾写下《饮酒即兴》①等诗篇。敖拉·昌兴还对生产生活工具做了很多改进。他针对当地冬季多雪、夏季多雨的气候特点，改装大轮车为大篷车，改装了拉货和乘坐两用的雪橇，改良了婴儿的摇篮。曾在家中办起私塾，招收屯中孩童，教授满文，这是呼伦贝尔民族教育的萌芽。

敖拉·昌兴三十几岁时，曾进京觐见皇帝。《呼伦贝尔地方佐领常兴巡查额尔古纳及黑龙江边境录》载："富佐领是瑷珲当地人，姓袁字治安。人品直爽，学问丰富而记的事情又多。凡是设计策（略）、治疗和开药方等等没有不通的。不仅是都住在省城里与治田本来认识得很熟悉，并且在几年以前，治安为领俸饷出公差之际，正值治田也为觐见而路遇奉天的时候，曾经一同住在一处经过很多时日的。因此他们是更成为意志相投的朋友了。"② 文中，富佐领即富明阿，敖拉·昌兴的友人，他们同于1851年巡边，1851年敖拉·昌兴42岁，而"几年以前"，敖拉·昌兴应为三十几岁，赴京觐见，途径奉天（今沈阳）。此外，敖拉·昌兴曾以妻子之口吻写《蝴蝶荷包》："你将远去北京城，当作信物奉送君。"表达不舍丈夫别妻赴京之情。敖拉·昌兴在京城，还曾写下《北京城见高二娘》。

道光二十八年（1849），敖拉·昌兴40岁。《饮酒》一诗，人们比较熟悉。自创作以来，谱上曲调，广泛流传到今天。以酒的八大伤害告诫人们，希望嗜酒如命的人幡然悔悟。如下节选：

---

① 《饮酒即兴》："祖先原住大森林，曾有两个名莫昆（氏族），由于听信潜言语，彼此索居两离分。……血肉相亲亦栩连，共举金樽莫迟延，大小有序长与幼，同饮千杯情绵绵。"这是为解决两个莫昆的矛盾而作。当时在呼吉尔诺尔召开了两个民族的敖包会，共同商议，解除误会，增强团结。诗中反映了达斡尔族社会组织形式和民间生活习俗。

② 富明阿，字治安，汉军旗人，瑷珲府章京。袁崇焕后人。早年，两人在省会齐齐哈尔城相识，后曾相聚于沈阳。两人巡边期间，留下了十多首唱和酬答篇章。富明阿被调往南方，镇压太平天国起义，因功受赏，加副都统衔。后升任汉军正红旗都统，任吉林、荆州、江宁将军。文中引文见全国人大民委编印《有关达斡尔鄂伦春与索伦族历史资料》第一辑，内蒙东北部少数民族社会历史调查组1958年1月翻印，内蒙古自治区达斡尔历史语言文学学会1985年6月复印，第137、138页。

第五章 达斡尔族乌钦《莺莺传》与满汉合璧《西厢记》的关系

拉丁文转写：Xarelbieien hahiaa hoond, Xinken warsen ugulii udur. Begd sortsen belqee huu, Bejeeree jugieiej gargaasen!

汉译文：己酉道光二十八年，时值孟冬百花谢。沉醉笔墨癫狂人，亲将戒酒舞春写！

说明有史记载的达斡尔族早期诗人已经开始关注戒酒问题了，这具有一定的文化意义。

咸丰元年（1851），敖拉·昌兴42岁。这一年，清廷为确保北部边疆的安全，特命黑龙江将军英隆选贤能数员，巡察边境①，敖拉·昌兴因精明练达而被选中。五月二十八日启程巡察额尔古纳河和黑龙江边卡，九月初五返回，历经三个多月。敖拉·昌兴一行从海拉尔城出发，至额尔古纳河畔，与崇安、富明阿会合，顺黑龙江东进，到达著名的雅克萨城旧址，抵达瑷珲城，南下至墨尔根（今嫩江县）。在墨尔根，敖拉·昌兴接到将军急函，命他北上巡察乌第河。这样，从墨尔根又返回瑷珲，过黑龙江，顺精奇里江（今俄罗斯结雅河）北行，到音肯河，抵达外兴安岭主峰，最后抵达终点乌第河（该河流入鄂霍次克海），之后立下敖包，作了标记，由原路返回瑷珲，回到省城齐齐哈尔。在齐齐哈尔，敖拉·昌兴因胜利完成巡边任务，将军称赞他"为国尽劳"，将他的功绩"载于案卷"，赏给他厚礼以示嘉奖。敖拉·昌兴写下长篇叙事诗《巡察额尔古纳、格尔必齐河》和《巡边即兴》。从中俄《尼布楚条约》签订到1861年为止的172次巡边中，第一次用诗的形式描写了这个过程。诗中详细地描述了景物、古迹，为我国史学界提供了宝贵的资料。《巡边诗》手稿现已作为国家一级文物珍藏在黑龙江省博物馆。

---

① 雅克萨战役后，中俄两国使臣于1689年9月在尼布楚正式缔结了《中俄尼布楚条约》。条约确定中俄两国东段边境，以额尔古纳河、格尔必齐河沿外兴安岭道海为界。《尼布楚条约》之后，1727年到1728年，中俄两国又先后签订了《布连斯奇条约》和《恰克图条约》，正式划定中俄两国的边界。1840年鸦片战争以后，帝国主义打开了中国的门户，这就使沙俄得到了乘虚而入的机会。他们先派出武装船只，探测我库页岛沿岸、鞑靼海峡和黑龙江下游水域的情况，派出"陆上考察队"对外兴安岭以南地区广泛侦察，然后武力渗透，建立军事哨所，派兵屯守，作为立足点。正是在这样的形势下，咸丰元年（1851），清廷为确保北部边境的安全，特命黑龙江将军英隆拣选贤能数员，认真巡察边境的地区。于是，巡察边界，驻守哨卡，成为达斡尔族等各民族官兵的重要任务。

咸丰二年（1852），敖拉·昌兴43岁。敖拉·昌兴为海兰察将军（鄂温克族）立碑，题写碑文①。一块石碑碑体正面上部横书"万古流芳"四个汉字，在其左下方竖刻"芝田"两个汉字。另一块石碑有立碑时间，满文汉译为"大清咸丰壬子年黄道吉日"②。

咸丰三年（1853），敖拉·昌兴44岁。敖拉·昌兴请活佛和藏医，开发阿尔山。确定当时32个泉眼的医疗性能，筑庙立碑，题写碑文。半个世纪后，人们发现所立石碑断塌，残留原地，敖拉·昌兴所撰碑文清晰可见③。

光绪四年（1878），敖拉·昌兴69岁，他在这一年前后被捕入狱。入狱缘由和具体年代没有资料可查，我们从他流传下来的作品和一些零星的资料来分析，主要是因为他禀性正直而触犯了当权者。《烦恼歌》据说是牢中所写。出狱后他归隐山林，在海拉尔河畔陈巴尔虎旗巴嘎绰格一带柳林中，搭起茅舍隐居起来。赋诗吟歌，专门写作。

光绪十一年（1885），敖拉·昌兴病死于茅舍，终年76岁。人称他"阿·乌塔齐"，这是达斡尔人对德高望重老人的尊称。

1900年庚子之乱，沙俄进犯海拉尔，烧毁达斡尔人的村庄。敖拉·昌兴遗留给后人的文化珍品化为灰烬。据记载，他的作品有《京路记》《田舍记》《依仁堂记》《官便漫游记》等诗集，还有一些零散的诗歌、散文和碑文。现在遗留下来的仅有《胡吉尔诺尔敖包记》《阿尔山碑文记》《海兰察将军碑文记》《壬辰年间乡村长老共议村事纪要》以及六十余篇乌钦作品。

敖拉·昌兴借用满文字母拼写达斡尔语创作的乌钦，是其最大的文

---

① 海兰察，呼伦贝尔索伦左翼镶黄旗打牲鄂温克族人。18世纪中叶，海兰察将军率领军队赴西藏参加反击英国殖民势力的战争并立下大功。故给他立碑纪念。此碑在黑龙江省博物馆存放。

② 阿力:《德善保存〈敖拉·昌兴乌春集〉手抄本及〈呼伦贝尔海兰察碑〉之归宿》，载敖·毕力格主编《达斡尔文学宗师敖拉·昌兴资料专辑》，内蒙古文化出版社2010年版，第911、913页。

③ 碑文原文为满文，部分汉译如下："同时为了感谢仙境之天地及协助良医们的恩德，特修建一座小庙及一块纪念石碑，祈祷千万牧民的身体健康，神泉万古长青。负责修建者:佐领常兴……咸丰三年八月吉日"。参见阿·恩克巴图《哈伦阿尔山》，载敖·毕力格主编《达斡尔文学宗师敖拉·昌兴资料专辑》，内蒙古文化出版社2010年版，第743—746页。

学贡献,不仅具有文学意义,也具有文化意义。敖拉·昌兴乌钦与传统乌钦的区别之一就是文本,传统乌钦都是口耳相传,因为没有文字,所以也就没有文本。敖拉·昌兴乌钦文本是伴随达斡尔族文字的萌芽而产生的。

根据敖拉·昌兴生平及其诗歌内容,可把其创作分为三个时期:23岁前后为青年时期,42岁前后为中年时期,50岁后为晚年时期。同时,其作品①按内容可以划分为:爱情诗、巡边诗、人物诗、咏怀诗。由于与敖拉·昌兴及其诗歌有关的资料较少,因此其作品写于什么年代只能依据其内容来定,而辨析其作品的分类、创作的大体时期,对深入研究诗人与作品具有重要意义。

敖拉·昌兴通过满文译本学习了大量汉文经典。在敖拉·昌兴借用满文字母拼写达斡尔语的乌钦中,留下了数十位中国古代人物的典故。其中有三篇乌钦直接咏叹历史人物,即《孔子赞》《孔明赞》《关公赞》;有三篇乌钦与汉文学古典作品直接相关,即《赵云赞》《莺莺传》《百年长恨》。众所周知,顺治年间,满族人开始全面翻译汉族经典,涉及门类众多,其中,翻译文学作品就有一百余种②。满文译本的汉族古典小说,应该是丰富了敖拉·昌兴的汉文化,他的《赵云赞》《莺莺传》有可能是读了满文《三国演义》《西厢记》之后创作的。在当时,许多汉文经典的满文译本在达斡尔人中流传。乾隆以后,在北京地区满族逐渐放弃使用满语、满文之时,黑龙江地区在满语、满文的使用上仍是一片繁盛景象。嘉庆年间,西清在黑龙江任职时曾有描述:"土人于国语,满洲生知,先天之学也……然土人惟以清文为重。"③ 土人是指包括达斡尔族在内的土著居民。可见,敖拉·昌兴有着很好的满文学习环境。

二 达斡尔族乌钦《莺莺传》的版本情况

敖拉·昌兴乌钦《莺莺传》总计16章,606行。《莺莺传》只是翻

---

① 论文所节选的敖拉·昌兴诗歌,均选自赛音塔娜、陈羽云翻译的《敖拉·昌兴诗选》,内蒙古教育出版社1992年版。

② 赵志忠:《清代满语文学史略》,辽宁民族出版社2002年版,第98页。

③ (清)西清:《黑龙江外记》卷六,载沈云龙主编《近代中国史料丛刊》第六辑,台北:文海出版社1966年版,第171页。

译者起的标题，和元稹的《莺莺传》名称上没有关系。《莺莺传》手抄本由达斡尔人碧力德藏。该版本最早见于碧力德、索娅、碧力格搜集整理的《达斡尔传统文学》①，该书用国际音标和蒙古文标注达斡尔语。搜集整理者是敖拉·昌兴的六世远孙，他们根据父亲德善生前保存的资料编辑而成。赛音塔娜在出版《敖拉·昌兴诗选》② 时选用了碧力德藏本中的"莺莺的乌钦"，起标题为《莺莺传》。达斡尔族乌钦《莺莺传》已收入敖·毕力格主编的《达斡尔文学宗师敖拉·昌兴资料专辑》（内蒙古文化出版社2010年版）中。

敖拉·昌兴乌钦手抄本传承情况。额尔很巴雅尔是敖拉·昌兴四弟的重孙。1926年，额尔很巴雅尔和瞎爷爷的侄孙子安恩布（安恩布比额尔很巴雅尔大11岁）整理出三本抄本：一本给永寿（敖拉·昌兴弟弟的儿子），此本不知下落；一本给了胜福；一本自己留下。目前，吉木苏荣的本子就是从其父亲额尔很巴雅尔手中流传下来的。

敖拉·昌兴乌钦手抄本目前见到的有三种：一是额尔很巴雅尔③流传下来的本子，现在其女吉木苏荣④手中；二是敖永瑚⑤的本子；三是德善⑥老人流传下来的本子，现在其子毕力格⑦手中。根据这个情况，笔者分别采访了相关人员，下面是他们的口述：

奥登挂说："共抄了三本，一本给了永寿，不知是敖拉·昌兴哪个弟弟的儿子，又名'六十六'，官名'永寿'，额老叫他大爷爷，一本给了胜福，一本自己留下。伪满大同二年，1933年，德善转抄额老，加了封皮，现在封皮是德善的，汉字是20世纪80年代加的。现在，永寿这个不

---

① 碧力德、索娅、碧力格搜集整理，奥登挂校订：《达斡尔传统文学》，内蒙古文化出版社1987年版，第163—204页。

② 赛音塔娜、陈羽云译：《敖拉·昌兴诗选》，内蒙古教育出版社1992年版。

③ 额尔很巴雅尔（1911.10.1—1997.4.30），男，达斡尔族，内蒙古鄂温克族自治旗巴彦托海镇敖拉哈拉人。内蒙古人民出版社编辑，副编审、副译审。

④ 吉木苏荣（1938.10—），女，达斡尔族，内蒙古鄂温克族自治旗巴彦托海镇敖拉哈拉人。内蒙古医学院附属医院妇产科主任医师，教授。

⑤ 敖永瑚（1936.10—），女，达斡尔族，内蒙古鄂温克族自治旗巴彦托海镇苏木呼吉日托海村敖拉哈拉人，在内蒙古电台文艺部退休。曾经播出过敖拉·昌兴乌钦。

⑥ 德善（1900—1981），男，达斡尔族，内蒙古鄂温克族自治旗巴彦托海镇敖拉哈拉人。

⑦ 毕力格（1937—2022），男，达斡尔族，内蒙古鄂温克族自治旗登特科屯敖拉哈拉人。呼伦贝尔学院蒙古学院教授。

第五章 达斡尔族乌钦《莺莺传》与满汉合璧《西厢记》的关系 ✳✳ 157

知下落。胜福本子不知怎么流传的。据敖永瑚讲，姥姥家是孟家，与胜福是一家，看到小姑娘也拿来看了看。安恩布是敖永瑚的伯父，是安恩布流传下来的。额老本子没有《王娇鸾》和《莺莺传》，德善有，从哪来的就不知道了。"①

据奥登挂说，毕力格的手抄本是其父亲德善老人 1933 年转抄自额老，并加封皮。但据毕力格称，是德善老人从其父亲明凌手中珍藏保存下来的②。根据敖氏家谱，毕力格是敖拉·昌兴叔叔伊格精阿的后代。

敖永瑚说："我的本子是姥爷家的。和额老的不一样，我版本里没有《西厢记》，没有《回娘家》，有《王娇鸾》，多出很多满文写的，额老没有《三国》乌钦。姥爷家有两个版本。1945 年战乱，小学关闭，去姥爷家，没事就学这个。和我表姐云霄学的，她能看懂满文，她照着满文本子唱的。姥爷名叫铁钴，我是敖拉·昌兴第四代，表姐拿的有《西厢记》《海拉尔回娘家》《三国》。上中学，不提倡这个了。'文革'后，70 年代末，表哥诺尔布是中国政法大学教师，他家有一个手抄本，我借了。我从巴达荣嘎那儿学了满文，能读了。找确精扎布，拿扫描机打印了。原来手写的，破破烂烂。姥爷是兄弟俩，表姐和表哥是叔辈。表哥版本有《三国》《王娇鸾》，没有《西厢记》《海拉尔回娘家》。姥爷铁钴从哪儿抄的就不知道了。额老是我叔叔，远亲。安恩布是我大伯，和额老是叔辈兄弟，我在母亲的姐姐家被收养。从自己的本家没有得到任何东西。姥爷家姓孟。姥爷家和胜福是一个莫昆。原来，额老给我了。1980 年代初，额叔叔送我后，在广播里播了，让苏德米德演唱，让广播文工团配乐。我教苏德米德唱，有《四季歌》《一年十二月》《海拉尔回娘家》《二十四孝》（即《十大恩》），分几次播的。我给黑龙江省艺术研究所杨士清，杨士清介绍给黑龙江电台，播放了一组节目。南屯三个氏族，敖、孟、郭，在三个氏族中传播。我表姐可能是从铁钴老人学的，表姐父亲精通满文，铁钴可能是表姐的叔叔。铁钴是章

---

① 奥登挂（1925.12—），女，达斡尔族，内蒙古鄂温克族自治旗莫克尔图屯郭布勒哈拉人。内蒙古社会科学院民族研究所研究员，是较早研究敖拉·昌兴乌钦的学者。2010 年 6 月 30 日，笔者与赛音塔娜共同采访；7 月 2 日，笔者单独采访。两次采访地点都在奥登挂家中。

② 笔者采访时间：2009 年 10 月，2010 年 7 月。采访地点：毕力格家中。

京佐领。我小时候唱《王娇鸾》，唱着唱着掉眼泪，故事情节很感人，看本子后，能恢复记忆。门苏荣（师大），是胜福家的，门苏荣的奶奶特别会唱，奥登挂的母亲和门苏荣的奶奶是亲姐妹。凌升的妻子是门苏荣的奶奶，即奥登挂的姨。胜福是我先生的亲爷爷。"①

敖永瑚是敖拉·昌兴的第四代，即安恩布的侄女。但按照其口述，由于其从小过继给姨家，因此其手抄本并不是从敖家传承来的，而是其姥爷家即孟家传承下来的。她的姥爷与胜福都是孟家人。那么，很有可能就是胜福流传下来的本子。

据载，"敖拉·昌兴后裔德善（1900—1981）从其父明凌手中珍藏保存下来的20世纪初期的敖拉·昌兴满文《达斡尔乌春集》手抄本。收入达斡尔语记录的诗计25首"②。据德善之孙阿力讲，德善收藏的这个手抄本封皮没有名字，后来毕力格整理时，加上封皮且题写书名，由此可以看出德善收藏的这个本子未经其本人整理，应该是比较古老的手抄本。这都说明德善抄本是从其父明凌那里传下来。③ 明凌的生平情况不明，根据其子德善的出生年份，可推测明凌是1880年左右出生，这与敖拉·昌兴去世时间1885年接近。因此说，明凌与敖拉·昌兴或有交集，至少可以说，他们是同时代的人物。因此，《莺莺传》手抄本来源有其可靠性。

1977年，德善抄本被黑龙江省博物馆征集（当时呼伦贝尔鄂温克族自治旗属于黑龙江辖区）并列为文物④。1987年，德善子女碧力德、索娅、碧力格出版《达斡尔传统文学》（国际音标注音、蒙古文），收入敖拉·昌兴诗歌32首，这是敖拉·昌兴诗歌首次结集出版。其中，收入了敖拉·昌兴的《莺莺传》⑤，这是《莺莺传》书面文本首次在学界公布。

---

① 笔者与赛音塔娜共同采访。采访时间：2010年7月1日。采访地点：敖永瑚家中。
② 敖·毕力格：《达斡尔文学宗师敖拉·昌兴资料专辑·前言》，内蒙古文化出版社2010年版，第2页。
③ 2022年6月1日，笔者电话访谈阿力先生。
④ 阿力：《德善保存〈敖拉·昌兴乌春集〉手抄本及〈呼伦贝尔海兰察碑〉之归宿》，载敖·毕力格主编《达斡尔文学宗师敖拉·昌兴资料专辑》，内蒙古文化出版社2010年版，第908—910页。
⑤ 碧力德、索娅、碧力格搜集整理，奥登挂校订：《达斡尔传统文学》，内蒙古文化出版社1987年版，第163—204页。

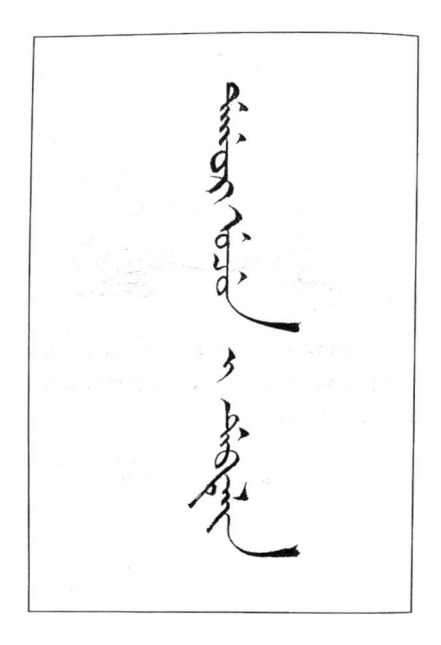

第五章　达斡尔族乌钦《莺莺传》与满汉合璧《西厢记》的关系　✽✽　159

《敖拉·昌兴乌钦集》德善抄本封面

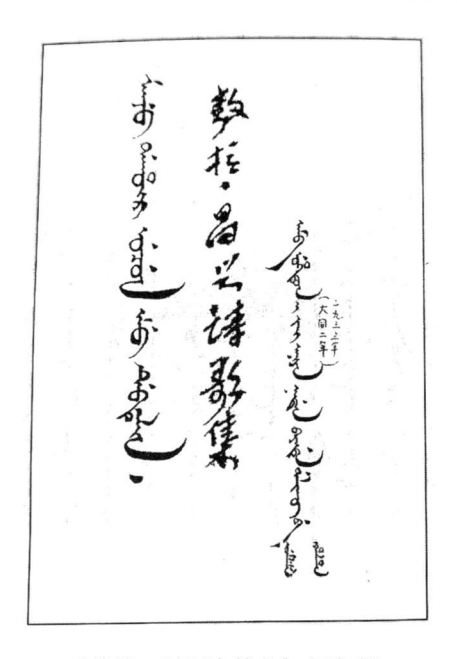

《敖拉·昌兴乌钦集》额尔很
巴雅尔抄本封面

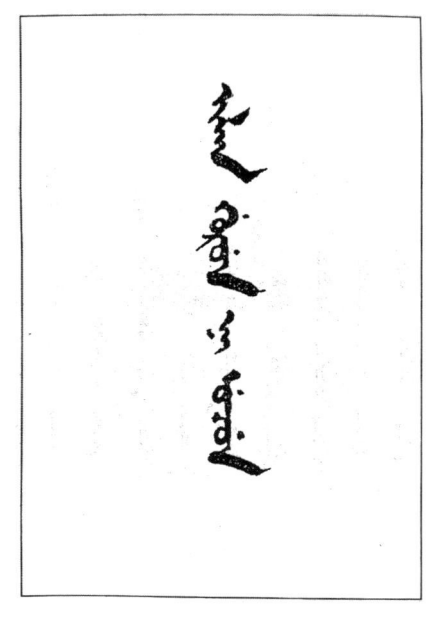

《敖拉·昌兴乌钦集》敖永瑚抄本封面

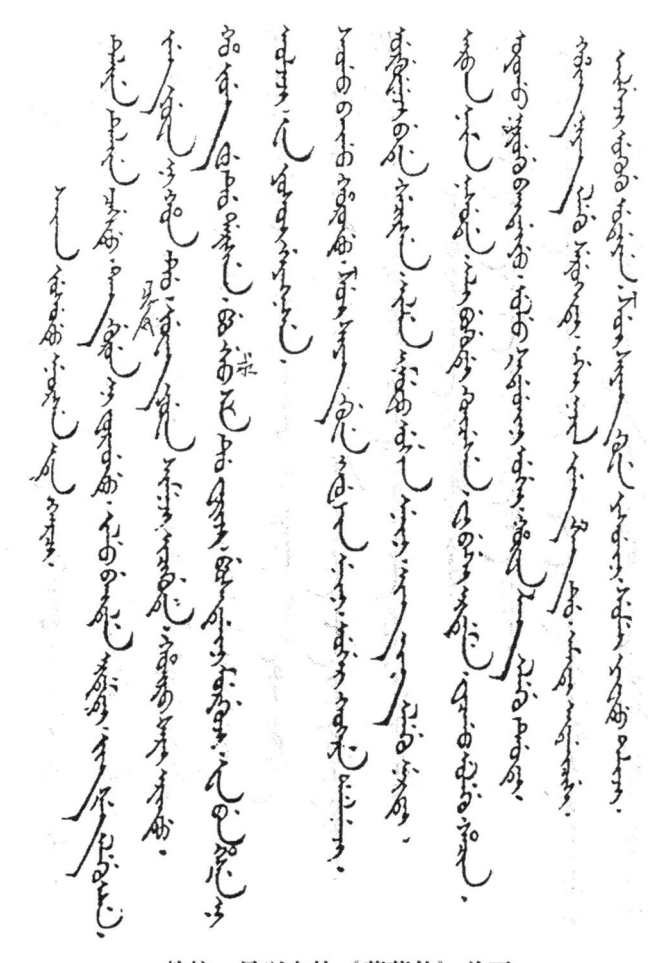

敖拉·昌兴乌钦《莺莺传》首页

《莺莺传》标题达斡尔语是"ing ing ni uqun",对译为"莺莺的乌钦",赛音塔娜的《敖拉·昌兴诗选》收入时,起标题为《莺莺传》[①]。

敖拉·昌兴乌钦《莺莺传》使用的是达斡尔语海拉尔方言。曲调具有吟诵性,一般平稳低沉,旋律性和节奏感不太强,听众主要是品味其内容和优美的诗句。每个艺人所唱的达斡尔族的乌钦曲调略有不同,因人而异,但旋律基本一致。

---

① 塔娜、陈羽云译:《敖拉·昌兴诗选》,内蒙古教育出版社1992年版,第155页。

达斡尔族诗歌一般是押头韵,即一行诗的第一个词的声母押韵,两行一韵,四行一节,每一句一般是三四个词语。且看:

Saowuo baiwu hoorend,
坐　立　　之间
Sui xiang guo yi furen.
崔相国　　的　夫人
Ugir kekuree dagalgaaj,
女儿 儿子　　领着
Urkuenj beed gaqirsen.
消遣　外面　出来

lIga mutu ugineini,
花　像　　女儿
Ing ing eluuwu nertei.
莺莺　　叫　名
Arban naim nasodaa,
十　　八　岁
Ali buwudei kuiqeesen.
样样　都　　会①

以上两节、八句头韵押的是"S""U""I""A"韵;每一节押尾韵,这里押的是"en"韵。意译为:"正坐立之间,崔相国夫人。领来两子女,外面消遣回。如花之女儿,年届十八岁,样样都会做。"

三　达斡尔族乌钦《莺莺传》与康熙四十九年(1710)刻本满汉合璧《西厢记》的关系

康熙四十九年(1710)刻本满汉合璧《西厢记》与敖拉·昌兴的

---

① 吴刚主编:《汉族题材少数民族叙事诗译注——达斡尔族　锡伯族　满族卷》,民族出版社2014年版,第48页。

《莺莺传》① 内容基本一致，且看各章题目：

康熙四十九年（1710）刻本 满汉合璧《西厢记》（汉文）卷章	敖拉·昌兴乌钦《莺莺传》章节
卷一 惊艳　第一章 借厢　第二章 酬韵　第三章 闹斋　第四章	一、Eurkeesen usuwu 　　（开篇之言） 二、Saowu geri eirsen 　　（找到住房） 三、Kejinnei aluur ginxisen 　　（越墙吟诗） 四、Usun sumusuini hanjibei 　　（痛悼亡灵）
卷二 惊寺　第五章 请宴　第六章 赖婚　第七章 琴心　第八章	五、Sum kurqin ailagaasen 　　（寺庙受惊） 六、Sarilj saojoosen 　　（宴席同坐） 七、Ukusen usuwe horqisen 　　（反悔其言） 八、Qin tarkej tatelaasen 　　（弹琴演奏）
卷三 前候　第九章 闹简　第十章 赖简　第十一章 后候　第十二章	九、Jixie bitegei walsen 　　（传送书信） 十、Jiexie aqirsend aordelsen 　　（拿信发怒） 十一、Ing-ing xiar hurqasen 　　（莺莺翻脸） 十二、Dagij bas booljoosen 　　（再次约会）

---

① 吴刚主编：《汉族题材少数民族叙事诗译注——达斡尔族　锡伯族　满族卷》，民族出版社 2014 年版，第 41—130 页。本章所引达斡尔族《莺莺传》汉译文及其注音、对译，均出自此书，不再另注。

第五章 达斡尔族乌钦《莺莺传》与满汉合璧《西厢记》的关系

续表

康熙四十九年（1710）刻本 满汉合璧《西厢记》（汉文）卷章	敖拉·昌兴乌钦《莺莺传》章节
卷四 酬简　第十三章 拷艳　第十四章 哭宴　第十五章 惊梦　第十六章	十三、Bitgei booljood haroolsen 　　（书信约会） 十四、Serunkiiyu xibhaasen 　　（拷问丫鬟） 十五、Eurkewu sarind wailsen 　　（宴会泣别） 十六、Sunei jeuded qoqisen 　　（夜梦惊醒）

目前，我们还没有掌握直接材料证明敖拉·昌兴乌钦《莺莺传》来源于满汉合璧《西厢记》，但是一些间接材料表明，敖拉·昌兴乌钦《莺莺传》有很大可能来源于满汉合璧《西厢记》。主要理由有两点：

一是敖拉·昌兴是借用满文字母拼写达斡尔语创作乌钦的人。《黑龙江志稿》记载："昌芝田，呼伦贝尔文士，嘉庆初时人，著有《京路记》调查乌的河源（一名《官便漫游记》）、田舍诗《依仁堂集》等书，并用达呼尔俗语编著诗歌，一时人争传诵之。"[①] 20世纪20年代，郭道甫在《呼伦贝尔问题》一书中提到："昌芝田先生，蒙古名为阿拉布坦，他是呼伦贝尔的达呼尔人，也是创造达呼尔蒙古文学的第一个人；他不但精通满汉蒙各种文字，并且效法陶渊明、苏东坡等清高人物，挂冠隐居。终身以翰墨自娱。他的诗词歌赋等作品很多，并有游记数种，大半都以满文和达呼尔文做的。他那作品的自然和清逸，即在清朝文学史上，也能占很高的位置，不过没有人赏识罢了。可是呼伦贝尔的蒙古人民，和布特哈的蒙古人民，虽妇人孺子，都能应口习诵他的诗

---

① 万福麟监修，张伯英总纂，崔重庆等整理：《黑龙江志稿》卷五十五《人物志》，黑龙江人民出版社1992年版，下册，第2422页。

歌,并且都能称他为文学宗师。"① 敖拉·昌兴借用满文字母拼写达斡尔语内容,在上文已经有比较充分的讨论,不再赘言。

二是清代达斡尔族与满族文化关系紧密。学习满文、使用满文是当时青少年进入课堂学习的主课,也是达斡尔人学习的文化常态。"康熙三十四年题准:镇守黑龙江等处将军所辖官兵内,有新满洲、席北(锡伯)、索伦、达祜里(达斡尔)等,应于墨尔根地方两翼各设学一处,每设教官一员,将新满洲、席北、索伦、达祜里及上纳貂皮达祜里等,每佐领选取俊秀幼童各一名,教习书义。"② 在清代达斡尔地区,八旗学堂教授满文课程。至清朝晚期,达斡尔农村已普遍出现满文私塾。到光绪末年,私塾教学变为满汉文并举。当关内满人绝大多数不能使用满文满语时,达斡尔人却"皆以清文"为交际工具。民国时期,满文"仍在达斡尔社会里完整地通用",官署向村长、屯长所发的"公文都在用满文"③。"满族书籍、满族时尚、满族思想,成为北方通古斯人的标准",19世纪以来,"满语在吉林、沈阳和部分黑龙江地区消失之后,还在通古斯人和达斡尔人中保留着。就在瑷珲地区满语口语已经有显著变化的时候,通古斯和达斡尔的旗人却在使用满语文言",亦即"满语满文犹存而未改也"④。在达斡尔地区,来往书信、春节对联、办丧事的祭文等大多用满文。据1957—1959年民族调查,"三四十岁的人,大多数能识满文"⑤。而在达斡尔民间,则兴起"唱书"活动,达斡尔语称为"毕特何艾拉贝"(Bitegailaabei),意为用达斡尔语口译小说。口译时,要以一定的调式咏唱出来。译者所根据的本子多为满文的文学经典名著,如《三国演义》《西游记》《水浒传》《东周列国

---

① 郭道甫:《呼伦贝尔问题》,载奥登挂编《郭道甫文选》,内蒙古文化出版社2009年版,第125页。
② (清)鄂尔泰等修:《八旗通志·学校志四》,李洵、赵德贵主点校,第2册,东北师范大学出版社1985年版,第961页。
③ [日]鸟居龙藏:《东北亚洲搜访记》,汤尔和译,商务印书馆1926年版,第43页。
④ [俄]史禄国:《北方通古斯的社会组织》,吴有刚、赵复兴、孟克译,内蒙古人民出版社1985年版,第130页。
⑤ 中国科学院民族研究所内蒙古少数民族社会历史调查组编:《莫力达瓦达斡尔族自治旗概况及哈布奇屯达斡尔族情况》,内蒙古少数民族社会历史调查组1960年编印本,第24、25页。

志》等。

所以根据上述阐述的缘由，笔者认为敖拉·昌兴乌钦《莺莺传》极大可能来源于满汉合璧《西厢记》，反之，如果没有直接的反驳材料，想证明敖拉·昌兴乌钦《莺莺传》与满汉合璧《西厢记》没有关系，也是很难的。退一步说，即便没有关系，考虑到清代金批《西厢》广泛的影响，敖拉·昌兴也该读过金批《西厢》。况且金批《西厢》与满汉合璧《西厢记》中的汉文基本一致。因此，笔者认为敖拉·昌兴乌钦《莺莺传》源于满汉合璧《西厢记》，与金批《西厢》关系密切。

第二节　达斡尔族乌钦《莺莺传》与满汉合璧《西厢记》的人物情节关系

笔者认为达斡尔族乌钦《莺莺传》来源于康熙四十九年（1710）刻本满汉合璧《西厢记》，是对满汉合璧《西厢记》改编再创作而成。虽然基本情节一致，但在具体人物描写、情节增删等方面，还是有较大变化。以下逐章讨论两者人物情节关系的变化。

第一章《开篇之言》《惊艳》比较①

在这一章中，达斡尔族乌钦《莺莺传》与满汉合璧《西厢记》相比有如下变化。一是人物出场顺序不同。达斡尔族乌钦《莺莺传》主要引出两个人物，先是张生，后是莺莺，并且介绍莺莺一家的基本情况。而满汉合璧《西厢记》则相反，先是介绍莺莺一家的基本情况，然后才是张生出场。达斡尔族乌钦《莺莺传》开篇说："很早很早时，唐朝之时期。年轻文化人，名字叫张生。贞元年间时，前去考状元。二月之时候，路经河中府。进了普救寺，给菩萨磕头。见法本和尚，听讲解法事。"满汉合璧《西厢记》张生是在夫人引莺莺、红娘、欢郎下去之后出场的，并且这样自我介绍："小生姓张名珙。字君瑞，本贯西洛人也。先人拜礼部尚书，小生功名未遂，游于四方，即今贞元十七年，二月上旬，欲往上朝取应。路经河中府。"通过比较可知，达斡尔族乌

---

① 《开篇之言》是达斡尔族乌钦《莺莺传》第一章题目，《惊艳》是满汉合璧《西厢记》第一章题目，下文两者各章比较形式均同此。

钦《莺莺传》强调了张生所处的时代唐朝，并且语言更加直白，"Jaloo beitlee erdemtii"（年轻文化人），强调了文化人的身份，"Juang yuan ximneej iqiwud"（前去考状元），直接点明出行目的。满汉合璧《西厢记》则是"欲往上朝取应"。

二是人物形象描写不同。达斡尔族乌钦《莺莺传》关注重点人物张生和莺莺，其他人物都忽略了。满汉合璧《西厢记》却很细致。达斡尔族乌钦《莺莺传》"Pu jou sid warj, Pusaadini murwuj"（进了普救寺，给菩萨磕头），目的明确，给菩萨磕头，流露出达斡尔族社会对菩萨的礼敬。满汉合璧《西厢记》则是"闲散心""小生西洛至此，闻上刹清幽，一来瞻礼佛像，二来拜谒长老"。达斡尔族乌钦《莺莺传》张生"Fa ben heexenei aoljiij, Fa yosii giaanasen"（见法本和尚，听讲解法事），这在满汉合璧《西厢记》中，是在后面几章中出现的。达斡尔族乌钦《莺莺传》引出莺莺是在介绍完张生之后。"saowu baiwu hoorend, Sui xiang guo yi furen. Ugir kekuree dagalgaaj, Urkuenj beed gaqirsen"（正坐立之间，崔相国夫人，领来双子女，外面消遣回），说是张生坐立之间，见到崔相国夫人带莺莺、红娘在外面消遣。而在满汉合璧《西厢记》中这样铺垫他们的相遇："今日暮春天气，好生困人。红娘，你看前边庭院无人，和小姐闲散心，立一回去。（红娘云）晓得"。接着，达斡尔族乌钦《莺莺传》这样介绍莺莺及其家人：

lIgaa mutu ugineini,
花　　像　　女儿
Ing ing eluuwu nertei.
莺莺　　叫　　名
Arban naim nasodaa,
十　　八　　岁
Ali buwudei kuiqeesen.
样样　都　　会

Pii begei erdem,
笔　墨　学问

第五章 达斡尔族乌钦《莺莺传》与满汉合璧《西厢记》的关系　　167

Piqaanku huuleewu kaqin.
弹琴　　　吹　　各类
Oiwu niruwei bait,
针线　画画　　事
Ul xadewuini uwei.
不　会的　　没有

Huang lang elwu deuti,
欢郎　　　叫　弟弟
Hung niang elwu serunkutei.
红娘　　　叫　丫鬟
Egei　naajil Jang Hengd,
妈妈的　娘家　给　郑恒
Amtii　aatgaiq,
答应了　虽
Eilgeej ukuwu udien.
结婚　　给　未

Sui xiang guo yi yaseini,
崔相国　　　的　灵柩
Sumei yawaad talij.
寺庙　院里　放在
Bolingni　baagand,
在博陵　　墓地
Balj taliyaa eltegaigiq.
可以　放　　虽然

"如花之女儿，名字叫莺莺。年届十八岁，样样都会做。笔墨之学问，吹奏各种琴。针线及绘画，没有困难事。弟弟叫欢郎，丫鬟叫红娘。母亲之娘家，答应嫁郑恒，尚未行婚配。相国之灵柩，放在寺庙里。在博陵墓地，虽然可放下。"满汉合璧《西厢记》是在开篇通过老夫人介绍莺莺一家:"老身姓郑,夫主姓崔,官拜当朝相国,不幸病殁。只生这个女儿。小字莺莺,年方一十九岁,针黹女工,诗词书算,无有不能。相公在日,曾许下老身侄儿,郑尚书长子郑恒为妻。因丧服未满,不曾成合。这小妮子,是自幼服侍女儿的,唤做红娘。这小厮儿唤做欢郎,是俺相公讨来压子息的。相公弃世,老身与女儿扶柩,往博陵安葬,因途路有阻,不能前进。来到河中府,将灵柩寄在普救寺内。"通过比较发现,二者在对莺莺的介绍上有很大差别。达斡尔族乌钦《莺莺传》说"如花之女儿",满汉合璧《西厢记》中没有这样形象的描述。达斡尔族乌钦《莺莺传》说莺莺"年届十八岁",而满汉合璧《西厢记》是"年方一十九岁",相差一岁。达斡尔族乌钦《莺莺传》说莺莺"笔墨之学问,吹奏各种琴,针线及绘画,没有困难事",而满汉合璧《西厢记》则是"针黹女工,诗词书算,无有不能"。达斡尔族乌钦《莺莺传》把"笔墨之学问"排在前面,并且多了"吹奏各种琴",有琴棋书画样样皆通之态。满汉合璧《西厢记》首先提到"针黹女工",再提"诗词书算",两者强调的重点不同。达斡尔族乌钦《莺莺传》:"弟弟叫欢郎,丫鬟叫红娘。"满汉合璧《西厢记》则是:"这小妮子,是自幼服侍女儿的,唤做红娘。这小厮儿唤做欢郎,是俺相公讨来压子息的。"两者欢郎、红娘出现次序不同,达斡尔族乌钦《莺莺传》先是欢郎,后是红娘,满汉合璧《西厢记》则相反。达斡尔族乌钦《莺莺传》:"母亲之娘家,答应嫁郑恒,尚未行婚配。"满汉合璧《西厢记》则是:"相公在日,曾许下老身侄儿,郑尚书长子郑恒为妻。因丧服未满,不曾成合。"达斡尔族乌钦《莺莺传》:"相国之灵柩,放在寺庙里。在博陵墓地,虽然可放下。"满汉合璧《西厢记》则是:"相公弃世,老身与女儿扶柩,往博陵安葬,因途路有阻,不能前进。来到河中府,将灵柩寄在普救寺内。"

达斡尔族乌钦《莺莺传》:"力量之单薄,不能送达到。母女两个人,早晚在哭泣。"满汉合璧《西厢记》则是:"俺想相公在日,食前方丈,从者数百,今日至亲只这三四口儿,好生伤感人也呵!【仙吕·赏花时】(夫人唱)夫主京师禄命终,子母孤孀途路穷。旅榇在梵王宫。盼不到博陵旧冢,血泪洒杜鹃红。"两相比较,达斡尔族乌钦《莺莺传》比较直白。达斡尔族乌钦《莺莺传》提到的法本和尚:

第五章 达斡尔族乌钦《莺莺传》与满汉合璧《西厢记》的关系

"法本这和尚，腾给夫人房。每时和每刻，总要来照顾。"而满汉合璧《西厢记》法本和尚在第二章开篇，红娘奉夫人之命询问法本时才出场的："老僧法本，在这普救寺内主持做长老。"至于法本与夫人初次对话描写，那是在第四章《闹斋》里。达斡尔族乌钦《莺莺传》关注重点人物张生和莺莺，其他人物都忽略了。满汉合璧《西厢记》却很细致。

第二章《找到住房》《借厢》比较

张生初见莺莺一见钟情的情节，满汉合璧《西厢记》中是在第一章"（张生见莺莺红娘科）蓦然见五百年风流业冤！【元和令】颠不刺的见了万千，这般可喜娘罕曾见。我眼花缭乱口难言，魂灵儿飞去半天。"在达斡尔族乌钦《莺莺传》里则是在第二章《找到住房》中：

Belqee　xiusai　ujiseneese,
傻乎乎的　秀才　看到后
Boroot　bas　memerj.
很　又　发呆
Isen　sumseini　derdej,
九个　灵魂　飞
Ing ingd　hodirsen.
莺莺向　归于

Eneiyu　emeg　aawuoso,
她这个　妻子　娶
Ene　jalandee　kursen　elj.
这　辈子　够　说
Xareiyuu　niaarwu　turwund,
脸　留恋　缘故
Ximnej　iqiweeoq　heesen.
考　去　不去了

"傻秀才看到，两眼直发蒙。九个魂灵飞，归于莺莺处。娶上这妻子，享福一辈子。留恋这美色，不想去赶考。"

满汉合璧《西厢记》第二章《借厢》中，张生云："自夜来见了那小姐，着小生一夜无眠。今日再到寺中访那长老，小生别有话说。""（聪云）先生来了，小僧不解先生话哩。你借与我半间儿客舍僧房，与我那可憎才居止处，门儿相向。"达斡尔族乌钦《莺莺传》："因为有此事，怎么去相识？准备好礼物，让随从送去。来求老和尚，到寺院里找。借口来读书，搬进西边房。""借口来读书，搬进西边房"，此句语言比较俭省。满汉合璧《西厢记》则比较细致，有张生与方丈的对话旁白，有曲文："不要香积厨，不要枯木堂；不要南轩，不要东墙，只近西厢。靠主廊，过耳房，方才停当。快休提长老方丈。"张生遇到红娘，有一番描写。满汉合璧《西厢记》："（张生云）好个女子也呵！""（本云）先生少坐，待老僧同小娘子到佛殿上一看便来。（张生云）生便同行何如。（本云）使得。（张生云）着小娘子先行，我靠后些。"张生在红娘面前百般讨好。张生还有更积极的举动："（张生先出云）那小娘子一定出来也，我只在这里等候他者。"达斡尔族乌钦《莺莺传》这样描写："刚刚搬进去，正好红娘来。要把夫人话，告诉法本来。秀才意外见，非常之高兴。小姐之丫鬟，坚持耽搁久。为了能言谈，知道真想法，所做和所行，说出让知晓。"面对张生自我介绍，红娘义正词严。满汉合璧《西厢记》："（红云）谁问你来，我又不是算命先生，要你那生年月日何用。（张生云）再问红娘，小姐常出来么。（红怒云）出来便怎么。先生是读书君子，道不得个非礼勿言，非礼勿动。俺老夫人治家严肃，凛若冰霜。即三尺童子，非奉呼唤，不敢辄入中堂。先生绝无瓜葛，何得如此。早是妾前，可以容恕，若夫人知道，岂便干休。今后当问的便问，不当问的休得胡问。（红娘下）"达斡尔族乌钦《莺莺传》这样描写："姑娘很高傲，一直在拒绝。态度特坚定，纠缠真费劲。"不过，达斡尔族乌钦《莺莺传》中，红娘最后还是比较温和的："Tobsere aaxitii serunkui, Tert yiosei gianaj. Hesei tant guuruuji, Unqirj gaqikaa duatsen"（丫鬟特聪明，礼貌讲事理。透彻明旨意，孤单留一人）。

第三章《越墙吟诗》《酬韵》比较

满汉合璧《西厢记》第三章《酬韵》突出的是直接心理描写：

"张生上云:搬至寺中,正得西厢居住。我问和尚,知道小姐每夜花园内烧香。恰花园便是隔墙,比及小姐出来,我先在太湖石畔墙角儿头等待,饱看他一回却不是好。且喜夜深人静,月朗风清,是好天气也呵!'闲寻方丈高僧坐,闷对西厢皓月吟。'"达斡尔族乌钦《莺莺传》第三章《越墙吟诗》有两点不同。一是对张生等待的描写,达斡尔族乌钦《莺莺传》突出侧面心理描写:"日日心不静,想着能遇到。每夜在守候,等着好消息。"二是张生与莺莺对诗部分的写法不同,达斡尔族乌钦《莺莺传》没有写诗作的内容,只是说:

Jang Seng　eneiyu　ujier,
张　生　　这　　看到
Jiabxien　elji　baisej.
机会　　说　高兴
Keden　usuwu　irgeebuunei,
几　　句　　诗
Kejinei　aluur　ginxisen.
墙　　飞过　吟诵

"张生一看到,高兴机会来。作上几句诗,越墙来吟诵。"满汉合璧《西厢记》则是直接进行对诗,张生说:"小生试高吟一绝,看他说甚的:'月色溶溶夜,花阴寂寂春;如何临皓魄,不见月中人?'"莺莺说:"好清新之诗。红娘,我依韵和一首……'兰闺深寂寞,无计度芳春;料得高吟者,应怜长叹人。'"达斡尔族乌钦《莺莺传》突出评论的部分,且赞美张生:

Usuwuini　xinken　beitleen,
话语　　　新　　不但
Uhaaneini　bas　il.
意思　　　又　明显
Jorineini　ig　beitleen,
情意　　　大　还

Jugieseneini　　saikand.
编得　　　　　好

Ing ing　sonsoj　guuruusen,
莺莺　　听到　　明白
Igeer　buraan　tooxiej.
非常　　多　　佩服
Haroo　durubun　usuwei,
回答　　四　　　话
Hasgej　bas　jugieesen.
勉强　　又　　对上

"话语不但新，意思又明了。还有真情意，编得好又好。莺莺听明白，心中多佩服。回答四句诗，勉强来对上。"满汉合璧《西厢记》是赞美莺莺，并且是通过张生言语直接赞美："（张生惊喜云）是好应酬得快也呵！【秃丝儿】早是那脸儿上扑堆着可憎，更堪那心儿里埋没着聪明。他把我新诗和得忒应声，一字字，诉衷情堪听。【圣药王】语句又轻，音律又清，你小名儿真不枉唤做莺莺。"

第四章《痛悼亡灵》《闹斋》比较

达斡尔族乌钦《莺莺传》第四章《痛悼亡灵》中，有这样几处描写比较特别。比如描写张生相思之苦：

Haorei　duand　sard,
春季的　中　　月
Halun　kein　jeuleeken.
温暖　风　　软
Haana　halbin　uweid?
怎么　伙伴　　无
Haoqin　kuu　sanardbei.
旧　　　人　　想念

第五章 达斡尔族乌钦《莺莺传》与满汉合璧《西厢记》的关系

"春季中间时,暖风软又绵。怎么人又瘦?想念梦中人。"这一描写在满汉合璧《西厢记》中是在第三章张生莺莺夜晚对诗返回之后,"白日相思枉耽病,今夜我去把相思投正""也坐不成,睡不能"。描写张生急切想见莺莺,达斡尔族乌钦《莺莺传》中:"张生听到话,焦急不能忍。见到大和尚,大声哭求道:为了父母事,我以特殊入。"这一句在满汉合璧《西厢记》是在第二章中:"(张生哭云)哀哀父母,生我劬劳,欲报深恩,昊天罔极。小姐是一女子,尚思报本。望和尚慈悲,小生亦备钱五千,怎生带得一分儿斋,追荐我父母,以尽人子之心。便夫人知道,料也不妨。"可见,达斡尔族乌钦《莺莺传》为了改编的需要,调整了情节顺序。做法事当天,张生早早去等待,满汉合璧《西厢记》有一句"张先生早已在也",而在达斡尔族乌钦《莺莺传》这样描写:

Ter　udur　bolwuor,
那　　天　　到了
Teret　erd　bosj.
马上　早　　起来
Sume　euded　iqj,
寺庙　　门　　去
Saoj　bas　kulqeebei.
坐着　一直　　等

"那天到了后,马上早起来。到了寺庙去,长久坐着等。"当莺莺出场时,满汉合璧《西厢记》第四章《闹斋》中,这样描写莺莺出场时的美貌:"你看檀口点樱桃,粉鼻倚琼瑶,淡白梨花面,轻盈杨柳腰。妖娆,满面儿堆着俏。苗条,一团儿真是娇。"并且这样描写众僧对莺莺美貌的反应:"大师年纪老,高座上也凝眺。举名的班首真呆僋,将法聪头做磬敲。"而达斡尔族乌钦《莺莺传》将和尚对莺莺美貌的反应描写得更直接:

Uqiken jaloo heexengnini,
小　　年轻　　和尚
Onxiwu　lomooqig　martsen.
念的　　　经　　都忘了
Tepee　xaalgan　xiebinareini,
愣乎乎 调皮的　　徒弟们
Taruwu　ailegiq　aldsen.
弹　　　曲调　　错
Sardie　furen　ul　meden,
老　　　夫人　不　知道
Sanadaaa　buran　taxiyaj.
心里　　　很　　猜疑

"年轻小和尚，佛经都忘掉。调皮徒弟们，曲调弹走样。夫人不知道，心里正猜疑。"这个场景，引发了老夫人的狐疑。当做完法事，满汉合璧《西厢记》有一句："天明了也，请夫人小姐回宅""劳攘了一宵，月儿早沉，钟儿早响，鸡儿早叫。玉人儿归去得疾，好事儿收拾得早"。而达斡尔族乌钦《莺莺传》这样描写：

Taawun　gin　tarkwuor,
五　　　更　　响完
Tenger　bas　geiwuor.
天　　　也　　亮了
Sain　baitqig　barsen,
好　　事　　　做完
Saiken　kuuqig　harisen.
好看的　人　　　回去了

"五更已响完，天边已大亮。善事已做完，美人归去了。"最后一句"美人归去了"，增添了对莺莺之美的流连忘返之情。

第五章　达斡尔族乌钦《莺莺传》与满汉合璧《西厢记》的关系　175

第五章《寺庙受惊》《惊寺》比较

满汉合璧《西厢记》第五章这样描写孙飞虎抢掠莺莺："俺分统五千人马，镇守河桥。探知相国崔珏之女莺莺，眉黛青颦，莲脸生春，有倾国倾城之容，西子太真之色""掳掠莺莺为妻，是我平生愿足"。达斡尔族乌钦《莺莺传》第五章《寺庙受惊》中这样描写：

Tabqin hualag Sun Pei hu,
流氓　贼　孙　飞虎
Taawun　mianga　qereltii.
五　千　兵
Suni　gent　irsen,
晚上　突然　来了
Sumei　qikeerj　haasen.
寺庙　围住　挡

Irseneini　asoogaas?
为啥来　问
Ing ingni　awuirsen　elen.
莺莺　要　说
Ene　uginei　oloos,
这个　姑娘　得到的话
Enti　huainda　harbei　elen.
现在　往后　回　说

"贼将孙飞虎，带来五千兵。夜间偷来袭，来把寺庙围。若问为何来？要接莺莺回。得到此姑娘，立即往返回。"孙飞虎来抢掠莺莺，满汉合璧《西厢记》这样描写寺内情况："（法本慌上云）祸事到……老僧不敢违误，只索报知与夫人小姐。（夫人慌上云）如此却怎了，怎了。"而达斡尔族乌钦《莺莺传》："Sum kurqin oloor, Sums uwei awud"（寺庙所有人，魂灵全吓跑）。魂（sums）都吓跑了，具有达斡尔语言文化特点，描写更为生动。老夫人情急之下，以许配莺莺为退兵之策，"如今两下众人，不问僧俗，但能退得贼兵的，你母亲做主，倒陪房奁，便欲把你送与他为妻。"而达斡尔族乌钦《莺莺传》："没有办法时，夫人开口说：谁能救出人，小姐许配谁。"老夫人之语比较简洁直接。张生献退兵之计，满汉合璧《西厢记》："（张生鼓掌上云）我有退兵之计，何不问我""小生有一故人，姓杜，名确，号为白马将军，见统十万大军，镇守蒲关。小生与他八拜至交。我修书去，必来救我"。而达斡尔族乌钦《莺莺传》：

  Jan Seng enei sonsoor,
  张生 这 听到
  Jiebxian erji daodebei.
  机会 找 说
  Barisen ag deud Du Qued,
  拜把 兄弟 杜确
  Baraan walan qereltii.
  有很 多 兵
  Harqi jiexeei kurgeegees,
  封 信 送到
  Hualgei harilgaaj xadan.
  贼 退 能

"张生听到此，说到机会来。有兄弟杜确，他有很多兵。送去一封信，贼兵定能退。"后面派惠明搬救兵以及退兵情况的描写也是简洁明了："法本急慌慌，告知夫人来。派惠明和尚，远送一封信。三天后清晨，白马大将军。带兵已来到，围住贼兵后，山贼孙飞虎，即刻则投降。兄弟见面后，畅谈亲戚情。将军急回返，转回蒲关去。"而在满汉合璧《西厢记》中，情节就比较复杂了。

第六章《宴席同坐》《请宴》比较

满汉合璧《西厢记》第六章《请宴》内容比较多，但在达斡尔族乌钦《莺莺传》中此章内容很少，第六章《宴席同坐》只是开篇两节与此节关联：

第五章　达斡尔族乌钦《莺莺传》与满汉合璧《西厢记》的关系

Tabqin　hualag　yaoj,
掳掠　　贼　　走后
Tomirjii　amersen　huaina.
解脱　　　休息　　后
Sardi　furen　baissenaare,
老　　夫人　　高兴
Sarilwu　gelwui　eurkeesen.
设宴　　谈　　　开始
Jaruwu　ugine　iqilgeej,
丫鬟　　姑娘　　派去
Jan Sengni　orisend.
张　生　　　叫

"山贼被赶走,解脱休息后,夫人甚高兴,设宴来畅谈。派了丫鬟去,宴请张生来。"满汉合璧《西厢记》与此相关的内容这样写道:"(张生上云)夜来老夫人说使红娘来请我,天未明便起身,直等至这早晚不见来,我红娘也呵!(红娘上云)老夫人着俺请张生,须索早去者。"而满汉合璧《西厢记》此章后面红娘去请张生以及二人对话的情节,在达斡尔族乌钦《莺莺传》中就没有了。不过,达斡尔族乌钦《莺莺传》中却写了老夫人两次请宴,第一次请宴就在第六章中,题为"宴席同坐",此章老夫人还没有赖婚,这样写张生的喜悦心情:"急忙开口问,此是何原因?愣头愣脑样,马上就到来。"并进一步写第一次宴请场面:

Sarp　qomoo　talij,
筷子　酒杯　　放下
Sarin　xiree　eurkeewuor.
宴会　桌　　　开始
Sardi　furen　eurkeej,
老　　夫人　　开始

Sarin wuswuer banigalsen.
好 话用 感谢

Argi dars oolgaaj,
酒 类 喝给
Aimartan saikan saojooj.
愉快 好 一起坐
Idée budaa kaxkiej,
菜 饭 劝
Igeer buraan kundulj.
很 多 尊敬

Uqeek bas guaidwuor,
一会儿 又 过
Uignneemul orij.
把姑娘 叫来
Nek hundag barilgaaj,
一个 杯 敬
Nekend wair saolkaasen.
一起 近 坐

Ing ing duatere baisej,
莺莺 心里 高兴
Isgeewu sanaain uwei.
埋怨 心思 没有
Jang Seng ekmee itgej,
张生 更是 相信
Jowowu dur uwei.
累的 样子 没有

Mudur　degii　asoolqij,
龙　　凤　　互相　问
Nar　wanatl　saolqij.
太阳　到落　　坐
Ooj　idj　baraar,
喝　吃　完
Oriekoo　gerid　harisen.
晚上　　家　　回

"杯筷已摆好，宴会才开始。夫人先开口，说了感谢话。多多吃酒来，好好痛快饮。劝起饭菜来，谢意多遍说。酒过三巡后，叫了姑娘来。敬上一杯酒，靠近来坐下。莺莺心高兴，没有埋怨意。张生更相信，没有疲倦意。龙凤互相问，太阳落下山。酒过饭菜饱，夜间返回来。"描写了其乐融融的欢快场面。

第七章《反悔其言》《赖婚》比较

达斡尔族乌钦《莺莺传》第七章《反悔其言》，描写的是第二次宴请张生，老夫人反悔其言：

Gelj　saojosen　huainaa,
说　　坐　　　　以后
Keden　udur　bolwuer.
几　　　天　　过
Sardie　furen　bodorsaar,
老　　　夫人　思来想去
Sanaa　sergil　hobilsen.
意图　　想法　　变了

Uginiemul　haireljij,
姑娘　　　　惋惜
Ul　ukuwuor　tortoj.
不　给　　　决定

Hong niangnei　　jarj,
　红娘　　　　打发
Huadalq　　kurgenei　　gelsen.
　假　　　　女婿　　　叫来

"宴请张生后，多日过去了。夫人想又想，想法改变了。惋惜自家女，决定不出嫁。打发红娘去，叫来假女婿。"此段描写中把老夫人反悔心态写了出来，尤其一句"叫来假女婿"更是反映了老夫人不接纳张生的真实心理。"张生即刻到，桌子放好筷。一起又坐下，敬来黄酒喝。"描写张生二次赴宴的喜悦心情。"敬来黄酒喝"，把喝的是什么样的酒都写了出来，这在满汉合璧《西厢记》中是没有的。侧面反映出19世纪中期，达斡尔人家已经开始饮用黄酒了。"又把小姐叫，桌子两边坐。吃饭喝酒间，谈笑有风声。傻秀才高兴，自己难支撑。喝了还要喝，酩酊是大醉。"这里把张生喜悦之情表现出来，并且写了"Awun awun oorsaar, Antkaa bas sortsen"（喝了还要喝，酩酊是大醉），这在满汉合璧《西厢记》中也是没有的，即便是张生知道了老夫人反悔其言赖婚，张生也没有喝得酩酊大醉。这样描写张生酩酊大醉，笔者考虑是与达斡尔人的风俗习惯有关，也与达斡尔人的豪爽性格有关，表现张生酩酊大醉，显然能更好地被达斡尔人接受。满汉合璧《西厢记》是这样写张生饮酒的："（夫人云）将酒来，先生满饮此杯。（张生云）长者赐，不敢辞。"当老夫人悔婚之后，老夫人让红娘、莺莺给张生倒酒："（夫人云）红娘，看热酒来，小姐与哥哥把盏者。（莺莺把盏科）（张生云）小生量窄。""（夫人云）小姐，你是必把哥哥一盏者。（莺莺把科）（张生云）说过小生量窄。"这样张生才酒后告退："（张生云）小生醉也，告退。"关于老夫人悔婚情节，满汉合璧《西厢记》处理得也比较含蓄："（夫人云）小姐近前来，拜了哥哥者！"就这一句，张生、莺莺、红娘都知道，老夫人变卦了："（张生云）呀，这声息不好也。（莺莺云）呀，俺娘变了卦也。（红娘云）呀，这相思今番害也。"在张生追问之下，老夫人才说出悔婚缘由："今早红娘传命相呼。将谓永践金诺，快成倚玉。不知夫人何见，忽以兄妹二字，兜头一盖。请问小姐何用小生为兄，若小生真不用小姐为妹。常言算错非迟，还请夫人三思。（夫人云）这个小女，先相公在

第五章　达斡尔族乌钦《莺莺传》与满汉合璧《西厢记》的关系　181

日，实已许下老身侄儿郑恒。前日发书曾去唤他，此子若至，将如之何。如今情愿多以金帛奉酬，愿先生别拣豪门贵宅之女，各谐秦晋，似为两便。"这在达斡尔族乌钦《莺莺传》中描写比较直接：

Saimki　sortj　eurkeewuor,
刚　　　醉　　　开始
Sardie　furen　daodbei.
老　　　夫人　　说话了
Ene　udurei　budaad,
今　　天的　　饭
Eluni　yooqi　uwei.
特别　什么　没有

Ami　gargaasen　bailiiyu,
命　　救的　　　恩
Ali　udur　halgaan?
哪　　天　　报答吧
En　uqiiken　uginmini,
这个　小　　姑娘
Eteeyeesu　kuud　amtii.
原来　　　人家　许配过

Ter　udur　bendwudee,
那　天　　因着慌
Teikeenii　es　sansen.
那些　　　没　想过
Ene　udurees　tiidaa,
从今　天　　以后
Ekq　deu　barij.
兄　　妹　拜

```
Ekmee    wair    bolj,
 更      亲近    变
Enqukuen  bukie  sanamaa!
 别的     不要    想
```

"这边刚醉酒,夫人开口说:今天这顿饭,没有特别处。感谢救命恩,哪天能报答?这个小姑娘,原本已许配。那天因慌忙,没想那么多。从今往后起,拜为亲兄妹。亲近更亲近,其他不要想!"不过,达斡尔族乌钦《莺莺传》增强了心理描写:"张生一听到,无话可回答。脸色立刻变,来把小姐看。莺莺已明白,心里直埋怨。没有订牢靠,埋怨傻秀才。"满汉合璧《西厢记》这样描写张生、莺莺的心理活动:"【月上海棠】一杯闷酒尊前过,你低首无言只自摧挫。你不堪醉颜酡。你嫌玻璃盏大。你从依我,酒上心来较可。〔后〕你而今烦恼犹闲可,你久后思量怎奈何?我有意诉衷肠,怎奈母亲侧坐,与你成抛躲,咫尺间天样阔。"比较而言达斡尔族乌钦《莺莺传》对张生、莺莺的心理活动的描写更为直接。满汉合璧《西厢记》中,张生与老夫人有较长的对话询问退婚缘由,这在达斡尔族乌钦《莺莺传》中是没有的,而是以"赶快收碗筷,宴请结束后。所请宴会人,酒醒送回去"收束此章。

第八章《弹琴演奏》《琴心》比较

满汉合璧《西厢记》中第七章末尾老夫人让红娘送张生回去。这就出现了红娘给张生出主意之事:"(红娘云)妾见先生有琴一张,必善于此。俺小姐酷好琴音。今夕,妾与小姐,少不得花园烧香。妾以咳嗽为号,先生听见,便可以弹。看小姐说甚言语,便将先生衷曲禀知。"这就引出第八章《琴心》中的情节。而达斡尔族乌钦《莺莺传》第八章《弹琴演奏》当中,是张生一病不起之后,红娘在看望张生时给其出了主意:

```
Sain   bait   erdersend,
 好    事     坏了
Xiusai  bas  goxirj.
 秀才   也   伤心
```

第五章 达斡尔族乌钦《莺莺传》与满汉合璧《西厢记》的关系

Ter udurees huaindaa,
那 天 以后
Tert gitej eudsen.
当时 痛苦 病了

Ami olowu arag uwei,
活 得到 办法 没有
Antkaa aglij aatel.
相当 烦躁 时
Hatanni jaralei dagj,
夫人的 命令 服从
Hong niang gent wajirsen.
红娘 忽然 进来

Eteed eurei asooj,
先 病 问
Enken terken usuguljiwud.
这个 那个 说
Belqee xiusai baisej,
傻乎乎的 秀才 高兴
Bei uweiyee daoriesen.
有 没有 述说

Daswuu arageiyu erij,
治的 方法 找
Dagin dagin goiwud.
一次 一次 求
Sanaa saintii serunku,
心 好的 丫鬟
Sain arga bodej.
好 办法 想

Qin　tqrkaj　tatlaawui,
琴　　弹　　　联系
Qikidini　xibkaalqij　jaasen.
耳朵里　　悄悄　　　告诉

"好事没成功，秀才很伤心。自从那天后，痛快病不起。活着无办法，真是很烦躁。服从夫人令，红娘忽进来。先是问病情，这个那个说。傻秀才高兴，述说有没有。寻找治病法，一次一次求。好心这丫鬟，想出好办法。弹琴很奏效，耳边悄悄讲。"满汉合璧《西厢记》第八章这样写张生弹琴以及莺莺的反应："（张生云）窗外微有声息，定是小姐，我试弹一曲。（莺莺云）我近这窗边者。（张生叹云）琴呵，昔日司马相如求卓文君，曾有一曲，名曰文风求凰。小生岂敢自称为相如，只是小姐呵，教文君将甚来比得你。我今便将此曲依谱弹之。……（莺莺云）是弹得好也呵。其音哀，其节苦，使妾闻之，不觉泪下。"达斡尔族乌钦《莺莺传》这样描写张生弹琴和莺莺的反应：

Qinee　uwei　aatgaiq,
力气　没有　虽然
Qinee　ilaaseini　jugiej.
把琴　弦　　　调
Xian rru yi madaneni　tarkej,
相如　　　最后的段　弹
Xiaojied　sonselkaaj.
给小姐　　听

Ing ing　duarelj　sonsej,
莺莺　　喜欢　　听
Igeer　bas　wayirj.
非常　又　心软

Sardie	igeesee	isgeej,
老人	先辈	埋怨
Sanaa	baraan	mootbei.
心里	非常	难过

"力气虽没有，来把琴弦调。奏相如一段，弹给小姐听。莺莺喜欢听，心里又柔软。来把老人怨，心里很难过。"这里出现了莺莺埋怨老夫人，这在满汉合璧《西厢记》第八章中是没有的，有的是莺莺在张生面前替母亲开脱："（张生推琴云）夫人忘恩负义，只是小姐，你却不宜说谎呵。（红娘掩上科）（莺莺云）你错怨了也。【东原乐】那是俺娘机变，如何妾脱空，他由得俺乞求效鸾凤。他无夜无明并女工，无有些儿空。他那管人把妾咒诵。"表现了莺莺隐藏内心痛苦、遮掩真心意的举动。而在达斡尔族乌钦《莺莺传》中，莺莺情感外露，"来把老人怨，心里很难过""往墙那边看，几次气短叹"，有达斡尔人的性格特点。

第九章《传送书信》《前候》比较

满汉合璧《西厢记》中，莺莺听琴之后牵挂张生："（莺莺引红娘上云）自昨夜听琴，今日身子这般不快呵。红娘，你左则闲着，你到书院中看张生一遭，看他说甚么，你来回我话者。"莺莺让红娘去看望张生。而达斡尔族乌钦《莺莺传》第九章《传送书信》这样描写：

Saruulei	ilaan	gegeend,
月	光	亮
Saiken	ailagei	sonsenees.
好	曲	听了后
Xiaojie	antekaa	wayirj,
小姐	相当	软下来
Xiiwej	ekel	sanbei.
担心	还	想
Jarewu	uginii	iqilgeej,
丫鬟	让	派去

Jang Sengnei　　eurini　　ujiiqilgeesen.
张生　　　　　病　　　　看去

"月光格外亮，听了好曲后，小姐心肠软，不免牵挂念。派去府丫鬟，看望病张生。"满汉合璧《西厢记》中，张生急切问红娘，小姐有何言语，但红娘并未直接说："（张生云）夜来多谢红娘姐指教，小生铭心不忘。只是不知小姐可曾有甚言语。（红娘掩口笑云）俺小姐么，俺可要说与你。他昨夜风清月朗夜深时，使红娘来探你。他至今脂粉未曾施，念到有一千番张殿试。"但在达斡尔族乌钦《莺莺传》中就比较直接了：红娘"刚进秀才房，即转莺莺言"。对张生的描写也比较直接："秀才一听到，病情有所减，认为机会到，进一步打听。"达斡尔族乌钦《莺莺传》叙写了张生反复感谢红娘的场景：

Unun Jarsen elwud,
真的　拒绝　说
Undeij　tert　bosoj.
抬起头 马上　站起
Juuwuj　bas　horqij,
向　　　还　　后看
Jao　dagie　dorolsen.
一百　次　　鞠躬

Hong niang　jouoosend,
红　娘　　辛苦了
Haroo　bangi　hiij.
答谢　态度　表达
Kuqii　qinee　warj,
力　　气　　恢复
Kunggeen　xingeen　aaxilbei.
轻快　　　新的　　　表情

第五章　达斡尔族乌钦《莺莺传》与满汉合璧《西厢记》的关系

"说起拒婚话，立即抬起头。转向身子来，百次来鞠躬。红娘很辛苦，表达感谢意。气力有恢复，全身觉轻松。"对于传送书简，满汉合璧《西厢记》这样描写："（张生云）小姐既有见怜之心，红娘姐，小生有一简，可敢寄得去，红娘姐带回。"红娘不肯送信："【上马娇】他若见这诗，看这词，他敢颠倒费神思。他拽扎起面皮道，红娘，这是谁的言语，你将来。这妮子，怎敢胡行事。嗤嗤扯做了纸条儿。"张生要送红娘金帛："（张生云）小姐决不如此，只是红娘姐不肯与小生将去。小生多以金帛拜酬红娘姐。"红娘拒绝金帛："【胜葫芦】你个挽弓酸徕，没意儿，卖弄你有家私。我图谋你东西来到此。把你做先生的钱物，与红娘为赏赐，我果然爱你金资。〔后〕你看人似桃李春风墙外枝，卖俏倚门儿。我虽是女孩儿，有志气。你只合道，可怜见小子，双身独自！我还有个寻思。"最终答应送信："（红云）兀的不是也。你写波，俺与你将去。"但在达斡尔族乌钦《莺莺传》中是这样描写的：

Xiaojied　ukuiqlgeewu　jiexieyu,
小姐　　送给　　　东西
Xilemdeej　bas　ukuwud.
恳请　　　又　　给时
Hong niang　ul　awun,
红娘　　　不　要
Hoyooloo　antkaa　giaansen.
两个人　　相当　　讲理

Borooti　ul　bolwud,
实在　　不　行
Belqee　xiusai　bendej.
傻乎乎　秀才　着急
Uqeek　yomu　ukuweer,
少　　东西　给点后
Usuwuini　bas　jeulersen.
说的话　　也　缓和

"给小姐东西,恳请能送达。红娘再推辞,两人各执意。红娘说不行,秀才特着急。送点东西后,说话也缓和。"红娘接受了礼物。接着写道:"一封纸书信,揣袖转回来,明给不能成,放在花盒里。"并且书写了红娘如何藏书信,带回后又如何巧放书信。

第十章《拿信发怒》《闹简》比较

满汉合璧《西厢记》中,红娘拿回张生的信,放在莺莺的妆盒里:"只是这简帖儿,俺那好递与小姐。俺不如放在妆盒儿里,等他自见"。但这段在达斡尔族乌钦《莺莺传》中是在第九章:

   Harqi qaas bitegei,
   一封 纸 书
   Hanqlaaj huaindaa hajirj.
   装袖   里   回来
   Il ukuj ul xaden,
   明 给 不 能
   Ilgaatii neemed talisen.
   有花 盒 放在

"一封纸书信,揣袖转回来,明给不能成,放在花盒里。"满汉合璧《西厢记》描写了莺莺看到信后先是喜悦后是佯装愠怒的情态:"将简帖儿拈,把妆盒儿按,拆开封皮孜孜看,颠来倒去不害心烦。只见他俺厌的扢皱了黛眉。忽的低垂了粉颈,蓦的改变了朱颜。(红做意科,云)呀,决撒了也。(莺莺怒科,云)红娘过来。(红云)有。(莺云)红娘,这东西那里来得。我是相国的小姐,谁敢将这简帖儿来戏弄我,我几曾惯看这样东西来。我告过夫人,打下你这个小贱人下截来。"达斡尔族乌钦《莺莺传》第十章《拿信发怒》这样描写莺莺情态:

   Sanaadaa hed baisetgaiqig,
   心里 虽 高兴
   Xareini tert walaij.
   脸 立刻 发红

Huadlaar　aor　kurj,
假装　　气　生
Hong niang　ni　ailgaabei.
红娘　　　把　训斥

Ene　　geri　aagaasaa,
在这个　家　　的话
Eteeyes　bas　qaajtii.
向来　　还是　有规矩
Duatereig　beedig　usuwui,
家里　　　外的　　话
Dembel　anin　aqirsen?
胡说　　谁　　带来的

"心里虽高兴，脸上却发红。假装在生气，来把红娘斥。这个家里面，向来有规矩。家里有外物，胡说谁带来？"莺莺进一步训斥红娘："耽搁很久后，训斥又教育，已经完结事，不能追赶上。"满汉合璧《西厢记》中，红娘被莺莺埋怨训斥之后，并未忍耐，而是申诉："（红云）小姐使我去，他着我将来。小姐不使我去，我敢问他讨来，我又不识字，知他写的是些甚么。"表现了红娘泼辣的性格。达斡尔族乌钦《莺莺传》却表现了红娘的忍气吞声："可怜此丫鬟，为谁在受过？小姐话难听，一直无声音。"满汉合璧《西厢记》中，莺莺告知红娘此事勿让外人知道："（莺莺云）红娘，早是你口稳来，若别人知道呵，成何家法。今后他这般的言语，你再也休提。我和张生，只是兄妹之情，有何别事。"达斡尔族乌钦《莺莺传》的表达则更加直接："自此以后事，不许如此做，夫人知道后，能有好处吗？"此外，达斡尔族乌钦《莺莺传》直接描写莺莺心理："把话说完后，脸色转过来，无奈低着头，接连直叹气。"在满汉合璧《西厢记》中，莺莺的表现没有像这样直接外露，而是内敛含蓄。

第十一章《莺莺翻脸》《赖简》比较

满汉合璧《西厢记》中，莺莺让红娘送信这个情节是在第十章：

"（莺莺云）虽是我家亏他，他岂得如此。你将纸笔过来，我写将去回他。"红娘先是拒绝送信："（红云）小姐，你又来，这帖儿我不将去，你何苦如此。"后是送信："俺若不去来，道俺违构他。张生又等俺回话，只得再到书房。"在达斡尔族乌钦《莺莺传》第十一章《莺莺翻脸》中，红娘没有这个假意不去的过程：

Xiaojie　jiexieyu　olsenaasaa,
小姐　　信　　　收到后
Xar　unguini　mootoj.
脸　　色　　　变坏
Gebkewu　oyin　kequud,
思念　　　心　　苦
Gent　arag　bodoj.
忽然　办法　想到

Jarewu　uginii　orij,
丫鬟　　姑娘　叫来
Jaaj　bas　daudbei：
告诉　又　　说道
Eur　dasewu　bitegeiyu,
病　　治的　　书信
Emel　agd　ukuiqie！
前　　哥哥　送去

Eurini　saiken　asooj,
病　　　好好　　问
Enti　　hordun　hajir！
一会儿　快　　　回来
Huandaa　emildee　yawursaar,
往后　　　往前　　　走着

第五章　达斡尔族乌钦《莺莺传》与满汉合璧《西厢记》的关系　191

    Hong niang　antkaa　guuruusen.
    红娘　　　相当　　明白了

    Beed　iwaad　kurj,
    外面　　院　　到
    Bitegee　ukusen　madanaar.
    信　　　给　　　后
    Xiaojie　duatergi　jixieyu,
    小姐　　里面的　　信
    Xibkej　asooj　guuruusen.
    详细　　问　　　清楚

"小姐收信后，脸色就变坏。思念心很苦，忽然办法想。叫进丫鬟来，告诉又说道：将此治病信，送给哥哥去。好好问病情，早早快回来！向前向后行，红娘明白了。到了院外边，给兄书信后。小姐书信里，详细问清楚。"不仅如此，红娘还把张生的情况反馈给莺莺："红娘得知后，往后转回来，张生病之情，转述给小姐。"这个情节在满汉合璧《西厢记》中是没有的。满汉合璧《西厢记》中，莺莺信中赋诗暗约夜间见面："（红娘上云）今日小姐着俺寄书与张生，当面偌多假意儿，诗内却暗约着他来。小姐既不对俺说，俺也不要说破他，只请他烧香，看他到其间怎生瞒我！（红娘请云）小姐，俺烧香去来。（莺莺上云）花香重叠晚风细，庭院深沉早月明。"达斡尔族乌钦《莺莺传》提到：

    Suni　orie　bolwuor,
    夜　　晚　　到
    Saruul　saimki　gaqirwuor.
    月亮　　刚　　　出来
    Ing ing　Hong niangni　dagalgaaj,
    莺莺　　把 红娘　　　　领着
    Ilgai　iwaad　iqisen.
    花　　园　　去

"到了夜间里，月亮刚出来。莺莺领红娘，前往花园去。"表现了莺莺的急切心情。满汉合璧《西厢记》中，张生跳墙过去与莺莺见面有一番对话："（张生跳墙科）（莺莺云）是谁？（张生云）是小生。（莺莺唤红娘云）（红娘不应科）（莺莺怒云）哎哟，张生，你是何等人，我在这里烧香，你无故至此，你有何说。（张生云）哎哟。"并且后文出现莺莺、红娘审问张生的情节："（莺莺云）红娘，有贼。（红云）小姐，是谁。（张生云）红娘，是小生。（红云）张生，这是谁着你来，你来此有甚么勾当。（张生不语科）（莺莺云）快扯去夫人那里去。（张生不语科）（红云）扯去夫人那里，便坏了他行止。我与小姐处分罢。张生，你过来跪着。你既读孔圣之书，必达周公之礼，你黉夜来此何干？香美娘处分花木瓜。中看不中吃。"在达斡尔族乌钦《莺莺传》里，红娘躲到一边去没有再出现，给莺莺、张生创造了相会空间：

Kurj　saimki　iqij,
到　　刚　　　去
Kuj　bariwu　　ordon.
香　　拿　　　　以前
Hong niang　yomud　kaaltaj,
红娘　　　　　事　　借口
Gaitii　qaana　iqisen.
忽然　　那边　　去

Uqiken　xiusai　medej,
小　　　秀才　　知道
Undur　kejinii　aoriewuor.
高　　　墙　　　翻过
Xiaojie　bendj　serunkuo　oriwud,
小姐　　紧张　　丫鬟　　　叫
Xueqig　dao　ul　garan.
一直　　声　没有　出

第五章 达斡尔族乌钦《莺莺传》与满汉合璧《西厢记》的关系 ✤✤ 193

Ekel　　bas　　barikirwud,
还　　　又　　　喊时

Emelde　bolej　iqsen　huaine.
　　向前　　移步　　后

Ing ing　ilentej,
莺莺　下不了台

Igeer　bas　haraij.
毅然　又　回

Haalag　　eudee　goljigaaj,
把大门　　房门　　锁好

Huaindaa　morkij　warsen.
往后　　　转回　　进

"刚刚一到去,手拿陈年香。红娘借口事,忽然那边去。小秀才知道,高墙翻过去。小姐叫丫鬟,一直没有声。多次在叫喊,向前移步后。莺莺无办法,只能又返回。锁好院房门,向后转回去。"莺莺、张生相会,没有红娘在场,给读者留下了想象的空间。

第十二章《再次约会》《后候》比较

满汉合璧《西厢记》中,莺莺赖简之后,张生回去病重,法本告诉老夫人,老夫人派红娘探望张生:"(夫人上云)早间长老使人来说,张生病重。我着人去请太医,一壁吩咐红娘看去,问太医下什么药,是何病症候,脉息如何,便来回话者。(夫人下)(红娘上云)夫人使俺去看张生。夫人呵,你只知张生病重,哪知他昨夜受这场气呵,怕不送了性命也。(红娘下)"达斡尔族乌钦《莺莺传》第十二章《再次约会》这样写:

Aoljij　　bas　ul　xadaar,
见面　　　又　不　行

Agljiij　　getwu　katuud.
烦躁　　　清醒　　很难

Erdemtii　xiusaiyu　　eureini,
有学问的　秀才的　　　病
Ekmee　　bas　nemerdejsen.
尤其是　　又　　加重

Keden　　konoor　eudseneer,
几　　　　天　　　病后
Kuuyuu　garid　warj.
别人　　　手　　中
Ereeqilewu　neuruwu　daoyin,
叫喊　　　　呻吟　　　声音
Emel　yawaad　sonserdbei.
前　　院　　　听见

Fa ben　hesheng　bendej,
法本　　和尚　　　着急
Furend　jaaqilwuor.
夫人向　告诉
Hong niang　ni　jarj,
红娘　　　　把　派
Hordon　yaarj　ujiiqilgesen.
急　　　忙　　　看去

"见面不容易，烦躁难清醒。秀才这一病，重上更加重。病了多日后，他人来伺候。叫喊呻吟声，前院听得见。法本很着急，告诉夫人情。急忙派红娘，看看何病情。"满汉合璧《西厢记》中莺莺得知张生病重，让红娘送"药方"："（莺莺上云）张生病重，俺写一简，只说药方，着红娘将去，与他做个道理。（唤红娘科）（红应云诺）（莺莺云）张生病重，我有一个好药方儿，与我将去咱。"达斡尔族乌钦《莺莺传》：

第五章 达斡尔族乌钦《莺莺传》与满汉合璧《西厢记》的关系

Ing ing   xiaojie,
莺莺   小姐

Iqiwu   yoldonni   medej.
去   把机会   知道

Duatargij   narin   sanaayu,
内心   细   心思

Durbeljin   qaased   kij.
方块   纸   写上

Hoqij   bas   penpilj,
包   还   封上了

Hong niangd   aapuusen.
红娘对   交代

Ene   em   aagaasaa,
这个 药   哇

Eurei   daswud   nertii.
病   治   有名

Terend   saiken   jaaj,
她   好好   告诉了

Tert   hordon   ootgai   elee!
马上   快   喝   说是

Jarwu   ugin   serunki,
侍   女   丫鬟

Jang Sengd   arqij   ukuweer.
给张生   带去   给了

"小姐崔莺莺，知道此机会。内心真想法，写进方块纸。封上书信后，交代给红娘，此为医病药。治病很有名。她好好告之，马上让他喝！侍女此丫鬟，拿给张生去。"满汉合璧《西厢记》中张生接到"药方"，顿时身体好转："这另一个甚么好药方儿，送来与先生。（张生云）在哪里。（张生云）在那里。（红授简云）在这里。（张生开读，立起笑云）我好喜也，是一首诗。（揖云）早知小姐诗来，礼合跪接。红娘姐，小生贱体不觉顿好也。"达斡尔族乌钦《莺莺传》："夜半来约会，估计会知道，红娘似未知，转后即回来。前往说的话，回给莺莺讲。进了屋子里，主意已决定，小姐直到走，担心被拒绝。"

第十三章《书信约会》《酬简》比较

满汉合璧《西厢记》中，写红娘催促莺莺去见张生："（红云）不争你睡呵，那里发付那人。（莺莺云）甚么那人。（红云）小姐，你又来也，送了人性命不是耍。你若又反悔，我出首与夫人，小姐着我将简帖儿，约下张生来。（莺莺云）这小妮子倒会放刁。（红云）不是红娘放刁，其实小姐切不可又如此。（莺莺云）只是羞人答答的。（红云）谁见来，除却红娘姐，并无第三个人。"达斡尔族乌钦《莺莺传》第十三章《书信约会》描写却有不同：

  Suni orie boleeor,
   夜 晚 到
  Xiaojie wantbei elwud.
   小姐 睡觉 说
  Hong niang ekel kaxikiej,
   红娘   还是 劝
  Hordon yaoyaa elbei.
   快   走   说

  Ing ing borooti ilenteej,
   莺莺 实在 无奈
  Iqwo aiwuoq martsen.
   羞 害怕 忘了
  Ukaa sanaa yaodlaa,
   办法 意图 把做法
  Ugin serunkud jaaj.
   姑娘 丫鬟 告诉

第五章　达斡尔族乌钦《莺莺传》与满汉合璧《西厢记》的关系　　197

Hong niang　jubxiej,
红娘　　　同意
Hoyooloo　nek　bolsen.
两个人　　一个　成了
Eteed　serunkue　iqlgeej,
先　　把丫鬟　　让去
Eud　haalagaa　neelgej.
门　大门　　打开

Beyini　huainaasini　alkuj,
自己　　在后面　　走着
Bitegei　gerid　iqsen.
书的　　房子　去

"夜晚一来到，小姐说睡觉。红娘还在劝，快快前赴会。莺莺实无奈，忘了羞与怕。心里真想法，告诉这丫鬟。红娘很赞同，两人一条心。先让丫鬟去，打开房门来。自己后面走，赶往书房去。"这里出现了莺莺与红娘商量，告诉了红娘自己的真实想法，并让红娘去开门，好赶往书房与张生相会。满汉合璧《西厢记》中的莺莺没有这样大胆主动，红娘反复催促，她就是不语，只是脚步已迈开来："（红娘催云）去来，去来，（莺莺不语科）。（莺莺催云）小姐，没奈何，去来，去来，（莺莺不语，作意料）。（红娘催云）小姐，我们去来，去来，（莺莺不语，行又住科）。（红娘催云）小姐，又立住怎么，去来！去来！（莺莺不语，行科）。（红娘云）我小姐语言虽是强，脚步儿早已行。"张生见到莺莺后，满汉合璧《西厢记》这样写道："（敲门科）（张生云）小姐来也。（红云）小姐来也，你接了衾枕者。（张生揖云）红娘姐，小生此时一言难尽，惟天可表。"达斡尔族乌钦《莺莺传》这样写：

Tepee　xiusai　medeer,
愣　　秀才　　知道

Tengerees   bojirsen   mutu.
从天   下来的   一样

Ul   baii   baisej,
盲目   高兴

Ortej   euddee   gaqirsen.
迎   门   出来

Niadem   aoljisen   huainaa,
脸   见   后

Nekqi   usuwu   uwei.
一句都   话   没有

"愣秀才知道，犹如从天降。迷糊又高兴，立即迎门出"，并且说"两人相遇后，一句话没有"。满汉合璧《西厢记》并非如此，莺莺虽然一直不语，张生还是说了很多情话："（张生见莺莺跪抱云）张珙有多少福，敢劳小姐下降。【村里迓鼓】猛见了可憎模样，早医可九分不快。先前见责，谁承望今宵相待。小姐这般用心，不才张珙合跪拜。小生无宋玉般情，潘安般貌，子建般才。小姐，你只是可怜我为人在客。（莺莺不语）（张生起，推莺莺坐科）"包括合欢之后，张生说了情话，莺莺也是不语："（张生起，跪谢云）张珙今夕得侍小姐，终身犬马之报。（莺莺不语科）（红娘请云）小姐，回去罢，怕夫人觉来。（莺莺起行，不语科）（张生携莺莺手再看）愁无奈。"关于两人相会情节，满汉合璧《西厢记》中说："【上马娇】我将你纽扣儿松，我将你罗带儿解，兰麝散幽斋，不良会把人禁害。哈，怎不回过脸儿来。（张生抱莺莺，莺莺不语科）"只写莺莺害羞，并未写张生不好意思。达斡尔族乌钦《莺莺传》这样描写，"Erwun emwun hoyool, Ekel bas mowobei"（男女两个人，还是难为情），写出两人腼腆之情。而描写红娘，满汉合璧《西厢记》中说："（红娘推莺莺上云）小姐，你进去，我在窗儿外等你。"红娘在外既为避开，也为警戒。达斡尔族乌钦《莺莺传》只写其避开的意图："聪明此红娘，心里早知道。借口找缘由，出到门外去。"关于两人交欢情节，满汉合璧《西厢记》中说："【胜葫芦】软玉温香

第五章 达斡尔族乌钦《莺莺传》与满汉合璧《西厢记》的关系

抱满怀。呀,刘阮到天台。春至人间花弄色。柳腰款摆,花心轻拆,露滴牡丹开。〔后〕蘸着些儿麻上来。鱼水得和谐。嫩蕊娇香蝶恣采。你半推半就,我又惊又爱。檀口揾香腮。"表达含蓄而有节制。达斡尔族乌钦《莺莺传》:

  Wu shan   eulen   urkund,
  巫山   云   浓
  Utlee   huar   warsenii,
  一直   雨   下
  Uluu   bukie   uswuljyaa!
  多余的   不要   说了

"巫山云正浓,一直雨不停,多余话不讲!"合欢结束之后,张生以为在梦中,满汉合璧《西厢记》中说:"今夜和谐,犹是疑猜。露滴香埃,风静闲阶,月射书斋,云锁阳台。我审视明白,难道是昨夜梦中来。"达斡尔族乌钦《莺莺传》:"亭楼阳台里,梦里很清晰,果真身结合,忙着说什么!"并且进一步描写合欢之后的情态:

  Sanaa   sergil   amerwuor,
  心   稍微   平静
  Sarmilt   bas   jiisen.
  眉毛   也   舒展
  Sain   bait   butwuor,
  好   事   办完后
  Saruul   saimaaki   gaqirsen.
  月亮   才   出来了

  Ing ing   Hong niang   hoyool,
  莺莺   红娘   两个
  ylgai   iwaayees   morkij.
  从花   园   转去

```
Aawuu    gerid    irj,
住的      房       来了
Amarj    tert     wantsen.
休息      当时     睡觉
```

"心里稍平静，眉毛也舒展"，配上环境描写，"好事完成后，月亮才出来"，这几句更有意境，并进一步写莺莺、红娘大大方方回去休息："莺莺红娘俩，从花园转去。来到卧榻间，来睡眠休息。"这要比满汉合璧《西厢记》更深入。

第十四章《拷问丫鬟》《拷艳》比较

关于张生与莺莺幽会大白天下的描写，满汉合璧《西厢记》中是老夫人从莺莺处发现端倪："（夫人引欢郎上云）这几日见莺莺语言恍惚，神思加倍，腰肢体态别有不同，心中甚是委决不下。"又从欢郎之口得到信息："（欢郎云）前日晚夕，夫人睡了，我见小姐和红娘去花园里烧香，半夜等不得回来。"通过拷问红娘，才知事实："他两个经今月余，只是一处宿。何须一一搜缘由。"达斡尔族乌钦《莺莺传》第十四章《拷问丫鬟》却这样描写：

```
Orie    tualaan    kuj  bariwui,
晚上    每         香    上
Olor    gub    medej.
人们    都     知道了
Ilgaai    iwaad    yaojoowui,
在花      园       来往
Igenghi    kuuqig    medsen.
众         人        知道了

Sardie    furenni    beyi,
老        夫人       本身
Sur    sar    sonsj.
一点点     听到
```

第五章　达斡尔族乌钦《莺莺传》与满汉合璧《西厢记》的关系　201

Elkee　qinkee　bas,
轻闲　安静中　还
Exini　totoon　medsen.
背后　暗中　知道了

Ing ingni　aaxini,
莺莺的　样子
Igeer　hobilj.
明显　变化了
Hong niangnei　duureini,
红娘的　　　表情
Haoqinasaa　hooxikie　bolsen.
和原来　　不一样　变得

"每晚来上香，人们都知道。花园人来往，众人都知晓。老夫人本人，一点点听到。清闲安静时，暗中晓此事。莺莺的样子，明显有变化。红娘之表情，变得不一样。"达斡尔族乌钦《莺莺传》里，张生、莺莺情事众人皆知，老夫人最后才知道，这也许说明达斡尔族社会没有受礼教过深的束缚。这与满汉合璧《西厢记》中老夫人通过怀疑拷问红娘之后才知道此事有很大不同。达斡尔族乌钦《莺莺传》拷问红娘是进一步证实事实：

Serunki　ugini　orij,
丫鬟　姑娘　叫来
Xibkaaj　tert　asowud.
弄清　立刻　问
Xadeltii　uqiiken　serunki,
有本事的　小　　丫鬟
Xueqig　usuwuu　es　aldsen.
向来　　话　　未曾　失误

Jinqij　negej　asoowud,
打　　追　　问时
Jooj　ul　xaden.
瞒　不　能
Yaosen　walan　yabdalei,
做的　　许多　把事情
Yiergienini　gub　jaasen.
实际　　　全　告诉了

"把丫鬟叫来，催促即刻问。聪明小丫鬟，未曾失误过。拷打追问时，不能瞒此事。就把许多事，实情全说出。"得知实情后，满汉合璧《西厢记》中老夫人这样说："（夫人云）这小贱人，倒也说得是。我不合养了这个不肖之女，经官呵，其实辱没家门。罢，罢，俺家无犯法之男，再婚之女，便与了这禽兽罢。红娘，先与我唤那贱人过来。"老夫人默认了这个事，并准备把莺莺许配给张生。达斡尔族乌钦《莺莺传》中老夫人有心理活动：

Furen　sonsoj　baraar,
夫人　听　　刚完
Sanaadaa　baraan　gengulj.
心里　　　很　　后悔
Kekur　urei　bait,
儿　　女的　事
Kerq　kij　ul　bolon.
怎　　么也不　行

Ergilgeej　bodej　irees,
反过来　　想　　来
Enqukeen　arag　uwei.
别的　　　办法　没有

第五章 达斡尔族乌钦《莺莺传》与满汉合璧《西厢记》的关系　203

Nektee　barsen　bait,
已经　完了的　事
Ner　osd　iqirdewu.
名声　　有辱

Jang Seng　ni　ujies,
张生　　把　看
Jaloo　beitlee　erdemtii.
年轻　又有　　学问
Juang yuan　ximneej　olooseinii,
状元　　　考　　　得到
Xiaojie yu　ukuj　bolon.
小姐　　　给　　可以

Sardie　furen　bodj,
老　　夫人　考虑
Sanaa　tert　tortoj.
心里　马上　决定
Sain　udurei　ujii,
好　　天　　看
Ximnej　bas　iqilgeebei.
考　　　又　　让去

"夫人刚听完，心里很后悔。儿女之事情，怎么都不行。反之又一想，又无他办法。已经完的事，有辱好名声。"老夫人开始欣赏张生，并寄希望于张生："再把张生看，年轻有才学。考上状元来，也可嫁小女。""夫人心里想，心里即决定。看好日子后，让其赶考去。"这还都是老夫人的心理活动。满汉合璧《西厢记》中的老夫人并没有那么柔和，而是直接让张生去应试，体现了老夫人的威严。

第十五章《宴会泣别》《哭宴》比较
满汉合璧《西厢记》老夫人让张生去应试的情节，出现在第十四章:"(夫人云)好秀才,岂不闻非先王之德行,不敢行。我待便送你到官府去,只恐辱没了我家门。我没奈何,把莺莺便配与你为妻。只是俺家三辈不招白衣女婿,你明日便上朝取应试去,俺与你养着媳妇儿。得官呵,来见我,剥落呵,休来见我。"达斡尔族乌钦《莺莺传》则出现在第十五章《宴会泣别》中,这里的老夫人要温和多了,并回顾了张生搬救兵时自己允诺许配莺莺的事:

Sain udur wairtwuor,
好   日子   来临
Sardie furen xiusaiyuu orij aqirj.
老   夫人   把秀才   叫   来
Aoljii saimaaki barwuor,
见   刚   完
Am neej daodbei:
口   开   说

Aolii hualgaas bendwud,
山   贼   怕慌时
Amii xi gargaasen.
生命   你 救了
Edee sanaj bodoos,
现在 想   来
Elsen usuwuu sanerdebei.
说的   话   让我想起

Uqiken ugin ing ing,
小   姑娘 莺莺
Ul goloosaa awumai!
不 嫌弃的   话
Tiqig eiqig aatega,
这   那   也好

第五章 达斡尔族乌钦《莺莺传》与满汉合璧《西厢记》的关系

Doatewu　gajir　uquukbei!
缺的　　地方　　有一点

Mokon　gerei　yos,
莫昆　　家　　规矩

Mein　kuud　ugin　ul　ukun!
平民　百姓　姑娘　不　给

Xi　ximnej　iqj　xadej,
你　考　　去　能够

Juang　yuan　oloosoo.
状元　　　　得到

Huaidaa　hajirsen　erind,
回　　　来　　　时候

Hordon　amar　eilgee　yaa!
快　　平安地　结婚　吧

"好日子来临，夫人叫秀才。刚刚一见面，开口即说道：惊慌山贼时，你来救性命。现在想起来，想起说过话。"并很主动地把莺莺许配给张生："小姑娘莺莺，如能不嫌弃！这那也都好，不足有一些！"让张生应试的细节也有很大不同："莫昆家规矩，不嫁平民人！你如去赶考，考上得状元。你如回来时，快快把婚结！"这里提到"莫昆家规矩"，就具有了达斡尔族文化特征。"莫昆"是达斡尔族对某一家庭称呼的术语，用此指崔莺莺家的规矩——不嫁平民。达斡尔族乌钦《莺莺传》又这样描写老夫人的举动：

Jang Seng　eniyuu　sonsoor,
张生　　　这个　　听完

Jao　jiebxien　elj.
一百个　机会　　说是

Sorgaalii dagyaa   elji,
教训   听从   想
Sardie furend murgusen.
向老   夫人   磕头
Sardie furen   baisej,
老   夫人   高兴
Sarin   budaa   bjaaj.
好   饭   准备

"张生听完话，说是有机会。想听从教训，向夫人磕头。老夫人高兴，好饭则准备。"老夫人高兴安排了饭菜，一家人其乐融融，变成了大团圆。这已经没有了满汉合璧《西厢记》中老夫人训斥张生、让张生去应试的紧张场面。关于长亭送别情节，满汉合璧《西厢记》中说："（夫人上云）今日送张生赴京去，红娘，快催小姐同去十里长亭。我已吩咐人排下筵席，一面去请张生，想亦必定收拾来也。"而达斡尔族乌钦《莺莺传》则场面壮观：

Qaaj   udurei   erd,
后   天   早
Chang tingd eurkeebei elen.
在长   亭   欢送   说
Ter   udur   kurwuor,
那   天   到了
Tereg kiao kudulj.
车   轿   移动

Uqiiken ige haoyaaraa,
小孩   大人   大家
Udluwu gajir iqsen.
动身   地方   到

第五章 达斡尔族乌钦《莺莺传》与满汉合璧《西厢记》的关系

"后天一大早，长亭要欢送。那天一来到，车轿来移动。老小一大家，动身到前方。"全家都出来送张生，对女婿张生给予特别的重视。关于饮酒送别细节，满汉合璧《西厢记》中说："（张生莺莺相见科）（夫人云）张生这壁坐，老身这壁坐，孩儿这壁坐。红娘斟酒来。张生，你满饮此杯。我今既把莺莺许配于你，你到京师，休辱没了我孩儿，你挣揣个状元回来者。""（夫人云）红娘，服侍小姐把盏者。（莺莺把盏科）（张生吁科）（莺莺低云）你向我手里吃一盏酒者。"达斡尔族乌钦《莺莺传》中这样描写：

Sardie furen nuwaarig,
老　　夫人　　促成
Sarinii argi barisen huaina.
宴会　酒　　敬　　后
Uginneemul oqirji,
把姑娘　　　叫来
Urguni hontag ukulgeebei.
喜　　　酒　　给
Ing ing igeer wailj,
莺莺　　大　　哭
Il beed daodbei.
明　向外　　说

Aoljiwuu eilwu baiswu gomdwu,
相见　　离别　欢乐　痛苦
Argi nek qomood.
酒　　一　在杯里
Morgiwu qikeewu kurwu kuqirwu,
拐弯　　转动　　到达　到来
Morii durbun torood bei eler.
马　　四个　　蹄子　在　说

```
Unun    sanaayini    mootej,
忠诚的      心         痛苦
Os    huaregei    adili    wailud.
水      河         一样      哭
Uqken    ig    haoyaaraan,
小孩     大人      大家
Ujij    ul    xaden.
看      不      能
```

"夫人促此事,宴会敬酒后。把姑娘叫来,给姑爷酒盅。"莺莺忍不住痛哭:"莺莺大声哭,明言向外说。"并且用马蹄、河水来表达分别之情:"相见离别苦,这里一杯酒。拐弯送达到,马蹄在诉说。忠诚心痛苦,似河水哭泣。"描写形象生动。令在场的"老小一大家,不能看此情"。满汉合璧《西厢记》中的莺莺的分别苦痛是隐忍、内敛的:"阁泪汪汪不敢垂,恐怕人知。猛然见了把头低,长吁气,推整素罗衣""意似痴,心如醉。只是昨宵今日清减了小腰围""留恋春无计,一个据鞍上马,两个泪眼愁眉"。达斡尔族乌钦《莺莺传》只描写莺莺痛哭,没有语言表现。在满汉合璧《西厢记》中,莺莺有三次嘱咐:"(莺莺云)此一行,得官不得官,疾便回来者""(莺莺云)住者,君行别无所赠,口占一绝,为君送行。弃掷今何道,当时且自亲。还将旧来意,怜取眼前人""我这里青鸾有信频须寄,你切莫金榜无名誓不归。君须记,若见些异乡花草,再休似此处栖迟"。通过这三句话,把莺莺所有的牵挂、忧虑都表现出来了。临结尾,莺莺还不舍离去:"(夫人云)红娘,扶小姐上车,天色已晚,快回去罢。终然宛转从娇女,算是端严做老娘。(夫人下)(红云)前车夫人已远,小姐快回去罢。(莺莺云)红娘,你看他在那里。"达斡尔族乌钦《莺莺传》缺少这一细腻描写,显得较为直接简洁:"马上劝张生,向路方向走。家里所有人,都往回来走。"反映达斡尔人干脆利落的性格。

第十六章 《夜梦惊醒》《惊梦》比较

张生与琴童赶到草桥店时,满汉合璧《西厢记》这样描写:"(张生引琴童上云)离了蒲东,早二十里也,兀的前面是草桥店,宿一宵,明日早行。这马百般的不肯走呵""（店小二云）俺这里有名的草桥店"。而达斡尔族乌钦《莺莺传》描写道：

Erdemtii uqken xiusai,
有学问　　小　　秀才
Emelgii terwulee temqiej.
前面的　　路　　努力
Pudong naa eilj,
蒲东　　从　离开
Horin galir yaosen.
二十里地　　走了

Gent haraalj uljiees,
忽然　向前　　看
Gegeen qakarwuo wairtsen.
亮　　　断　　　快
Iqwuo emene terwuld,
去的　　前面的　路
Ig ail ujirdebei.
大　村　看见了

Yaarj wair kurj,
忙　近处　到
Yaodelei oloroos asoogaas.
行路　　人们　　问的话
Soo jiao elewu gajir,
草　桥　　叫的　　地方
Sain dian buraan bei elen.
好　　店　　多　　有　说

Qangelj　jowusen　tuald,
累　　　　苦　　　　因为
Qin　tongd　aapuuj.
琴　　童给　　交代
Ig　dianni　yalgej,
大　　店　　选
Iqij　bas　boosen.
去　　还　　住下

"学问小秀才,努力路前行。离开蒲东后,走过二十里。忽然向前看,光亮要断去。去往前方路,看见大村庄。""急忙近处看,询问行路人。此地名草桥,客店有很多。因为累又苦,交代给琴童。选择大客店,去了则住下。"这里客店很多,张生选择了大客店。而满汉合璧《西厢记》只是有一家草桥店。进了草桥店,满汉合璧《西厢记》这样描写:"(张生云)琴童,撒和了马者。点上灯来,我诸般不要吃,只要睡些儿。(琴童云)小人也辛苦,待歇息也,就在床前打铺。"张生、琴童没有吃饭,就歇息了。而达斡尔族乌钦《莺莺传》写道:

Biteg　baofunaamul　warlgaaj,
书　　　包裹　　　　拿进来
Budaa　ideeyee　jaaj.
饭　　　吃　　　告诉
Moo　sainaa　boolgaj,
坏　　好　　　计划
Morii　Emeelee　warlgaasen.
马　　　鞍　　　　拿进来

Watig　noyin　hoyool,
奴隶　主人　　两个
Walan　usuwuini　uwei.
多　　　话　　　　没有

第五章　达斡尔族乌钦《莺莺传》与满汉合璧《西厢记》的关系　211

Ooj　idj　baraar,
喝　吃　完
Oroo　delgeej　wantsen.
床　铺　睡觉了

"拿进书包来，吃饭时告诉。计划好和坏，拿进马鞍来。奴仆两个人，没有多余话。吃喝完毕后，铺床早睡觉。"张生虽有相思之苦，但并未耽误吃喝。而睡梦细节，满汉合璧《西厢记》中这样描写张生失眠："（张生睡科，反复睡不着科，又睡科，睡熟科，入梦科，自问科，云）"。达斡尔族乌钦《莺莺传》也写到张生失眠："心里还放松，晚上夜又长，左右翻身来，还是难入眠。"满汉合璧《西厢记》中第一次入梦，梦见了莺莺，随之惊醒："（忽醒云）哎呀，这里却是那里。（看科）呸，原来却是草桥店。（唤琴童，童睡熟不应科，仍复睡科，睡不着反复科，再看科，想科）"。第二次入梦，又梦到莺莺："【水仙子】你硬围着普救下锹撅，强挡住咽喉仗剑钺，贼心贼脑天生劣。（卒云）他是谁家女子，你敢藏者。休言语，靠后些，杜将军你知道是英杰，觑觑着你化为醢酱，指指教你变作酋血，骑着匹白马来也。"张生梦到莺莺被掠而惊醒："（张生抱琴童云）小姐，你受惊也。（童云）官人，怎么。（张生醒科，做意科）呀，原来是一场大梦。"描写张生两次惊醒，反映了相思之苦。达斡尔族乌钦《莺莺传》中的张生只有一次在睡梦中惊醒：

Geiwu　erin　wairtej,
天亮　时　接近
Gent　noir　olj:
忽然　觉　有
Harangoi　sunii　jeudeed,
黑　夜　梦里
Haoqin　yaodel　jalgerdsen.
过去的　事　想起

Ing ing　negeldej　irer,
莺莺　　撑　　　　上来
Igeer　niarj　wailwud.
非常　留恋　哭
Saint　medj　ujier,
刚　　知道　看
Saimki　uswuljyaa　eltel.
刚　　　想说话　　　时

Buraan　qerel　irj,
很多　　兵　　来了
Bokiyaa　bariyaa　elwud.
绑　　　　抓　　　说
Jang Seng　igeer　aij,
张生　　　　很　　害怕
Jielj　bendej　serisen.
躲　　慌张　　醒

"接近天亮时，忽然有感觉。梦里是黑夜，想起过去事。莺莺撑上来，留恋哭声来。知晓刚要看，刚想说话时。来了众兵马，言说要绑下。张生很害怕，慌张躲醒来。"这里写张生接近天亮才睡着，长夜失眠，反映相思之苦。满汉合璧《西厢记》中张生醒来："且将门儿推开看，只见一天露气，满地霜华，晓星初上，残月犹明。"描写颇有意境。而达斡尔族乌钦《莺莺传》则是：

Gaad　garj　ujies,
外头　出　　看时
Gorbid　hod　xingej.
三　　　星　　没了
Gegee　saimki　mederdej,
亮　　　刚　　　被察觉

第五章 达斡尔族乌钦《莺莺传》与满汉合璧《西厢记》的关系

Geiwu　　wair　　bolsen.
天亮　　快　　到

"外头走走时，三星没有了。天亮被察觉，天亮快来到。"结尾一句各有特点，满汉合璧《西厢记》中写道："旧恨新愁连绵郁结。恨塞离愁，满肺腑难淘写。除纸笔代喉舌，千种相思对谁说。"张生情感含蓄细腻。达斡尔族乌钦《莺莺传》这样写道：

Emeeld　　eeiqwud　　duar　　uwei　　aatgaiqig,
向前　　　去　　　愿意　　不　　　虽然
Eej　ul　bolon.
不去　不　行
Bosoj　　tert　　yaoj,
起来　　马上　　走
Bei jinei　　juuwuu　　ximnej　　iqsen.
北京　　　往　　　　考　　　去了

"虽不愿前行，不去也不行。起身即刻走，北京赶考去。"用简洁明了的语言，直接表达了张生的心情。并且出现赴"北京"赶考，体现了作者所处清代的文化特征。满汉合璧《西厢记》中"上朝取应"，根据唐朝的文化背景，目的地应是长安。

通过上述满汉合璧《西厢记》与达斡尔族乌钦《莺莺传》的对比分析，可以得出如下结论：达斡尔族乌钦《莺莺传》改写时有详有略，并未拘泥于满汉合璧《西厢记》，并且有很多加工的成分，达斡尔族文化元素浓郁；张生、莺莺、老夫人的形象与满汉合璧《西厢记》中的这些人物形象有很大不同，普遍显得性格爽快、情感外露。总之，达斡尔族乌钦《莺莺传》是一部迥异于满汉合璧《西厢记》的作品。

第三节 达斡尔族乌钦《莺莺传》产生的文化背景

本节从敖拉·昌兴的婚恋题材乌钦、敖拉·昌兴乌钦在达斡尔族民间的广泛传唱、达斡尔族民间广泛流传的婚恋题材乌钦作品三个方面，探究达斡尔族乌钦《莺莺传》产生的文化背景。

一 敖拉·昌兴的婚恋题材乌钦

敖拉·昌兴不仅把金批《西厢》改编为《莺莺传》，还创作了其他婚恋题材乌钦。如《蝴蝶荷包》，此诗模拟妻子口吻，诉说盼望丈夫早日归来，表达敖拉·昌兴进京之时，妻子的不舍之情。"连夜赶绣的荷包啊！上面绣着双蝴蝶。你将远去北京城，当作信物奉送君。"绣荷包是达斡尔妇女最为擅长的技能，可见，敖拉·昌兴是懂得女子心意的有情人。如此缠绵，当属青年之作。敖拉·昌兴一生多次进京，《蝴蝶荷包》表明，进京时其已有妻室。《呼伦贝尔地方佐领昌兴巡察额尔古纳河及黑龙江边境录》中载，呼伦贝尔统领刘大人要去京述职，派敖拉·昌兴为随员，后因接受巡察边境任务未去[①]。敖拉·昌兴具体几次进京，不可考。首次为15岁，父亲升任章京时，随父同行赴京觐见皇帝。此诗不是首次进京之作：一是首次进京，年龄太小，不可随意出行；另一是，诗云"办完公事有闲空，信步闲游解烦闷"，想必应为青年时期之作。与《蝴蝶荷包》不同的是，《苦相思》写男子相思之苦。《五色花》写偶遇女子之情，把女子比作"春鸟鸣叫""夏柳婀娜""秋月玲珑""冬雪洁白"，语言轻快，反映青年心态。《五色花》没有具体指向，而《北京城见高二娘》直接描写了京城女子的奇艳，描摹细腻，比喻丰富。

---

① 内蒙东北部少数民族社会历史调查组编：《有关达斡尔鄂伦春与索伦族历史资料》第一辑，内部资料，内蒙古自治区达斡尔历史语言文学学会复印，1985年，第122—146页。

二 敖拉·昌兴乌钦在达斡尔族民间的广泛传唱

敖拉·昌兴还有一部著名的乌钦《百年长恨》，有两种手抄本。一是敖永瑚①保存的手抄本。该手抄本曾由敖永瑚的外祖父保留，后来经敖永瑚油印，该手抄本没有标题。二是碧力德的手抄本。该手抄本标题为"永远悔恨的乌春"（entehem horxiwuo wuchun）。赛音塔娜在出版《敖拉·昌兴诗选》②时，起标题《百年长恨》。敖拉·昌兴乌钦《百年长恨》与来源于《今古奇观》第三十五卷的《王娇鸾百年长恨》，内容基本一致。乌钦以王娇鸾的语气控诉了欺骗她的周廷章，给这位爱情的叛徒有力的鞭挞，从正面给对爱情忠贞不渝的王娇鸾以无限的同情。当笔者为探究敖拉·昌兴乌钦传播的情况，采访敖永瑚时，她回答时说了这样一句话："敖拉·昌兴乌钦主要在敖、孟、郭三个家族中传播。我小时候唱《王娇鸾》唱着唱着掉眼泪，故事情节很感人。现在看本子后，能恢复记忆。"③ 1983年，赛音塔娜到内蒙古呼伦贝尔市的莫力达瓦达斡尔族自治旗、鄂温克族自治旗巴音托海镇敖拉·昌兴的故乡调查，敖拉·昌兴乌钦在两地都有流传，找过的艺人都会唱，如莫力达瓦达斡尔族自治旗著名民间艺人义和以及孟佩永等人，一唱乌钦必唱"娇鸾乌钦""赵云乌钦"等。2009年，笔者到呼伦贝尔市调查时，收集到平贵④在20世纪50年代内蒙古电台录制的"娇鸾乌钦"。此篇乌钦在达斡尔族中流传广泛，至今还在传唱，说明它根植在达斡尔族民众中。

上述敖拉·昌兴的爱情诗作品，说明他改编《莺莺传》有其内在精神需求。这篇《莺莺传》又在民间广泛传唱，说明达斡尔族中有着广泛的社会需求。

---

① 敖永瑚（1936—），女，达斡尔族，内蒙古呼伦贝尔市鄂温克族自治旗人，在内蒙古电台文艺部退休。
② 赛音塔娜、陈羽云译：《敖拉·昌兴诗选》，内蒙古教育出版社1992年版。
③ 笔者与赛音塔娜共同采访。采访时间：2010年7月1日。采访地点：敖永瑚家中。
④ 平贵（1904—1960），又名平果，男，达斡尔族。

三 达斡尔族民间广泛流传的婚恋题材乌钦作品

19世纪中叶，敖拉·昌兴把金批《西厢》改编为《莺莺传》时，由于社会变迁，家庭矛盾凸显出来。奥登挂、呼思乐等人曾搜集整理清代乌钦作品，其中就有反映婚姻生活的乌钦作品。

如有反映男女相思之情的内容。《相思》："不论粗略地想，还是仔细地剖析，焦躁思念之情，丝毫不少息""对于你的爱慕，不是现在才有，很早就爱着你，唯愿与你共长久""想着你那秀丽的容颜，我不敢想象能否成对，想着你那纯净的音容，不知何时才能相会"①。

有反映丈夫从军，夫妇别离之痛的内容。《送夫从军》："远离故乡去异地，实因官命难违抗，从此别离何时会，徒然令我增悲怅""生为男子大丈夫，理当效命于君主，我虽生为女流辈，送行之言为君数""若是到了中原地，美色之花必然多，须谨防心猿意马，莫因贪恋起风波"②。《海拉尔安本之媳》表现了因丈夫牺牲战场，媳妇悲痛欲绝的心情："丈夫在时成双对，如今孤影无青春，横过丈夫的那对枕头，我心肝欲裂神智昏，听着那哭奠之声，我的智慧和灵性都在被侵吞"③。

有反映不幸婚姻的内容。《出嫁后的悲歌》："遵从古有的礼仪，与他结了姻缘，所见并不遂我心，我只有含恨而自怜""自嫁进了这个家门，忙碌终日无休尽，生性愚蠢的我呵，徒然悲伤和愁闷""我既生为人，无力去改变，只得全面的衡量，岂可只知此生难""无论怎么样，只好遵从上天的意旨，恪守本分，等待我生命的终止"④。《在齐齐哈尔城看戏》："对注定之命运，难与父母怄气，对不幸之姻嫁，只好怨天

---

① 奥登挂、呼思乐译：《达斡尔族传统诗歌选译》，内蒙古人民出版社1991年版，第297—298页。

② 奥登挂、呼思乐译：《达斡尔族传统诗歌选译》，内蒙古人民出版社1991年版，第179、182页。

③ 奥登挂、呼思乐译：《达斡尔族传统诗歌选译》，内蒙古人民出版社1991年版，第187页。

④ 奥登挂、呼思乐译：《达斡尔族传统诗歌选译》，内蒙古人民出版社1991年版，第300、305页。

地。"①《痛苦啊妈妈》反映了封建社会里达斡尔族妇女的悲惨生活。女主人公受尽虐待欺凌,喊天天不应,喊地地不灵,在痛苦和绝望中了却青春的生命。不但表现了对以婆婆为代表的迫害她的封建社会的强烈抗议,也表现了对以母亲为代表的旧婚姻习俗的血泪控诉。对婆婆的狠毒伪善形象刻画得入木三分,对主人公的满腹哀怨也表现得淋漓尽致。②

有反映追求美好爱情的内容。《海青和水明》这部乌钦通过女主人公幼年丧父、16 岁亡母、婶母逼婚、出逃、被拐卖到山西等多灾多难的遭遇和颠沛流离的生活,反映达斡尔人的苦难生活。这部作品塑造了勇于与命运抗争的一对青年男女。女主人公水明是一个生活在封建社会最底层的达斡尔族乡间少女,虽历尽艰辛,却不甘心做恶势力的驯服羔羊。她敢说、敢骂、敢于抗争,但势单力薄的抗争是无法改变悲惨命运的。男主人公海青,从吃苦读书中求得"出头日子",和水明同病相怜一见钟情。后来海青又慷慨帮助受骗的水明叔婶,追捕人贩子,救出水明堂妹九兰,最终与水明团圆,皆大欢喜。③《口迪哥哥》主人公口迪的经历与海青类似,都是以读书求得好日子的典型。口迪是一个既对传统封建势力心怀不满,又对摆脱封建道德伦理观念束缚感到疑虑重重的人物。他因被白音仗势夺婚而郁愤不已、离家出走,其目的无非是想"有个出头日子",为自己和家里争口气。但他比较懦弱,当他在取得上司赏识以后,虽依旧对表妹情思缠绵,却连听她吐几句苦水都不敢,直至表妹惨死在他面前时才有所醒悟。相比之下,表妹却是敢爱敢恨,毫不隐瞒自己的感情。在落进白音家虎口以后,表妹追求自由幸福的愿望更加强烈。在她心目中,"骑着青红花马的口迪哥哥"是美好青春的回忆和纯真爱情的寄托,是她与悲惨命运抗争时的精神支柱。但这个精神支柱,在口迪的疑虑徘徊中,最终也几近垮塌。④

---

① 奥登挂、呼思乐译:《达斡尔族传统诗歌选译》,内蒙古人民出版社 1991 年版,第 203 页。
② 鄂·白杉记录、翻译、整理:《齐齐哈尔地区民间传统乌钦十部》,黑龙江人民出版社 2012 年版,第 6 页。
③ 鄂·白杉记录、翻译、整理:《齐齐哈尔地区民间传统乌钦十部》,黑龙江人民出版社 2012 年版,第 4 页。
④ 鄂·白杉记录、翻译、整理:《齐齐哈尔地区民间传统乌钦十部》,黑龙江人民出版社 2012 年版,第 4、5 页。

达斡尔族反映婚恋题材的民歌有很多,如《寡妇自述》《送丈夫出征歌》《想回娘家难上难》①等。由此可见,达斡尔族乌钦《莺莺传》的产生,有着深刻的历史文化背景。

---

① 毕力扬·士清编:《达斡尔族民歌汇编》,黑龙江省达斡尔族学会2006年,第80、81、107页。

第 六 章

金批《西厢》在满族、蒙古族、达斡尔族中的传播与接受

金批《西厢》在满族、蒙古族、达斡尔族中的传播与接受是两个相互关联的问题。金批《西厢》在满族、蒙古族、达斡尔族中的传播,涉及两个问题:一是传播路线,是通过满汉合璧译本分别进入蒙古族和达斡尔族当中;二是传播因素,即中原文化的辐射作用、满族文化的中介作用、中华文化的聚合作用三个因素。金批《西厢》在满族、蒙古族、达斡尔族中的接受,主要涉及金批《西厢》在满族、蒙古族、达斡尔族接受后所发生的变化,即翻译和改编两种情况。

第一节 金批《西厢》在满族、蒙古族、达斡尔族中的传播

由于清代满族所居的特殊地位,满文在兄弟民族之间的文化交流方面起到了重要作用。满译文学作品作为一种媒介,将汉文学作品传播到蒙古、达斡尔等民族之中。经过这些民族的文人的翻译、改编,以及艺人的传唱,在各民族中传播开来。

一 金批《西厢记》在满族、蒙古族、达斡尔族中的传播路线

通过讨论上述满汉合璧本、蒙古文译本、满文字母拼写达斡尔语的乌钦说唱本,我们可以总结出金批《西厢记》在这三个民族中的传播路线。首先,金批《西厢》在满族当中的传播路线是:金批《西

厢》→满汉合璧《西厢记》（康熙、雍正、嘉庆年间）。其次，金批《西厢》通过满汉合璧本分别进入蒙古族、达斡尔族当中。进入蒙古族的传播路线是：金批《西厢》→满汉合璧《西厢记》（康熙、雍正、嘉庆年间）→蒙古文译本《西厢记》[道光二十年（1840）]。进入达斡尔族的传播路线是：金批《西厢》→满汉合璧《西厢记》（康熙、雍正、嘉庆年间）→达斡尔族乌钦《莺莺传》（大约道光、咸丰年间）。也就是说，金批《西厢记》首先传播到满族当中，然后又经满族分别传播到蒙古族和达斡尔族当中。列图如下：

金批 《西厢》 → 满汉合璧 《西厢记》 ⇒ 蒙古文译本 《西厢记》
　　　　　　　　　　　　　　　　　　达斡尔族乌钦 《莺莺传》

那么，如何解释这样一种传播路线呢？这体现了满族文化对汉文化的吸收，满族文化对蒙古族文化、达斡尔族文化的积极影响。通过总结金批《西厢》在满族、蒙古族、达斡尔族这三个民族中的传播路径，我们可以比较清晰地看到汉文学与少数民族文学之间多层次的发展关系，这对理解丰富的中华文学有着重要意义。

二 金批《西厢记》在满族、蒙古族、达斡尔族中的传播因素

金批《西厢》在满族、蒙古族、达斡尔族中的传播，主要涉及中原文化的辐射作用、满族文化的中介作用、中华文化的融合作用三个因素。

（一）中原文化的辐射作用

金圣叹是苏州人，苏州属于吴地，金圣叹也有吴中怪杰之称。明清时期，物产的丰富和大运河水路的发达，使江南地区成为全国经济、文化的中心。大运河作为重要的交通线路，保障了大江南北物质资源和思想资源的交流与互渗，也促进了市民精神和大众文化的勃兴。这一时期的文化特征是多元共享、雅俗并举。金圣叹作为明清时期小说、戏曲评点史上的代表性人物，他的审美思想独具一格，化"俗"为"雅"，起

到了融通古今、承上启下的关键作用。① 苏州地区在中华文化史上占有重要地位。17 世纪，苏州地区文坛大家辈出。诗坛出现了以钱谦益（常熟人）为代表的虞山诗派，以吴伟业（太仓人）为代表娄东诗派。戏坛出现了以吴江人沈璟为代表的吴江派。长洲、吴县有以李玉为代表的苏州剧派。白话小说领域出现了冯梦龙、金圣叹、袁于令、毛宗岗、褚人获，以及钱谦益、吴伟业等著名文人。明清时期苏州占有中心位置。因此，我们可以说，金圣叹是明末清初中国文化中心走出来的重要文化人物。他的金批《西厢》通过京城满译刊刻，传播至东北蒙古、达斡尔等民族地区，可谓影响深远。蒋寅曾提出："文学被视为一个包括写作、传播、接受并产生影响的过程，这一过程中不只涉及作品的写作传播与批评，还包含文学观念的演变、作家的活动与交往、社会的文学教养和时尚。"② 金批《西厢》在满族、蒙古族、达斡尔族中的传播，跨越了空间和时间，涉及金批《西厢》的传播与批评，体现了满族、蒙古族、达斡尔族的文学观念，体现了东北民族社会文化面貌。这一现象，从更广阔的文化背景来看，也体现了中原文化的辐射作用。

（二）满族文化的中介作用

在满汉合璧《西厢记》的中介作用下，金批《西厢》不仅在满族、蒙古族、达斡尔族中传播，也在锡伯族、朝鲜族中传播开来。

满汉合璧《西厢记》也传入锡伯族当中。锡伯族原在东北，乾隆二十九年（1764），清政府为了加强伊犁地区驻防力量，在伊犁将军明瑞的倡议下③，一千锡伯官兵携眷由盛京迁徙到伊犁，由临时驻防变为永久驻防，开始重建家园。从此，锡伯族形成了居住在东北与西北的小聚居大分散的局面。新疆察布查尔锡伯族保持着传统文化习俗，并且保持了语言文字使用习惯，锡伯文与满文接近。新疆锡伯族有识之士曾用

---

① 吴蔚：《晚明江南运河城市文化与金圣叹审美观念的形成》，《明清小说研究》2022 年第 2 期。

② 蒋寅：《王渔洋与康熙诗坛》，中国社会科学出版社 2001 年版，第 1 页。

③ 乾隆二十八年（1763）十二月，首任伊犁将军明瑞等奏："盛京锡伯兵有四五千名，明瑞等既称其技艺尚可，狩猎又如索伦，相应由盛京锡伯兵内，拣其精壮能牧者一千名，酌派官员，携眷遣往……从明年春起从容筹办，起程前往。"《军机处满文议复档》866—2，转引自贺灵、佟克力辑注《锡伯族古籍资料辑注》，新疆人民出版社 2004 年版，第 50 页。

锡伯文出版了许多文学作品，如《三国演义》《水浒传》《西游记》《红楼梦》等。其中锡伯族学者永志坚曾于1990年用锡伯文整理满汉合璧《西厢记》，于1991年5月在新疆人民出版社出版。永志坚在前言中说，他整理的这个本子是康熙四十九年（1710）满汉合璧《西厢记》刻本。永志坚的整理本处理了原刻本的汉字错讹、脱漏之处，对满、汉文进行了断句，对书中有关戏曲知识和汉文典故、古人逸事加了注释。

锡伯族很久以来就有译介汉文章回小说的传统，这种译本称为Julun，并以手抄本形式在民间广泛传播。这种译介汉文的章回小说的传统称为"念说"（Julun hulambi，珠伦呼兰比）。20世纪50年代，锡伯族村子几乎家家藏有这种手抄本。冬闲时节，事实上，即便是农忙时节，村里左邻右舍往往聚集在某一家，老人们在一起，大家围坐在温暖的火炕周围，聆听 Julun。诵者不是逐字念，而是按照一定的曲调，根据故事情节的变化，逐行咏唱，形成一定的音律和节奏，一会儿激昂，一会儿低吟，抑扬顿挫，回味无穷。忠录说："读书不是他们的职业，农闲时，有些家庭请他们读书，邻居亲朋都聚集过来，老年人坐在那里，青年人悄悄听，在青油灯旁读书，以后有石油灯还好了。读完之后，开始讨论，我是最喜欢听的。"[①] "念说"具有鲜明的锡伯族文化特色。

在锡伯族中有许多章回小说在传唱，像《三国演义》《东周列国志》《西游记》《聊斋志异》《七侠五义》等。其中，最为著名的是《三国演义》。艺人们将其精彩的片段以韵文形式编成锡伯文叙事歌，配上民间传统曲调，在民间传唱。目前已发现多种版本，《三国之歌》经典的有五部：《赵云救阿斗》《荞麦花开》《沙枣花》《颂关云长》《小乔哭周瑜》。《西厢记》同样受到锡伯族人民的喜欢。

金批《西厢》对朝鲜也产生了重要影响。金批《西厢》对朝鲜半岛汉文小说产生的影响，以《广寒楼记》为最。朝鲜民族文人根据《西厢记》的形式和结构写出了《广寒楼记》，用来重现春香的故事。小说《广寒楼记》从结构布局、叙事手法到语言风格等方面都从《西

---

① 2009年6月25日，笔者在新疆忠录先生家中访谈。

厢记》中吸取了有益的成分,这对丰富小说人物形象起了一定的作用。由于《广寒楼记》是在中国古代小说传播到朝鲜半岛,并形成了巨大影响的情况下接受金批《西厢》的,所以,它的接受更加全面地吸收了中国文学中的有益成分,拓宽了朝鲜汉文小说的表现空间,为朝鲜民族的文学和文化积淀做出了贡献。① 朝鲜文人士大夫嗜读《西厢记》,并对其进行赏评,金圣叹"奇书""妙文""才子书"的评判,得到了朝鲜文人的广泛认同②。从 16 世纪末开始,中国通俗小说评点本传入朝鲜,在此影响下,朝鲜的汉文小说评点应运而生。小厂主人的《(水山)广寒楼记》评点与金批《西厢》的内容类似,有学者认为《广寒楼记》重"情",金批《西厢》重"文",该评点虽然受金圣叹的影响,但主要是从自身的文化、思想背景出发来展开议论的③。满族贵族入主中原后,与朝鲜的关系日益密切,大批朝鲜知识分子开始学习满语,并编写了满语教材和词典。因此有些文学作品也是通过满文本传到朝鲜去的。如朝鲜刻本《三译总解》(1703),就是 1650 年《三国演义》满文刻本的摘录,在满文的行间有朝鲜文的音译,并在每段之后附上朝鲜文的详文。到了 1774 年有了朝鲜文的版本。④ 因此说,朝鲜文学在金批《西厢》影响下,产生了《广寒楼记》。

从金批《西厢》在满族、蒙古族、达斡尔族、锡伯族、朝鲜族中的传播,我们可以看出,金批西厢在东北民族中形成了传播文化圈。季永海曾提出"满文文化圈",他说:"目前满文早已被弃用,满语已沦为濒危语言。但是,清代满语满文却有着特殊的地位,满语被尊为'国语',满文被尊为'国书',亦称'清文''清书'。满族曾是个'马背上民族',善于骑射,强悍无比。1644 年入关后,清统治者面临抵御俄国侵略的问题,因此要团结北方民族上层,巩固其统治,保持自己的民族特色。为此,清政府采取了一系列的措施,措施之一

---

① 聂付生:《论金评本〈西厢记〉对朝鲜半岛汉文小说的影响——以汉文小说〈广寒楼记〉为例》,《复旦学报》(社会科学版)2007 年第 4 期。
② 赵春宁:《朝鲜时代的〈西厢记〉接受与批评》,《戏剧艺术》2016 年第 3 期。
③ 李腾渊:《试论朝鲜〈广寒楼记〉评点的主要特征——与金圣叹〈西厢记〉评点比较》,《南京师大学报》(社会科学版)2003 年第 5 期。
④ 季永海:《清代满译汉籍研究》,《民族翻译》2009 年第 3 期。

就是开设学堂，教授北方少数民族上层子弟学习满语和满译汉籍经典著作。通过这些学堂，北方民族逐渐通过满语这一媒介，接受汉文化，统一了认识，为保卫祖国北疆打下了坚实的基础。从中央到地方全面推行八旗驻防制度，特别是在东北三省和内蒙古东部地区，'国语骑射'教育遍地开花，从清代中后期至民国时期，形成了一定规模的'满文文化圈'。这个文化圈对生活在东北地区的满、蒙古、锡伯、达斡尔、赫哲、鄂温克、鄂伦春等民族文化产生过重大影响，极大地促进了这些民族的社会发展。"①"满文文化圈"是值得重视的一种文化现象。胡增益也曾说："满文对我国北方一些民族的文化发展也带来了深刻的影响，特别是对锡伯族和达斡尔族。"②并且举出材料论证满文对锡伯族和达斡尔族的影响。

历史上东北三省和内蒙古东部地区存在过"满文文化圈"，这已是不争的事实。这个"满文文化圈"里的民族，通过吸收满译本汉族经典，学习了汉文化，得到了文化上的发展。笔者觉得也可以进一步说，在东北三省和内蒙古东部地区存在满译本汉族经典传播文化圈。在这个满译本汉族经典传播文化圈当中，金批《西厢》产生了积极影响。

清代科举取士袭用明朝旧制，并且创制满洲特色的翻译科，为国家选拔翻译人才③。翻译科自雍正元年（1723）始设，至光绪三十一年（1905）与文科举一并废止，前后历时一百八十二年。清代翻译科专为满文、蒙古文、汉文翻译而设，应试者以八旗子弟为限。顺治帝以来，鼓励八旗满洲学习汉籍经史与文化；另一方面，出于对满洲汉化的担心，强调保持满洲的传统与特色，尤其是以"清语"和"骑射"为代表的满洲根本。如乾隆帝屡次指出："弓马骑射乃是满洲素习，而清语尤为满洲本务，因而断不可废。"④

---

① 季永海：《论清代"国语骑射"教育》，《满语研究》2011年第1期。
② 胡增益：《满文的历史贡献》，载阎崇年主编《满学研究》第三辑，民族出版社1996年版，第315页。
③ 宋以丰：《"首崇满洲"观念下的清代前、中期翻译政策研究》，博士学位论文，湖南师范大学，2019年。
④ （清）庆桂等：《清实录·高宗纯皇帝实录》，中华书局1985年影印本，第987页。

第六章　金批《西厢》在满族、蒙古族、达斡尔族中的传播与接受

在旗学与科试中，清朝重视"四书""五经"教化八旗子弟的作用。在旗人中塑造积极进取的士人精神，培养忠君爱国之才。乾隆帝曾颁布上谕，对"四书"经义予以强调，指出："国家设制科取士，首场重在四书文，盖以六经精微，尽于四子书，设非读书尽理，笃志潜心，而欲握管挥毫，发先圣之义蕴，不大相径庭耶？"① 因此，清朝也尤其重视"四书""五经"的翻译。

乾隆帝在位六十载，期间敕译的汉文典籍举不胜举，如《御制翻译周易》《御制翻译诗经》《御制翻译春秋》《御制翻译书经集传》《翻译潘氏总论》《翻译黄石公素书》等。此外，另有《御制翻译四书》《御制翻译礼记》等书。这些书籍的翻译是为了借儒学经义，启迪人心。如乾隆六年（1741），高宗命鄂尔泰重新厘定《日讲四书解义》，同年即译成《御制翻译四书》，由武英殿刊刻颁行。乾隆十年（1745），高宗再次敕译该书，是为满汉合璧本，仍由武英殿刊印。高宗对于该书的翻译、重译之重视，在《御制翻译四书序》中可见一斑。从康熙十九年（1680）起，至乾隆朝末期，清代官方译印的"五经"书籍还有《日讲易经解义》《诗经》《日讲春秋解义》《御制翻译书经集传》《御制翻译周易》《御制翻译诗经》《御制翻译礼记》《御制翻译春秋》等。②

清朝"四书""五经"的翻译，对在东北民族中形成满文文化圈具有重要作用。与此同时，促成了对汉文文学作品的翻译。据《世界满文文献目录》，清代的私人译书于经、史、子、集皆有涉猎，且有不同刻本和抄本。小说、戏曲满文译本便有四十六种之多。③ 昭梿在《啸亭杂录》中说，和素翻译绝精，由他所翻译的《金瓶梅》《西厢记》等书广受好评，所谓"人皆争诵"，即可说明此点④。清初翻译汉文古典小

---

① （清）昆冈等：《钦定大清会典事例（光绪）》卷332《礼部·贡举》，清光绪二十五年（1899）刻本，中国国家图书馆藏，第7a页。
② 宋以丰：《"首崇满洲"观念下的清代前、中期翻译政策研究》，博士学位论文，湖南师范大学，2019年。
③ 富丽编：《世界满文文献目录（初编）》，中国民族古文字研究会，1983年，第47—53页。
④ （清）昭梿撰，何英芳点校：《啸亭杂录》续录卷一《翻书房》，中华书局1980年版，第397页。

说,以教化为主。通过翻译,试图塑造道德、规范秩序。

乾隆朝开始,满语满文开始呈现危机,引发了清朝统治者的忧虑。乾隆七年(1742)十二月,高宗援引顺治帝的上谕:"朕思习汉书,入汉俗,渐忘我满洲旧制。前准宗人府、礼部所请设立宗学,令宗室子弟读书其内。因派员教习满书,其愿习汉书者各听其便。今思即习满书,即可将翻译各汉书观玩,著永停其习汉字诸书,专习满书。"① 高宗认为宗学放任学习汉文,导致宗室子弟渐忘满洲风俗,不能实现宗室子弟"讲究清文,精于骑射"的目的。乾隆十年(1745)七月,右翼宗学稽查汉官熊学鹏以不通晓翻译为由,要求增派满洲文臣共同稽查。乾隆二十一年(1756),汉教习改为翻译教习。康熙中期以后,随着与汉文化的融合,满族人已开始放弃满文转用汉文。乾隆年间,发展到需要用颁布法令强制满族人保持"国语骑射"传统的处境,这说明满语满文已经失去了"国语""国书"的独尊地位。② 当满文满语在满族子弟中日渐衰落的时候,其在东北蒙古、达斡尔、锡伯等民族中,却有着顽强的生命力。这是满族与东北蒙古、达斡尔、锡伯等民族文化近似的作用,是汉文化还未直接融入东北蒙古、达斡尔、锡伯等民族所带来的影响,因此,满文文化圈依然在东北诸民族中保持活跃状态。

(三)中华文化的融合作用

西厢故事的发展与中华文化紧密相关。唐代诗歌的繁荣,开放、豁达的民族文化心理以及门第观念造就了《莺莺传》的美学特征③。有学者认为,从元稹的鲜卑民族血统、唐代的文化融合及故事发生地蒲州的胡人文化三个方面来看,崔莺莺的原型应是胡女④。与《莺莺传》相比,《西厢记诸宫调》呈现了十分明显的变化,女真等北方民族婚俗的传入,促使礼教松弛,男性的婚恋价值取向发生了根本性的改变,女性

---

① 李洵、赵德贵等校点:《钦定八旗通志》第三册,吉林文史出版社2002年版,第1559页。
② 吴雪娟:《论满文翻译的历史与现状》,《满语研究》2005年第1期。
③ 王颖:《〈莺莺传〉的审美特征及其文化成因》,《苏州大学学报》2005年第1期。
④ 王悦:《谈崔莺莺的"胡女"身份》,《语文建设》2012年第18期。

在婚恋活动中的主体意识明显增强①。到了元代，西厢故事得到了大的发展。西厢故事演变流传深受游牧文化的影响，透射出元代蒙汉文学相互影响与交融的关系②。草原抢婚习俗和草原文化女性观对西厢故事的介入，使西厢故事发生了质的转变③。在民族大融合的背景下，礼教的松弛使得人性人欲在文学中得以更加大胆地表露，才子佳人故事、大团圆结局延续了《西厢记诸宫调》④。至清代，金批《西厢》传入满族、蒙古族、达斡尔族当中，产生了满汉合璧本、蒙古文译本、满文字母拼写达斡尔语的乌钦说唱本，充分体现了中华文化的融合作用。

第二节　金批《西厢》在满族、蒙古族、达斡尔族中的接受

金批《西厢》被满族、蒙古族、达斡尔族接受后，呈现出清晰的整体面貌。金批《西厢》被满族、蒙古族、达斡尔族接受后所发生的变化，主要涉及翻译和改编两种情况。其中，翻译主要体现在满族、蒙古族《西厢记》当中，改编体现在达斡尔族乌钦《莺莺传》当中。另外，金批《西厢》的民间改编形式也是丰富多样。

一　金批《西厢》在满族、蒙古族、达斡尔族中接受后的总体面貌

前面几章，我们总结了金批《西厢》以及满、蒙古、达斡尔《西厢》的版本、译者、作者情况，为更加明晰金批《西厢》被满族、蒙古族、达斡尔族接受后的总体面貌，我们列表看一下整体情况：

---

① 刘代霞：《由唐至元婚姻观念的演进对崔张故事流变的影响》，硕士学位论文，贵州大学，2009年。

② 塔娜：《从〈西厢记〉的流传演变中看蒙汉文化交流》，硕士学位论文，中央民族大学，2008年；程璐：《侍女形象的身份错位——从多民族文化融合的角度看红娘形象的演变》，《名作欣赏》2017年第14期。

③ 马会：《论金元两代草原文化对"西厢故事"的介入》，《前沿》2018年第5期；温斌：《文化交汇树新风，"西厢"故事奏奇声——金代草原文化对〈西厢记诸宫调〉创作的影响》，《阴山学刊》2012年第1期。

④ 黄定华：《从莺莺故事的接受看唐元社会观念的变迁》，硕士学位论文，华中师范大学，2004年。

民族	作品	时间	译者（校正者或作者）	作品产生地点	作品形式
汉族	《贯华堂第六才子书》	顺治十三年（1656）原刻本	金圣叹评点删改	苏州	杂剧
满族	《精译六才子词》	康熙四十七年（1708）刻本	校正者刘顺	北京	满汉合璧本
满族	满汉合璧《西厢记》	康熙四十九年（1710）刻本	译者和素	北京	满汉合璧本
满族	巴伐利亚藏本满汉合璧《西厢记》	雍正六年（1728）本	译者齐浸	吉林长白山地区	满汉合璧本
蒙古族	蒙古文译本《西厢记》	道光二十年（1840）本	无名氏	卓索图盟所在的东南蒙古地区	蒙古文译本
达斡尔族	乌钦《莺莺传》	19世纪中叶抄本	作者敖拉·昌兴	呼伦贝尔	满文字母拼写达斡尔语的乌钦说唱本

二 金批《西厢》在满汉合璧《西厢记》、蒙古文译本《西厢记》中的翻译

前文已讨论了满汉合璧《西厢记》的三种版本，即康熙四十七年（1708）翻译的《精译六才子词》、康熙四十九年（1710）翻译的满汉合璧《西厢记》、雍正六年（1728）巴伐利亚国家图书馆藏满汉合璧《西厢记》本。这三种满汉合璧《西厢记》都源于金批《西厢》，到满族文化中，已经用满语表现出来了。

康熙四十九年（1710）满汉合璧《西厢记》第四章《闹斋》：【得胜令】你看檀口点樱桃，粉鼻倚琼瑶，淡白梨花面，轻盈杨柳腰。妖娆，满面儿堆着俏。苗条，一团儿衡是娇。（［de Seng ling］ si tuwa hiyan i angga lngtori gese fularjambi, fun i gese oforo gu fiyahan de nikehebi, gincihiyan seyen ningge sulhe ilhai gese cira, narhun celmeringge burga fodoho i gese colboli. sunggeljeme ildamu derei jalu saikan i manggi tuyembumbi, haihun kangili beye gubci nemeyen canggj sabumbi.）

康熙四十九年（1710）满汉合璧《西厢记》第十五章《哭宴》：【正

宫·端正好】（莺莺唱）碧云天，黄花地，西风紧，北雁南飞。晓来谁染霜林醉，总是离人泪。（[jeng gung, duwan jeng hoo]（ing ing ni ucun）boconggo tugi i abka, sohon ilhai na, wargi edun seo seme, amargi niongniyaha julesi deyembi. gereme we gecen i bujan be fulahun iceheni? eiterecibe gemu fakcara niyalmai yasai muke de kai.）①

满文翻译比较充分，将曲牌名、科介也都翻译出来了。【得胜令】翻译为"[de Seng ling]"，【正宫·端正好】翻译为"[jeng gung, duwan jeng hoo]"。（莺莺唱）翻译为"（ing ing ni ucun）"，其中"唱"翻译为"ucun"，"ni"汉语为"的"，"（ing ing ni ucun）"就是"（莺莺唱的）"，即"（莺莺唱）"。

金批《西厢》是以"满汉合璧"形式进入满族中的，满文满语自有其特色，有着独特的韵律特征。金批《西厢》进入满族，要选择适合满族文化的载体形式，这就是"满汉合璧"的形式，既便于阅读汉文，也便于阅读满文，并且保留着各自的语言特征，这种形式更便于传播汉文化。其中，《精译六才子词》去掉旁白，直接以曲子词的形式传播金批《西厢》，可见清代满族文人尤为喜欢诗词，我们从满族纳兰性德、文康等诸多诗文大家的欣赏旨趣就可看出此种文化现象。

蒙古文译本《西厢记》虽然来源于满汉合璧《西厢记》，但经过蒙古文的转译，已经具有了蒙古语的特征。且看金批《西厢》蒙古文译本第一册第一章《惊艳》部分拉丁文转写文本②及其汉文：

【c'un li ya gu】

ǰegün eteged burqan-u diyan-i üǰebei. basa dooratu eteged howa šan-u küriyen-dür kürčü irebei. budaγ-a-u gerün baraγun eteged-ün oyiraqi. fa tang-un qoyin-a. jung kenggerege-yin asar-un emün-e guldung gertüa ayilač ilabai erdeni-yin suburγan-dur abaribai. murui dabqur sarabčin-i toγuriǰu güyičedgebei. bi. lo han-dur yosulan baraba. pu sa-dür mörgübe. boγda

---

① 上述两段翻译材料，参见赵志忠《清代满语文学史略》，辽宁民族出版社2002年版，第123、124页。

② 此拉丁文转写文本，由内蒙古师范大学聚宝先生转写，特此致谢！

merged-dür yosulabai.

činatu yaɣutai nigen yeke küriy-e. yerü yambar ɣaǰar boi aǰi. öčüken bičig-ün kömün mön kü nigente güyičedgeǰü üǰesügei. fa c'ung ǰoɣsuɣaǰu ögülerün. tende odbasu bolqu ügei. siyanšeng ǰoɣsusuɣai. tegünü dotur-a c'ui siyang guwe-yin gerün kömün saɣuǰuqui kemeküi-dür. jang šeng. ying ying-i üǰeged daɣulaǰu. genedte tabunǰaɣun on-u aruuqan ilɣum-a gilinčitü baɣuu-yi üǰebei.

【yuwan he ling】

ɣarun tangqil ǰaɣsan-i mingɣan tümen ǰerge üǰebe. endeki küseltei gege-yi üǰegsen anu üner belgetei. minü nidün ilɣaǰu aman-iyar kelelč ebesü berke. sünesün angɣi ǰiraɣad tegri-dür siqabai. kömün-ü durabar uduriddaɣulǰu qubačelemeǰü bayin bayinčečeg-yi bariǰu iniyemöi.

【村里迓鼓】

随喜了上方佛殿，又来到下方僧院。厨房近西，法堂北，钟楼前面。游洞房，登宝塔，将回廊绕遍。我数毕罗汉，参过菩萨，拜罢圣贤。那里又好一座大院子，却是何处，待小生一发随喜去。（聪拖住云）那里须去不得，先生请住者，里面是崔相国家眷寓宅。（张生见莺莺红娘科）蓦然见五百年风流业冤！

【元和令】

颠不刺的见了万千，这般可喜娘罕曾见。我眼花缭乱口难言，魂灵儿飞去半天。尽人调戏，軃着香肩，只将花笑拈。

蒙古文《西厢记》的翻译已经很充分，曲牌名都翻译出来了，具体内容也都能一一对应，具有蒙古语的语言特征。可见，蒙古文译本《西厢记》的蒙古族文化特征鲜明。清代蒙古族从满译本汉文古典名著中转译作品，是一种重要的文化现象。蒙古文译本《西厢记》从满汉合璧《西厢记》中转译过来，这并非孤立的个案。第四章就此问题已有所讨论。这里强调的是，既然清代蒙古文译本《西厢记》是通过满汉合璧《西厢记》翻译而来，这就形成了特殊的传播路径，属于二次翻译。它是从康熙四十九年（1710）满汉合璧刻本逐字逐句翻译而来的，具有二次翻译的显著特征。

三　金批《西厢》在达斡尔族乌钦《莺莺传》中的改编

达斡尔族乌钦《莺莺传》具有鲜明的达斡尔族文化特色，是清代达斡尔族文人敖拉·昌兴借用满文字母拼写达斡尔语，按照乌钦的艺术形式创作而成的。"乌钦"是达斡尔族的口头传统，被列入第一批国家级非物质文化遗产保护名录。改编本属于对原著的再加工。达斡尔族乌钦《莺莺传》具有改编本的特点。

敖拉·昌兴乌钦《莺莺传》的体裁发生了变化。王实甫的《西厢记》是杂剧，康熙四十九年（1710）满汉合璧《西厢记》刻本也是按照原来的样式翻译的，而敖拉·昌兴借用满文字母拼写达斡尔语按照乌钦的特点和韵律对《西厢记》进行了再创作。敖拉·昌兴乌钦《莺莺传》使用的是达斡尔语海拉尔方言。曲调具有吟诵性，一般平稳低沉，旋律性和节奏感不太强，听众主要是品味其内容和优美的诗句。每个艺人所唱的达斡尔族乌钦的曲调略有不同，但旋律基本一致。

达斡尔族《莺莺传》是乌钦说唱，属于韵文，因此首要特征就是押韵。我们以第二章 Saowu geri eirsen（《找到住房》）为例看看韵律情况：

Belqee　　xiusai　　ujiseneese,
傻乎乎的　秀才　　看到后
Boroot　　bas　　memerj.
很　　　　又　　发呆
Isen　　sumseini　　derdej,
九个　　灵魂　　　飞
Ing ingd　　hodirsen.
莺莺向　　归于

Eneiyu　　emeg　　aawuoso,
她这个　　妻子　　娶

Ene　jalandee　kursen　elj.
这　　辈子　　够　　说

Xareiyuu　niaarwu　turwund,
脸　　　留恋　　　缘故

Ximnej　iqiweeq　heesen.
考　　　去　　　不去了

Bait　bei　tuald,
事情　有　因为

Bai　her　nurxien?
白　怎么　过

Dorei　jak　bajaaj,
礼　　物　　准备了

Dagsen　olordoo　ukuiqsen.
随从的　　人　　送去了

Sardie　heexengd　goij,
老　　　和尚　　　求

Sumei　yawaayu　erij.
寺　　　院里　　　找

Biteg　daodwud　kaaltej,
书　　　读　　　借口

Baran　gerdini　neusen.
西边　　房子　　搬进

Jing　neusen　wajer,
刚　　搬来　　跟着

Jab　Hong niang　irj.
正好　红娘　　来

Furen　ni　uswuiyoo,
把夫人　的　话

第六章　金批《西厢》在满族、蒙古族、达斡尔族中的传播与接受　233

Fa bend　　jaayirsen.
给法本　　告诉

Erdemtei　xiusai　endej　aoljsend,
有学问的　秀才　无意中　见面
Eluuni　buraan　baisej.
还是　　非常　　高兴
Xiaojieyu　serunkini,
小姐的　　　丫鬟
Xilemdej　antekaa　saataasen.
坚持　　　相当　　耽搁

Uswuljiwu　daodwu　tuald,
说话　　　言谈　　为了
Unun　sanayaa　mederdej.
真实　想法　　被知道
Aaxilwuo　kudulwuo　hoorend,
所做　　　所行　　　之间
Apuwuo　oinaa　gurudsen.
交代的　意愿　被人知道了

Igeemus　banintii　ugin,
高傲　　态度　　　姑娘
Igeer　bas　gangalj.
很　　还　　拒绝
Am　aaxini　hatand,
开口　态度　坚决
Angalij　antkaa　mogoosen.
纠缠　　相当　　费劲

Tobsere　　aaxitii　　serunkui,
坦诚聪明　　姿态　　丫鬟
Tert　　yosei　　gianaj.
立即　　礼节　　讲理
Hesei　　tant　　guuruuj,
旨意　　透彻　　明白
Unqirj　　gaqikaa　　duatsen.
孤　　　单的　　　留下

上面达斡尔族《莺莺传》第二章 Saowu geri eirsen（《找到住房》）共9节，每节4行。达斡尔族乌钦押韵特点是两句相押、两句或四句一换韵，上文主要押——B、I；E、X；B、D；S、B；J、F；E、X；U、A；I、A；T 韵，最后两句韵律不明显。

敖拉·昌兴乌钦《莺莺传》与原作相比，主题没有变，保持了原作的基本内容。讲述的是张生和相国小姐崔莺莺的恋爱故事。他们在红娘的帮助下，为争取婚姻自主，敢于冲破封建势力的阻挠，追求自己的幸福。不过，与原作相比情节更加简练。在保留曲折的情节的同时，有所删节。整个叙事诗叙事性很强，叙事中也有些抒情的成分。人物性格刻画注重心理描写。敖拉·昌兴乌钦《莺莺传》意义深远，一部汉文学古典作品比较完整地留存在达斡尔族口头与书面文学中，这还是很有代表性的。这不仅说明达斡尔族与汉族文学关系密切，而且说明达斡尔族与满族、汉族存在复杂的多层次文化交流关系。

通过研究清代达斡尔族乌钦《莺莺传》与满文、汉文《西厢记》的关系，笔者认为达斡尔族文学接受汉族文学，中间经过了满族翻译文学的转换，并通过达斡尔族口头传统乌钦得以传播，这是达斡尔族文学的接受与传播规律。换句话说，达斡尔族文化吸收汉文化是以满族文化为中介，这体现了中华多元文化多层次性的特点。与此同时，汉族文化通过满族文化进入达斡尔族文化之后，审美方式发生变化，更加符合达斡尔族审美心理，形成了独特的审美特点。清代达斡尔族乌钦《莺莺传》与满文、汉文《西厢记》的关系表明，满族文化这一中介力量，在清代人口较少民族中，产生了积极的作用。

第六章 金批《西厢》在满族、蒙古族、达斡尔族中的传播与接受

敖拉·昌兴乌钦《莺莺传》内容与金批《西厢》基本一致。金批《西厢》传入达斡尔族中，经过了满汉合璧《西厢记》。敖拉·昌兴通过满文译本学习了大量汉文经典。在敖拉·昌兴借用满文字母拼写达斡尔语的乌钦中，留下了数十位中国古代人物的典故，其中有三篇乌钦直接咏叹历史人物，即《孔子赞》《孔明赞》《关公赞》，有三篇乌钦与汉文学古典作品直接相关，即《赵云赞》《莺莺传》《百年长恨》。众所周知，顺治年间，满族人开始全面翻译汉族经典。涉及门类众多，其中，翻译文学著作就有一百余种①。满文译本的汉族古典小说，应该是丰富了敖拉·昌兴的汉文化。敖拉·昌兴的《赵云赞》《莺莺传》可能是其读了满文《三国演义》《西厢记》之后创作的。在当时，许多汉文经典的满文译本在达斡尔人中流传。乾隆以后，当北京地区满族逐渐放弃使用满语、满文之时，黑龙江地区的满语、满文使用仍呈现出一片繁盛景象。嘉庆年间，西清在黑龙江任职时曾有描述："土人于国语，满洲生知，先天之学也……然土人惟以清文为重。"② 土人是包括达斡尔族在内的土著居民。可见，敖拉·昌兴有着很好的满文学习环境。

达斡尔族文人敖拉·昌兴在吸收满族文化之时，借用满文字母拼写达斡尔语创作乌钦《莺莺传》，把达斡尔族民间乌钦曲调与格律引入他的乌钦创作中，在达斡尔族民间得以传播，这是一条特殊的文学接受方式，体现了达斡尔族独特的文学审美特点。达斡尔族乌钦《莺莺传》表现了达斡尔人的文化习俗、审美情趣，还体现了达斡尔族文化吸收的多层次性的特点。清代中叶，作为一个人口较少、无文字的民族，达斡尔族的文化借助满族文化、满族文学的中介作用，得以吸收汉文化，进而获得发展，这体现了中华多元文化的多层次性特点。

达斡尔族乌钦《莺莺传》属于说唱，但已经不同于金批《西厢》了，属于改编作品。原小平认为，改编是以原著为基础，创作出具有表演性质的新作品。改编本的体裁往往和原著不同，改编是一个化雅为俗的通俗化过程和传播过程，一个二度创作过程。改编是一种集接受、传

---

① 赵志忠：《清代满语文学史略》，辽宁民族出版社2002年版，第98页。
② （清）西清：《黑龙江外记》卷六，载沈云龙主编《近代中国史料丛刊》第六辑，台北：文海出版社1966年版，第171页。

播和创作为一体的艺术活动。改写和重写虽也具有这三种性质，却都和改编有显著的差别。①

四 《西厢记》的民间改编形式

达斡尔族乌钦《西厢》仅仅是《西厢记》众多改编作品中的一种。崔莺莺与张生的故事，自唐元稹创作《会真记》之后，有赵令畤《商调鼓子词》、秦观《调笑令》、毛滂《续调笑》《莺莺六幺》、董解元《西厢记诸宫调》、王实甫《西厢记》杂剧等敷演其故事，当中，流传最广、影响最大的，自然是王实甫的《西厢记》杂剧。王实甫《西厢记》之后，受其影响而改作、翻作、续作和改编的相关作品，亦为数不少。②

明清以来，《西厢记》杂剧得到了广泛改编，明人崔时佩、李日华（一说即李景云）、陆采都有《南西厢记》，清人又有《翻西厢》《续西厢》等。在戏曲剧种中，昆剧、徽剧、川剧、京剧、豫剧、越剧等，差不多都有整本的《西厢记》以及《佳期》《拷红》等单出。《西厢记》杂剧影响到曲艺，如鼓词、弹词的《西厢记》。清代叶堂编订过《西厢记》杂剧的全套曲谱。《西厢记》杂剧对音乐和绘画也都产生了重大影响。《西厢记》杂剧在国外也有改编本，苏联曾改编《西厢记》为《倾杯记》。朝鲜在古代时，有人使用《西厢记》的形式和结构，来书写春香的故事，写成了《山水广寒楼记》。

《西厢记》在民间有丰富的改编作品。笔者根据傅惜华编《西厢记说唱集》，黄仕忠、李芳、关瑾华《新编子弟书总目》，黄仕忠、李芳、关瑾华编《子弟书全集》（第四卷）③等资料汇集了《西厢记》的说唱篇目信息（详见下表），以此了解《西厢记》在民间的改编情况。

---

① 原小平：《改编的界定及其性质——兼与重写、改写相比较》，《贵州师范学院学报》2010 年第 1 期。

② 赵春宁：《〈西厢记〉传播研究》第二章《〈西厢记〉的改编传播》，厦门大学出版社 2005 年版，第 63—111 页。

③ 傅惜华编：《西厢记说唱集》，上海出版公司 1955 年版；黄仕忠、李芳、关瑾华：《新编子弟书总目》，广西师范大学出版社 2012 年版；黄仕忠、李芳、关瑾华编：《子弟书全集》第四卷，社会科学文献出版社 2012 年版。

第六章　金批《西厢》在满族、蒙古族、达斡尔族中的传播与接受　237

说唱体裁	篇目	刊本
商调蝶恋花：鼓子词	崔莺莺	宋赵令畤作。明芸窗书院刻本《侯鲭录》卷五
驻云飞	崔莺莺听琴	明成化间（1465—1487）北京鲁氏刻本《新编四季五更驻云飞》
驻云飞	西厢记十咏	明成化间（1465—1487）北京鲁氏刻本《新编题西厢记咏十二月赛驻云飞》
驻云飞	西厢记	明成化间（1465—1487）金台鲁氏刻本《新编题西厢记咏十二月赛驻云飞》
满庭芳	西厢十咏	明嘉靖四十五年（1566）刻本《雍熙乐府》卷十九
小桃红	西厢百咏	
劈破玉	西厢记	明万历三十九年（1611）敦睦堂刻本《摘锦奇音》卷三
打枣干	兵马围了普救寺	清乾隆六十年（1795）北京集贤堂刻本《霓裳续谱》卷七
寄生草	半万贼兵无人退红娘哭的心酸痛	清乾隆六十年（1795）北京集贤堂刻本《霓裳续谱》卷四
寄生草：牌子曲	崔莺莺	清乾隆六十年（1795）北京集贤堂刻本《霓裳续谱》卷四
寄生草：牌子曲	因为隔墙吟诗	清乾隆六十年（1795）北京集贤堂刻本《霓裳续谱》卷五
寄生草：牌子曲	碧云天	清乾隆六十年（1795）北京集贤堂刻本《霓裳续谱》卷七
北跌落金钱	崔莺莺	清道光间（1821—1850）北京抄本《时兴杂曲》卷二
北跌落金钱	红娘寄柬	清道光间（1821—1850）北京抄本《京都小曲抄》
呀呀哟	俊俏张生	清嘉庆间（1796—1820）抄本《时兴呀呀哟》
呀呀哟	莺莺回房	
呀呀哟	小红娘	
呀呀哟	莺莺思情	
呀呀哟	花叶儿丛丛	
呀呀哟	张生病的糊涂	
呀呀哟	小红娘乖	
呀呀哟带寄生草	老妇人怒生嗔	清嘉庆间（1796—1820）抄本《时兴呀呀哟》

续表

说唱体裁	篇目	刊本
西调	半万贼兵	清乾隆六十年（1795）北京集贤堂刻本《霓裳续谱》卷二
	相国行祠	
	云敛晴空	
	残春风雨过黄昏	清乾隆六十年（1795）北京集贤堂刻本《霓裳续谱》卷二
	玉宇无尘	
	老夫人镇日间	
	碧云天	清乾隆四十五年（1780）抄本《西调黄鹂调集抄》卷上
	碧云西风	清乾隆六十年（1795）北京集贤堂刻本《霓裳续谱》卷二
	西风起	
	望蒲东	
	张君瑞	
黄鹂调	随喜到上方佛殿	清乾隆六十年（1795）北京集贤堂刻本《霓裳续谱》卷四
	相国行祠	清乾隆四十五年（1780）抄本《西调黄鹂调集抄》卷下
	做媒人	
	乔坐衙	
	拷红	清道光间（1821—1850）北京抄本《京都小曲抄》
双黄鹂调	暗中偷觑	清乾隆六十年（1795）北京集贤堂刻本《霓裳续谱》卷五
黄鹂调：牌子曲	隔窗儿	清乾隆六十年（1795）北京集贤堂刻本《霓裳续谱》卷四
	暗中偷觑	清乾隆六十年（1795）北京集贤堂刻本《霓裳续谱》卷五
马头调：小曲	兵困普救（甲）	清道光八年（1828）刻本《白雪遗音》卷一
	兵困普救（乙）	
	贪淫飞虎	清嘉庆间（1796—1820）北京刻本《新集时调雅曲》初集
	退兵	清咸丰六年（1856）北京抄本《百万句全》第五册
	听琴	清道光八年（1828）刻本《白雪遗音》卷二
	寄柬	
	寄笺	清道光间（1821—1850）北京抄本《时兴杂曲》卷四

第六章 金批《西厢》在满族、蒙古族、达斡尔族中的传播与接受 239

续表

说唱体裁	篇目	刊本
马头调：小曲	拷红（甲）	清道光八年（1828）刻本《白雪遗音》卷一
	拷红（乙）	
	拷红（丙）	清道光八年（1828）刻本《白雪遗音》卷二
	拷打红娘	清道光间（1821—1850）北京抄本《时兴杂曲》卷一
	赴考君瑞	清嘉庆间（1796—1820）北京刻本《新集时调雅曲初集》
	饯别	清道光八年（1828）刻本《白雪遗音》卷一
	送行	清咸丰六年（1856）北京抄本《百万句全》第五册
	长亭	
	红日归宫	清道光八年（1828）刻本《白雪遗音》卷一
	草桥惊梦	清道光间（1821—1850）北京抄本《时兴杂曲》卷一
	西厢	清道光八年（1828）刻本《白雪遗音》卷一
马头调：牌子曲	游寺	清咸丰六年（1856）北京抄本《百万句全》第五册
	寄柬	
	拷红	
	饯别	清道光八年（1828）刻本《白雪遗音》卷一
	长亭饯别	清道光间（1821—1850）北京抄本《时兴杂曲》卷一
	草桥惊梦	清道光间（1821—1850）北京抄本《时兴杂曲》卷二
	衣锦荣归	清道光间（1821—1850）北京抄本《时兴杂曲》卷三
岭儿调	贪淫飞虎	清道光八年（1828）刻本《白雪遗音》卷一
	草桥惊梦	
北河调	赴考的君瑞	清乾隆六十年（1795）北京集贤堂刻本《霓裳续谱》卷六
满州歌	西厢	清道光间（1821—1850）北京抄本《时兴杂曲》卷四
八角鼓：慢岔	小红娘	清乾隆六十年（1795）北京集贤堂刻本《霓裳续谱》卷七
八角鼓：平岔	星稀月朗	清乾隆六十年（1795）北京集贤堂刻本《霓裳续谱》卷六
	莺莺沉吟	清乾隆六十年（1795）北京集贤堂刻本《霓裳续谱》卷七
	老夫人糊涂	
八角鼓：岔曲	张生得病	清抄本《马头调八角鼓杂曲》

续表

说唱体裁	篇目	刊本
八角鼓：牌子曲	游寺	清嘉庆间（1796—1820）北京抄本《杂曲二十九种本》
	莺莺降香	
	莺莺饯行	清嘉庆间（1796—1820）北京刻本《新集时调马头调杂曲二集》
	莺莺长亭饯行	清嘉庆间（1796—1820）北京抄本《杂曲二十九种本》
莲花落	拷红	清光绪间（1875—1908）北京别野堂抄本
	十里亭饯别	清咸丰间（1851—1861）北京百本张抄本
鼓子曲	惊艳（甲）	1947 年河南排印本《鼓子曲》
	惊艳（乙）	
	借厢	
	酬韵	
	闹斋	
	寺警（一）	
	寺警（二）	
	请宴	
	昧婚	
	琴心（甲）	
	琴心（乙）	
	琴心（丙）	
	琴心（丁）	
	前候（甲）	
	前候（乙）	
	前候（丙）	
	闹简（甲）	
	闹简（乙）	
	赖简	
	后候（甲）	
	后候（乙）	
	酬简（甲）	
	酬简（乙）	

续表

说唱体裁	篇目	刊本
鼓子曲	拷艳	1947年河南排印本《鼓子曲》
	哭宴	
	惊梦	
	降香	
	愁思	
	设计会张生	
	盼莺莺	
	双梦	
西宁曲子	张生偷情	清末西宁抄本
兰州月调：牌子曲	张生上京	清末兰州抄本
鼓词	西厢记（十卷 二十七回）	清嘉庆间（1796—1820）会文堂刻本
子弟书	红娘寄柬	清光绪间（1875—1908）北京别野堂抄本，曲盦抄本
	拷红	清嘉庆间（1796—1820）北京刻本
	双美奇缘	清同治间（1862—1874）盛京程记书坊刻本、石印本、上海槐阴山房石印本、上海学古堂铅印本
	西厢记（八回）	北京旧抄本
	西厢记（十五回）	清道光间（1821—1850）北京合义堂中和堂合刻本
	游寺（三回）	清抄本、百本张抄本
	张生游寺（四回）	抄本
	张君瑞游寺（四回）	抄本
	红娘下书	石印本、上海槐阴山房石印本、上海学古堂铅印本、清抄本
	寄柬	百本张抄本
	莺莺降香（二回）	清抄本、石印本、上海槐阴山房石印本、上海学古堂铅印本
	西厢段（四回）	京都锦文堂刻本、石印本、上海学古堂铅印本
	全西厢	石印本

续表

说唱体裁	篇目	刊本
子弟书	花谏会（不分回）	光绪三十四年（1908）石印本、石印本、上海槐阴山房石印本
	拷红（八回）	清抄本、文翠堂刻本、嘉庆间北京刻本、抄本
	拷红（一回）	旧抄本、清抄本
	拷红（二回）	百本张抄本、抄本
	拷红（五回）	百本张抄本、抄本
	长亭饯别（三回）	清抄本、抄本、旧抄本、民初抄本
	长亭	清抄本、民初抄本
	新长亭（三回）	清抄本、旧抄本
	梦榜（二回）	清抄本、民初抄本
	全西厢（十五本二十八回）	聚卷堂抄本、清抄本
跌落金钱	西厢五更	清嘉庆间（1796—1820）抄本《时调小曲丛抄》
	惊梦啼	
银绞丝	西厢佳会	
倒搬浆	琴探心	
滴滴金调	相思病	
哈哈笑调	误佳期	
阳台梦调	长亭泣别	
软玉屏调	西厢约会	
满江红	莺莺红娘去游庙	清道光二十六年（1846）宁波抄本《偶存各调》
小曲	一轮明月照西厢	苏州旧抄本《开篇小曲集》
	明月当头照纱窗	
	西厢记	清道光间（1821—1850）苏州抄本《大小戏曲全部》
平湖调：节诗	一色杏花十里红	清同治间（1862—1874）杭州抄本
	拷红娘	
	草桥惊梦	1912年平湖抄本《平湖调节诗草稿》
南词：开篇	西厢记	清马如飞作。清光绪间（1875—1908）刻本《马如飞先生南词小引初集》卷下
	慧明寄书	
	请宴悔婚	旧抄本《时调咏人物开篇》

续表

说唱体裁	篇目	刊本
南词:开篇	拷红（甲）	清光绪间（1875—1908）苏州抄本《南词小曲抄》
	拷红（乙）	苏州旧抄本《开篇小曲集》
	分别	旧抄本《醉乐山人开篇》
	西厢记	清光绪间（1875—1908）苏州抄本《滩簧调集》
滩簧	寄柬	清光绪间（1875—1908）上海石印本《清韵阁校正滩簧》
	拷红	
南音	六才子西厢南音全本（上卷、下卷）	清同治间（1862—1874）广州以文堂刻本

上述《西厢记》说唱篇目绝大部分是清代以来的作品。现在还无法确认上述清代以来的作品都来源于金批《西厢》，但也很难否认其与金批《西厢》的关系。因此，笔者把上述篇目信息列出来，供学界进一步研究。也就是说，金批《西厢》在满族、蒙古族、达斡尔族中的传播与接受，不是偶然的，而是有着广泛的民间文化基础。我们从上述满族等民族的四十余种《西厢记》民间说唱体裁，就可以看出《西厢记》在民间传播的活跃程度。这充分反映了人们的心理需要，即人们对真情的需要，对大团圆结局的审美需要。正是因为人们的诸多需要，才使金批《西厢》等诸版本在民间广泛传播，经久不衰。

结 论

通过研究金批《西厢》在满族、蒙古族、达斡尔族中的传播、接受并产生影响的过程，来呈现东北民族文学关系史的面貌，这对于理解中华文学具有重要的意义。杨义指出，中华民族共同体里少数民族文明跟汉族文明之间，存在着共生性、互化性和内在的有机性，共同构成一个互动互化的动力学的系统。中原文明的凝聚力、辐射力，少数民族的"边缘的活力"，这两方面的力量结合起来，使中华文明生生不息。把握这种"内聚外活"的文化力学结构，才能梳理出中华文明及其文学发展的内在脉络。当中原的正统文化在精密的建构中趋于模式化，甚至僵化的时候，存在于边疆少数民族地区的边缘文化为其注入原始活力和新鲜思维，助其突破原有的僵局，使整个文明的动力学系统重新焕发生机，在新的历史台阶上出现新一轮的接纳、重组和融合的过程。[①] 实际上，《西厢记》的传播与接受，就是中原汉文化与边疆少数民族文化融合的结果。

如果再多说一些，那就要强调金批《西厢》与满、蒙古、达斡尔《西厢》的关系研究涉及的两方面的内容，即传播与接受。金批《西厢》与满、蒙古、达斡尔《西厢》的关系，体现了金批《西厢》在满族、蒙古族、达斡尔族中的传播规律；金批《西厢》之满汉合璧本、蒙古文译本、满文字母拼写达斡尔语的乌钦说唱本，体现了金批《西

---

① 杨义：《中华民族文学发展的动力系统与"边缘活力"》，《百色学院学报》2008 年第 5 期；杨义：《互补·融合·升华——比较视域下"北方民族文学"的宏观考察》，《天津社会科学》2013 年第 4 期。

厢》被满族、蒙古族、达斡尔族接受之后所发生的变化。传播与接受相互作用，促成了汉、满、蒙古、达斡尔等民族共同欣赏的文学经典《西厢记》的生动面貌。这对于理解中华文学是中华各民族的文学，具有重要的意义。

由于本人能力水平的局限性，此书尚有许多不足之处。深感对金批《西厢》的传播情况，对满、蒙古、达斡尔《西厢》产生的背景，对其他少数民族接受金批《西厢》的情况，还缺乏更为深入的调查研究。由于在认识客观事物时的主观局限性，一定有许多问题还未发现。学无止境，我将继续求索。

参考文献

一 《西厢记》文本

金批《西厢》及其有关文本

傅惜华编：《西厢记说唱集》，上海出版公司1955年版。

傅晓航编辑校点：《西厢记集解 贯华堂第六才子书西厢记》，甘肃人民出版社2013年版。

国家图书馆古籍馆编：《古本〈西厢记〉汇集初集》，国家图书馆出版社2011年版。

黄仕忠、李芳、关瑾华编：《子弟书书全集》（第四卷），社会科学文献出版社2012年版。

霍松林编：《西厢汇编》，山东文艺出版社1987年版。

凌景埏校注：《董解元西厢记》，人民文学出版社1962年版。

（清）金圣叹批评，傅晓航校点：《贯华堂第六才子书西厢记》，甘肃人民出版社1985年版。

（清）刘世珩：《暖红室汇刻传奇西厢记》，江苏广陵古籍刻印社影印本1990年版。

（元）王实甫原著，（清）金圣叹批改，张国光校注：《金圣叹批本西厢记》，上海古籍出版社1986年版。

（元）王实甫著，（清）金圣叹批评，陆林校点：《金圣叹批评本西厢记》，凤凰出版传媒集团、凤凰出版社2011年版。

（元）王实甫著、王季思校注：《西厢记》，上海古籍出版社1978年版。

满汉合璧《西厢记》文本

巴伐利亚满汉合璧《西厢记》，巴伐利亚国家图书馆藏。

《精译六才子词》，中央民族大学图书馆藏。

满汉合璧《西厢记》，中国民族图书馆藏。

吴贵飙主编：《满汉合璧西厢记》，民族出版社 2016 年版。

永志坚整理：《满汉合璧西厢记》，新疆人民出版社 1991 年版。

蒙古文《西厢记》文本

蒙古文《西厢记》，内蒙古自治区图书馆藏。

达斡尔族乌钦《莺莺传》文本

敖·毕力格主编：《达斡尔文学宗师敖拉·昌兴资料专辑》，内蒙古文化出版社 2010 年版。

奥登挂、呼思乐译：《达斡尔族传统诗歌选译》，内蒙古人民出版社 1991 年版。

碧力德、索娅、碧力格搜集整理，奥登挂校订：《达斡尔传统文学》，内蒙古文化出版社 1987 年版。

达斡尔族敖拉·昌兴乌钦《莺莺传》，碧力德藏。

恩和巴图：《清代达呼尔文文献研究》，内蒙古大学出版社 2001 年版。

赛音塔娜、陈羽云译：《敖拉·昌兴诗选》，内蒙古教育出版社 1992 年版。

吴刚主编：《汉族题材少数民族叙事诗译注——达斡尔族、满族、锡伯族卷》，民族出版社 2014 年版。

二 研究专著及其相关资料

奥登挂编：《郭道甫文选》，内蒙古文化出版社 2009 年版。

包秀兰：《清末民初蒙古文学研究》，内蒙古科学技术出版社 2020 年版。

北京市民族古籍整理出版规划小组办公室满文编辑部编：《北京地区满文图书总目》，辽宁民族出版社 2008 年版。

毕力扬·士清编：《达斡尔族民歌汇编》，黑龙江省达斡尔族学会，2006 年。

（清）曹雪芹著，无名氏续，（清）程伟元、（清）高鹗整理，中国艺术研究院红楼梦研究所校注：《红楼梦》，人民文学出版社 2008 年版。

［日］传田章：《增订明刊元杂剧西厢记目录》，载《东洋学文献中心丛刊》之四，东京：汲古书院，1979 年。

戴不凡：《论崔莺莺》，上海文艺出版社 1963 年版。

段启明：《西厢论稿》，四川人民出版社 1982 年版。

鄂·白杉记录·翻译·整理：《齐齐哈尔地区民间传统乌钦十部》，黑龙江人民出版社 2012 年版。

（清）鄂尔泰等修：《八旗通志·学校志四》，李洵、赵德贵主点校，第 2 册，东北师范大学出版社 1985 年版。

范秀传主编：《中国边疆古籍题解》，新疆人民出版社 1995 年版。

伏涤修：《〈西厢记〉接受史研究》，黄山书社 2008 年版。

傅惜华：《元代杂剧全目》，作家出版社 1957 年版。

傅晓航：《金批西厢研究》，文化艺术出版社 2021 年版。

富丽编：《世界满文文献目录（初编）》，中国民族古文字研究会，1983 年。

富育光讲述，荆文礼整理：《莉坤珠逃婚记》，吉林人民出版社 2018 年版。

（清）归庄：《归庄集》卷二，上海古籍出版社 1962 年版。

（清）哈斯宝：《〈新译红楼梦〉回批》，亦邻真译，内蒙古人民出版社 1979 年版。

寒声、贺新辉、范彪编：《西厢记新论》，中国戏剧出版社 1992 年版。

贺灵、佟克力辑注：《锡伯族古籍资料辑注》，新疆人民出版社 2004 年版。

（清）西清：《黑龙江外记》，梁信义、周诚望注释，黑龙江人民出版社 1984 年版。

［美］A. W. 恒慕义编著：《清代名人传略》上册，中国人民大学清史研究所《清代名人传略》翻译组翻译，青海人民出版社 1995 年版。

黄季鸿：《明清〈西厢记〉研究》，东北师范大学出版社 2015 年版。

黄润华、屈六生主编：《全国满文图书资料联合目录》，书目文献出版社 1991 年版。

黄润华、史金波：《少数民族古籍版本——民族文字古籍》，江苏古籍出版社2002年版。

黄仕忠、李芳、关瑾华编：《子弟书全集》第四卷，社会科学文献出版社2012年版。

黄仕忠、李芳、关瑾华：《新编子弟书总目》，广西师范大学出版社2012年版。

黄锡惠编：《满族语言文字研究》，民族出版社2008年版。

霍松林编：《西厢述评》，陕西人民出版社1982年版。

季永海：《从辉煌走向濒危：季永海满学论文自选集》，辽宁民族出版社2013年版。

蒋星煜：《〈西厢记〉的文献学研究》，上海古籍出版社1997年版。

蒋星煜：《西厢记考证》，上海古籍出版社1988年版。

蒋星煜：《西厢记研究与欣赏》，上海辞书出版社2004年版。

蒋寅：《王渔洋与康熙诗坛》，中国社会科学出版社2001年版。

（清）金人瑞：《沉吟楼诗选》，上海古籍出版社1979年版。

康保成编：《王季思文集》，中山大学出版社2004年版。

（清）昆冈等：《钦定大清会典事例（光绪）》，清光绪二十五年（1899）刻本，中国国家图书馆藏。

李彩花：《胡仁·乌力格尔〈封神演义〉文本研究》，内蒙古大学出版社2015年版。

李芳：《清代说唱文学子弟书研究》，社会科学文献出版社2022年版。

李洵等校点：《钦定八旗通志》第三册，吉林文史出版社2002年版。

林修澈、黄季平：《蒙古民间文学》，台北：唐山出版社1996年版。

林宗毅：《〈西厢记〉二论》，台北：文史哲出版社1998年版。

陆林：《金圣叹史实研究》，人民文学出版社2015年版。

（清）纳兰性德撰，冯统编校：《饮水词》，广东人民出版社1984年版。

［日］鸟居龙藏：《东北亚洲搜访记》，汤尔和译，商务印书馆1926年版。

（清）麒庆撰，（清）汪春泉等绘图：《鸿雪因缘图记》，北京古籍出版社1984年影印本。

（清）庆桂等：《清实录·高宗纯皇帝实录》，中华书局1985年影印本。

全国人大民委编印：《有关达斡尔鄂伦春与索伦族历史资料》第一辑，内蒙东北部少数民族社会历史调查组1958年翻印，内蒙古自治区达斡尔历史语言文学学会1985年6月复印。

荣苏赫、赵永铣、梁一儒、扎拉嘎主编：《蒙古族文学史》第三卷，内蒙古人民出版社2000年版。

赛音塔娜、托娅：《达斡尔族文学史略》，内蒙古大学出版社1997年版。

叁布拉诺日布、王欣：《蒙古族说书艺人小传》，辽沈书社1990年版。

石光伟、刘桂腾、凌瑞兰：《满族音乐研究》，人民音乐出版社2003年版。

[俄] 史禄国：《北方通古斯的社会组织》，吴有刚、赵复兴、孟克译，内蒙古人民出版社1985年版。

孙中旺编著：《金圣叹研究资料汇编》，广陵书社2007年版。

谭帆：《金圣叹与中国戏曲批评》，华东师范大学出版社1992年版。

（清）铁保辑，赵志辉校点补：《熙朝雅颂集》，辽宁大学出版社1992年版。

王敌非：《欧洲满文文献总目提要》，中华书局2021年版。

[美] 王靖宇：《金圣叹的生平及其文学批评》，谈蓓芳译，上海古籍出版社2004年版。

王利器辑录：《元明清三代禁毁小说戏曲史料》，上海古籍出版社1981年版。

吴泽主编：《陈垣史学论著选》，上海人民出版社1981年版。

小横香室主人：《清朝野史大观》，上海书店1981年版，

（清）徐珂编撰：《清稗类钞》，中华书局2010年版。

阎崇年主编：《满学研究》第三辑，民族出版社1996年版。

扎拉嘎：《比较文学：文学平行本质的比较研究——清代蒙汉文学关系论稿》，内蒙古教育出版社2002年版。

张伯英：《黑龙江志稿》，黑龙江人民出版社1992年版。

张菊玲、关纪新、李红雨：《清代满族作家诗词选》，时代文艺出版社1987年版。

张菊玲：《几回掩卷哭曹侯：满族文学论集》，辽宁民族出版社2014

年版。

张人和：《〈西厢记〉论证（增订本）》，中华书局 2015 年版。

（清）昭梿：《啸亭杂录　续录》，冬青校点，上海古籍出版社 2012 年版。

赵春宁：《〈西厢记〉传播研究》，厦门大学出版社 2005 年版。

赵尔巽等：《清史稿》，中华书局 1977 年版。

赵志忠：《清代满语文学史略》，辽宁民族出版社 2002 年版。

郑振铎编：《中国文学研究》下册，《小说月报》第 17 卷号外 1927 年 6 月，商务印书馆。

中国科学院民族研究所内蒙古少数民族社会历史调查组编：《莫力达瓦达斡尔族自治旗概况及哈布奇屯达斡尔族情况》，内蒙古少数民族社会历史调查组 1960 年编印本。

《中国蒙古文古籍总目》编委会编：《中国蒙古文古籍总目》（下）（蒙古文），北京图书馆出版社 1999 年版。

中国民族图书馆编：《中国少数民族文字古籍整理与研究》，辽宁民族出版社 2011 年版。

三　学术论文

陈志伟、韩建立：《〈西厢记〉版本述要》，《图书馆学研究》2002 年第 10 期。

程璐：《侍女形象的身份错位——从多民族文化融合的角度看红娘形象的演变》，《名作欣赏》2017 年第 14 期。

戴健：《〈金批西厢〉中的"诗""歌"话语与晚明文学生态》，《扬州大学学报》（人文社会科学版）2013 年第 5 期。

段永辉、李晓泽：《周昂〈此宜阁增订金批西厢〉的文献价值》，《兰台世界》2009 年第 8 期。

樊宝英：《金圣叹"腰斩"〈水浒传〉、〈西厢记〉文本的深层文化分析》，《文学评论》2008 年第 5 期。

樊星：《"西厢记"故事流传过程中的传播学意义》，《长春师范大学学报》（人文社会科学版）2014 年第 4 期。

伏涤修：《金圣叹批点〈西厢记〉的价值与不足》，《学术交流》2009

年第 5 期。

傅晓航：《金批西厢记的底本问题》，《文献》1988 年第 3 期。

郝青云、王清学：《西厢记故事演进的多元文化解读》，《中国社会科学院研究生院学报》2008 年第 4 期。

黄冬柏：《从民歌时调看〈西厢记〉在明清的流传》，《文化遗产》2011 年第 1 期。

黄润华：《满文翻译小说述略》，《文献》1983 年第 2 期。

季永海：《论清代"国语骑射"教育》，《满语研究》2011 年第 1 期。

季永海：《〈满汉西厢记〉与〈精译六才子词〉比较研究》，《满语研究》2013 年第 1 期。

季永海：《满文本〈金瓶梅〉及其序言》，《民族文学研究》2007 年第 4 期。

季稚跃：《金圣叹与〈红楼梦〉脂批》，《红楼梦学刊》1990 年第 1 期。

聚宝：《海内外存藏汉文古代小说蒙古文译本题材类型、收藏分布与庋藏特点》，《民族翻译》2021 年第 3 期。

聚宝：《汉文古代小说蒙译本整理研究现状及其学术空间》，《内蒙古民族大学学报》（社会科学版）2021 年第 4 期。

李腾渊：《试论朝鲜〈广寒楼记〉评点的主要特征——与金圣叹〈西厢记〉评点比较》，《南京师大学报》（社会科学版）2003 年第 5 期。

林文山：《论〈金西厢〉对〈红楼梦〉的影响》，《红楼梦学刊》1987 年第 2 期。

罗冠华：《明清〈西厢记〉改本新探》，《戏剧艺术》2013 年第 1 期。

罗冠华：《明清〈西厢记〉改本研究》，《中华戏曲》编辑部编《中华戏曲》第 47 辑，文化艺术出版社 2014 年版。

马会：《论金元两代草原文化对"西厢故事"的介入》，《前沿》2018 年第 5 期。

毛杰：《金批〈西厢记〉的内在评点机制研究》，《大连大学学报》2008 年第 5 期。

聂付生：《论金评本〈西厢记〉对朝鲜半岛汉文小说的影响——以汉文小说〈广寒楼记〉为例》，《复旦学报》（社会科学版）2007 年第 4 期。

盛雅琳：《从金批本〈西厢记〉分析金圣叹的戏剧批评观》，《民族艺林》2022 年第 1 期。

石昌渝：《清代小说禁毁述略》，《上海师范大学学报》（哲学社会科学版）2010 年第 1 期。

孙书磊：《巴伐利亚国家图书馆藏〈合璧西厢〉考述》，《文化遗产》2014 年第 4 期。

塔娜：《中华文坛之奇葩——评清代达斡尔族诗人敖拉·昌兴的诗》，《民族文学研究》1997 年第 3 期。

谭帆：《清代金批〈西厢〉研究概览》，《戏剧艺术》1990 年第 2 期。

汪龙麟：《〈西厢记〉明清刊本演变述略》，《北京社会科学》2012 年第 4 期。

王丽娜：《〈西厢记〉的外文译本和满蒙文译本》，《文学遗产》1981 年第 3 期。

王卿敏：《民间审美形态对崔莺莺形象演变的影响》，《四川戏剧》2022 年第 7 期。

王颖：《〈莺莺传〉的审美特征及其文化成因》，《苏州大学学报》2005 年第 1 期。

王悦：《谈崔莺莺的"胡女"身份》，《语文建设》2012 年第 18 期。

韦强：《金圣叹对〈西厢记〉经典地位的理论生成》，《厦门广播电视大学学报》2018 年第 4 期。

韦强：《论金批〈西厢记〉文论思想在清代的传播生态》，《河北师范大学学报》（哲学社会科学版）2022 年第 2 期。

乌云娜：《清代蒙译汉小说版本述略》，《民族文学研究》2009 年第 3 期。

吴刚：《敖拉·昌兴乌钦的初值意义：达斡尔族书面文学的肇始》，载张公瑾、丁石庆主编《浑沌学与语言文化研究新探索》，中央民族大学出版社 2011 年版。

吴刚：《敖拉·昌兴与满文》，《满语研究》2010 年第 2 期。

吴刚：《从敖拉·昌兴诗歌看达斡尔族书面语言的文化适应性》，《满语研究》2013 年第 2 期。

吴刚：《达斡尔语书面文学发展述论》，《满语研究》2016 年第 1 期。

吴刚：《达斡尔族满语书面文学述论》，《满语研究》2017年第1期。

吴刚：《达斡尔族蒙古文书面文学述论》，《满语研究》2018年第1期。

吴刚：《明清小说在东北少数民族说唱文学中的传播》，《明清小说研究》2009年第1期。

吴刚：《清代达斡尔诗人敖拉·昌兴的生平及与创作》，《贵州民族大学学报》2016年第4期。

吴蔚：《晚明江南运河城市文化与金圣叹审美观念的形成》，《明清小说研究》2022年第2期。

吴雪娟：《论满文翻译的历史与现状》，《满语研究》2005年第1期。

徐大军：《〈红楼梦〉与金批本〈西厢记〉》，《红楼梦学刊》2008年第3期。

杨义：《互补·融合·升华——比较视域下"北方民族文学"的宏观考察》，《天津社会科学》2013年第4期。

杨义：《中华民族文学发展的动力系统与"边缘活力"》，《百色学院学报》2008年第5期。

于莉莉：《金圣叹文学批评的独立品格——以金批西厢为例》，《福州大学学报》（哲学社会科学版）2011年第3期。

俞为民：《周昂的〈此宜阁增订金批西厢记〉及其曲论》，《东南大学学报》（哲学社会科学版）2014年第6期。

原小平：《改编的界定及其性质——兼与重写、改写相比较》，《贵州师范学院学报》2010年第1期。

张国光：《杰出的古典戏剧评论家金圣叹——金本〈西厢记〉批文新评》，载中国古代文学理论学会编《古代文学理论研究》第三辑，上海古籍出版社1981年版。

张人和：《〈西厢记〉的版本系统概观》，《社会科学战线》1997年第3期。

张天星：《金圣叹腰斩〈水浒传〉与〈西厢记〉新探》，《四川师范大学学报》（社会科学版）2004年第3期。

张兆平《康熙朝著名满文翻译家和素》，《故宫博物院院刊》2013年第4期。

章宏伟：《论清代前期满文出版传播的特色》，《河南大学学报》（社会科学版）2009 年第 1 期。

赵春宁：《朝鲜时代的〈西厢记〉接受与批评》，《戏剧艺术》2016 年第 3 期。

周锡山：《金批〈西厢〉思想论》，《山西师大学报》（社会科学版）1992 年第 4 期。

四　学位论文

黄定华：《从莺莺故事的接受看唐元社会观念的变迁》，硕士学位论文，华中师范大学，2004 年。

刘畅：《〈西厢记〉传播的受众研究》，硕士学位论文，长沙理工大学，2020 年。

刘代霞：《由唐至元婚姻观念的演进对崔张故事流变的影响》，硕士学位论文，贵州大学，2009 年。

宋以丰：《"首崇满洲"观念下的清代前、中期翻译政策研究》，博士学位论文，湖南师范大学，2019 年。

塔娜：《从〈西厢记〉的流传演变中看蒙汉文化交流》，硕士学位论文，中央民族大学，2008 年。

赵春宁：《〈西厢记〉传播研究》，博士学位论文，华东师范大学，2001 年。

株娜：《哈斯宝、金圣叹才子佳人比较研究——以〈新译红楼梦〉与〈第六才子书西厢记〉为例》，硕士学位论文，内蒙古大学，2018 年。

株娜：《哈斯宝与金圣叹文艺观比较研究》，博士学位论文，内蒙古大学，2022 年。

后　　记

最初，我是不想写什么后记的。但书稿接近尾声的时候，我考虑还是写一下后记，记录研究这个课题的历程。

研究"金批《西厢》与满、蒙古、达斡尔《西厢》关系"这个课题，与我的博士生导师梁庭望先生主持的中央民族大学985工程"汉族题材少数民族叙事诗译注"项目有关，也与我踏入少数民族文学研究领域有关。2006年，我考入中央民族大学师从梁庭望教授攻读博士学位。当时，没有工作，生活拮据，梁老师让我克服困难完成学业。就这样，我怀着一颗惴惴不安的心来到京城。梁老师关心我、爱护我，为给我解决经费，让我承担"汉族题材少数民族叙事诗译注"项目子课题"达斡尔族、锡伯族、满族卷"。我从达斡尔族入手，选择了《莺莺传》《赵云赞》《百年长恨》三篇达斡尔族乌钦作品，并请内蒙古社会科学院赛音塔娜研究员参与课题，共同完成达斡尔族部分。赛音塔娜老师是达斡尔族学者，也是我研究达斡尔族文学的领路人。可以说，"汉族题材少数民族叙事诗译注"项目子课题"达斡尔族、锡伯族、满族卷"，加快了我走入少数民族文学研究，走入达斡尔族文学研究的步伐。此前，我对达斡尔族文学研究、对少数民族文学研究只有感性认识，或者说是陌生的。

我之所以选择《莺莺传》《赵云赞》《百年长恨》这三篇作品，也是源于我的硕士研究方向。2003年至2006年，我师从内蒙古民族大学阎诚教授攻读中国古代文学硕士学位，我对古代文学有着浓厚的兴趣。实质上，至今为止，我一直没有离开古代文学研究的范围，只不过，进入的是少数民族古代文学研究领域。

为了弄清楚《莺莺传》《赵云赞》《百年长恨》这三篇作品的源头，我开始关注达斡尔族乌钦，关注这三篇乌钦作品的作者敖拉·昌兴。我后来的博士后报告以及其他研究内容，很多都与敖拉·昌兴乌钦有关。

当时，我对《莺莺传》了解并不深入，只是知道它来源于王实甫的《西厢记》。我开始着手对其进行汉文翻译。赛音塔娜、陈羽云两位老师曾于1992年翻译过，他们是用七言诗形式翻译而成，文学特色浓厚。我考虑课题目标是科学采集本，还是要尽可能地忠实于原文，尽管翻译起来有的句子难免重复。于是，我进行了另一种版本的翻译，采用五言诗的形式，翻译了《莺莺传》《赵云赞》《百年长恨》，实现了原文与译文的一一对应。

2009年，我博士毕业进入中国社会科学院民族文学研究所博士后流动站，师从朝戈金研究员做博士后。我把敖拉·昌兴乌钦作为博士后出站报告选题。为此，我赴内蒙古呼伦贝尔、呼和浩特等地，调查了解敖拉·昌兴乌钦的情况。对敖拉·昌兴生平创作以及敖拉·昌兴乌钦的传承情况有了深入了解，对《莺莺传》《赵云赞》《百年长恨》三篇作品的传承了解得更加深入了。

大约2009年的冬季，我随关纪新老师参加北京市社会科学院满学研究所的学术会议，我的发言内容是敖拉·昌兴乌钦《莺莺传》。为了准备这个发言，我对《莺莺传》有了些较为深入的思考。这个思考后来写入《汉族题材少数民族叙事诗译注——达斡尔族　锡伯族　满族卷》的《莺莺传》题解里，2014年，该书顺利出版。

2014年，我以"清代达斡尔族乌钦《莺莺传》与满文、汉文《西厢记》关系研究"为题申报了国家社会科学基金项目，很荣幸获得立项。这个项目促使我走向更深入的研究。为此，我拜访了中国社会科学院民族学与人类学研究所安俊研究员，从他那里看到新疆人民出版社出版的满汉合璧《西厢记》，并进行了复印。通过研究，我判断达斡尔族乌钦《莺莺传》应是来源于清代的满汉合璧《西厢记》。

要顺利进行这个课题的研究，还需要攻克满语一关。我在读博期间，曾经选修赵志忠老师的满语课，对满语有一些感性认识。2019年，我在中央民族大学旁听了高娃老师的满语课。2020年，我在网上跟随内蒙古大学恩和巴图教授学习了由满文拼写达斡尔语而来的文字。这些学习经历，让我对满文文献不那么陌生了。

我进一步探讨满汉合璧《西厢记》的来源时，认识到其与明末清初的金圣叹批点《西厢记》有关。我想进一步了解达斡尔族周边民族接受《西厢记》的情况，于是询问了内蒙古师范大学聚宝教授，他给予我无私帮助。他在其学生的协助下，在内蒙古图书馆查到《西厢记》蒙古文译本材料，经过初步研究，认为它也来源于满汉合璧《西厢记》。至此，我有了深入认识：金批《西厢》进入满汉合璧《西厢记》，满汉合璧《西厢记》又分别进入达斡尔族、蒙古族当中。这个发现，令我很振奋，这让我看到了汉族文化与少数民族文化交流的多层次性。由此，我也相应地改换了国家社会科学基金申报时的题目，改为"金批《西厢》与满、蒙古、达斡尔《西厢》关系研究"，这个改动是很大的。过去是以达斡尔族乌钦《莺莺传》为中心，现在达斡尔族乌钦《莺莺传》只是其中的一部分。

在课题的攻坚阶段，我读到南京师范大学孙书磊先生发表的《巴伐利亚国家图书馆藏〈合璧西厢〉》一文，认识到巴伐利亚国家图书馆藏《合璧西厢》资料的重要性。经过原江苏省社会科学院文学研究所王思豪先生联系，孙书磊先生无私地把资料送我，供我研究。在中央民族大学图书馆黄金东老师的帮助下，我查阅到《精译六才子词》。我又从民族出版社读者服务部，购买到民族出版社出版的康熙四十九年（1710）刻本满汉合璧《西厢记》。上述较为丰富的材料，为我深入研究这个课题打下了基础。

2020年，我以"金批《西厢》与满、蒙古、达斡尔《西厢》关系研究"为题，顺利结项。结项之后，我又用近三年时间修改该课题，增加金批《西厢》的研究内容，因为我觉得金批《西厢》研究是不能绕开的问题。经过调查已有研究成果，我认识到傅晓航先生是不能绕开的学界人物。2020年10月，我通过本所同仁姚慧找到傅晓航先生家里的电话号码。这个电话号码一直储存在我的手机里，我考虑要对金批《西厢》有一定了解和研究体会之后，再去拜访傅晓航先生。不过，我这个想法错了，时间是流逝的，尤其对高龄老人来说，访谈更是刻不容缓。2021年6月中旬，我正想去拜访傅晓航先生的时候，却从微信里看到，傅晓航先生病逝了。我很难过，难过了很久。我觉得傅晓航先生理解金圣叹，而我以浅薄之识，也感觉到金圣叹的重要性。金圣叹在清代不仅深深地影响了汉文化，也深深地影响了满、蒙古、达斡尔等民族的文化。我想如果能与傅晓航先生交流，肯定会有许多话题可以请教，并且我还想请傅晓航先生为拙著作序，但这些都是不可能的了。我想到他的夫人张宏渊老师，张老师也在中国艺术研究院工作，我想通过她了解傅晓航先生研究金批《西厢》的情况。过了一个月左右的时间，我考虑张老师心情应该稳定了，于是给她打了电话，她在电话中热情地回应了我，我提出拜见的想法，她让我入秋天气凉爽时再去。结果因为疫情以及工作忙碌等原因，我竟然又把此事放在一边了。等到2022年9月17日，进入书稿又一轮修改时，我想起张老师，于是打了电话，张老师痛快地答应让我去她家里，结果等我到她家里后，才发现张老师已经进入时而清醒、时而遗忘的状态了，已经不能深入交流了。很遗憾，我只能把全部情感寄托在傅晓航先生的著作上。回家后，我在网上购买了傅晓航先生几乎绝大部分的著作。通读了他的大部分著作之后，我深感傅晓航先生是一位纯粹的学者，他有着一丝不苟的治学精神，有着实事求是的治学作风，有着宽阔的学术视野，有着良好的语言文字表达能力。读他的书，让你感到他做学问，不求奇、不打擦边球，奔着学术的塔尖，勇敢攀登，无怨无悔。他的《戏曲理论史述要补编》，让我看到他对明清戏曲理论的宏通研究。他的《金批西厢研究》，让我看到他对戏曲理论史重点人物金圣叹的一竿子插到底的研究精神。"一竿子插到底的精神"，是他从周贻白先生那里得到的教导，他多次在著作序言中提到这种"一竿子插到底的精神"，他的治学历程就充分体现了这种精神。我想，这也是对我的最好的鞭策！傅晓航先生说，金批《西厢》是个冷门课题，很少有人研究。我想，既然与金批《西厢》问题结缘，那就要把后续的问题深入研究下去，要有一竿子插到底的精神！

此外，还要感谢中国社会科学院文学研究所古代室李芳老师，她主要研究清代子弟书，我们的研究对象比较接近，共同关注清代东北民族说唱文学。于是，我经常向她请教问题，她给我提供了许多帮助。还有中国社会科学院文学研究所朱曦林老师，以及本书责任编辑顾世宝、梁世超两位老师，都给我提供了帮助，一并表示感谢！

最后要感谢梁庭望教授和孙书磊教授为本书作序。梁老师见证我学术发展的历程，请其作序是我的心愿；孙老师无私地送我宝贵资料，请其作序也是我的心愿！

学海无涯，一个人在颠簸的夜路中行走，总有许多人为你照亮前路。不去克服前行的困难，肯定是不行的；没有众人的帮助，也断然是不能的。我所取得的点滴收获，还是要奉献给社会，这也是作为学者的使命。这样想来，就豁达了许多，坦然了许多。

吴　刚

2023 年 2 月 14 日